珠海社科学者文库

本书由珠海市社会科学界联合会资助出版

高声与细语：
蔡报文珠海十年评论选

GAOSHENG YU XIYU：CAI BAOWEN ZHUHAI SHINIAN PINGLUN XUAN

蔡报文◎著

·广州·

图书在版编目（CIP）数据

高声与细语：蔡报文珠海十年评论选/蔡报文著．—广州：中山大学出版社，2022.8

（珠海社科学者文库）

ISBN 978－7－306－07603－8

Ⅰ.①高…　Ⅱ.①蔡…　Ⅲ.①评论性新闻—作品集—中国—当代　Ⅳ.①I253

中国版本图书馆 CIP 数据核字（2022）第137579号

出 版 人：王天琪

策划编辑：曾育林

责任编辑：王　燕

封面设计：林绵华

责任校对：袁双艳

责任技编：靳晓虹

出版发行：中山大学出版社

电　　话：编辑部 020－84113349，84110776，84110771，84110283

发行部 020－84111998，84111981，84111160

地　　址：广州市新港西路135号

邮　　编：510275　　　传　真：020－84036565

网　　址：http：//www.zsup.com.cn　E-mail：zdcbs@mail.sysu.edu.cn

印 刷 者：广州方迪数字印刷有限公司

规　　格：787mm×1092mm　1/16　21印张　353千字

版次印次：2022年8月第1版　2022年8月第1次印刷

定　　价：78.00元

如发现本书因印装质量影响阅读，请与出版社发行部联系调换

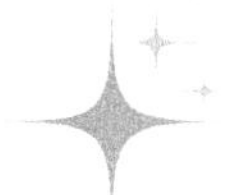

序：特区读书人

张洪忠

蔡报文是我认识了30多年的兄长。他发来书稿《高声与细语——蔡报文珠海十年评论选》，让我写一个序，我感到很荣幸，又很惶恐。

我刚上大学一年级时就认识了报文兄，那时他读高尔泰教授的美学研究生。我的专业是生物，但我在业余时间喜欢画国画，也喜欢看文学和美学作品，就常去参加相关活动。有一次，我听了一场中文系研究生主办的讲座，一位讲海德格尔的演讲者吸引了我，我找他要手稿拜读，就这样，我认识了报文兄。在没有个人电脑，稿件全靠手写的年代，报文兄很痛快地借给了我他唯一的手稿。我们住在同一栋楼里，还是隔了一层的上下宿舍，他在526，我在326。我们时不时遇到就聊上几句，有时也一起逛逛狮子山，印象中，我们还一起翻爬过学校围墙两三次。报文兄当时已经有一定的社会阅历和知识积累，而我则是一个初出茅庐的农村稚嫩小青年，感觉每次跟他聊天对我都有很大启发，我也从聊天中慢慢熟悉了海德格尔、胡塞尔这些名字和后现代、现象学这些概念。

我与珠海结缘也是因为报文兄。1991年，报文兄研究生毕业后到珠海一所高校任教，我则回到老家峨眉山背后大山深处的一所中学教书。我与报文兄通信，希望到沿海地区发展，很快得到了他的回复与鼓励。教书一年后，我停薪留职，到了珠海这片热土，一开始借住在报文兄的书房，由此开始了我另一段人生体验。

我在珠海工作了7年，从生物公司实验员到广告公司员工，再到自己开公司。在陌生的珠海，因为有报文兄，我感觉不孤单。跟着报文兄认识了珠海的一批文化人，随着他参加文化活动，这让我在完成一个个商业合同之外一直保留了一份学术梦想。

报文兄初到珠海就积极参与经济特区的文化活动，在《珠海特区报》大版面连续发表了《特区不是动物园》等几篇探讨珠海文化发展问题的文章，引起了社会的广泛共鸣与思考，并以《珠海特区报》为平台引发了一轮关于经济特区文化建设的大讨论。报文兄不仅以一位美学研究者的视角观察珠海文化，还积极投身于文化建设活动之中。在珠海教育学院工作期间，他创办了《珠海教育学院学报》这样一份本地的学术研究刊物。对于20世纪90年代初期的珠海来说，这是有开创性意义的。他还与《珠海特区报》的记者和编辑们一起创办了“五月花文化沙龙”等文化活动。这类围绕经济特区的文化讨论和文化活动，让年轻的珠海有了温度，让来自异乡的一批年轻下海者在飘零之中找到了一份文化归属感，也让我这个离开珠海20多年的人还经常不自觉地把“去珠海”说成“回珠海”。

20世纪90年代后期，我离开珠海，回归校园，攻读新闻传播学的硕士、博士学位，但一直和报文兄保持联系，每次到南方都尽量找机会和报文兄聚聚。报文兄也从高校调到《珠海特区报》工作，《高声与细语——蔡报文珠海十年评论选》一书是他2010—2019年10年间在《珠海特区报》的评论选集。翻看之后，我有两点感受很强烈。

第一，报文兄一直保持着30年前初到经济特区时的锐气。《是主人，不要做看客》《容闳的价值究竟在哪里?》等，这些文章直奔问题，30多万字的评论充满问题意识，报文兄将满身才气和激情融入社会现实的关怀之中。虽然书稿题目是“高声与细语”，但我看到更多的是高声的激情文字，而细语则是报文兄的做人风格，一个读书人的低调与平实。

第二，报文兄到珠海工作30年，从关注单一的文化转向关心经济特区建设的方方面面，一介书生彻底融入这座城市的发展之中。正如他自己写道：“这10年，恰好是珠海从建市30周年到建市40周年。三十而立，四十而不惑，我用评论点评过这座城市发展的轨迹，有过呐喊，是谓高声；有过轻吟，是谓细语。不论是高声还是细语，我蓦然发现，10年过去了，其间的有些评论并未过时，依然有直指现实的力量。”

报纸评论难写，需要考虑方方面面的因素。尤其要写成老百姓愿意看的评论，就更需要选题贴近生活、观点锐利、论证逻辑清晰、语言通俗易懂。报文兄的评论文章就有这些特点，直击问题，摆事实、讲道理，用每篇一千来字的精练文章把珠海建人行天桥、治理电动车、整治农贸

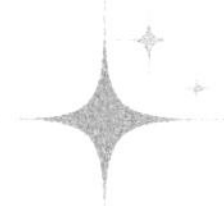

市场、开发横琴等具体的民生与城市发展问题一一提出，与读者产生共鸣。从研究角度来说，这本评论选集既是我们考察一个改革开放前沿城市发展样本的重要资料，也是新闻传播专业学生学习评论写作的很好参考。

我在年少时，一度向往陶渊明所描绘的“采菊东篱下，悠然见南山”的隐逸名士生活，晨游南坞上，夜息东庵下，觉得这才是一个知识分子最佳的生活状态。但在经历了一些生活磨砺后，我对知识分子的定义开始改变。很多知识只有融入社会发展之中才是有价值的，否则只能算是“知道分子”，知道很多，但什么都做不了。人文情怀需要我们关心人间千万事，而不只是潇洒地闲来轻笑两三声。报文兄将人文情怀深度融入珠海这样一座美丽城市的发展之中，体现了一个读书人的社会价值，保持了一个读书人的本色。

（作序者为北京师范大学新闻传播学院执行院长、教授、博士生导师）

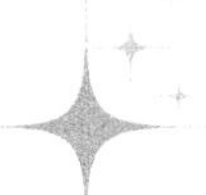

目 录

2010 年

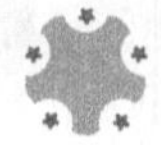

2011 年

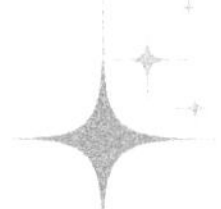

2012 年

2013 年

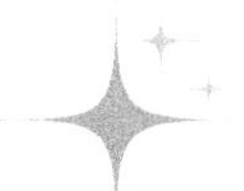

2014 年

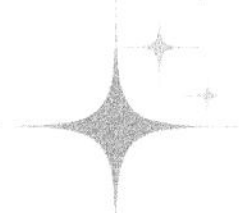

2015年

2016 年

2017 年

2018 年

2019 年

2010 年

❶ 用特区精神铸造特区之魂

今年是珠海经济特区建立30周年，若有人问：珠海经济特区30年最大的财富是什么？相信绝大多数珠海人会异口同声地说，是30年凝练的特区精神。是“开放兼容、敢闯敢试”的珠海精神造就了珠海30年的辉煌，并且还要靠继续弘扬这种特区精神，再造下一个30年的辉煌。

30年前的珠海有什么呢？几乎是一张白纸。而毗邻珠海的是发达的香港和澳门。珠海建经济特区靠的是什么呢？来自上级的财力支持少得可怜，最大的支持是相对宽松的政策和精神上的鼓励，“大胆地闯，大胆地试”，“杀出一条血路来”。确实，当时国内没有现成的经验可以借鉴，只能“摸着石头过河”，不闯、不试就毫无前途。正是凭着这股精神，珠海的创业者们不等、不靠、不要，大胆吸收港澳地区和发达国家发展经济的经验，为我所用，不为争论所惑，不在议论中止步，坚持发展是硬道理不动摇，开创了多个全国第一。珠海发展日新月异，成为南中国一颗耀眼的明珠。更重要的是，珠海敢为天下先，率先探索社会主义市场经济发展之路，率先探索经济发展与环境保护双赢之路，为中国的改革开放贡献了具有独特价值的珠海模式。所以说，珠海的成功是珠海精神结出的丰硕果实，反过来，珠海的成功又丰富了珠海精神的内涵。

现在，情况发生了翻天覆地的改变。珠海已不是一个一文不名的穷汉，而是有了相当家产的富翁；珠海已不是一个刚上战场的新兵，而是一个挂满勋章的功臣。有了家产，既有了进一步发家的本钱，又容易让人产生可以安享生活的错觉；挂满勋章，既可以成为继续前行的动力，又容易让人产生安享荣誉的虚幻感。其实，我们对这种自我陶醉又患得患失的微醺状态应十分警惕。须知，我们的家产虽然可观，但依然单薄；我们的勋章虽然夺目，但仅代表过去，并不指向未来。未来依然充满着变数。我们如果小富既安，得过且过，沉溺于过去而不能自拔，就难以

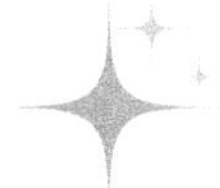

避免“长江后浪推前浪，前浪死在沙滩上”的无奈。

所幸的是，30岁的珠海依然年轻，依然充满激情与梦想。近3年来，我们人未下马，马不卸鞍，面对新形势和新任务，按照科学发展观的要求，再谋新篇，再布新局。珠海牢牢抓住历史性机遇，迎来新一轮大发展，在建立经济特区30年的重要节点，珠海向着建设珠江口西岸核心城市的目标再次扬帆出海。

这是全新的征程，也是更加艰难的征程，更加考验我们的勇气和信念。30年前，我们一无所有，尽可轻装前进；30年后，我们更要丢下包袱，再次出发，攻坚克难，再立新功。我们还能依赖什么呢？依赖政策吗？特区政策已经普惠化了。依赖区位吗？便捷的互联网和完善的交通使全球都成了一个村庄。依赖特区牌子吗？新区已如雨后春笋般在全国破土而出。依赖环境吗？我们的青山绿水也面临各式各样的压迫。依赖人才吗？我们的大学园区办学层次普遍不高。或许，这些优势或多或少仍然存在，只是逐渐淡化，并且会不可避免地继续淡化下去。所以，在某种意义上，我们比30年前起步时更难，我们手中的王牌更少，我们真正可以冀望的是已生长在我们基因中的改革元素，是我们敢闯、敢试、敢为天下先的精神禀赋。丢失了这些，经济特区的前途就会晦暗不明。只有进一步激活特区精神、强化特区精神，我们才可以更新原有的优势，创造新的优势，进而创造新的辉煌。

既然特区精神是特区之魂，那么迎接下一个30年，我们不仅要继承敢闯、敢试、敢为天下先的特区精神，而且要与时俱进，让特区精神焕发新的气象。如果说前30年，我们一切为了发展，那么下一个30年，创新将使发展更加闪耀人性的光芒；如果说前30年，我们用特区精神闯出了社会主义市场经济的新天地，闯出了环境保护和经济发展双赢的新局面，那么下一个30年，我们要用特区精神闯出社会主义民主政治、法治经济、和谐社会、先进文化的新时代，闯出生态文明的新境界，让珠海成为宜居、宜业、宜游的幸福之城。那时的风光，定会比现在更美、更动人。

对战士而言，最骄傲的位置是排头兵，下一个30年，珠海还要死死地守在这个岗位上。

2 强力推动珠海新的崛起和振兴

加快珠海新一轮大发展，强力推动珠海新的崛起和振兴，关键在珠海的干部，干部要姓“干”。

干要干得明白！要明白为什么干、怎么干、干什么。

要强力推动珠海新的崛起和振兴，我们首先要志存高远。移民城市的活力、海洋城市的创造力、浪漫之都的魅力和文化名城的内涵，使珠海成为一个富有城市理想、打造理想城市的好地方，是一个应该干一番事业，也能够干一番事业的好地方。目前，珠海又迎来了空前的历史性机遇，正是有志之士大显身手、大有作为之时。但毋庸讳言，在我们部分干部身上，小富即安心态渐重，明哲保身，不思进取，对工作缺乏激情。须知，我们业已取得的成就固然值得骄傲，但前面的路更长。不思进取，再好的机遇也会错过；明哲保身，人生的路只会越走越窄。只有高扬起理想的旗帜，把自己的理想与城市理想结合起来，与城市同发展，与时代同进步，才能在追求城市理想的伟大实践中真正实现自己的人生理想。只有一贯保持争创一流的志气、敢为人先的勇气、革故鼎新的锐气，勇立时代潮头，才能闯出一番新天地。

要强力推动珠海新的崛起和振兴，我们还必须脚踏实地。知行合一，是中国文化的精髓。知而不行，不是真知；不知而行，那是盲动。确定了目标，就要认准一个字——干。其实，珠海建立经济特区的30年，就是实干的30年。现在，珠海正朝着建设生态文明新特区、争当科学发展示范市、建设珠江口西岸核心城市的目标奋勇前行，交通、产业、城市三大格局日渐明晰，可以说，珠海美好未来的蓝图已经绘就，关键在于能否抓紧每一天，做好每件事。一切消极的等待、一切虚玄的空谈，只会耽误我们的事业，耽误珠海的发展。在我们的身边，总有那么一些人，抱有浓重的看客心理，自己不干，还让别人也干不成事，对认真干事的

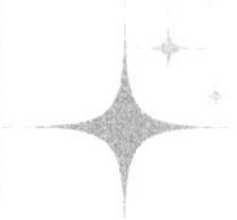

人指手画脚，横加非议。还有一些人天真地以为，横琴新区的大开发已经启动，港珠澳大桥已经动工，广珠铁路进展顺利，广珠轻轨通车在即，无须艰苦奋斗，珠海的好日子就会到来。须知，这些珠海发展史上的重大突破，无一不是实干得来的，来之不易，而且更艰巨的任务还在后面。不争分夺秒地干，我们和先进城市的差距何以缩小？不只争朝夕地干，我们何以让核心城市名副其实？要干，就要抓项目，抓不住、上不了优质的龙头项目，加快发展就是一句空话。

士不可以不弘毅，任重而道远。我们使命在肩，责无旁贷。

③ 虎年珠海　“干”字当头

“现在摆在珠海面前的任务，第一是干！第二是干！第三还是干！”日前，中共广东省委对珠海今年的工作提出了这样的要求。简洁明了、掷地有声的三个“干”字，道出了珠海发展的关键和核心。今年是虎年，我们就是要以猛虎下山的精、气、神，真抓实干，大干苦干，一切等待、观望、犹豫、退缩都是我们发展的大敌。

“干”就是不空谈。空谈误国，实干兴邦。我们要倍加珍惜来之不易的历史机遇。决定一个地区、一个城市兴衰的因素很多，但关键处往往只有几步。随着《珠江三角洲地区改革发展规划纲要（2008—2020 年）》的深入实施、港珠澳大桥的动工兴建和横琴开发的正式启动，珠海已从边缘之地一跃成为粤港澳区域发展的中心点，站上了国家和广东发展的战略层面、政策层面、区域层面的制高点。可以说，决定珠海未来的历史性机遇已经来临，而且形势十分明朗。我们目前最需要做的，也是唯一要做的，就是要牢牢抓住、继续用好这些历史机遇，就是要实干，乘势而上，把热情转化为行动，把机会转化成项目，把目标转化成现实，切实使珠海经济社会发展迈上一个新台阶。

“干”就是不折腾。不折腾，是一种坚持，是心无旁骛。我们要倍加珍惜来之不易的思想共识。近两年来，我们认真总结过去的经验，明确了建设生态文明新特区、争当科学发展示范市、建设珠江口西岸核心城市的发展目标，明确了坚持经济发展与环境保护双赢、经济发展与改善民生共进的发展模式。我们要继续坚持这些宝贵的思想共识，坚持大方向不摇摆、大目标不动摇、大思路不折腾，一心一意加快实施《珠江三角洲地区改革发展规划纲要（2008—2020年）》和《横琴总体发展规划》，在调整结构的基础上实现新发展，在保护环境的前提下实现新发展，在改善民生的过程中实现新发展，推动发展有新成效、新突破、新气象。

“干”就是抓落实。抓落实方能见真英雄。有了共识，有了规划，有了决定，主要任务就是以抓落实来论高低、见分晓。所有美好的蓝图，只有不折不扣地落到实处，才能真正让百姓受益，才能促进经济增长，才能推动科学发展。否则，就是纸上谈兵，形同虚设，半点价值也没有。当然，落实不是以会议落实会议，以文件落实文件，也不是对文件内容进行僵硬的照搬，而是要明确落实重点、创新落实办法、强化落实责任。一要明确目标。明确每个人、每个部门、每个行业的目标，把宏伟目标分解成一个个可以操作的现实目标。二要强化责任。真正让干事创业的人把责任负起来，同时特别要注意责权利统一。三要确保进度。增强紧迫感和使命感，把要干的事、想干的事干成。尤其要建立严格的以目标倒逼进度、时间倒逼程序、社会倒逼部门、下级倒逼上级、督查倒逼落实的抓落实机制，争取在抓落实上见到更大成效。

猛虎不怯敌，壮士无虚言。虎年看珠海，长啸动天下。

4 争分夺秒攻项目

虎年伊始，珠海的项目建设已然升温。《珠海市2010—2011年十大重点建设工程》的迅速出台，标志着珠海市实施重大项目带动战略进入攻坚克难的新阶段。抓紧、抓实、抓好这一批重大项目，珠海发展就有

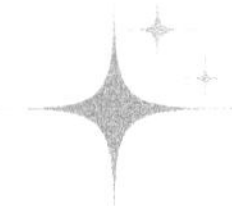

了坚实的基础。

经验一再证明，抓项目是抓发展的关键。项目的多与少、好与坏、粗放与集约，决定着发展水平的高与低。有项目，发展才有抓手；有项目，发展的思路才能看得见、摸得着。有了好项目，就有了加快发展的支撑点；有了好项目，就有了扩大内需和回升出口的着力点；有了好项目，向上争取资金就有了依据，民间投资就有了方向，外商投资就有了载体。同时，抓好项目也是调整优化产业结构的有效途径。通过项目实施，我们就能够使珠海经济逐步向高质量经济方向调整，就能避免结构调整的盲目性。

当前，区域竞争日趋白热化，大家都在进行发展实力大比拼，谁的项目多、项目好、项目大，谁就有发展的话语权，谁就能构筑率先发展的高地。从珠海的实际看，投资是拉动经济增长的首要因素，而扩大投资归根到底就是要靠项目。目前，珠海已迎来历史性的发展机遇，能不能抓住来之不易的历史性机遇，关键看我们能不能真正把项目抓上去。“十大重点建设工程”的投资力度大，战略地位高，对珠海的未来有决定性的影响，是市委、市政府加快实施《珠江三角洲地区改革发展规划纲要（2008—2020年）》和《横琴总体发展规划》，全力推进“三大格局”建设的重要举措，是着力抓投入、上规模，着力调结构、促转变，着力保环境、优生态，着力惠民生、强保障的具体体现。抓紧实施“十大重点建设工程”，是我们今年乃至相当长一段时间内工作的重中之重。各地各部门都要服务好工程项目，而考量各地各部门科学发展理念和能力的试金石，就是抓项目建设的态度、力度和成效。

项目不开工，等于白用功；项目不投产，等于就“流产”。抓项目一定要有危机感和紧迫感，必须积极主动，自我加压，绝不能慢慢腾腾、坐而等待。要按照能快则快的要求，抓紧启动没有启动的项目，尽早开工建设；对于已有规划却还没有上报的项目，要抓紧上报，抓紧审批，抓紧实施；对于已经开工的项目，要只争朝夕、争分夺秒，争取早见成效。

抓项目不能停留在表决心、喊口号上，而要落实到解决具体问题上。要切实做到项目建设责任化、目标化、时限化，持之以恒不松劲，一年接着一年干，后任接着前任干，不达目的不收兵。要统筹兼顾，滚动实施，做到手里干着一批，眼里盯着一批，心里还想着一批。

2016 年

2017 年

2018 年

2019 年

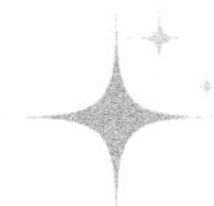

持、烦琐的报批手续、建设中的监管以及建好后的分配等，最终几个项目都被拖延下来。

然而事实是，随着珠海经济的发展，珠海的房价正在明显上涨，房价上涨将抬高企业的营商成本，增加市民的生活负担，阻隔人才进入的渠道，降低城市的幸福指数，对珠海发展弊大于利。高房价也催生了一批规模不小的“夹心层”，比如参加工作不久的大学生、刚刚来珠海的创业者、收入不高但依然勤勤恳恳为这个城市奉献的普通人，对动辄上万元一平方米的高价房望尘莫及。珠海要建设理想城市，应当打开视野，充分发挥政府公产房的住房保障功能，逐步扩大保障面，率先探索出解决“夹心层”住房困难问题的途径。

或许，相对于北京、上海，相对于广州、深圳，珠海的房价依然不算高；或许，这2000套经济适用房、廉租房的动工，依然不可能将珠海的房价拉下来；或许，随着城市价值的不断提升，珠海房价向上是大趋势，难以逆转。但是，这绝不意味着我们在解决市民住房问题上可以任其自然，无所作为。住房不是完全的商品，再穷的人也要有栖身之地，所以住房也是生活必需品，是政府必须提供的基本公共福利。政府要做的，不是为打压房价而打压房价，而是大力发展廉租房、经济适用房，这才是解决住房难问题的根本，这一点在新加坡等发达国家已经有了成熟的经验做法。可喜的是，珠海正在朝这个方向大步迈进。

据悉，此次珠海建设廉租房的资金已经落实到位，万事俱备，我们由衷地希望政府的这一民心工程进展快些、再快些。除了年内动工的“沁园”、大镜山廉租房项目，政府还应当树立长远目标，尽快拿出未来数年为困难家庭提供住房保障的规划方案，并坚定地执行下去。特别是对珠海西部地区4000多套危房的改造也应加快速度。此外，在加大住房保障力度的同时，政府应该做的事还包括合理确定城市开发建设规模，特别是要大力增加中低价位、中小套型普通商品房的建设和供应。

可以说，在充分市场化的房地产和居民买房难之间，政府还有很多事情要做；而且，要快！

⑥ 切实深化行政审批制度改革

我市行政审批制度改革又有新动作：2010 年，有审批事项的市直部门 100% 进驻市行政服务中心，行政审批事项 100% 实现窗口办结。这两个 100% 将明显缩短行政审批时间，对今年珠海发展无疑是个促进之举。

近年来，我市积极推进行政审批制度改革，创新政府工作方法，不断增强政府执行力，政府职能转变和管理创新取得了很大实效，行政审批制度改革有了实质性进展。但仍然存在一些亟待解决的突出问题，主要表现在：行政审批事项较多，该放的不放，管得过多、过死；行政审批程序较多，有的程序设置不合理，比较复杂，办事不方便；进驻行政服务中心集中审批的事项比例较低；个别窗口单位“只挂号，不看病”的问题依然存在，现场办结率有待提高；等等。

改革行政审批制度，提高机关行政效能，关键是进一步清理和精简审批事项。要按照发展社会主义市场经济的要求，全面梳理政府管理和介入的事项，坚决让政府从那些不该管的事务中解脱出来。过多、过滥的行政审批，会妨碍市场机制作用的有效发挥，这是政府职能错位、越位的重要表现之一。如果政府部门把大量精力用于过多的行政审批上，而对市场运行的监管和服务却严重缺位，将会阻碍社会生产力的发展。我们要把不该由政府机关审批的事项坚决精简下来，把企业的生产经营权和投资决策权真正交给企业，把可以通过市场机制由社会自我调节和管理的职能交给社会中介组织，把群众自治范围内的事情交给群众自己依法办理。只有上述机制目前难以做到有效管理的事，才应保留必要的行政审批。对清理调整后的审批事项，应及时向社会公布，接受群众监督，防止行政不作为或者利用备案、核准等形式搞变相审批。

改革行政审批制度，提高机关行政效能，必须优化重组行政审批流程。对清理后保留的审批事项，要实行流程再造，简化审批环节，压缩

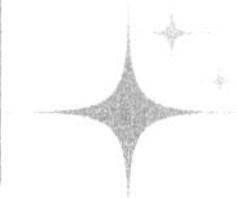

审批时间，公开审批程序、审批时限、审批结果，自觉接受监督。要创新审批方式，全面推行并联审批，对涉及多个部门的审批事项，要采取集中会审会签进行审批，相关职能部门平行运作，在规定时间内办结。要建立重大投资审批项目的“绿色通道”，确保重大项目加快建设。要认真落实“双百”目标要求，部门将行政审批权向行政服务中心窗口100%授权到位，审批事项在行政服务中心窗口办理到位。除特殊情况外，将所有审批事项全部纳入行政服务中心集中办理，确保现场按时办结率达到100%，真正实现“窗口受理”向“窗口办理”转变，确保“进一次门，办成所有该办的事”。

改革行政审批制度，提高机关行政效能，也是从源头上预防和解决腐败的一项重要举措。应该看到，一些政府部门千方百计地“找事”“争权”，主要是在行政执法活动中争那些给本部门、本系统带来“实惠”的审批发证权、收费罚款权，把审批作为增强权力和增加利益的一种手段。极少数机关工作人员更是借审批把关之名，徇私舞弊，甚至搞权钱交易，违法违纪。改革行政审批制度，就是要从源头上规范权力的行使，依法对权力进行有效的制约和监督，是遏止腐败的一项重要治本之策。

改革行政审批制度，提高机关行政效能，是政府部门的自我革命，最终目的就是要加快政府职能转变，建设服务型政府，创造规范、高效、诚信、开放的政务环境和创业环境。这是珠海发展的需要，也是时代的要求、人民的期盼。

7 绿道网建设需要更多问计于民

经过如火如荼、不舍昼夜的紧张施工，省立1号绿道珠海示范段工程目前已进入尾声。这样的说干就干、狠抓落实确实体现了珠海的精神风貌。现在，市绿道办欢迎市民对绿道建设建言献策。市民的积极参与是使绿道真正利民惠民的重要保证。

规划建设好绿道网，是我们深入贯彻落实科学发展观的实际举措，是我们建设生态文明新特区的重要内涵。按照广东省政府要求，今年是全面启动珠三角绿道网建设的第一年，要实现绿道网建设“一年基本建成，两年全部到位，三年成熟完善”的目标。这些绿道建成后，区域绿道、城市绿道、社区绿道将形成相互贯通、四通八达的林荫大道，成为一条条惠民、利民、优质、环保、经济的人民绿道。绿道网建设由于与珠海市民生活关系密切，理所当然地引起了广大市民的高度关切。在大力拥护绿道建设的同时，也有许多市民建议：沿情侣路建设的绿道要和今后情侣路大规模的改造相结合，避免建了又改，改了又建；绿道不仅要建成景观大道，更要通达居民小区。还有市民更直截了当地指出，哪天珠海人出门不用撑伞遮阳，绿道就可说是确实建成了。这些意见都不乏合理之处，值得有关部门深长思之，对市民参与城市建设的热情，更要倍加珍惜。

人的现代化的一个重要标志，就是具有公民意识。公民意识的形成，是从传统社会向现代社会转型的精神“引擎”。市民是城市的主人，市民成为公民，积极参与城市公共事务，为城市发展集聚巨大动能。城市建设当然离不开政府的决策和总体规划，离不开专家的专业意见，但也离不开市民的积极参与。绿道是公共设施，跟老百姓的利益关系密切，建在哪里，该怎么建，老百姓应该有发言权。

其实，市民参与城市公共事务的决策和管理，有利于广泛咨询，集思广益，可以增加政府决策和管理的透明度，提高决策的科学性、民主性。对于政府来说，在群众雪亮的眼睛的注视下，其执政能力亦能得到考验和提升。适时将政务信息公开，尽管会有颇有辣味的“灌水”“拍砖”，却是真实而生动的声音。若能接受监督，听取并吸纳民意，既有利于“阳光政府”的建设，也能让最终的决策更可行。对于市民来说，了解政府的决策过程，拥有对政府决策的知情权、参与权、监督权，必将进一步激发其主人翁意识，自然会更加支持、配合政府的工作，更加积极参与城市建设和管理。这样一种良性互动，正是我们构建和谐社会之必需。

绿道网建设，期待上述成为现实。

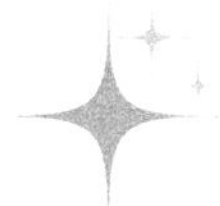

8 创建文明城市要利民惠民

珠海创建全国文明城市活动已到攻坚阶段。围绕把珠海建设成为全国最清洁、最安全、最优美和最幸福的城市之一，珠海创建全国文明城市活动的宗旨就是让珠海市民生活得更幸福、更有尊严。

发展是创建文明城市的首要任务，促进发展是创建工作的首要目标。没有发展，或者发展得不好、不快，其他一切就只是空谈。作为国内城市综合性评比中的最高荣誉和城市竞争中最具价值的“金字招牌”，全国文明城市是一个城市发展环境和综合实力的集中体现。在这个意义上，抓创建全国文明城市就是抓珠江口西岸核心城市建设，就是抓生态文明建设，就是要全力实施《珠江三角洲地区改革发展规划纲要（2008—2020年）》和《横琴总体发展规划》，加快推进十大重点工程建设，包括歌剧院、文化馆、博物馆、展览馆、公园、绿道等，强力推动珠海发展升温加速。

为民是创建文明城市的根本目的，彰显的是以人为本的执政理念。一个健全的社会，必然促进人的全面发展。为民创建，就是既要又好又快地发展经济，满足人们不断增长的物质需求；又要持续提升城市的人文品格，满足人们的精神需求。要切实解决好民生问题，绝不能搞劳民伤财的形式主义、“花架子”，而是要把群众呼声作为第一信号，把“为群众服务、替群众办事、让群众满意”作为创建文明城市的第一标准，积极畅通与群众的沟通渠道，认真听取群众的意见和要求，特别注意解决与群众生产生活密切相关的“老大难”问题，如出行过街难、上好学校难、看病不贵难、看3D电影难等，做到“城市上水平，百姓得实惠”，让广大市民切身感受到文明城市创建带来的好处。因此，必须以求真务实的作风，从基础工作抓起，从难点、焦点抓起。要减少突击性工作，增加经常性举措，标本兼治，坚持硬件、软件一起抓，抓硬件以壮“筋骨”，抓软件以塑“灵魂”，抓社区以强“细胞”，实现城市从形象到内涵整体水平的提高。

市民是创建文明城市的主体，也是创建活动能否成功的关键因素。只要我们一切为了群众，一切相信群众，一切依靠群众，积极为群众办实事、办好事、解难事，真正让市民感受到创建活动与自身生活质量提高息息相关，感受到创建活动带来的积极变化，就能充分调动广大市民群众参与文明城市创建的积极性、主动性和创造性，实现聚全民之智、举全市之力，心往一处想，劲往一处使，不畏艰难，走出一条“创建促和谐、和谐促发展”的文明城市建设新路子，不断刷新珠海的文明形象，推动珠海早日跨入全国文明城市行列，早日建成“生态文明新特区、科学发展示范市”。

9 怀有敬意地保护名镇名村

继唐家镇被评为全国历史文化名镇之后，我市南屏镇北山村申报“广东省历史文化名村”成功，成为目前我市唯一一个省级历史文化名村。这是历史性的突破。加之珠海筹备申报全国历史文化名城，我市的历史文化保护和开发可望谱写新的篇章。

珠海是个年轻的经济特区，因为年轻，所以许多人常忽视其丰富的历史文化。名村、名镇提醒我们，我们生活的地方底蕴深厚、名人辈出，是重要的中西文化交流走廊。尤其近代以来风起云涌，就是从这些古村、古镇，走出了灿若星云般的风流人物。面对这些先辈及其写就的辉煌，我们讶异、钦佩、惭愧，理所当然地，我们还要延续这座城市的记忆。珠海的古村、古镇，就是珠海历史记忆的物化，它们真实记录了珠海的传统建筑风貌、优秀建筑艺术、传统民俗民风和原始空间形态，具有很高的研究和利用价值。我们应该像对待珍珠一样把它们保护起来，悉心擦拭，让它们永远散发耀眼璀璨的光芒。

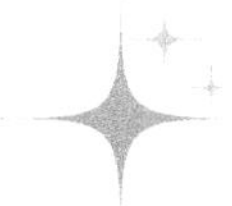

北山村历史悠久，自宋代起就有杨姓氏族在此定居，村里古井、古树随处可见，特别是杨氏大宗祠里的大玉兰树（玉堂春）极为珍贵。北山社区近年来一直在保护的基础上合理开发利用传统建筑，杨氏大宗祠、北山会馆、名人雕塑园、北山画家村已经形成一个统一的岭南建筑群，人们置身其中，都能体会到历史文化的深厚积淀。北山村被评为广东省历史文化名村，不仅说明了北山村的历史文化价值，也说明了对北山村的保护得到了专家学者的认可。

其实，像北山这样有价值的古村，珠海还有很多，只是有些古村的保护不尽如人意。众所周知，随着城镇化进程的加快，我国不少古村、古镇都遭受到了不同程度的破坏。一些开发商在经济利益的驱动下，不顾国家三令五申，破坏古村、古镇；有些地方政府以各种冠冕堂皇的借口为理由，擅自出卖、转让，甚至拆除文化古村、古镇，造成了无法估计的损失。说这些行为败家，毫不为过。珠海众多的古村、古镇能否避免这样的命运？情况似乎不容乐观。据报道，我市的一些历史文化遗产莫名消失了，代之而起的是一些毫无文化价值的建筑垃圾。就连北山村，也有报道称，从今年5 月1 日起，一家台湾公司将进驻北山画家村，投资700 万元将这里改造成一家西餐厅，还会开一个小型酒店，预计在今年国庆前开业。香洲区、南屏镇预计投资200 万元，对北山社区进行“修旧如旧”改造，形成一处以杨氏大宗祠为中心的独具岭南特色的旅游景点，“有点像上海新天地的格调”。但有经验表明，古村、古镇旅游化，结果可能是毁灭。

保护古村、古镇，最重要的是对其保持敬意，并严格依法办事。《历史文化名城名镇名村保护条例》明确规定了对历史文化名城、名镇、名村应当整体保护，保持传统格局、历史风貌和空间尺度，不得改变与其相互依存的自然景观和环境；对核心保护范围内的建筑物、构筑物，区分不同情况，采取相应措施，实行分类保护，并要求核心保护范围内的历史建筑，应当保持原有的高度、体量、外观形象及色彩；等等。

北山村保护当如此，其他古村、古镇亦然。

⑩ 交通建设“抓大”不能“放小”

今年上海世博会的主题是“城市，让生活更美好”。这个主题引起很多人的共鸣，当代中国，大概向往城市生活的人是大多数。但任何生活在城市的居民都知道，交通是城市的血脉。要想城市有活力，宜居宜业，交通一定要便捷。若交通梗阻，城市生活无异于灾难。

一般说来，城市交通梗阻，一是出在主干道，二是出在与主干道相配套的环节。主干道不通，城市就如孤岛。很长一段时间内，珠海就与孤岛相似。作为新城市，珠海的交通建设欠账很多，30 年来，虽然不断地建桥修路，却依然赶不上城市发展的需要。交通的边缘化导致城市的被边缘化，也是珠海发展不够理想的重要原因之一。现在，珠海要建设珠江口西岸核心城市，首先就要将珠海建设成珠江口西岸交通枢纽城市。港珠澳大桥、广珠城轨、广珠铁路、金港高速、高栏港高速、机场高速、广珠高速西线、珠海大道改造等一大批大型交通设施的建设，将有力地改变珠海的交通现状，拉近珠海与香港、广州两大国际大都市的距离，充分发挥珠海机场及高栏港的功能作用，打开横琴的出口通道，在大的格局上，奠定珠海的未来发展。目前，这些大型项目的规划建设正如火如荼，其重要性和紧迫性成为全市上下的广泛共识，相信不久就能显现成效。

然而，另一个不容忽视的问题与上述大型设施配套工程相关。配套工程往往细微，或许就因其细微，所以容易被人忽视。但是，细微并非不重要。配套工程不到位，大型设施即使建成了，其作用也将大打折扣。在这方面，珠海有大量的前车之鉴：珠海机场落成了，许多市民却还是奔向广州白云国际机场；高栏港建设经年，大量的货柜车依然在碾压主城区的道路；西部沿海高速通车了，珠海主城区的人却只能从坦洲出关；江珠高速通车了，珠海大道却多了一道红绿灯；迎宾南路改造了，却一

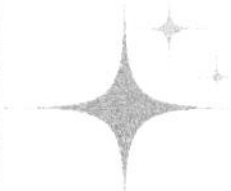

路都是人车争道；金唐路迟迟未建成，港湾大道却急着提升形象，弄得“五一”时瘫痪成停车场……凡此种种都说明，大处着眼固然重要，小处着眼同样关键。城市交通如同人之血脉，是一个整体，主动脉畅通，微循环顺畅，各方面协调无碍，方能运转自如。而我们的问题是，我们对大项目的配套工程并未给予足够的重视，我们对微循环的顺畅并未给予足够的重视。一个典型的问题就是，由于我们对人行天桥和立交桥的偏执性排斥，路是愈修愈宽，而拥堵也愈来愈严重。

往事已矣，亡羊补牢。现在广珠城轨等大型交通工程建成使用日近，我们该认真考虑并迅速实施其配套工程了。例如，按照一些媒体的披露，港珠澳大桥珠海连接线只有南湾、横琴北、洪湾 3 个出口，并从洪湾直接上广珠高速西线，那么港来车辆如何进入主城区？车下南湾后又去哪里？前山河是否要加建桥梁？金湾、斗门又如何与港珠澳大桥快速对接？又如，广珠城轨在珠海的 5 个站点，附近有足够车位的停车场吗？如何完善周边的交通疏散系统？珠海大道行人过街设施是否够用、实用？这些都是细节，但谁能说这些细节无关大局？

“天下大事，必作于细。”愿我们都记住我国古代哲人老子的这句名言。

11 房价是珠海的优势

珠海是个宜居的城市，这是海内外对珠海的普遍看法。说珠海宜居，一是因为珠海山海相拥，环境绝佳，人口规模适中，“城市病”不算严重；二是因为珠海人均收入还算可观，而物价相对较低，生活成本不高。长期以来，珠海人已经习惯了这种自足自适的氛围。只是近年来，由于全国房价的起伏影响到珠海，所以房价在珠海也渐渐成了一个话题。

首先，珠海的房价在周边属于洼地。据统计部门的数据，珠海房价仅是澳门房价的 1/3，是香港房价的 1/7，不足广州、深圳房价的 1/2。

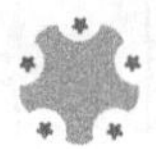

这样的房价虽然不低，但也不能说贵，并且随着国家实施新一轮的房地产业调控，短期内也无大幅上升的可能。

这就构成了珠海的一大优势，即吸引人才、企业来珠海投资、创业、工作、居住的优势。特别是目前，由于高房价和工作紧张的压力，不少年轻的白领正逃离北京、上海、广州、深圳等一线城市，另寻栖身之地。而大量的大学毕业生，包括硕士、博士也放弃奔向上述一线城市的努力，转而将目光投向更具幸福感的二、三线城市。对珠海而言，这不正是一个极好的机会吗？或许，在珠海创业的机会、发财的机会不如一线城市多，但其综合优势仍比其他二、三线城市强，加上房价处在大多数白领可以承受的范围内，相信不会没有吸引力。可惜的是，我们缺乏针对性的宣传，吸引来的更多的是炒房客和养老族，吸引人才的效用并不明显。这样的状况亟待改变。

其次，珠海目前的房价只是暂时的。长期来看，珠海的房价必然会有较大的提升。其中的决定性因素是交通状况的改变和城市规模的扩大。珠海目前的房价之所以不高，主要原因是交通的不便使珠海处于被边缘化的状态，边缘化的城市无法聚集大量的人流和物流，城市规模自然大不了，城市规模的偏小使得住房供需矛盾不突出。而随着广珠铁路、广珠城轨、港珠澳大桥的建设，珠海的交通状况将发生彻底的改变，珠海将成为交通枢纽和珠江口西岸核心城市，物流、人流必将大增，城市规模也将迅速扩大。按照规划，20 年内珠海城市人口将达 300 万，是现有人口的两倍。也就是说，对住房的需求也将迅猛增长。在中心城区很少可建住宅区的情况下，中心城区房价不上涨是不可能的。以前珠海虽毗邻港澳，和港澳的联系却并不紧密，而港珠澳大桥的建成拉近了香港和珠海的距离，香港人将更乐于在珠海买房；特别是珠海与澳门通关的便利化，将使工作在澳门、生活在珠海成为大势所趋。珠海和香港、澳门的房价差距必然缩小。

最后，既然珠海房价不上涨不现实，而上涨太多又会削弱珠海的城市竞争力和吸引力，那么最理想的状态是温和上涨，上涨的幅度和珠海城市的扩张步伐、市民的收入增长相适应。所以，珠海完全没有必要刻意打压房价。打压房价太甚，不仅会令城市的生机和活力窒息，又会使拥有住房率甚高的珠海市民财产性收入缩水。但又要坚决防止房价过快上涨。比较可行的方法是，一方面，加大保障性住房的建设，使奔珠海

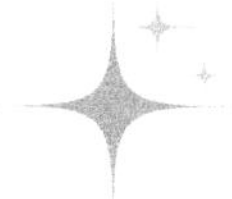

而来的新珠海人，主要包括年轻白领和新一代外来工能有各自合适的居所，减缓房价上涨的刚性推动力，这类保障性住房可建在教育、交通、生活条件较好的城区，使其真正发挥作用；另一方面，在产业发展、交通改进的基础上，适时启动西部新城的建设，使城区的扩张与人口的增加相适应，扩大住房的有效供给，减轻香洲核心城区的住房压力。从现在开始，我们就要在规划上考虑把更好、更多的教育、卫生、文化资源安排在西部新城，使更多的珠海人乐意在西部工作、生活，而不是目前这样被迫选择中山的坦洲和三乡。或许，珠海行政中心也该向西移一移了。

⑫ 加大市内扶贫力度

重视扶贫工作是珠海的优良传统。多年来，珠海对口兄弟地区的扶贫工作都取得了丰硕成果。现在，珠海又确定了市内扶贫工作目标任务：从2010年起，用3年时间，对市内金湾区、斗门区34个欠发达村和家庭年人均纯收入低于2500元（含2500元）的低收入困难户实施扶贫，确保被帮扶贫困户年人均纯收入增长10%以上，被帮扶贫困村基本改变落后面貌。这对于我市西部贫困户来说，无疑是件大好事。

由于历史等多方面的原因，珠海的西部地区至今仍存在不少欠发达村和贫困户，东部与西部之间城乡差别仍然巨大。虽经政府多年的扶贫帮助和村民自救，珠海的欠发达村和贫困户日渐减少，但对内扶贫的任务依旧繁重。要实现区域协调发展、均衡发展，必须下大决心加大力度对内扶贫，让所有市民分享珠海30年来高速发展的成果和实惠。

大力抓好扶贫开发，必须创新工作思路，不断提高扶贫开发水平。要在坚持过去的好经验的基础上，按照整村推进与连片开发相结合、扶贫开发与区域经济发展相结合的路子，推动扶贫开发从注重产业开发向注重产业开发和智力开发并重转变，从注重资金扶持向注重资金扶持和科技扶持并重转变，从注重政府推动向注重政府推动和市场推动并重转变。并且，在此基础上大力推进产业结构调整，实现新农村建设与扶贫开发的有机结合，走科学发展的扶贫新路。

大力抓好扶贫开发，必须提高贫困地区的自我发展能力，夯实发展基础，增强造血功能。我们要认识到，农民是新农村建设和扶贫开发最重要的利益主体，应构建农村社区农民自主参与的扶贫内在机制，特别是要提高农民对新农村建设和扶贫开发的规划、实施、管理等全过程的自主参与度；要建立健全农村劳动力就业培训制度，帮助具备相应劳动能力的农村贫困家庭找到增收致富门路。帮助农村规划好发展思路，发展村集体经济，宜工则工、宜农则农、宜商则商。大力引进农业龙头企业，以企带村，村企联合。要充分发挥社会各界在扶贫开发中的重要作用，发挥市场机制作用，吸引社会资金参与扶贫开发，引导非政府组织参与扶贫开发项目，形成扶贫开发的强大合力。

抓好对内扶贫工作，必须重实效，绝不能走过场，患“冷热病”。各级领导要亲自负责，层层落实目标责任制，切实消除工作死角，要以改善农村居民的生产生活条件为重点，做好农村居民最低生活保障制度和各项公共政策与扶贫开发政策的有机衔接。要对困难群众的生产和生活状况进行全面排查，想方设法解决困难群众的燃眉之急，稳定提高贫困人口的生活水平。要健全党政机关帮扶机制，继续开展定点挂钩扶贫、驻点扶贫，确保帮扶到村、到户、到人。

13 尊重文化发展的内在规律

在落实省委十届七次全会精神的热潮中，如何开创珠海文化大发展、大繁荣的新局面？在日前召开的珠海文化艺术界和文化产业界座谈会上，有人指出，我们就是要按文化发展规律谋划文化建设。这句话可谓一语中的，值得我们深长思之。

珠海经济特区建立30年来，文化建设成就多少、现状如何，这里不

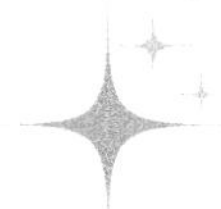

予评论。但世上万事万物，各有自己的秉性，只有掌握了事物的秉性，才能把事情办好，却是千古不易的道理。古人云“格物致知”，共产党人讲“实事求是”，讲的都是要尊重事物发展的内在规律，按规律办事。否则，再怎么努力，也不会有效果，甚至好心办坏事，揠苗助长。文化发展更是这样，古往今来，“有心栽花花不开，无心插柳柳成荫”的情形屡见不鲜。

按文化发展规律谋划文化建设，不能套用经济发展的模式。通过搞政治运动来抓文化，此路不通，已为历史所证明。但由于长期以来我们在经济建设方面的成功，也由于许多人习惯性的路径依赖，像抓经济一样抓文化成为一些领导干部的本能反应。不过，经济大省不必然成为文化大省，经济强市不必然成为文化强市的事实，说明经济和文化的关系远比一般想象的要复杂。前些年来，一些地区不加区分地把所有文化单位简单地赶向市场，非但没有让部分文化活动在所谓市场的洗礼下发展壮大，反而在市场的挤压下几无藏身之地。又如一些地区以为搞文化就是招商引资。开发项目，结果一些没有根基的文化项目很快就成为明日黄花，风光不再，甚至开幕即谢幕。还有一些地区重金引进高端文化人才，然而，引进之后呢？闲投散置，甚至错用，人才也就逐渐沦为庸才了……凡此种种，不一而足，都是不懂得、不遵循文化规律的教训。

按文化发展规律谋划文化建设，必须改革我们的文化体制。现今的文化体制还有改进的空间，僵化、死板、官本位的现象还在一定范围内存在。这些现象不仅影响了文化精品的创造与出台，也使得大众日益增长、日益丰富、日益精细的文化需要得不到满足。此外，文化人才的地位也须得到进一步的提高。

按文化发展规律谋划文化建设，必须反思我们的文化政策。优良的文化环境要以合适的政策来营造。从一个较大的范围来看，珠海的文化事业和文化产业都处于一个需要政策扶持的时期，且政策支持力度不够。我们十分迫切地希望有关部门在土地、税收、财政、人才、产业等政策方面给予文化发展更宽松的环境。该保的不遗余力地保，该投入的竭尽所能地投入，该收紧的坚定不移地收紧，立足长远，区别对待。这不是要求给文化建设以特殊性的倾斜，而是希望文化政策能更适应文化发展的规律。

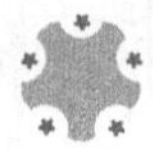

⑭ 期待一场平等的对话

近一两年以来，网络问政作为广东政府层面进一步解放思想的举措之一，渐成风气，并为各界所津津乐道。一些市、县委书记，县、市长要么设置个人信箱，要么上网与网友直接交流。广东省直已有22个部门设立了“网络发言人”。网友“说了不白说，提了不白提”，网络问政正在成为广东各级党委、政府工作的重要组成部分，成为广东发展的新契机。更有媒体报道，全国至少有80个县（占总数的5%）的最高官员开通了博客。官员开博、“两会”微博、网上对话等网络问政方式渐渐成为一代官员的执政新风。

目前，互联网已成为人们生活、工作、学习不可或缺的工具，正对社会生活的方方面面产生深刻影响。工业和信息化部发布的数据显示，今年第一季度，中国互联网网民新增2000万人，网民总数达到4.04亿人。网络文化是将来舞台最大，最前卫，最有影响力、辐射力、穿透力的文化现象。网络言论正成为社会舆论的源头，并由此产生新的社会意见阶层。而网络问政正以前所未有的力量和方式，开启中国民主政治的新篇章，成为新时代政治文明的新内容。

知屋漏者在宇下，知政失者在草野。网络问政是利用网络倾听民声、了解民意、关注民生的方式。网民许多的意见都比现实环境中来得更尖锐、准确、及时。智藏于民，计出于民，倾听网友的真知灼见，与网友平等对话，让网络民意得到尊重、民情得到纾解、民智得到挖掘、民心得到凝聚，网络问政无疑是对网民力量和作用的高度认可和充分应用。同时，网络问政也是为民众排忧解难的有效途径。以惠州为例，作为全省率先开展网络问政的城市之一，惠州市“惠民在线”成为排解民忧、化解矛盾的“直通车”，解决了网民关注的一大批热点、难点问题。惠州市的老百姓上访次数在广东省连续三年达到最少，主要原因就是沟通的

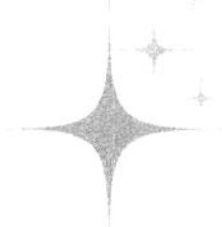

渠道畅通了，反映的问题得到了解决。

网络问政是个双向互动过程，它的主角是各级领导干部和广大网民。官员和网民交流，大家的着眼点都应该是解决问题。网民不能光发牢骚，而应少一些非理性的网络暴力，多一些“岭南十拍”似的真知灼见。官员也应该尽量给网民具体性的回答，而不是说一些空话、套话应付网民。

15 依山建城　逐水成市

“珠海善用海湾是目前城市规划中一个非常大的特点。”新加坡城市规划大师刘太格曾这样评点过珠海的城市特色，并指出，“你们美丽的河川在西边，这个资源对你们的功能带来了非常大的挑战，如果能够克服这个挑战，同时保留很美的自然资源，珠海将会是一个漂亮的城市”。大师就是大师，一眼便看到了问题的核心。而珠海市在新的城市总体规划修编中也正提出要打造东部滨海花园城市、西部滨江田园城市、南部海岛生态城市。珠海的城市格局顿显明晰、开朗、灵秀、大气。

再加上一条长达55千米的情侣路及珠海大道串起沿路的山、海、川及香洲城区、横琴新区、西部中心城区，珠海“一条主轴、两大板块、三区一城、若干组团”的城市发展格局在全国乃至世界亦是别具风貌，将展现出独特的魅力。

长期以来，许多来过珠海的人都极为称道这个城市的美丽，甚至因为它的美丽而留下。原因无他，主要是珠海有山有水、山海环抱、陆岛相望，城市依山而建，逐水而居，并尽力保护了山、海、川的自然风光。

由于依山建城、逐水成市，珠海采取了富有弹性、利于生态平衡和环境保护的大分散、小集中的组团式城市结构。合理安排建筑密度和高度，市区建筑以中、低层为主，适当建少量高层建筑，任何建筑不准遮山挡海。从城市规划科学来看，从老香洲沿海—吉大沿海到拱北沿海—湾仔—横琴这种多组团、多中心的带状城市布局，显然不同于“摊大饼”

式的传统城市块状结构。其他城市不停地修建环线，二环、三环、四环等，珠海一环都没有；当游客习惯性地问珠海市中心在哪里时，珠海人竟不知如何回答。珠海有中心吗？有，多中心，等同于没有。珠海有城市中轴线吗？似乎一下子找不出来。

孰优孰劣？组团式城市结构充分利用和发挥了珠海特有的地形地貌的优势，典型的例子就是沿海岸线蜿蜒的情侣路，已然成为珠海最亮丽的城市名片。然而，狭窄的空间越来越难以承受市区扩容的巨大压力，越来越多的山体被建筑物遮挡，从公众视野中消隐；城市设施人性化的成本越来越高；市区生活越来越缺乏诗意。并且，对于许多人来说，香洲就是现有的城市中心城区，香洲就意味着珠海。在城市经济重心已经从香洲转移的背景下，珠海亟须拓展新的城市空间。

一方面，要延伸、升级现有的情侣路，沿情侣路布局、完善城市的东部板块，即环港澳的东部地区，包括唐家湾、香洲主城区、横琴岛和万山群岛，重点发展现代服务业和高新技术产业，打造“香洲服务”品牌，实现从生产型经济向服务型经济的战略性转变。尤其是湾仔、横琴的城市化发展，将为珠澳合作创造更优越的条件。

另一方面，更重要的是要启动西部中心城区的建设。西部板块包括斗门区、金湾区和高栏港经济区的西部地区，以“双港”为引擎，以大项目为龙头，大力发展先进制造业和现代物流业，做大做强临港产业和临空产业，打造“西部制造”品牌。西部中心城区建设将突出产业的服务功能，突出在港澳与粤西地区之间承东启西的沟通服务功能，突出促进西部地区农村城市化的功能。

水道纵横、湿地丰富是西部中心城区的最大特色。规划好西部中心城区，关键是做好“水文章”，把路网和水网紧密结合起来，根据水网脉络来构建城市结构，确保水网畅通，“逐水草而居”，“城在水中，水在城中”。

届时，东西双城比肩媲美，珠澳两城交相辉映，人与自然和谐共处，宜居、宜业、宜游的城市，舍珠海其谁？

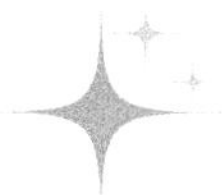

16 尊重和满足市民的文明权益

珠海，一个刚过而立之年的经济特区，为什么要争创全国文明城市？答案可以用一句话来概括，那就是创建为民、创建惠民。更具体地讲，就是要最大限度地让珠海市民享受优质的文明生活。

从远古到现代，追求文明是人类前进的动力和标尺。人类生命的独特性在于每个人都是肉体与精神的双重存在，评价人民的幸福不仅仅依据享有的物质财富的多少，生活的文明程度也是评价幸福的一个重要方面。城市同样如此。城市是文明的摇篮，是文明的催化剂，从来没有听说一个贫穷肮脏的城市让人羡慕，也从来没有听说一个缺乏理性、缺乏秩序、缺乏民主、缺乏文艺、缺乏和谐的城市令人向往。城市本来就应该是时代文明的结晶。当下，城市的文明程度已成为一个城市的核心竞争力。珠海创建全国文明城市，可以更好地提升珠海的城市文明水准。

城市的主人是市民，市民是创建文明城市的主体，更是创建成果的享受者。市民有权利借鉴、吸收、享受一切人类文明的成果。同时，市民群体也是一个城市的最大资源。有什么样的市民，就会有什么样的城市。长期以来，由于种种原因，人们更关注和重视群众的物质方面是否富足，而相对忽视了更大的文明问题。改革开放以来，我国经济发展迅速，随着人们物质生活水平的不断提高，全方位享受现代文明的需求越来越迫切，如果我们实际而不是空泛地坚持把服务群众作为创建文明城市的根本宗旨，始终把群众的利益和需求作为文明城市建设工作的出发点，把群众的评价和满意度作为检验文明城市建设工作的根本标准，真正、切实地解决事关群众切身利益的实际问题，不断提高市民的生活质量与幸福感，就必须竭尽全力为市民提供优质的公共文明服务。

现代文明生活包括物质文明、政治文明、精神文明等，内容丰富。为市民提供优质的公共文明服务，不仅仅指政府部门在服务公众时要态度好、效率高，更主要的是看是否保障好群众经济、政治、社会、环境等方面的权益，是否为促进城市文明创造必要的环境和条件。比如说，要遏止行人翻越栏杆的不文明行为，必须建设好行人过街设施；要让外来务工人员像城市居民一样热爱城市，必须改变他们长期低工资、低收入的现状，让他们也能体面地生活。作为一个现代城市，文明建设要舍得投入，要有制度保障，要把文明建设作为整个城市发展的战略来加以推进，没有城市文明建设的自觉意识，就很难调动广大人民群众参与文明城市创建的积极性、主动性和创造性，就不能形成政府与民间文明建设的合力，就不能造就浓郁的创建文明城市的氛围，依靠群众搞创建就只是一句空话。

珠海的文明城市创建狠抓以人为本、人均首位、生态一流、文化繁荣、法治优良、社会公平的城市发展目标，涵盖了城市文明的核心内容，最终目标是促进市民的全面发展。我们有理由期待，在尊重和满足市民的文明权益的基础上，珠海文明城市创建活动将展现出时代的最新风采。

17 发展更要“扩容”
——写在珠海经济特区范围扩大之时

在经济特区建立30周年之际，国务院批准珠海经济特区范围扩大到全市。这是党中央、国务院送给珠海经济特区30岁生日的最好礼物，是珠海经济特区之喜，是珠海人之幸！珠海再一次迎来历史性的发展机遇。

珠海经济特区范围扩大到全市，充分说明党中央、国务院和中共广东省委、省政府对珠海经济特区在新的历史时期继续发挥改革开放的“窗口”和“试验田”作用寄予厚望，为珠海发展注入了新的动力。在未来的30年里，珠海经济特区的地位和作用不仅不会被弱化，还将进一步得到增强。珠海经济特区肩负的责任更大、任务更重。

特区扩容，为珠海未来发展，为珠海在更大空间和平台上发挥示范带动作用奠定了重要基础，有利于我们走集约化、内涵式发展道路，着

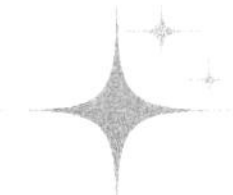

力转变经济发展方式，逐步建立以创新为内在驱动力的发展模式。特区扩容后，我们可充分发挥西部地区相对充裕的土地资源优势，加速人才、资金等各种资源要素在全市自由流动，通过优化资源配置，大力调整产业结构，通过功能区的划分布局，实现“东部大转型、西部大开发”，打造“东部服务、西部制造”品牌，着力构建高端制造业、高新技术产业、高端服务业并举的现代产业体系。

特区扩容，有利于我们打造优良的法治环境。在法制日益健全的当今社会，我们必须在法治框架内“闯”新路，如果特区内外的“规矩”都不一样，怎么协调一致闯天下？特区立法权是珠海一大优势，特区扩容后，特区立法权将覆盖全市，这是珠海向法治优良城市目标迈进的战略性一步。我们运用立法权“自造优势”，以体制机制创新再领中国改革风潮，推动建立和完善与国际通行规则接轨的法规政策体系，努力营造国际化的营商环境，把立法优势转化为法治优势。

特区扩容，为解决珠海经济特区内外发展不平衡的问题创造了条件。长期以来，珠海经济特区内的东部地区和特区外的西部地区在发展水平上存在着较大的差距，而特区内的土地等资源利用也渐趋饱和，城市发展不均衡、不协调问题比较突出。实现城市发展一体化，首要的就是规划建设标准的统一、基础建设的同质、城市化水平的同步。必须合理划定全市功能分区，统筹规划整个特区重大基础设施建设和各类公共设施建设，大力推动规划管理的一体化；从交通路网、电网设施、自来水供应等重点环节入手，积极推动完善西部地区的基础设施和各项配套；适时启动西部中心城区建设。

特区扩容，有利于我们更加注重改善民生和加强社会建设，全面促进公共服务之“均”，全面建设社会主义和谐社会。同处一座城市的居民，理应享有相同的民生福利。民生幸福城市，首先是全体市民共享发展成果的城市。所谓共享，就是全覆盖、同标准。公共服务的一体化，归根结底就是落实公民的平等权利，即不管居住在何处，都要让居民劳有其位、病有所医、老有所养、学有所教、住有所居……当前，当从补足西部地区公共服务、推行公共服务均等化做起，实现公共服务的无缝对接和民生福利的普惠。

特区扩容，有利于深化珠港澳合作，加速珠中江经济圈融合。珠海与港澳的合作一向密切，随着港珠澳大桥的开工建设、横琴新区的加快

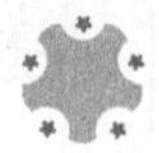

开发，珠港澳合作将进入全新的历史阶段。珠海经济特区范围扩大到全市，可以大大扩展珠港澳合作的腹地，扩大承接港澳现代服务业等产业转移的承载空间；可以更好地借鉴港澳在社会管理方面的有益经验，发挥珠海经济特区在社会管理体制改革方面的先行先试作用，全面提升珠港澳合作层次。同时，珠海西部的金湾区、斗门区是珠海与中山、江门等珠三角西岸城市衔接的接合部，在珠中江区域合作发展中的地位十分重要。将金湾、斗门两区纳入特区范围，有利于珠中江三地交通、产业、资源等加快融合，促进三地的互补合作和协调发展，全面提升珠江口西岸地区的整体实力。

特区扩容，带来了新机遇，也带来了新挑战。“扩”，只是第一步，重点在“建”。建好扩容后的新特区，关键在于以科学发展理念为指导，实现改革创新思路的扩容，要全力加快转变经济发展方式，进一步提高特区改革创新和科学发展的能力，继续弘扬“敢闯敢冒”“敢为天下先”的特区精神，加快将珠海建设成珠江口西岸核心城市和生态文明新特区、科学发展示范市，使珠海成为广东发展新的增长极，推动珠三角经济区又好又快发展，促进珠港澳地区共同繁荣。

18 寻找特区之“特”的新突破口

今年是珠海经济特区建立 30 周年。如何闯出一条科学发展的新路，是特区面临的重大的时代课题。在这个重要的历史节点上，提出“以文化为先导和动力，激活经济、政治、社会、生态等各个领域的全方位深层次改革和一体化发展”，不失为富有战略前瞻性的创见，值得我们认真思考和探讨。

近年来，随着社会对发展概念认识的逐步深化，文化建设的重要性越来越凸显，以文化论输赢，文化是最终决定一个城市、一个地区发展方式、发展质量、发展后劲的软实力的观念日益得到普遍的认同。广东

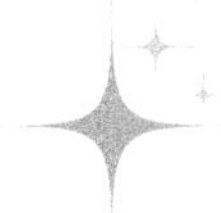

要建设文化强省，珠海要建设文化强市，都不是就文化谈文化，而是着眼于全局。特别是在经济特区原有特殊的经济政策体制作用逐步淡化的新形势下，特区还要“特”，要发挥出更大的作用，就必须增加创新优势，就不能还局限在经济领域单兵突进，而要整体突围。而最佳突破口之一，或许就是文化。

珠海已被确立为珠江口西岸核心城市。仅看经济总量，珠海目前离珠江口西岸核心城市还有不小的距离。珠海建设文化强市，可以立足于自身资源和优势，把经济增长对物质资源和要素过度依赖、对外部需求过度依赖转变为更多地依靠文化资源和文化创新能力，以加快转变文化发展方式推动加快转变经济发展方式，开辟发展的新途径、新空间，使珠海成为按市场规律配置文化资源的先锋城市，使文化产业成为促进城市经济结构优化、产业升级的重要力量。同时，可以强化城市魅力，增强城市吸引力，形成珠海人的文化认同，打造核心城市的文化内涵。

珠海文化底蕴丰厚，近代位居具有重要文化地位的“中西文化走廊”，形成了开放兼容的文化特质，丰富了岭南文化的内涵；改革开放后更铸就了敢闯、敢干的特区文化和包容、多元的移民文化。珠海大学园区规模在全省名列前茅，文化产业前景广阔，文化硬件设施相继兴建。这个昔日被称为“文化沙漠”的地方，而今文化创意勃发，文化事业兴旺，“文化绿洲”郁郁葱葱。

珠海与澳门唇齿相依。澳门为实现经济适度多元化，正致力于发展文化创意产业，而珠海建设文化强市，可以更好地主动对接澳门，有利于澳门上述目标的实现，维护澳门长期的繁荣稳定，进一步深化珠澳、粤澳合作，必能得到各方的积极响应。尤其是横琴开发带来的制度创新，为珠海文化建设提供了良好的制度环境。珠海完全可以借横琴这个舞台，上演一出文化改革先行先试的大戏。

⑲ 热情拥抱世界文明成果

珠海建设文化强市，要有更宽广的胸怀、更开放的气度、更务实的方法，不论古今中外，凡人类一切优秀文明成果，都要大胆吸收，运用于方方面面的城市生活，熔铸珠海城市和市民的特殊气质，使珠海成为世界文明成果的大橱窗、大熔炉。

建设文化强市，要增强社会主义核心价值体系的感召力和凝聚力，建设我们共有的精神家园。珠海在 30 年的发展历程中，一路闯关夺隘，形成了极其珍贵的特区精神。面向未来，我们要大力弘扬敢闯敢试、敢为天下先的进取精神，以及追求卓越、崇尚成功、宽容失败的创新精神；要以新的改革开放实践，为珠海精神和城市文明注入新的活力，以此凝聚人心，激发干劲。

建设文化强市，要放眼世界文明，海纳百川，兼收并蓄。中华文明传承至今，是我们的根系所在，珠海建设文化特区，自有弘扬中华传统的使命，既要返本，更要开新，要通过创造性的转换使中华文明在文化特区焕发新光彩。尤其是珠海的民间文化，散发出浓郁的生活气息，是一大瑰宝，值得我们倍加珍惜。在这方面，珠海的民间艺术大巡游就是成功的示范。同时，珠海毗邻港澳，接受西方文明有便利的条件。应该承认，西方文化在许多方面有其进步、合理的成分，近代以来，其在相当程度上促进了中国的现代化。何况珠海是中国人出国留学的发源地，历来是各派豪杰竞逐风流、各路英才大领风骚的地方，既诞生了革命先驱，也涌现了大批传统官僚、洋务买办、实业巨头和文人大师。风云际会，星光灿烂，造就了珠海历史上的盛世华章。如今，建设文化强市，我们同样可以借鉴港澳经验，营造一种包容、多元的文化氛围。

建设文化强市，要提高文化产业竞争力，增强文化对经济社会发展的支撑作用。在受到国际金融危机严重冲击的情况下，珠海文化产业逆

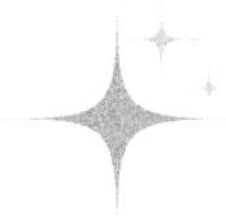

势飞扬，成为经济发展的一个突出亮点。这充分说明，文化产业的发展不仅能够为现代化建设事业提供精神动力、思想保证和文化条件，而且能够开辟经济发展的新途径、新空间，是加快经济发展方式转变的有力推手。珠海要实现新一轮跨越式发展，需要进一步提升文化产业的综合竞争力，使其在国内、国际市场上叫得响、立得住。要让创新成为文化产业腾飞的翅膀，以高新技术为依托大力发展具有先导性质、具有原创优势的新兴文化产业和新的文化业态，推动文化产业结构不断优化、升级，打造更强的文化创新实力，让城市实实在在感受到文化的强大力量。

20 方便农民依法依规建房

从12月1日起，农民在自己的宅基地上申请建房，其报建手续将大大优化，同时减免费用，彻底解决农民望而却步的报建难问题。“新规定的出台，就是要堵住抢建风，让村民依法依规建房，改善自己的生活，过上好日子!”

对珠海的广大农民而言，这无疑是个好消息。盖房子是许多农民一辈子的头等大事。安居才能乐业，解决农民建房难问题，事关农村稳定和经济社会发展大局，是推进社会主义新农村建设，加快建设和谐社会的基本要求，也是我国实现可持续发展的重大举措。今年中央“一号文件”提出，要把支持农民建房作为扩大内需的重大举措，鼓励农民依法依规建设自用住房。中央要求各级政府一定要真正按照立党为公、执政为民的要求，确立以人为本的思想，实实在在帮农民排忧解难，既要充分考虑城市发展和建设大局，又要保护农民的基本利益和合理要求。

长期以来，如何处理农民建房问题一直令有关部门十分棘手。若违背农民自主自愿的原则，政府过多地替农民“操心”，强拆强建，那么民生工程就会不得民心，反惹民怨。若政府在农民建房过程中当“甩手掌柜”，任由农民各家各户随意大兴土木，那么农房改造带来的很可能是有

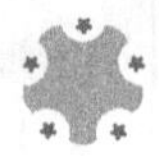

新房无新村的烂摊子。就拿珠海来说，近5年来，珠海各区办理农民建房规划报建仅有200余宗。一方面，农民报建进展缓慢，群众对此反响非常强烈；另一方面，农民违建、抢建住宅事件屡禁不止，因为没经过审批把关，有的新建住房不符合规划要求，造成整个区域的房屋布局混乱，给城乡统筹规划建设留下了隐患。

由此看来，在农民建房过程中，政府不能无所作为，也不能乱作为。怎么办？解决问题的前提是要找到问题的症结所在。农民为什么违建抢建？不排除一部分农民法律意识淡薄，误以为是自己的宅基地，想怎么建就怎么建。另一个重要原因就是报建费用高、报建过程长、报建难度大。据悉，目前农民建房管理程序基本参照新建项目的审批流程，须分别到村委会，镇政府（街道办）、国土分局（国土所）、规划分局，区建设局、城管执法、消防、房地产登记等部门进行申报，办理手续烦琐，时间短则半年，长则一两年，光前期的测绘费用就要一两万元，这令不少农民望而却步，一些农户就干脆不批先建了。

可喜的是，这次珠海新鲜出台的两份新规《珠海市农村宅基地住宅规划报建管理暂行办法》和《珠海市农民宅基地建设工程管理暂行办法》就是针对上述症结给出的"药方"。按照新规，农民报建在镇级有关部门就能享受"一站式"受理，在取得乡村建设规划许可证后即可开工建设。"以前跑半年，现在只需要一个月。"报建费用也有望大幅降低。

不过，准建设不等于乱建设，在方便农民建房的同时，也必须严加管理。农民建房必须在符合规划的基础上建质量上安全可靠的房子，要努力把农村建设成为真正的新型社区。很多凝聚农民毕生心血的房屋，往往在竣工之时就面临着被淘汰的问题。目前，我国农房的平均寿命只有15年，这对农民个人以及社会来讲无疑都是巨大的浪费。在这种浪费的背后，一代代农民沦为另类"房奴"。所以，在城市化过程中，要通过新一轮农民建房，积极引导农民加速向市民转变。首先，要加快新农村规划的编制和审批工作，近期优先做到农村建设有图可依，远期实现全市新农村规划全覆盖。其次，还要将农房改造与农村公共服务建设相结合，推进建设农村公路、城乡公交、电力、供水、电信等基础设施"八大网络"和教育、卫生、文化、农技推广、商贸流通等公共服务体系的配套建设。

总之，农民住房问题，始终是农民世世代代生存和发展的重要问题。

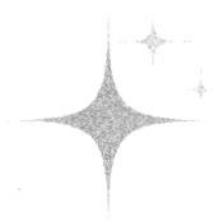

让农民住上称心如意的房子，是一项一举多得的大好事、大实事。我们期待这两份新规真的能让城市建设得更加有序、优美，让社会变得更加和谐、稳定。

21 容闳的价值究竟在哪里

容闳是中国近代史上的一个奇人，容闳一生的作为对日后中国社会变化的影响既深且远。作为容闳的故乡，珠海近年来兴起的“容闳热”是十分自然的，也是十分有意义的。

作为中国留学第一人，以历史上的声名来论，容闳自不能与同时期同为广东人的孙中山、康有为、梁启超相比，但容闳自有容闳的价值。

容闳的独特价值并不仅仅在于他是耶鲁大学的第一个中国博士，其独特性也不仅仅在于其开了留学的风气之先，更重要的在于容闳开启了中国现代化进程中的一个重要方向。如果说林则徐是睁眼看世界的第一人，那么容闳当之无愧是拥抱世界的第一人。容闳在主动拥抱世界的同时，又深情拥抱了祖国，从而为自己赢得了历史地位。

有人称容闳是中国的哥伦布，他不但“发现”了美洲，使中国人第一次能以既不傲慢无知也不自卑恐惧的心态来看“中央帝国”之外的世界，还为中国人的精神世界找到了一片“新大陆”，使他们终于有可能在中国文化传统之外看到另一种人类思想的闪光。这个说法相当有见地。

和西方不同，中国的现代化进程最初是被动展开的，是“被现代化”。在容闳之前，中国人对“中央帝国”之外的世界的了解凌乱、肤浅又间接，固有的文化传统窒息了“中央帝国”内生现代化的任何可能，于是向世界敞开便成为中国现代化的唯一途径，这个过程充满了血泪、痛苦和蹂躏。容闳是中国现代化进程的先行者和实验者，他系统地认识到另一种文明的优秀之处，并不遗余力地借鉴它以重建中华文明。所以，在整体的被动中，他保持了个体的主动；在整体的屈辱中，他赢得了个体的尊严。他呐喊的声音，余音缭绕至今。

容闳的出现并非偶然。珠海独特的“中西文化交流走廊”的位置孕育了容闳，也孕育了珠海一大批极具风采的近代风云人物。他们的人生际遇不同，价值取向悬殊，功业成就各异，但致力于借外来文明推进中国的现代化的方向则是一致的。西风东渐，如果说容闳、唐国安更加侧重于从文化建设入手来创造自立、自强的现代新人，那么苏曼殊则深入中国人冻结的内心深处来倡导情感解放，唐绍仪等从传统政制内部的改良来促使古老的帝国废弃专制走向共和，陈芳、徐润、莫仕杨等依循发展实力的道路催生中国现代工商业，而杨匏安、苏兆征等则以最激烈、最革命的手段来全面打碎旧的秩序。历史证明，正是这些不同的着力点共同掀起了汹涌澎湃的中国现代化大潮，写就了中国现代化进程的斑斓多彩。

在这样的大背景下，我们才能更清晰地认识到容闳的价值，认识到珠海一大批近代才俊的价值，认识到近代珠海在中国的地位，也才能让珠海经济特区的历史意义更鲜明地凸显。在某种程度上，我们也是近代珠海的当代回响。

22 楼价偏高会削弱城市竞争力

珠海市统计局城调队近日发布的《2010 珠海楼市盘点》报告称，即将过去的 2010 年的珠海楼市虽可以用“跌宕起伏”来形容，但珠海楼市实际成交均价从年初至今几乎没有过任何“有意义”的下降。1—11月，全市商品房预购均价为 10125 元/米^2，同比增长 30.3%，已由 1 月的 10347 元/米^2 上升至 11 月的 12000 元/米^2。其中，香洲区商品房预购均价由 1 月的 12437 元/米^2 上升至 11 月的 18023 元/米^2。

这样的数字不禁让人忧虑。有业内人士说，对上述数字的解读可以有另一个角度：由于今年珠海推出的楼盘很多带高档精装修，动辄装修

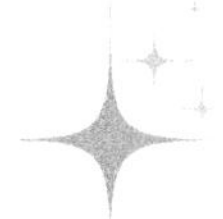

标准每平方米数千元，极大地拉高了房屋均价。如果剔除装修费用，毛坯房的均价并没有太大的涨幅。因而珠海的房价总体依然保持稳定，至多也就是温和上涨。

即便情况真的如此，今年房地产的发展还是出乎许多人的意料。在国务院房地产新政的严厉调控下，许多人期望房价会有一个较明显的回调，不少专家给出了下调50%、30%的预测，可惜，房价并未朝望房兴叹的人们期待的方向走，全国大多数城市的房价还是同比上升，珠海的房价也逃不脱全国的大势。

不过，我们不能依此就说房地产新政不成功。客观地说，正是房地产新政才造成了全国房价总体稳定的局面。细想一下，如果没有一次又一次越来越严厉的调控，房地产市场将失控到何种程度?

影响房价的因素很多，任何从单一方面预测其走势的做法都是危险的。在人多地少的中国，在城镇化迅猛发展的趋势下，在刚性需求居高不下的背景面前，在原材料、人工费都在上涨的当下，尤其在地价节节高攀的严酷现实面前，要使房价不涨真的很难。

再加上股票市场长期低迷，艺术品市场又因假货泛滥而失信于民，使得现有民间资本投资领域过窄。受通货膨胀的预期、负利率的压迫影响，很多购房者用尽一生的储蓄来投资买房，何况珠海有太多的利好因素。所以，要想珠海房价不涨更难。

但这绝不意味着对珠海的房价就可以任其自然发展。一旦房价下滑波动过大，导致负资产出现，不仅影响金融稳定，也影响社会稳定。但房价过快上涨更容易引发资产泡沫，进而影响金融稳定和经济健康发展。现在的问题是，如果仅由市场调节，房价将呈逐步上升的趋势，房价最终将超出大部分居民的承受能力。当少部分人住在豪宅里，而大部分人住在贫民窟或无房可住时，这种社会不能称之为公平的社会。有限城市空间的分配不公会进一步加深社会财富的悬殊，进而会激化社会冲突。

目前，珠海已迎来新一轮的大发展。人才和实业是关键。而过高的房价无疑会阻碍人才向珠海聚集，同时，房价过快上涨导致投资投机需求旺盛，对实体经济的资金需求会产生“挤出效应”。因此，假如房价偏高，将会使珠海失去比较优势，削弱珠海的城市竞争力。

珠海最不愿意看到的应该是，城市发展所需要的人才都走掉了，留下来的只是一些炫耀财富的暴发户；挺起城市脊梁的支柱产业被空洞化，剩下房地产业一枝独秀。

要留住人才，兴旺实业，就必须在严格监控珠海的房价走势，防止房价过快上涨的同时，加强保障性住房的建设，让更多的企业安心来珠海投资生产，让更多的人才在珠海有相对体面的住所。

2011 年

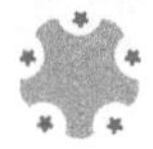

❶ 始终保持那么一股子劲

2010 年，珠海的地区生产总值仅约为深圳的 1/8、东莞的 1/3、佛山的 1/4，与中山、江门相比也有一定差距。目前，全国各地都在加快转型升级。作为近年来在调结构、促转型上先行一步的珠海，压力不可谓不大。

有机遇，就要牢牢抓住，用好用足；有挑战，就要勇敢应战，战之能胜。机遇当前，不能抓住，是蠢货；挑战面前，不敢迎战，是孬种。新的机遇时不我待，新的使命催人奋进。古人说，“天道酬勤”“君子自强不息”，就是说，人总要有那么一股干事创业的劲头。

这股劲是冲劲。冲劲就是决不服输。珠海今天的发展成就，就是冲出来的。

兵法云，“狭路相逢勇者胜”！目前的珠海已无退路。各级领导只有有胆有识地去“冲”，在节奏上快马加鞭，在效率上全面加速，争分夺秒地去“抢”，千方百计地去“争”，才能再次杀出一条血路，全面提升模式引领、实力带动、功能辐射能力，推动珠江口西岸核心城市建设取得决定性进展。

这股劲是闯劲。闯劲就是敢于创新。珠海今天的发展成就，也是闯出来的。

敢闯敢试是特区的灵魂。闯包括在思想观念上闯、在发展措施上闯、在方式方法上闯。“十二五”期间，珠海要继续擦亮特区品牌，为“科学发展、先行先试”创造经验，就必须坚决消除故步自封、亦步亦趋的守旧思想，克服求稳怕乱、明哲保身的保守观念，打破条条框框，跳出惯性思维。凡是有利于科学发展的事情，不管是什么领域，不管是什么政策，都要大胆地闯、大胆地试。

这股劲是拼劲。拼劲就是攻坚克难。珠海的辉煌历程证明，爱拼才

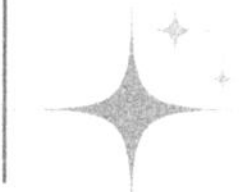

会赢。

敢拼，体现的是领导干部的责任心、事业心；会拼，则反映领导干部干事创业的能力和水平。拼没拼、会不会拼，最终要体现在干工作、抓落实的成效上来。只有各级领导出真招、下狠劲、办实事，一鼓作气、一抓到底，才能把关乎珠海发展大局的事情一一办好。

这股劲是韧劲。韧劲就是锲而不舍。珠海的成功经验表明，坚持就是胜利。

韧性的战斗考验的是意志力。看准了的、定下来的目标和措施，要一以贯之、善始善终，不达目的誓不罢休，不见成效决不回头。珠海要建设珠江口西岸核心城市，还要走较长的路，最忌折腾、内耗。要做到遵循科学发展的方向坚定不移，坚持科学发展的思路决不动摇，挺进科学发展的目标全力以赴。

冲劲、闯劲、拼劲、韧劲，应当成为一个有机的整体，不能相互割裂。光有冲劲、闯劲、拼劲，没有韧劲，容易左右摇摆；光有韧劲，很难勇立潮头。有了冲劲、闯劲、拼劲，好打硬仗；有韧劲，好打持久战。冲劲、闯劲、拼劲、韧劲相结合，加之机遇给力，我们才能无往而不胜。

今年是珠海“十二五”开局之年，更需要我们鼓足干劲，始终保持那么一股子冲劲、那么一股子闯劲、那么一股子拼劲、那么一股子韧劲，把机遇抓得牢牢的，把目标盯得死死的，把步子走得实实的，开拓“率先转型升级、建设幸福珠海”的新天地。

人总是要有一点精神的！

2 是主人，不要做看客

建设幸福珠海，群众是主体。只有广大的人民群众把珠海的发展当成自己的事，在城市的建设发展上，愿意出力，能出上力，出力后有效果，也就是说，群众主人翁的地位、主人翁的自豪感能够进一步得到增

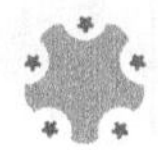

强，建设幸福珠海才能真正得到群众的认可。

发扬主人翁精神，是我们党一贯倡导的依靠群众、动员群众的群众路线，历史证明，只要我们善于把群众动员起来，就没有克服不了的困难，没有做不好的工作。过去战争年代如此，当今经济建设同样如此。我国的改革开放之所以取得了举世瞩目的成绩，其中一个重要的经验就是尊重群众的首创精神。人民群众中蕴藏着无穷的力量、巨大的智慧和高尚的奉献精神。现在，我们要科学发展，实现率先转型升级，建设幸福珠海，更要宣传群众、发动群众、依靠群众，形成经济社会又好又快发展的强大合力、共享共建的良好局面。

主人翁自豪感的树立，需要载体，更需要氛围。要激发全市人民把全部热情和活力融入特区建设主旋律，让珠海发展的大舞台璀璨生辉、精彩纷呈，必须继续推动城乡社区民主自治向纵深发展，积极扩大公民的有序政治参与，充分挖掘和调动方方面面的积极性、主动性和创造性，坚持问政于民、问需于民、问计于民。一个深爱着城市、对城市有着巨大献身精神的人就是主人翁吗？这仅仅是主人翁含义的一个方面，主人翁精神对于市民还意味着，他们能对自己的工作以及与己有关的其他事情做主。要树立市民的主人翁精神，就应该让市民积极参与城市的建设和管理，鼓励市民发表意见。同时，让人民共享城市发展的成果。这样必然会让全市人民自觉地以城市大发展作为自己人生的大舞台，主动把全部热情和活力融入建设幸福珠海的主旋律，与城市同进退、共荣辱。

如果没有这种氛围，难免就会有人把建设幸福珠海看作是政府的事、别人的事，而把自己当成看客和局外人。应该说，看客现象在我们的城市依然不同程度地存在。或许，有人是初来乍到，立足未稳，有人则是“久居兰室，不闻其香”，我们中的一些人由于缺乏对这座城市的认同感、归属感，城市自豪感也缺失了——事不关己，高高挂起，对珠海发展关注了解甚少，对城市建设缺少热情，主人翁意识有些淡薄。

如何发扬主人翁精神？关键是要让每一个市民真正在思想上树立起自己是主人的思想，也就是说，大家能自觉地把珠海当成自己的家，这样，每一个市民便会自觉地投入创造幸福珠海的工作中去，把自己当成城市的主人，说主人话，办主人事，尽主人责，像对待自己的小家一样对待城市这个大家，善待城市的一草一木和每一个角落，主动管“闲”事。

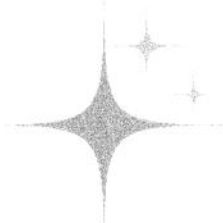

相对于一座城市的产业经济来说，城市自豪感实际上就是一种软实力。一座城市要有凝聚力，就必须让市民以这座城市为荣。有了城市主人翁的自豪感，“今天我以珠海为荣，明天珠海以我为荣”，建设幸福珠海就会有源源不断的动力。

③ 加速发展是珠海的当务之急

今年是兔年，兔年有什么特别的含义吗？本来没有，生肖是中华民俗文化的体现，所以寄托了许多美好的希望。对于珠海来说，最大的希望就是兔年的珠海一定要加速发展，“动若脱兔”。

首先，加速发展是解决珠海一切矛盾的关键。经过30年的建设，珠海经济特区所取得的成绩举世瞩目，从一个偏僻的渔业小镇变为全球知名的现代化海滨城市，特别是在率先探索社会主义市场经济之路、率先探索经济发展与环境保护双赢之路上成就突出，但也毋庸讳言，和其他更先进的城市相比，和珠三角其他兄弟城市相比，珠海还存在一定的差距。其中，最主要的差距是珠海经济实力不够强大。换言之，珠海当前的经济实力与经济特区的地位不相称，与珠江口西岸核心城市的定位不相称。应该说，这是珠海目前面临的主要矛盾。要解决这个主要矛盾，关键是在坚持好字当头的前提下，加快珠海的发展速度。

其次，加速发展是珠海发展的势所必然，也就是说，珠海已具备加速发展的必要条件。加速发展不能想当然，必须具备一定的主客观条件。从客观上讲，珠海30年的建设积累了相当的发展基础，特区品牌依然闪亮。近几年来，我们抓住历史性机遇，大胆谋篇、精心布局，横琴新区的开发使得珠海再次成为各方关注的焦点和资本垂青的热土，港珠澳大桥的兴建将极大地改变珠海的面貌和命运，珠海新一轮大发展的美好前景越来越清晰。按照这样的势头，珠海的发展速度完全可能有很大的提高。从主观上看，珠海的干部群众希望加快珠海发展速度的愿望十分强烈，对珠海科学发展的认识空前统一，坚守珠海特色的发展方式和道路的意念非常执着。众人齐心，其利断金。加快珠海发展速度还有什么不可能的呢？

最后，加快发展必须真抓实干。实干兴邦，所有成功的事业都是实干出来的。当前，珠海正处在干事创业的大好时期，不仅经济建设要加速，政治建设、文化建设、社会建设也要加速，各行各业都要加速发展，各式各样的人才都可以大展抱负、大显身手。所以，珠海的干部群众只要始终都保持那么一股子冲劲、闯劲、拼劲、韧劲，遵循规律，尊重科学，苦干加巧干，就一定能干出珠海科学发展、加快发展的新局面，干出一片个人事业上的新天地。什么是幸福？这就是最大的幸福啊！

加速吧，珠海！

4 只有坚持不懈，才能走向成功

干事创业，要有一股子冲劲、闯劲、拼劲，但还需要一股子韧劲。

韧劲之所以重要，是因为绝大多数工作并不是凭借热情就能干成的。热情很重要，没有热情，什么事都难干成；有了热情，还要坚持不懈地努力，百折不挠，矢志成功。这种坚持不懈就要靠韧劲。

在现实生活中，我们常常看到这样的现象：有人志向不可谓不大，才华不可谓不高，但今天一个主意，明天一个想法，事情都想试着做，一遇挫折就掉头，耐不住寂寞，结果什么事都做不成，只空留下一大堆宏愿。反之，有人既志存高远，又脚踏实地，朝着一个目标锲而不舍，遇到困难不放弃，坚持、坚持、再坚持，扛得住各个方面的干扰，顶得住各式各样的诱惑，受得住各色人等的冷眼，最终获得成功。其间的区别，就是有没有那么一股子韧劲。所以，“古之立大事者，不惟有超世之材，亦必有坚忍不拔之志”，现代社会也是这样；对个人如此，对一个单位、一个城市也是这样。

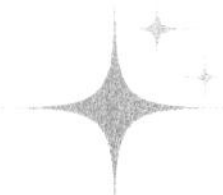

远的不说，就说珠海。如广珠铁路几度上马下马，过程历尽艰辛，但我们挺过来了，广珠铁路明年就可通车；高栏港建设，披荆斩棘，历届市委、市政府前后接力，现在高栏港大势已成，成为珠海新一轮大发展的领跑者；珠海航展，风风雨雨，怀疑声不断，但我们在议论中提升自身，第八届航展终获全面成功。再比如，我们走生态城市的发展道路，不少人犹豫，不少人动摇，特别是前年面对国际金融危机的深刻影响，面对连续两年经济增长指标大幅下滑的直接冲击，仍然守得住蓝天白云、青山绿水的底线，终究坚持下来了，现在在世界性的生态文明建设中抢占了先机。当然，我们也有相反的教训，一些很好的项目开了个好头，但由于各种原因未能咬牙坚持，留下了历史的遗憾。

所以，保持那么一股子韧劲，首先是对目标的坚持。目标摇摆，事倍功半，甚至全盘皆输。熟悉军事的人知道，执行战斗任务的部队最忌任务不明或半途改变，这样势必造成被动，或劳而无功，甚至损兵折将。搞其他工作也是同样的道理。没有目标，自然是瞎费力。有了目标，认准了目标，明确了思路，就不要摇摆，不要折腾，不要内耗，就要齐心协力奔向这个目标。我们要坚定不移地建设珠江口西岸核心城市，这个发展目标来之不易，要倍加珍惜。

保持那么一股子韧劲，重要的是对过程的坚持。目标常常是宏伟的、激动人心的，过程却常常是琐碎的、劳心费力的。绳锯木断、水滴石穿，世人只注意到断木的齐整、穿石的奇妙，少有人赞美细绳、滴水的默默无闻、埋头苦干、一往情深。在工作中，虽然见风使舵、投机取巧的“聪明人”随处可见，但不达目的誓不罢休，不见成效绝不回头的“傻瓜”也不乏人在。这群有韧劲的人，才是我们事业的脊梁。珠海基础尚差，底子还薄，竞争力不强，非扎扎实实干它三年五年、十年八年，难出大效益，广大干部群众要有长期艰苦奋斗的思想准备，咬定青山不放松。

“千磨万击还坚劲，任尔东西南北风。”让我们都再坚韧些。

5 要高度重视配套工程

任何宏伟的工程，总可以分解成一个个细节；任何高明的规划，总需要一个个步骤去实施。正值“两会”期间，广珠城轨成为会议热点之一，而城轨珠海北站由乱到治说明，在很多方面，“抓大”不能“放小”，越是干大事，越要重视配套工程。

广珠城轨通车伊始，市民街谈巷议广珠城轨珠海北站。一方面，城轨通到珠海北站，结束了珠海不通列车的历史，令人兴奋；另一方面，问题也无情地暴露出来，比如与市内交通接驳不顺畅，现场秩序混乱，基本设施不完善，令人失望。对此，许多人都疑惑不解：珠海北站的配套工程怎会如此？后来，有关部门在广珠城轨珠海北站召开现场协调会，要求下大力气解决珠海北站“三乱”，珠海北站交通配套措施才得以逐步完善，春节时的景象相较当初已有明显改观。

配套条件差似乎是珠海的痼疾，从经济特区建立之初，配套难题就如影随形。珠海有区位优势，但交通设施在 4 个经济特区中最差，配套不行，于是我们想办法建起了机场、高栏港；机场、高栏港建起来了，配套还是不行，机场成为全国唯一不通高速公路的机场，高栏港成为全国唯一不通铁路的主枢纽港，于是我们抓紧建广珠铁路、机场高速。有国内外大型企业想到珠海投资，一考察，说人才配套不行，于是我们花大力气引进一批大学；又说产业配套不行，于是我们把相关上下游企业一同引进来。企业进来了，生活配套又不满意，于是我们又大力提高医疗、教育、住房等的水平……

存在配套难题，原因很多：一部分是我们的底子薄，许多事要追补历史欠账，而财力又捉襟见肘，这类配套工作任务很重；一部分是随着形势的发展，原先的配套难题解决了，新的配套需求又产生了，这类配套工作永无止境；还有一部分是我们主观上重视不够、工作不到位，这

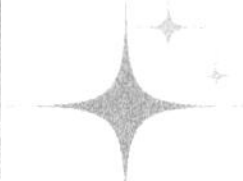

类配套工作是应该避免、可以避免的，从而将损失减少到最低。

珠海北站的配套问题属于哪类呢？情况不言自明。其实，类似的问题还有很多，西部沿海高速通车了，珠海主城区的人却大多望路兴叹；江珠高速通车了，珠海大道却多了一道红绿灯。凡此种种，有人不禁忧心忡忡：广珠城轨在珠海的另 4 个站点的配套会怎样？附近有足够车位的停车场吗？如何完善周边的交通疏散系统？按照一些媒体的披露，港珠澳大桥珠海连接线只有南湾、横琴北、洪湾 3 个出口，并从洪湾直达广珠高速西线，那么往来车辆如何进入珠海主城区？车下南湾后又去哪里？前山河是否要加建桥梁？金湾、斗门又如何与港珠澳大桥快速对接？

这类配套问题频频出现，反映出我们有些部门对所谓枝节问题常常不以为意，反映出我们有些同志不愿在所谓的小事上下大功夫。大处着眼固然重要，小处着手同样关键。细节决定成败，并非危言耸听。

“天下大事，必作于细。”愿我们再次重温古代哲人老子的这句格言。

6 走好横琴开发这步棋

横琴是广东转型升级的一个重要节点。

此次，珠海横琴新区开发与广州南沙新区、深圳前海的开发一起被明确纳入国家“十二五”规划草案。在新签署的《粤澳合作框架协议》中，合作开发横琴成为一项重点内容。双方在协议中明确提出，珠海发挥横琴开发的主体作用，探索体制机制创新，推动规划实施和政策落实。澳门特区政府研究采取多种措施，从资金、人才、产业等方面全面参与横琴开发。横琴开发迎来了千载难逢的机遇。

能否牢牢把握横琴开发的机遇，考验我们的智慧和能力，关系到珠海的命运和未来，关键在于我们能否按《横琴总体发展规划》赋予横琴的要求，在“一国两制”下探索粤港澳合作新模式方面做出新贡献，在深化改革开放和科技创新方面做出新贡献，在带动珠江口西岸产业升级方面做出新贡献。

首先，横琴将成为珠澳和粤澳合作的新平台。合作开发横琴模式，是珠澳合作模式的重要创新，《粤澳合作框架协议》提出建立粤澳合作开发横琴协调机制，支持横琴新区与澳门有关政府部门直接沟通具体合作事宜，将为珠澳双方的协作进一步打开方便之门。“为人员、货物以及澳门居民到横琴工作、生活提供通关便利条件”“争取横琴口岸24小时通关”等将使横琴生产要素流通便捷高效，资源配置优化。共建中医药科技园、休闲度假区、文化创意区、中心商务区等粤澳合作产业园区，将使粤澳合作具有实实在在的载体，珠澳合作的步伐势必大大加快。

其次，横琴将成为珠海乃至全国深化改革开放的新平台。《粤澳合作框架协议》提出加快建立与横琴新区发展定位相匹配、与澳门自由港政策相适应的经济管理体制，这无疑是对现行经济管理体制的进一步改革。推进横琴金融创新，引导和鼓励两地金融机构在横琴设立金融后台服务机构；开展产业投资基金试点，鼓励两地符合条件的机构联合发起设立横琴产业投资基金；探索在横琴开展个人项目下人民币与澳门元、港元在一定额度内的双向兑换试点；探索在横琴推广使用多币种金融IC卡等同样具有探路意义，必将对全国的金融创新产生深远影响。《粤澳合作框架协议》还要求加强与澳门在社会管理与公共服务等方面的对接，研究制定澳门居民跨境就业、生活的相关政策，这必将促使横琴的社会管理和公共服务向国际惯例迈开大步。横琴势必成为“特区中的特区”，引领特区21世纪发展潮流。

再次，横琴将成为珠海乃至珠江口西岸产业转型升级的新平台。横琴要支持澳门经济适度多元化发展，就必须通过发展现代服务业和高新技术产业与之互补。粤澳合作产业园区，面积约5平方千米，澳门特区政府统筹澳门工商界参与建设，重点发展中医药、文化创意、教育、培训等产业。在中医药方面，整合广东中医药医疗、教育、科研、产业的优势和澳门的科技能力和人才资源，可望将横琴建设成国际中医药产业基地。在休闲度假方面，发挥横琴海岛生态景观资源优势，引入澳门旅游教育培训机构，促进澳门旅游、酒店等行业的人才进入横琴就业，合作发展高品质旅游休闲度假项目，前景诱人。合作建设横琴文化创意区，将澳门区域商贸服务平台功能延伸到横琴等方面，珠澳合作也有广阔的合作空间，横琴势必推进珠海科学发展迈上新台阶。

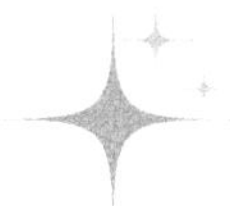

横琴的独特区位和特殊功能，使得横琴绝不同于一般的开发区，也不同于其他国家级新区。中央和广东省对横琴开发特别重视，给予很高的定位，国家“十二五”规划纲要和《粤澳合作框架协议》无疑是一出精彩的棋局。珠海作为全国第一批经济特区，如果未来5年想在全国竞争发展的潮流下突显特色，行棋有道，就一定要在深化珠港澳合作、深化改革开放和加快转型升级上显示出决心，而横琴正是我们先行先试、重点突破的一颗重要棋子。

7 何谓一个美的珠海

珠海因美闻名，对美的追求成为珠海城市发展的永恒动力。但何谓一个美的珠海?

美的珠海定然是以人为本的珠海。人是审美的主体，又是美的主体。城市的主体是人。城市的一切旨归是人，是人的幸福。如果城市建设得富丽堂皇，市民却为居高不下的物价发愁，为昂贵的居房、医疗、教育费用发愁，市民又如何感受城市的美?已故美学家朱光潜说过，饥饿的渔民是不会欣赏大海的美的。如果城市发展得流光溢彩、车水马龙，而市民却找不到精神的寄托，找不到公平、正义和尊严，这种城市的美只是虚妄和幻影。美的城市总要让市民具有富足感、安全感、公平感、归属感和自豪感，感到身心幸福。珠海是这样一个美的城市吗?只能说，我们正在朝这个目标努力，并且前进的速度越来越快。

美的珠海定然是高度文明的珠海。城市的核心内涵就是文明，城市是文明发展到相当阶段的产物。尽管珠海建市历史较短，其文明程度却不低。珠海人均收入较高，衣食足而知礼仪，人们普遍知规矩、守秩序，野蛮粗鲁的行径少见，社会治安值得称道。不过，对珠海文明水平的批评和不满也常见诸舆论，一些不文明的言行更是司空见惯。不要说路人翻越栏杆、乘客霸位抢座、小贩沿街游击、施工噪声扰民、小区鸡飞狗

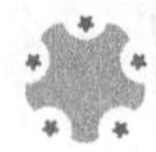

跳、轻易砍树伐木、公共场所吞云吐雾、停车场随意圈地收钱等不良现象难以治理，就连文明最基本的要求——干净都难达水准：多少背街小巷污水横流？多少时髦市民随地吐痰？多少游客行人乱扔垃圾？节假日过后，公园地面一片狼藉。这，属于美的珠海吗？当然不是，反之，是不折不扣的对美的破坏。

美的珠海定然是充满活力的珠海。有不少人说，珠海好则好矣，适宜度假，不宜创业。这话忽视了珠海的活力。珠海有活力吗？曾几何时，珠海是一片活力洋溢的热土，中国第一家合资酒店，亚洲第一爆，百万重奖，蓝天盛会，那时的珠海多么像一个一往无前的青春少年。近年来，我们似乎又重新看到了久违的气象，从航空产业园的横空出世到横琴开发的热浪滚滚，珠海再一次活力迸发。同时，或许是小富即安，或许是习惯使然，因循守旧、明哲保身之风也渐染珠海，所以，我们才更渴望珠海的活力。只有充满活力，才能给人带来机会，带来希望，才能不断地激发激情、激发潜能，才能让城市吐故纳新，才能让一切皆有可能。虽然我们欢迎人们来珠海休闲旅游、享受夕阳，但我们绝不能把珠海定位为休闲之城，更不能把珠海定位为养老之城，这会让珠海过早地进入暮年，可珠海经济特区才仅仅 30 岁。

美的珠海定然是个性鲜明的珠海。近几十年来，全国各地城市建设日新月异，但大都雷同，千城一貌，城市如同高楼林立的森林，人们生活在其中了无意趣。很庆幸珠海是个例外，这是珠海最值得珍惜的一笔大财富：珠海的个性。珠海的个性，从自然方面讲是山海相拥、陆岛相望，从人文方面讲是敢闯敢试、开发兼容。任何破坏珠海的自然个性和人文个性的做法都是历史性的恶。建设一个美的珠海就是要大力围绕这两方面的个性做文章，从大局着眼，从细节着手。但遗憾的是，珠海的城市现状离这样的要求还有很大的距离，并且就是这样不尽如人意的现状也很脆弱，稍一不慎就可能堕入流俗，混迹一般。令人欣慰的是，我们新一轮城市大发展确立了东部滨海山水风光和西部滨江田园风光的城市蓝图，树立了下一个 30 年在经济、政治、社会、文化及生态文明建设等领域继续先行先试的行动方针，这将使珠海的城市个性更加精彩迷人。

美让我们敬畏，让我们激动，更让我们奋进。建设一个美的珠海，是我们的使命。

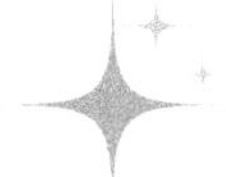

8 树立不一样的发展观念

珠海要真正走出一条不一样的路子，努力创造科学发展的珠海模式。

走出一条不一样的路子，首先要认识珠海的历史。珠海经济特区自成立以来，一直坚持从珠海的实际出发，敢闯敢试、敢为天下先，率先探索社会主义市场经济发展之路，率先探索经济发展与环境保护双赢之路，留住了蓝天白云、青山绿水，空气质量、人均公园绿地面积、人均污水处理能力居全国前列，是我国第一个荣获联合国“国际改善人居环境最佳范例奖”的城市；一直坚持发展经济与改善民生共进，在全国率先实施中小学12年免费教育，城镇登记失业率始终控制在3%以内，建立全民医疗保障制度，城乡居民生活质量居珠三角城市群前列，荣获“中国十大最具幸福感城市”称号。生态良好、社会和谐成为珠海靓丽的城市名片。近年来，面对国际金融危机的严重冲击，面对国际国内复杂多变的经济形势，珠海始终坚持科学发展的方向不动摇，坚持走建设生态文明的发展道路，顶得住传统发展模式的压力，扛得住一时快慢得失的干扰，守得住蓝天白云、青山绿水的底线，经济社会实现全面升温发展，形成科学发展、和谐发展的良好势头。以一大批重大基础设施项目、重大产业项目落地开工以及横琴开发启动为标志，珠海正朝着建设珠江口西岸核心城市、成为广东发展新的增长极的目标阔步前进。不一样的珠海道路的独特价值正引起越来越广泛的关注。

走出一条不一样的路子，必须要认清当前的大势。我们必须看到，传统的工业文明是一把双刃剑，它在创造出巨大的物质财富、极大地推动物质文明进步的同时，加剧了生态环境的恶化和资源短缺的危机。一些城市经过快速发展后，在人口、资源、环境上面临的沉重压力和付出的惨痛代价已经清楚地警醒人们：这条高污染、高能耗、低产出、低效益的发展之路难以为继。珠海既无可能更无必要重蹈别人的旧路。走建

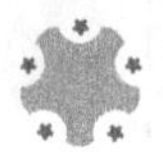

设生态文明的发展道路，就是要实现经济发展从要素驱动向创新驱动的根本性转变，目的是要实现绿色发展，好字当头、好中求快、又好又快发展经济，实现人与自然的和谐，让发展成果更普泛、更均衡、更充分地惠及大众。生态文明是对传统工业文明的扬弃和超越。目前，加快转变经济发展方式已成为重大国家战略，已到了刻不容缓的地步。广东全省发达的地区在改造自己，欠发达的地区在提升自己，珠海要强化自身优势，就要以更大的勇气超越传统发展的经验模式，以更大的智慧创造特区发展的新示范，以更大的魄力引领生态文明建设的新潮流。

走出一条不一样的路子，关键要树立不一样的发展理念。面对全国各地发展百舸争流、万马奔腾，区域竞争你追我赶、不进则退、慢进亦退的逼人形势，面对新的起点，我们要树立坚毅自信的精神状态，要发展但不要急于求成，要积极但不要浮躁。绝不能为了一时的发展，头脑发热，降低门槛。相对珠三角地区的其他城市，珠海建设生态文明的条件和基础比较好，特别是人口资源环境关系还比较协调，环境对经济社会发展的承载能力还比较强。要按照建设生态文明的要求通盘谋划，在经济增长方式、生态环境、产业发展、交通体系以及体制创新上，要和广州、深圳、东莞以及珠三角其他城市不一样，要走创新发展、集聚发展、错位发展的路子，重点突破基础设施、产业项目、人才资源等的瓶颈，进一步改善发展的软硬环境，加快建设人口均衡型、资源节约型、环境友好型社会，实现生产发展、生态良好、生活富裕。要发挥环境优势，提升宜居城市的质量和水平。不仅要宜居，还要宜业；不仅要改善民生，还要发展民主；不仅要物质享受，还要文化繁荣。要建立民主法制的长效机制，发挥特区立法优势，推进生态文明建设，动员广大人民群众参与和监督生态文明建设。要勇于变革、勇于创新，永不僵化、永不停滞，不为任何风险所惧，不为任何干扰所惑，坚定不移调结构，脚踏实地促转变，率先转型升级，建设幸福珠海。

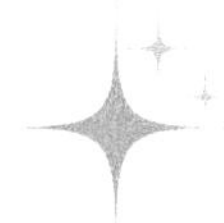

9 着力创造有利于人才的大环境

珠海要真正走出一条不一样的道路，必须进一步做好人才工作，创造良好的创新氛围，形成吸引人才、留住人才的良好生活环境和工作环境。

古今中外大量的历史事实证明，人才是事业成功与否的决定性因素。人才旺，事业兴；人才乏，事业败。没有人才的支撑，再好的发展蓝图，再好的发展机遇，再好的发展势头，到头来终究是一场空。有了人才，有了让人才脱颖而出的机制体制，再困难的条件，再艰苦的环境，再不利的境遇，终究也有走向成功的希望。

珠海的发展历程就是人才与事业相互促进的生动例子。从一个边陲小镇发展成为初具现代化、在国内外享有一定声誉的海滨新城，或许可以总结出很多珠海模式的经验，但吸纳人才、重视人才无疑是其中之一。想特区初创之时，在国内外广招各类精英，多少在内地得志或不得志的豪杰闻风而动，不要户口、不要关系、不要地位的不在少数，缘何？因为特区给了他们一展抱负的天地。那时的珠海，南北混杂，朝气蓬勃。那一批人，奠定了珠海现在“人才大厦”的基石。20世纪90年代初，珠海再开风气之先，百万重奖科技人才，举国轰动，大批人才同样慕名而来，一时传为佳话。后来，珠海又大力引进高校来办学，气魄之大，眼界之远，同样享誉中外。正是这些壮举，造就了今日珠海的人才格局，极大地促进了珠海的跨越式发展，使得世人不敢以一般地级市来度量珠海。可以说，珠海城市的跨越和珠海人才队伍的跨越是互为因果的。

当前，珠海又进入新一轮大发展的关键时期，可谓困难依然严峻，但机遇前所未有，势头十分喜人，前景无限美好。这个时期最需要人才，最需要人才发挥作用。虽然珠海各类人才总量已有40万人左右，在人才引进上，重点开辟了高层次人才引进、实用型人才引进、紧缺人才引进和流动人才职称评定4条人才服务绿色通道，并成功地促成了珠海的科技奖励制度，形成了科技突出贡献奖、科学技术进步奖、归国科技人员创业奖、自主创新促进奖等多层次、全覆盖的科技奖励体系，但距建设生态文明新特区、科学发展示范市和珠江口西岸核心城市的目标要求还存在相当大的差距。高层次人才紧缺，领军人才更是奇缺。珠海缺乏在全国有影响力的科学家、工程技术专家、医学家，也缺乏在全国有影响力的经济学家、建筑大家、规划专家、文学家、艺术家等。珠海正在大力打造“三高”产业，所需人才捉襟见肘。这是珠海的一大软肋。

要切实做好人才工作，就要着力搭建吸引人才的事业平台，打造人才创业的热土。人才之所以是人才，就在于人才是干事创业的，事业是吸引人才的最大动力，也是激发人才不断向上攀登的最大动力。如果无事可干，英雄无用武之地，或者把人才闲置，人才就待不住，即使待下来，也容易蜕化成庸才。前些年，珠海流失了一批人才，原因就在这里。对人才，还要着力创造相应的生活条件。光有青山绿水，但“食无鱼”，“出无车”，尤其是居无所，人才又情何以堪？所以，事业留人、待遇留人二者兼顾才好。

要切实做好人才工作，就要着眼于创造有利于人才创新发展的环境，强化爱护人才的制度保障。人才往往是有个性的，越是创新型人才，越是个性鲜明。磨灭了个性，人才的灵性及创造力也可能随之湮灭。

⑩ 先行先试推进社会管理创新

社会管理既是个老话题，也是个新课题，因为有人的地方，就会有社会管理。而社会管理的根本目的就是维护社会秩序、促进社会和谐、保障人民安居乐业，确保社会既充满活力，又和谐稳定。特别是时下的中国，经济社会快速发展，社会结构正发生深刻变化，利益格局正在深刻调整，思想观念正遭受深度撞击，社会管理任务显得更为艰巨繁重。

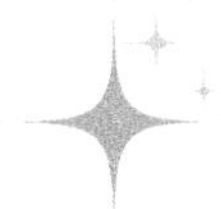

中国社会科学院发布的2010年《社会蓝皮书》指出，中国社会结构滞后经济结构大约15年。如果不进行相应的社会管理体制改革，那么，中国社会结构要到2025年左右才能达到目前我国的经济结构水平。在这个过程中，可能会积累出现频率高、解决难度大的社会矛盾和风险。

珠海的社会管理同样面临新挑战。珠海人均地区生产总值在1万美元左右，已超过现代化发展的中级阶段（人均地区生产总值3000～5000美元），正处在向高级阶段（人均地区生产总值1.5万美元以上）转型的时期。由于社会转型带来了人的生活方式的转型、伦理道德的转型和心理状态的转型，所以这时特别需要社会管理创新，加强社会建设，培育社会组织，提高公民素质，促进人的现代化。

珠海在探索社会管理创新方面还肩负着特别的使命。中共广东省委、省政府要求珠海借鉴香港社会管理的先进经验，在推进社会管理体制改革方面先行先试。可喜的是，近年来，珠海紧紧围绕党的十七大关于“健全党委领导、政府负责、社会协同、公众参与的社会管理格局”的要求，切实加强和创新社会管理，逐步形成“党委政府主导、社会组织主体、人民群众主人”的社会管理新机制，取得了令人鼓舞的成绩。香洲康宁社区“勇吃螃蟹”，率先破题，推进社区民主自治，取得了不少好成绩。有珠海特色的社区民主自治雏形初现，珠海的社会建设在新形势下正出现新局面。

政社功能分离是加强社会建设的基础。要创新社会管理体制机制，加强社会管理法律、体制、能力建设，突破口在于厘清政府与社会的工作领域、管理职责，实行政府与社区、政府与事业单位、政府与民间组织的功能分离，为社会体制建立腾挪出空间，逐步形成政府职责归政府，社会职责归社会，社会管理以政府为主导，社会各中介组织、团体、协会共同参与的格局。政社功能分离要加强相关职能部门的改革和创新，深化社会管理体制改革，重点要调整相关职能部门的职责，避免其职责交叉重叠，甚至越位、缺位、错位，以真正达到政府“善治”。

社会组织的培育与发展是引导公民参与社会管理的核心。而目前最大的问题是真正意义上的社会组织较少，很多社会组织实质上都是“二政府”，遇到问题往往通过行政手段来解决。社会管理重审批，轻监管；重事务，轻政策。政府要弱化社会组织的行政色彩，指导和规范社会组织自治，变直接管理者为间接管理者，成为民生民计工作和公共服务的

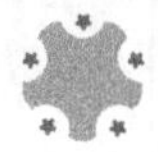

制度安排者、规划者、监管者，通过政府采购、委托外包等方式，把一些直接提供服务的职责交由社会组织承担，让不同的社会组织参与承担民生民计的社会功能，完成不同的社会职责，关怀不同的社会群体，发展多元化参与的社会公共服务体系，并以此推动官本位向社会本位、政府一元管理向多元治理的转变。

社会管理，说到底是对人的管理和服务，涉及广大人民群众的切身利益，既是管理，更是服务，融群众工作和民生工作于一体。因而，搞好社会管理的出发点与落脚点，就是以人为本，通过各种渠道倾听群众呼声，深入了解群众所思所想，从群众最关心、最直接、最现实的问题入手，及时解决好社会发展中出现的各种矛盾，更好地实现好、维护好、发展好广大人民群众的根本利益；要处理好管理与服务的关系，要把服务群众作为强化管理的着眼点，寓指导于服务中，寓管理于服务中；要充分发现、尊重和弘扬人民群众的首创精神，培育社区居民的公民意识，积极扩大公民的有序政治参与，充分挖掘和调动方方面面的积极性、主动性和创造性，把人民群众的力量凝聚起来。只有这样，才能抓住社会管理创新的根本，才能夯实我们党执政的根基。

11 西岸春花别样红

5 月 9—10 日，珠三角 9 市产业转型升级巡回检查讲评会走进珠海、中山、江门，实地检查 3 市实施《珠江三角洲地区改革发展规划纲要(2008—2020 年)》特别是产业转型升级的相关工作。会议希望珠中江经济圈增强使命意识和危机意识，奋发有为，励精图治，在贯彻落实科学发展观上先行先试，推动产业转型升级取得更大成绩，努力走出一条与珠三角东岸不一样的发展路子。

要走出与珠三角东岸不一样的发展路子，前提是要弄清珠三角东岸发展道路的特点，弄清珠三角东岸发展道路的成败得失。应该看到，珠

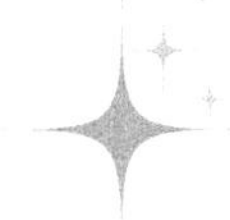

三角东岸曾经走过的发展道路有其历史的合理性。30 多年前，珠三角没资金、没技术、没市场、没人才，迫切需要改变落后的经济面貌，珠三角东岸在发展中形成了不惜代价、加快赶超的传统发展模式。这种选择对于 30 年前的珠三角东岸来说，是唯一的选择，也是正确的选择，并在很大程度上造就了珠三角东岸的辉煌和成功。但发展到今天，珠三角东岸遭遇人口、资源、环境的巨大压力，传统发展模式已难以为继，深圳、东莞只干了 30 年，就面临“无地可用”的困境。最新出炉的《中国城市竞争力报告 No. 9》指出，深圳的城市经济实力位居全国第四，幸福指数却排名靠后。评价可能不尽准确，但对所有珠三角城市而言都是一个警醒。

所以，对于相对后发的珠三角西岸而言，珠三角东岸既是学习的榜样，又是借鉴的镜子。由于多种原因，其中既有珠三角西岸地区的主动和坚持，也有客观条件限制所带来的被动和无奈，珠三角西岸发展速度相对要慢一些，但资源、环境、人口、土地的压力相对也小一些。对珠三角西岸而言，加速发展是第一任务，但这种发展绝不是唯地区生产总值的发展，而是以人为本、全面、协调、可持续的发展，是科学发展。珠中江要学习深圳、东莞等珠三角东岸城市抢抓机遇、乘势而上、奋勇争先、与时俱进、永不满足的拼搏精神，同时也要坚决避免珠三角东岸一些地区曾经付出的沉痛代价。一要坚持守住蓝天碧水的底线，用最低的土地消耗实现工业化、城市化；二要坚持产业的高起点和高集聚度，增强发展的可持续性；三要坚持同步解决发展中群众关心的突出问题，让群众共享改革发展成果。

要走出一条与珠三角东岸不一样的发展道路，珠海负有特别的责任。《珠江三角洲地区改革发展规划纲要（2008—2020 年）》确立珠海为珠江口西岸核心城市，党中央、国务院及中共广东省委、省政府对珠海的发展尤为关心。珠海要以更大的勇气超越传统发展的经验模式，以更大的智慧创造特区发展的新示范，以更大的魄力引领生态文明建设的新潮流。

珠海建设生态文明的条件和基础比较好，特别是人口、资源、环境关系还比较协调，环境对经济社会发展的承载能力还比较强。珠海经济特区自建立以来，一直坚持从珠海的实际出发，率先探索经济发展与环境保护双赢之路，留住了蓝天白云、青山绿水；一直坚持发展经济与改善民生共进，城乡居民生活质量居珠三角城市群前列，荣获“中国十大

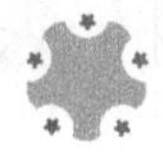

最具幸福感城市”称号。生态良好、社会和谐成为珠海靓丽的城市名片。

近年来，面对国际金融危机的严重冲击，面对国际国内复杂多变的经济形势，珠海顶得住传统发展模式的压力，扛得住一时快慢得失的干扰，坚定走一条不一样的发展道路。大力整合工业园区，最大限度减少资源消耗，把产业的高起点和高聚集度紧密结合起来，引进了中航通飞、长隆国际海洋度假区、中海油深水海洋工程装备制造等一批高强度投入、高效益产出的好项目，增强了产业发展的可持续性；大力建设“三型”社会，确保了蓝天碧水、交通顺畅、人口负担轻、群众幸福指数高、社会稳定和谐。不一样的珠海道路的独特价值正引起越来越广泛的关注。

珠海风光分外秀，西岸春花别样红。

⑫ 产业转型升级刻不容缓

走不一样的发展道路，核心是要打造不一样的产业结构。

近年来，珠海对加快产业转型升级认识深、起步快、动作大，把产业转型升级作为推动珠海科学发展、实现后来居上的重大机遇，产业层次明显提升，龙头企业明显增加，一批重大项目落地开工，若干新兴产业正在崛起，存量产业结构不断优化，产业发展条件明显改善，初步呈现高端发展、错位发展、集约发展态势，走出了一条具有自身特色的产业转型升级之路。

但还是有少数干部群众对珠海率先转型升级的战略意义不甚明白，认为珠海当前最主要的问题是经济总量不够大、发展速度不够快，只要把经济规模、发展速度搞上去，转不转型、升不升级都无所谓，甚至认为转型升级会耽误珠海的发展。这种将转型升级与加快发展割裂开来，甚至对立起来的观念是十分错误和有害的。殊不知，在当前国内外经济社会发展的大势面前，如果不加快产业转型升级，加快发展可能就是一句空话，更谈不上可持续发展。

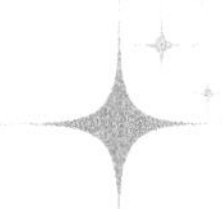

我们必须看到，传统产业靠的是低成本，拼的是廉价劳动力、廉价土地和廉价资源，依赖出口带动，这是一把双刃剑，它确实可以在特定时期快速形成原始积累，推动经济起飞，但必然会加剧生态环境的恶化和资源短缺的危机。珠三角有些城市经济快速发展后，在人口、资源、环境上面临的沉重压力和付出的惨痛代价已经清楚地警醒人们：高污染、高能耗、低产出、低效益的发展之路难以为继。当下，珠海既无可能更无必要重蹈别人的旧路。从比较优势的角度看，珠海在人力、资源方面都比不上内地新开发地区，招工难开始困扰企业；珠海的环境已经变得脆弱，再也经不住大量废气污水的破坏；长期引以为豪的外向带动经历世界金融危机的冲击后，其劣势也暴露无遗。如果再不加快转型升级，珠海必将举步维艰，被时代抛弃。

加快转型升级，就是要实现经济发展从要素驱动向创新驱动的根本性转变，目的是要实现绿色发展，好字当头、好中求快、又好又快发展经济，实现人与自然的和谐，让发展成果更普泛、更均衡、更充分地惠及大众。加快转型升级，可以减少生产所付出的代价，有效提高经济质量和效益；可以增加消费，扩大内需，促进城乡区域协调发展；可以更好地保护生态环境，建设宜居城乡。总而言之，可以提高广大人民群众的满意度和幸福感。

目前，加快转变经济发展方式已成为重大国家战略，广东省各地区都在产业转型升级上各出狠招。面对各地发展百舸争流、万马奔腾，区域竞争你追我赶、不进则退、慢进亦退的逼人形势，面对新的起点，珠海产业转型升级不仅要大力推进，而且要快、要准。只有率先转型升级，才能在新一轮大发展中抢占先机。

率先转型升级，珠海有相当的条件，如高新产业比重较高，高校资源比较丰富，高端项目相继落户，人口就业压力不大，山水田园环境宜人，接轨港澳服务业近水楼台，等等。珠海需要强化自身优势，走与广州、深圳、东莞以及珠三角其他城市不一样的道路，坚持创新发展、集聚发展、错位发展，重点突破基础设施、大型项目、高级人才等的瓶颈，进一步改善发展的软硬环境，提升宜居城市质量和水平。不仅要宜居，还要宜业；不仅要改善民生，还要发展民主；不仅要物质享受，还要文化繁荣。珠海要形成自己的产业特色，关键是要树立坚毅自信的精神状态，勇于变革、勇于创新，永不僵化、永不停滞，不为任何风险所惧，不为任何干扰所惑，实实在在地率先转型升级，实实在在地建设幸福珠海。

子规夜半犹啼血，不信东风唤不回。

⑬ 发展的“好”与“快”

快了，还是慢了？速度是较长时间以来珠海人耿耿于怀的一个大问题。

珠海今年第一季度的地区生产总值有些让人揪心，增幅为10.8%，与深圳、东莞相同，但低于珠三角其他城市。有人因此灰心失望。确实，这样的数字令人警醒，但同时也令我们思考，究竟该怎么看待地区生产总值增幅？怎么看待发展快和慢的关系？

首先，必须充分认识加速发展的重要意义。加速发展是解决珠海一切矛盾的关键。经过30年的建设，从一个偏僻的渔业小镇变成全球知名的现代化海滨城市，珠海经济特区所取得的成绩举世瞩目。但毋庸讳言，和珠三角其他兄弟城市相比，珠海还存在一定的差距，其中，最主要的差距是经济实力不够强大。换言之，珠海当前的经济实力与经济特区的地位不相称，与珠江口西岸核心城市的定位不相称，与“率先转型升级、建设幸福珠海”的发展要求不相称。应该说，这是珠海目前面临的主要矛盾。解决这个主要矛盾，关键是在坚持好字当头的前提下，加快珠海的发展速度。

其次，强调快不能唯地区生产总值，唯地区生产总值的弊端现在已经很清楚，不仅会导致环境恶化、资源浪费，发展不可持续，而且导致人民群众缺乏幸福感。以前，在改革开放初期的发展条件下必须先把经济总量做上去，因此鼓励“大干快上”，珠海等经济特区、珠三角城市领全国风气之先，在全国干得最快。但当前国内外背景都发生了深刻变化，我国经济规模已高居世界第二，仅珠三角经济规模就超过许多中等发达

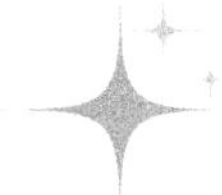

国家，珠海的经济实力也不能和过去同日而语。所以，再盲目追求地区生产总值，就没有意义了。何况，我们的资源条件、环境条件也无法容忍再照原来的老路走下去。在发展的好与快之间，我们应该毫不犹豫地坚决把好放在前面。在好的前提下快，是造福；没有好的快，可能是造孽。所以，光是地区生产总值增幅，并不能代表和说明什么。

面对国际国内复杂多变的经济形势，要顶得住传统发展模式的压力，扛得住一时快慢得失的干扰，前几年我们就是这样挺过来的，今后我们还将坚定地沿着科学发展的道路走下去。

长风破浪会有时，直挂云帆济沧海。

⑭ 要摆正学前教育的位置

沸沸扬扬的创艺幼儿园事件正从单一的恶性事件转化成普遍的学前教育整改行动，从而有望促使我市学前教育进入新的局面。事件发生后，舆论几乎一面倒地斥责园方克扣幼儿伙食费的不良行为，公安部门已将该幼儿园原负责人刑拘；主管部门香洲区教育局亦雷厉风行，对全区幼儿园进行逐一检查，希望幼儿园经营者的“血管里流着道德的血液”；同时又出台新规，要求学校食堂承包经营者所得利润不得超过学生伙食费的15%。

舆论的强大压力和行政力量的强力介入，或许可以让许多揪心的幼儿家长暂时舒一口气，也势必会让类似的恶性行为有所收敛。不过，有一点是可以肯定的，幼儿园不可能从此万事大吉。

其一，创艺幼儿园事件的暴露是偶发的，但创艺幼儿园事件可能不是偶发的。如果不是该幼儿园老师的工资被拖欠，如果不是被拖欠工资的老师向媒体报料，如果不是媒体将事件曝光，不要说一般市民，就连该幼儿园幼儿的家长都会长期被蒙在鼓里。因此，市民有理由怀疑，当下还潜伏着其他“创艺幼儿园”吗？今后还会出现下一个“创艺幼儿园”吗？

其二，就主管部门目前采取的举措来看，不可谓不用心良苦，不可谓不勤力负责。但只要幼儿园以营利为目的，道德的血液就难以抑制赚钱的冲动。谁会嫌钱多呢？15%的利润会让人满足？谁来核查？怎么核实？要知道，创艺幼儿园原负责人也是有一份相当漂亮的账单的。

事实上，创艺幼儿园事件的积极意义在于其典型地暴露出当前学前教育的乱象，如入园难、收费奇高、管理混乱、水平参差不一等。相信这些乱象不仅珠海有，其他城市也有；不仅广东有，全国范围内都有。这就给了社会整体反思学前教育的一个切入点：这些乱象背后的根源何在？

一个明显的事实是，在当下的珠海，在当下中国的绝大多数地方，入园就读几乎是每一个适龄儿童的不二选择，在严酷的竞争型社会大环境中，没有家长敢让自己的小孩不进幼儿园而“输在起跑线上”；并且都想进好一些的幼儿园，哪怕价格高出许多。说需求，这才是真正的刚性需求，也是合情合理的需求。然而，这样的需求似乎未得到有关部门的充分肯定：尽管珠海市在2008年12月曾出台了促进学前教育发展的若干意见，但或许是投入不足，公立幼儿园少之又少；或许是公立幼儿园不够，故鼓励社会力量办幼儿园，却疏于管理。因此，笔者认为这才是当前学前教育令家长不满的根本原因。

学前教育管理不能只流于形式，而是要切实负起责任来。我国已普遍实行9年义务教育，珠海以及其他城市更是实行12年义务教育，也就是说，从小学到高中，学生读书的权利都可以得到保障。随着大学教育的大众化，上大学也不再困难。对法定义务教育阶段，甚至非法定义务教育阶段的高中、大学，政府都投入了巨大的人力、财力来办学，也有相当完善的政策法规来进行管理。学前教育尽管有所投入，但还远远不够，有时竟成了被“遗忘的角落”。

这不该是被“遗忘的角落”。有关部门应当逐步弥补这一不足，加强管理，补足短板。只有这样，方能避免创艺幼儿园事件的重演。

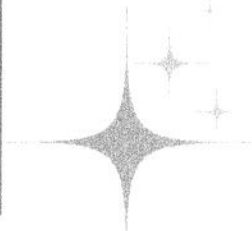

⑮ 治理电动车需要新思路

《珠海经济特区道路安全管理条例（修订草案）》正在征求各方意见，电动自行车上路能否解禁成为社会关注的热点。走在路上，见有关部门又在查处非法上路的电动自行车，虽然明知在现有条例还未变动的情况下，查处行为是依法办事，值得肯定，但看到被查处车主无奈又不解的眼神，总觉得这中间有些不妥。难道一般老百姓骑电动自行车提高出行效率，改善生活质量的愿望真的不能满足吗？难道不能有新的思路来解决电动自行车上路的老问题？

很难说骑电动自行车的要求有什么不合理。依照观察，骑电动自行车的主要是普通老百姓和收入较低的人群，这些人，小汽车买不起，徒步走耗不起，坐公交车太挤，踩自行车太累，骑电动自行车确实是个好选择，一两千元的电动自行车大部分打工家庭有能力消费，想走即走，想去哪儿就去哪儿，方便快捷，便于停放，合乎普通老百姓的实际生活水平，合乎中国现阶段经济社会发展的国情。无怪乎，虽然执法部门动用了很大的力量，但仍是屡禁不止，人们骑、买依旧，确实是“野火烧不尽，春风吹又生”，尤其在上、下班时段，不难看到电动自行车穿梭在城市的大街小巷。在这个意义上，指责执法部门执法不严是没有道理的，而指责那些车主不遵守法规似乎也与情理不合。或许要考虑的是适时修改相关法规，找到一个既便于操作又为各方所接受的新办法。

确实，像任何事情总具有两面性一样，电动自行车上路有其弊端，归结起来，主要有这么几点：一是争道，电动自行车在机动车道上走，就会与机动车争道，在目前机动车道已然拥挤的情况下，这无异于一场灾难；而在自行车道上走，又会与自行车及行人争道，造成自行车道的拥堵，其较快的速度对行人是极大的安全威胁，所以电动自行车可谓是“走投无路”。二是污染，电动自行车看上去虽然无烟无声，但其蓄电池如果处理不当，容易造成二次严重污染。一般电动自行车使用1.5～2.5年就要换电池，而废电池的回收管理也是难题，所以电动自行车还遭遇环保瓶颈。然而，有了这些原因，就可以断然剥夺老百姓骑电动自行车的权利吗？

不能，还是不能！为什么呢？说到底，道路使用权涉及的根本是公共资源的分配问题。现在主要是私人小汽车在占用马路，实际上是一部分人在占用这一相当丰厚的公共资源。无论是马路的修建、改造，还是停车场的建设，花费的是全社会的公共投资。和私人小汽车相比，电动自行车所需要占用的道路、空间资源何其少，即使为电动自行车开辟专用道，投入也会相对少很多。

再说电动自行车的污染问题。这个问题值得商榷。汽车同样存在电池的污染和回收问题，而且汽车排放的尾气已成为城市最大的污染源之一。从技术上看，可以设置电动自行车电池的技术标准及回收管理办法。其他类似的诸如电动自行车的车速、车重和刹车等问题，也可以制定相应的安全标准来加以控制。总之，一味禁止电动自行车上路，理由不够充分。

不过，不赞成全面禁止电动自行车上路，并不意味着鼓励电动自行车无序泛滥。任何无规则、无秩序的行为都是对社会整体利益的损害，即使放宽电动自行车上路的限制，也要制定相应的法规来引导和规范，绝不能像当下这般无证驾驶、免费上路、横冲直撞，危及公共交通安全。只是这种规范和引导，虽然存在一定的困难，将增加更多的管理成本，却更人性，更理性，更多妥协和宽容，更少隔膜和冲突。公平才有正义，和谐方能共荣。

世界是多元的，社会是多元的，城市也是多元的，多种类的人群，多样的生活方式，多层次的消费结构，才构成城市的多彩和活力。城市，作为共同的家园，应该让每一个生活其中的各个阶层的人都能共享公共服务，各得其所，各有所乐。珠海一向以包容见长，创造条件让电动自行车按规矩上路，将让人们感受到这个城市的温情：不管你是富贵抑或窘困，珠海有同样的关怀和尊重！

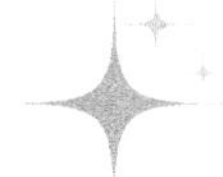

⑯ 像抓经济建设那样抓社会建设

“像抓经济建设那样抓社会建设、抓社会管理。”日前，香洲区召开社会形势分析会议，要求力争用三年时间打造基层社会管理体制改革的“香洲模式”。据了解，这是近年来香洲区在召开每季度经济形势分析会后，首次召开的专题分析研判社会形势的全区性工作会议，今后，香洲区每个季度都会定期召开经济社会形势分析会。毫无疑问，这是香洲区高度重视社会建设、社会管理工作的一项创新举措，值得高声喝彩！

实现社会和谐，建设美好社会，始终是人类孜孜以求的社会理想，也是我党不懈追求的奋斗目标。但一段时间以来，一些地方重经济建设，轻社会建设，以为经济发展可以“包治百病”，一好百好，结果经济是发展了，却问题丛生，群众幸福感不强，反过来也制约了经济发展。当前，加强和创新社会管理，最大限度地激发社会活力，关乎巩固党的执政地位，关乎维护最广大人民群众的根本利益，关乎保持国家的长治久安。珠海经济特区向来敢为人先，近年来加快构建政府、社会、公民共建共治共享的社会管理新格局，为全省、全国创造了不少新鲜经验。作为珠海主城区，香洲区清醒地意识到，加强社会建设、创新社会管理不仅是上级赋予的历史使命，也是香洲区顺应社会发展规律的必然要求。香洲区率先开展社会管理体制改革试点，探索“三位一体”社区管理体制，实现政府行政管理与社区自治良性互动上的创新，民生事业快速发展，社会管理体制改革成效初显，社会大局保持和谐稳定，香洲区正呈现率先转型升级的美好前景。

加强和创新社会管理，是时代新课题，既要克服过去把政府看作全能政府，对社会管理包揽一切的做法，又要避免陷入过多把政府的事情交给企业、社会去承担的误区。要在发挥政府主导作用的基础上，进一

步推进社会组织“自立、自主、自律”发展，鼓励和支持社会各方更多、更积极、更有效地参与社会事务管理，逐步形成“党委领导、政府负责、社会协同、公众参与”的管理新格局，实现“党委政府主导、社会组织主体、人民群众主人”。

群众参与既是现代社会管理的重要特征，也是社会管理成功的关键所在。为此，香洲区提出，发动、组织人民群众有序参与社会管理，通过在条件成熟的小区逐步成立业主委员会、推行并完善社区居委会直选制度、在社区设立人大代表联络工作室等方式，拓宽群众参与渠道，这些动作积极、扎实、有用，是用群众听得懂的语言、用群众信得过的方式，做好群众工作。更难能可贵的是，香洲区高度重视倾听各种声音。今天，在利益分化、主体多元的社会格局中，发出声音是主张利益的基础，有利益的表达才有相对的利益均衡，有相对的利益均衡才有长久的社会稳定。在众声喧哗中，社会管理者应尽可能打捞那些“沉没的声音”，以包容心对待“异质思维”，做到在对话中协调立场，在交流中化解矛盾，从而最大限度地形成共识，促进社会和谐稳定。香洲区尤其注重完善网络参与引导机制，网络政民互动平台、饭米粒网和社区网建设成绩斐然。充分运用这些网络平台，可以加强与群众的沟通联系，充分调动居民参与社区自治、监督社区事务的积极性，真正使互联网成为香洲区创新社会管理的重要渠道和有效手段。

基层是社会管理的基础，社区是社会管理的“细胞”。香洲区提出，要坚持重心向基层移、财力向基层流、人才往基层去、事情在基层办。要根据社区规模适当增加社区工作人员，力争对每个社区投入100万元，进一步完善社区公益性服务设施建设，在条件成熟的社区增加就业中心、文体中心和康复中心，特别要以社区群众的需求为导向，做到群众需要什么样的社区服务，我们就培育能够提供这种服务的社会组织，使居民不出社区就能享受到便捷的服务。

对每个社区投入100万元，这不是一个小数字，体现出香洲区财政支出向民生倾斜，不断加强以民生为重点的社会建设的胆识。加快推进教育、卫生、就业、社保等基本公共服务均等化，着力解决事关群众切身利益的热点、难点问题，不断增进民生福祉，抓群众反映最强烈的问题，改群众最不满意的地方，做群众最盼望的事情，想问题、做决策、办事情，都要从人民群众的根本利益出发，尊重民意，顺应民心，化解民忧，

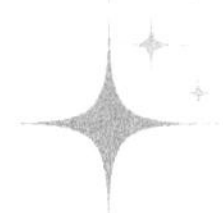

造福于民，就可以从源头上最大限度地增加和谐因素，最大限度地减少不和谐因素。

“小荷才露尖尖角，早有蜻蜓立上头。”加强社会建设，创新社会管理，责任重大，任务艰巨，使命光荣。香洲区已经成功地扬起了风帆，希望香洲区进一步解放思想、开拓进取，不断适应新形势、新任务，继续为全市、全省多出经验、出好经验。“上下同欲者胜”，我们相信，经过全体香洲人的努力，不久的将来，我们一定可以迎来一个“人人肯努力、人人有机会、人人有希望”的幸福香洲。

17 真正建立重心下沉、上下互动的社会创新机制

中共珠海市委六届十次全会提出，创新社会管理，加强社会建设，必须打造社会建设和管理的基础平台。要着力打造镇街服务管理平台，推动社会建设和管理重心下移，夯实基层基础，以镇街政务服务中心和综治信访维稳中心为主抓手，建设党委、政府面向群众、服务群众、上下联动的社会管理枢纽；要着力打造社区民主自治平台，充分发挥基层群众组织的自治功能和村居民的主体作用，把城乡社区建设成为管理有序、服务全面、文明祥和的社会生活共同体；要着力打造社会组织发展平台，积极推动社会组织有序承接政府职能转移，充分发挥好社会组织沟通政府、社会、企业、个人之间的桥梁和纽带作用；要着力打造网络虚拟社会管理平台，把网络虚拟社会纳入社会管理，促进网络虚拟社会的健康发展。

这四大平台建设的目的是重心下沉、上下互动。所谓重心下沉，就是以镇街转型为动力，打造服务群众和解决社会矛盾纠纷的第一平台。所谓上下互动，就是以镇街为枢纽，上联市、区，下抓村居、组、区，上下声气相通、工作互动、感情相融。这样，上级精神易于下传，群众诉求易于上达。

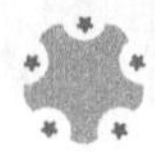

重心下沉、上下互动的关键则是镇街转型。推进镇街职能转型是市委、市政府按照科学发展观的要求，根据新的发展形势，紧密结合珠海实际做出的一项重大决策，是简政强镇的创新性举措。一段时间以来，一些地方镇街主要抓经济建设，轻社会建设，以为经济发展可以“包治百病，一好百好”，结果经济是发展了，却问题丛生，群众幸福感不强，反过来也制约了经济发展。当前，珠海镇街一级抓经济发展的资源条件、人才力量等相对薄弱，维护稳定、促进和谐的任务却日益繁重，转移镇街工作重心、强化镇街社会管理和公共服务职能势在必行。

镇街转型一方面是工作重心的转移，镇街一级由过去以抓园区建设和经济工作为主转向以抓社会管理和公共服务为主；另一方面是工作方式的转变，实现从行政化管理向行政管理与社会自治结合的转变。

镇街转型好比“接地气”，就是要保持同人民群众的血肉联系。我党执政后的最大危险是脱离群众。镇街转变职能，集中精力抓社会管理和公共服务，做好群众工作，夯实基层基础，就能够密切党群、干群关系，防止脱离群众。

进一步推动镇街转型，加强与创新社会管理，要着重抓好五个着力点。一是抓核心。抓住党的建设这个核心，自觉贯彻党的群众路线，真正把群众放在心上，进一步做好群众工作，切实把组织优势转化为群众优势；加强基层组织建设，推动党组织活动规范化、制度化、经常化，不断增强基层党组织的创造力、凝聚力、战斗力。二是抓平台。以镇街政务服务中心和综治信访维稳中心为主平台，做好服务群众的工作，提高办事效率和办事便利化程度，调解纠纷，化解矛盾，维护稳定，促进和谐。三是抓网络。建立市、区、镇街、村居乃至延伸到小组、小区的社会管理网络，形成功能健全、声气相通、工作互动的有机整体。四是抓基点。抓住城乡社区这个基点，积极探索党政主导下社区自治的有效形式，确保人民当家做主。五是抓保障。加强与镇街转型配套的人、财、物等保障，加强基层民主法治建设，保证人民依法实行民主选举、民主决策、民主管理、民主监督。

重心下沉、上下互动的重点是基层。基层是社会管理的基础，社区是社会管理的细胞。在当代社会，村和社区是社会的基础单元，集合了大量社会问题，承载着诸多矛盾纠葛。尤其处在转型、转轨时期，社区更是承接了政府的许多公共服务和社会管理职能。村和社区是贯彻落实

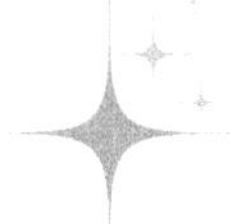

党委、政府决策的落脚点，是为老百姓服务的重要平台，是维护社会稳定和谐的第一道“安全阀”。群众利益无小事，村和社区人员结构复杂，工作事关千家万户，头绪多，事琐碎，干部须与群众近距离接触，从事村和社区工作是一个费力难讨好的差事。如果村和社区工作搞不好，党的执政基础就会动摇，和谐社会就是一句空话。所以，重心下沉、上下互动的着力点在于进一步加强各类基层组织建设，进一步抓好城乡社区自治，充分发挥村委会、居委会、企业、行业协会、志愿者组织和其他社团组织的自主、自律、自治作用，实现自我管理、自我服务、自我教育和自我监督。

要真正搞好重心下沉、上下互动，市、区两级党委、政府和部门必须大力支持镇街转型，切实关心镇街、村居干部，真正做到机关服务基层、干部融入群众，坚持财力向基层流、人才往基层去、事情在基层办。如香洲区就提出，要根据社区规模适当增加社区工作人员，力争对每个社区投入100万元，进一步完善社区公益性服务设施建设，在条件成熟的社区增加就业中心、文体中心和康复中心，特别要以社区群众的需求为导向，做到群众需要什么样的社区服务，我们就培育能够提供这种服务的社会组织，使居民不出社区就能享受到便捷的服务。

如此，重心下沉、上下互动才能沉得下去，动得起来。

18 培育社会组织是当务之急

近日，珠海市出台《关于政府购买社会组织服务的实施意见》，珠海市政府购买社会组织服务从“探索阶段”走向“规范操作阶段”，将使这类公共服务的供给常态化、多元化、规范化，从而优化了政府财政资金扶持发展社会组织的机制。

长期以来，我们国家一直在努力转变政府职能，建设服务型政府。这种转变不仅是要转变服务态度，更是要改革体制、创新机制；也不仅仅是解决门难进、脸难看、事难办的问题，而且是从体制机制上研究解决问题的办法，研究解决把政府职能转给谁、转到哪里去，让多元化的社会主体更多地参与社会服务，把不该由政府承担的，或者是政府可以不承担的职能交由社会来承担。

以前政府想转移服务，但是没有机制，也不知转给谁，而且有些社会组织还没有培育出来，即使转出去，这些社会组织也承接不了。国内外的经验表明，只有大力培育社会组织，政府职能才有地方转，创新社会组织管理体制，转的渠道就畅通了。因此，培育社会组织，激活社会力量，理应成为各级政府推进社会管理的应尽之责。

100多年前，西方发达国家应政府管理和社会服务需要，催生了社会组织。今天，在欧美等发达国家，社会组织涉及社会服务各个领域和相当多的社会管理行业，与政府、企业并列，被称为第三部门、第三方力量。新加坡的社会管理服务工作主要由社区组织承担，我国香港特别行政区的社区管理服务主要由政府、非政府机构和公众三者各司其职、各尽所能、良性互动。在香港，政府80%以上的社会服务以向非政府机构购买的方式提供，形成政府与社会组织共同管理社会事务的格局。

有学者认为："要使社会和谐，理想的状态是政府、企业和社会三足鼎立，相互支持、相互补充，形成三角平衡。"而我们的现状是，社会这个"角"特别弱，造成了社会这座大厦的不稳定。传统的社会支持网络已经跟不上，在新的条件和形势下重建社会组织势在必行。

当然，社会组织的发展和成长有一个过程，有自己的特点和规律，社会组织代替政府行使公共服务，对从业人员的要求也比较高。社会工作者要具备一定的人文关怀精神和社会责任感，能清晰洞察社会的局限性，看到社会问题，并能够解决问题。

如何将社会组织培育打造成为政府公共服务和社会管理的"左膀右臂"？除了加强人才培养，最重要的是突出政策支持。要研究一些扶持办法，在社会组织起步阶段给予必要帮助，在资金筹措、税收、用地、金融信贷等方面给予优惠扶持，降低准入门槛，简化登记手续。重点是要大力推进政府购买社会服务，要健全完善政府向社会组织购买公共服务的长效机制，要分类扶持，引导符合条件的组织和个人创办一批公益性社会组织，加大对公益服务类社会组织、社区社会组织及社会组织培育基地开展公益服务项目的资助力度。

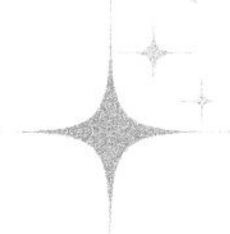

在这个意义上，珠海市《关于政府购买社会组织服务的实施意见》的出台，无疑是加强社会建设、创新社会管理的关键一步。

19 用心打造新的民主渠道

香洲饭米粒网本来是个名不见经传的新网站，但由于其在香洲区委、区政府的支持下，积极开展网络问政，自开办一年以来，共受理事项4432件，其中，投诉2294件，咨询443件，建议218件，在政府和网民之间架起了一座“连心桥”，号称“香洲人自己的网上家园”，获“2010年度广东网络问政榜样机构”殊荣，并在珠海声名鹊起，在网民中具有很高的公信力。有专家指出，香洲区的网络问政突破了单纯的问政模式，问政与互动结合，实现了政府与网民、网民与网民之间的多向互动，形成了集收集、办理、监督、反馈、研讨和监测于一体的网络政民互动香洲模式，为在新形势下密切党和群众的血肉联系，加强和创新社会管理提供了有价值的新鲜经验。

信息网络的发展是当今世界的重大革命性事件。互联网已经成为中国民众自由表达意愿、参政议政的重要渠道，是十分重要的话语平台，网络言论正成为社会舆论的源头，并产生了新的社会意见阶层。而网络问政正以前所未有的力量和方式，开启了中国民主政治的新篇章，成为新时代下政治文明的新内容。

广东一直以网络建设领先、网站网企众多、网民网友理性著称。广东网民发扬主人翁精神，以参与社会的热忱，以体察社会的思考，以维护公平正义的良知，踊跃参与社会建设，充分显示了网络民主的独特优势和积极作用。网友“说了不白说，提了不白提”。在此影响和倡导下，网络问政在广东、在珠海正渐成风气，成为各级党委、政府工作的重要组成部分。而如何应用好网络问政也成为我们这个时代的新课题。

正是在这个意义上，香洲饭米粒网的大胆探索尤其值得借鉴。首先，

“知屋漏者在宇下，知政失者在草野”。网络问政是利用网络倾听民声、了解民意、关注民生的方式，许多网民的意见都比现实环境中来得更尖刻、准确、及时，网络中也有许多高人。智藏于民，计出于民，倾听网友的真知灼见、平等对话，让网络民意得到尊重，可以纾解民情、挖掘民智、凝聚民心。香洲饭米粒网从上线运行至今，之所以能凝聚一大批热爱珠海、热爱香洲的网友，执政者的虚心态度，对网络意见不计态度、不问来历、高度重视是重要因素。

其次，网络问政是民众排忧解难的有效途径，充分利用好网络问政这个平台，可以更有效地保障和实现人民群众的切身利益，促进群众所关心问题的及时解决。只有对网民提出的问题迅速、具体地答复反馈，网络问政才能赢得群众的信赖；只有对网民反映的难题认真地设法破解，网络问政才能可持续地前行。香洲网络问政的可贵之处在于认真，不搞形式，不走过场，一直以不动摇的立场坚持对网友的投诉在期限内必须答复的制度。区领导的率先垂范，对相应考核规定的严格执行，既帮助政府部门推进了相关工作，又为网友解决了不少实际问题，网络问政因而成了为香洲区排解民忧、化解矛盾的“直通车”。

最后，香洲饭米粒网追求真理，尊重事实，维护公平正义的理念给网络问政树立了标杆。网络问政理应是个理性的平台。官员和网民交流，大家的着眼点都应该是解决问题。网民不能光发牢骚，要少一些非理性的“网络暴力”或虚言诳语；官员也应该诚恳面对，不要用空话、套话应付。这样的网络问政将更好地唤醒大众的公民意识、权利意识、责任意识，实现权力与权利良性互动。

“互联网一小步，社会治理一大步”，香洲网络问政是在新发展形势、新舆论环境、新技术条件下推进社会主义民主政治的大胆实践。透过香洲饭米粒网开展网络问政一年来的成功经验，我们得知，要进一步搞好网络问政，各级党委、政府必须把虚拟社会建设摆在更加重要的位置，以务实的工作营造良好的网络环境。要着力推动网络信息公平，为低收入群众创造上网条件，切实消除“数字鸿沟”，避免弱势群体因不能上网而“失声”甚至“被代表”。同时，要让更多的领导同志参与到网络问政中，各级党委、政府要以更开放的视野，更平等的心态，更宽广的胸怀，更强的接受批评、接受监督的承受力，善用网络问政，进一步促进科学决策、民主决策、依法决策，促进社会文明和谐、活力有序。

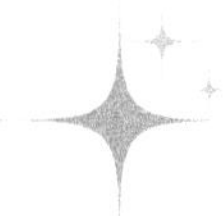

网络问政正在向我们快速走来。让我们热情地拥抱它，用心经营好这种新的民主渠道。

20 在城市软实力上下硬功夫

一个城市吸引人，往往在于其软实力。所以，提升一个城市的软实力，是提高城市吸引力的重要途径。

提升城市软实力，首先要建设学习型城市。珠海要建设生态文明新特区、科学发展示范市，生态文明、科学发展都是新概念，要弄懂弄通并不容易，要结合自己的本职工作贯彻落实更不容易，仅凭老经验工作，凭旧知识决策，往往事倍功半，甚至事与愿违；唯有老老实实地学习，学以致用，知行合一，才能面对新问题从容沉着，解决新问题游刃有余，并有利于健全人格。学习正成为珠海干部群众生命内在的需要，成为珠海可持续发展的内驱动力。

提升城市软实力，必须加强公民道德建设。“人无信不立”，政府亦然。珠海特别重视诚信社会建设，2011 年中国信用 4 · 16 高峰论坛唯一授予珠海年度信用共建最高奖特别贡献奖。珠海人公民意识强，责权利意识明确，倡导志愿服务精神，志愿者联合会注册志愿者高达 13. 8 万人。积极开展自愿无偿献血公益活动，临床用血 100% 来自自愿无偿献血，是“全国无偿献血先进城市”。珠海加强未成年人思想道德建设，强调市民文明礼仪修养，努力营造“人人讲文明、人人重礼仪”的社会氛围，“珠海市道德模范”“珠海公益奖”等评选活动深入人心。

提升城市软实力，必须推进文化事业大发展。越来越热的元宵节民间艺术大巡游、国庆沙滩音乐派对，以及不断升温的民间艺术活动，昭示着珠海市民强烈的文化追求。珠海航展、珠海国际赛车节、珠海国际半程马拉松赛，进一步擦亮了珠海的城市名片。全国历史文化名镇唐家湾镇，“红色三杰”（苏兆征、林伟民、杨匏安），国家级非物质文化遗产斗门水上婚嫁习俗、装泥鱼和三灶鹤舞等历史文化资源，在新时期愈发显得博大厚重、斑斓多姿。目前，珠海正全面启动总投资20亿元的“一院三馆”［珠海市歌剧院（国内第一座海岛歌剧院）、博物馆、城市规划馆、文化馆］重大文化工程项目，将在更高水平上满足市民的文化需求。

提升城市软实力，不仅直接有助于珠海的经济、社会、文化建设，而且可以强化城市魅力，增强城市吸引力，形成珠海人共同的文化认同。加强积分入户，60%以上的外来工子女在公办学校接受免费义务教育，公开招录优秀外来工进入公务员队伍，增强外来人口对珠海这座移民城市的认同感和归属感，“同住一座城，同爱一个家”成为全体珠海人共同的心声。

文化软，作用不软；文化虚，功能不虚。珠海要建设科学发展示范市，要以生态文明新特区引领21世纪特区发展的潮流，这些都有赖于高水准的文化建设，要在软实力上下硬功夫。

21 利用网络收集社情民意，好

借助媒体力量，积极推进“开门议政”，珠海市各级政协一向勇为人先。近年来，珠海在全国开创了通过3G手机网络直播政协专题议政会和在全省政协首开电视直播专题议政会的先例，开通了全国第一个城市政协的官方微博，启动了全省首个委员社区工作室试点工作，开辟了政协民主监督的新境界。

现在，政协委员积极探索利用互联网收集社情民意，必将进一步畅通和拓宽民意表达渠道，使人民政协真正成为党委、政府密切联系群众、团结各界的重要桥梁和纽带。

全国政协常委、新闻发言人赵启正曾表示：“政协最大的权力就是话语权。”政协委员就是要反映群众的意见和呼声，为决策提供科学依据，为城市的发展进步出谋划策。“知屋漏者在宇下，知政失者在草野。”政

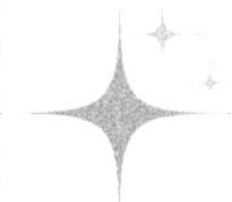

协委员要用好话语权，就要深入实际，调查研究，了解基层甘苦，倾听群众心声；就要反映真实情况，探寻症结所在，提出务实之策，这样才能保证话语权有权威性，达到预期的效果。

借助网络新技术和新工具，有助于政协委员听到更广泛和更真实的民意。

信息网络的发展是当今世界的重大革命性事件。当前，网络技术迅猛发展，尤其是沟通模式和传播科技的发展，使互联网成为中国民众自由表达意愿、参政议政的重要渠道，是十分重要的话语平台，网络言论正成为社会舆论的重要来源，并产生出新的社会意见阶层。充分利用好网络这个平台，既可以更有效地保障和实现人民的知情权、参与权、表达权、监督权，同时也可成为政协委员了解民意、问计于民的重要途径，网民的许多意见都比现实环境中来得更尖刻、准确、及时，网络中也有许多高人。智藏于民，计出于民，倾听网友的真知灼见，与网友平等对话，让网络民意得到尊重，可以纾解民情、挖掘民智、凝聚民心，更有效地提高政协委员的参政议政能力，促进群众所关心问题的解决。

而微博便捷的互动方式，可以让倾听民声来得更简单和更直接，因此，在今年全国“两会”期间，微博再次成为一大亮点。有报告显示，今年全国“两会”期间新浪微博共计有超过400位人大代表、政协委员通过微博与网民互动。其实，虚拟社会也是一个真实存在的社会，也有意识形态，在引导虚拟社会的舆论方面，政协委员应该起到作用、有所作为。

很多委员对于以委员身份、用真名开通微博可能存在顾虑，担心自己“随便说话”会引起不好的影响，还有很多委员平时事务繁忙，没时间也没兴趣更新微博，当然也有人是不懂怎么使用微博。除技术性的因素外，要用好网络民主这个平台，恐怕更关键的是政协委员们要进一步把握网络虚拟社会的特点和规律，以更开放的视野，更平等的心态，更宽广的胸怀，更强的接受批评、接受监督的承受力，排解民忧，汲取营养，解决问题，改进工作，促进社会文明和谐、活力有序。同时，有关部门要把虚拟社会建设摆在更加重要的位置，以务实的工作营造良好的网络环境；要着力推动网络信息公平，为低收入群众创造上网条件，切实消除“数字鸿沟”，避免弱势群体因不上网而“失声”甚至“被代表”。中共珠海市委六届十次全会已经提出，要着力打造网络虚拟社会管理平台，把网络虚拟社会纳入社会管理，促进网络虚拟社会的健康发展。

时至今日，微博的使用者不分官员、公众人物或老百姓。虽然“上微博也是‘下基层’”，但在微博热中，仍要保持一份清醒和冷静。技术毕竟只是技术，它只能起辅助性的工具作用。当年的“博客问政热”不就是一窝蜂地来，又一窝蜂地去了吗？所以，如果缺乏一种代表与民众沟通的基础秩序和基本制度，“微博问政热”也将难逃“一窝蜂来，一窝蜂去”的命运。

无论什么时候，政协委员听取民意都不能放弃那些最传统、最原始的方法，那就是深入真实社会中进行调查和研究，深入基层获得第一手资料。技术再先进，也只能作为这种调查研究的补充；博客、微博之类的网络问政再能拉近政府与民众的距离，也不能取代实地调研和与民众面对面的直接接触。

22 用良知的尖刀解剖自己

10 月 13 日，佛山发生的“小悦悦事件”刺痛了社会的神经，年幼的小悦悦先后被两辆肇事车辆碾压，而 18 名路人经过却无人施援，这种冷漠、这种麻木着实令人震惊，一时间舆论蜂起。有学者建议要立法惩治那些见危不救者，而更多的人则认为要大力奖励见义勇为、扶危济困的好人，以此树立扬善罚恶的社会风气。这些议论都不无道理，对改变当下方向感日渐模糊的道德困境也将有所助益。但这些能从根本上解决问题吗？

“小悦悦事件”很容易让人联想起南京曾发生过的彭宇案。救人者反被被救者讹诈，这种现象在当下的生活中屡屡出现，无疑对那些有心救援者产生消极的影响，甚而会阻止他们救援的脚步，于是“多一事不如少一事”便会成为许多人在类似处境下的“明智”选择。我们是不是“小悦悦事件”中潜在的第 19 个人？许多网友事后都这样反问自己。这

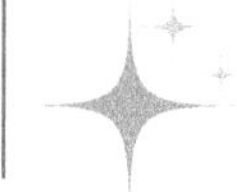

样的反问是非常必要的，因为对于很多人，私下的答案都是不确定的、暧昧的、模棱两可的，现实的顾忌确实太多，所以，在这个意义上，通过一定的机制和制度设计来消除做善事的心理负担，无疑是好的举措，甚至重金奖励行善者也可实施。无论出于何种动机，哪怕就是为得到奖金而行善也可以，毕竟做好事对他人、对社会总有好处。

不过，仍有网友正确地指出，上述思路只能治标，不能治本。“小悦悦事件”之所以触目惊心，是因为这次事件中是18个人而不是一两个人表现冷漠，折射出当下社会道德水准普遍性下滑。虽然我们并不否认这个社会有道德、有良知的人是绝大多数，但道德水准下滑的趋势亟须遏止。试问，名誉、金钱等外在的功利性刺激能够从根本上拯救人的道德吗？在一定程度上，不就是对名誉、金钱的崇拜、追逐腐蚀了人的良知吗？用名誉、金钱来激发的道德，很容易变成扬汤止沸，南辕北辙。或许，我们真的已习惯用外在的功利来计算一切，连道德也要法律化、物质化了。为什么要救人？救人可以得奖金，可以受表扬。如此救人，与因钱而害人相距不远矣。君不见，当年有大学生溺水，“黑心”船老大有钱到手即救人，而无钱到手即坐观。

从本质上讲，人的道德感应该是无关功利、超越功利的，道德的伟大就在于能克服外在功利的诱惑、压迫，保持人性的纯真。遵循道德的指引，就是一个人要听从内在纯真人性的召唤，这样就不会是为了博得外在的金钱和名誉而行善，也不会因为外在可能的麻烦、困顿、冤屈、危险、牺牲而止步不前。在“小悦悦事件”中，救人的拾荒阿婆陈贤妹让人敬佩。陈阿婆救人前想到了自我保护吗？有想到后来的殊荣吗？没有，10月17日下午，陈贤妹接受采访时说，她只是做了一件很平常的事，没想过通过这事拿别人的钱，“这不是我自己挣的钱，我拿了心里不踏实”。翌日下午，陈贤妹将政府奖励的部分钱款又捐给了小悦悦。

无独有偶。“有人落水了，快去救救她吧。”17日晚，正在珠海市平沙镇河边散步的袁远，听到呼叫声后立即赶过去，勇敢地跳到水下，救出已被水淹到下巴的落水少女。“当时救人本来就是一种本能，我也没想那么多”，袁远事后对记者表示。

“救人本来就是一种本能。”袁远的这句话点出了问题的关键。我国古代的儒家先贤把这种秉持自性的真实，努力实践自性称之为致良知。良知人性自在，孟子说：“恻隐之心，仁之端也；羞恶之心，义之端也；

辞让之心，礼之端也；是非之心，智之端也。人之有是四端也，犹其有四体也。”孟子又指出，“人皆有不忍人之心者”。所以，社会上贤与不肖的区别就在于一个人能否把握住自己的本心。不肖者自暴自弃，孟子说：“言非礼义，谓之自暴也；吾身不能居仁由义，谓之自弃也。仁，人之安宅也；义，人之正路也。旷安宅而弗居，舍正路而不由，哀哉！”“有是四端而自谓不能者，自贼者也。”而“贤者能勿丧耳”。也就是说，一个人不是能否致良知，而是有没有致良知。

良知就是要坚持以人为本，不是以物质为本，而是以人性的完满为本。致良知不需要外在的强迫，更不接受诱之以利以及虚妄的理念，而需要的是和经济利益、名誉荣耀保持相当的距离，接受的是自我人性的升华以及内心的坦然。很明显，“小悦悦事件”中和小悦悦一起受到重创乃至真正逝去的便是这些本应充盈饱满的人的良知，我们必须忍着揭开疮疤刮骨疗伤的疼痛，用“良知的尖刀”来解剖我们身上的丑陋，唤起全社会的警醒和行动。

致良知，我们要赶紧上路。

23 在生活激流中写出时代的篇章

面对面地贴近群众，零距离地接近事实，这对新闻工作者来说，既是追求，更是责任。在第 12 个记者节来临之际，珠海市百名记者再访横琴，以走基层、转作风、改文风的实际行动欢庆自己的节日。

新闻事业的根基在人民，血脉在人民，力量在人民。唱响主旋律，当好“党的喉舌”，为时代立功，这是党的嘱托；牢记民为本，当好“社会良知”，为人民立言，这是时代的召唤；树立新形象，当好“名编名记”，为事业立德，这是人民的期待，是广大新闻工作者崇高的历史使命。新闻工作者只有面向群众、扎根群众，切实转变作风、文风，用脚底板“写”新闻，才能写出好新闻；只有深入基层、深入一线，“俯下

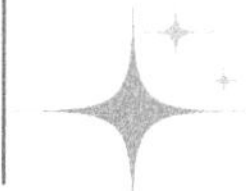

身、弯下腰”，了解群众愿望，反映群众呼声，写百姓生活，做百姓的记者，才能与百姓心贴心，才能在全心全意为人民服务中体现新闻工作的价值。

我国新闻界素有深入群众、扎根基层的优良传统。20 世纪 30 年代，范长江深入大西北，写出的不朽之作《中国的西北角》，“脍炙人口，红遍了天”。穆青（与冯健、周原合著）名作《县委书记的榜样——焦裕禄》之所以感动了几代人，就在于穆青长着“八路军的腿，老百姓的嘴”。正如穆青同志所说，“只有在生活的激流中，才能写出时代的篇章”。无数新闻前辈“一头汗、两腿泥”跑新闻，他们的朴素作风和敬业精神，至今让人难以忘怀。

基层的实践、普通百姓的生活，既是新闻报道的富矿，也是新闻工作者茁壮成长的热土。但现实中，仍有记者习惯于坐在高楼大院，工作在文山会海里，靠材料、靠电话采写新闻稿件。由于不深入基层、不调查研究，所以其采写的报道深不下去，活不起来，枯燥无味。如果记者长期“浮”在上面，“官气”会越来越重，与人民群众的思想感情距离也会越拉越远。

走基层的关键是加深对群众的感情，转作风的关键是求真务实，改文风的关键是要让新闻为群众喜闻乐见。一切有抱负、有追求、有作为、有出息的编辑、记者都应当多到基层、多到一线、多到群众中去，深入了解市情、体察民情，感悟生活的真谛，讴歌人民的创造。我们一定要以追求真相的执着、客观公正的态度、准确朴实的文风、甘于奉献的精神，在贴近群众、生动鲜活、言简意赅、真挚朴实、不断创新上下功夫，积极倡导“短、实、新”的优良文风，使百姓愿意看，看得懂，愿意听，听得进。

可喜的是，我市新闻战线“走基层、转作风、改文风”活动自部署启动以来，各有关部门迅速行动，各新闻单位积极响应，给新闻媒体带来了一股清新、务实之风。那种“老爷记者”“车轮记者”“文件记者”“电脑记者”越来越少了，那种官话、空话、套话充斥的“八股新闻”越来越少了。越来越多的新闻工作者到基层“接地气”，在实地“抓活鱼”，以饱满的热情走乡村、进社区、到工地，深入基层一线，深入普通劳动者中间，体察市情民情，反映火热生活，集中推出了一大批来自一线的感人至深的报道，受到社会各界的欢迎。群众称赞说：走基层，走出了

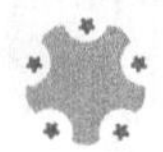

市情认知新维度；转作风，转出了群众关系真感情；改文风，改出了新闻报道新气象。

“走基层、转作风、改文风”活动，使我们的新闻工作者受到了教育、得到了提高，我们的报纸更好看了，广播更好听了，电视也更出彩了。实践证明，只有走出去、走下去、走进去、用心去走，我们的新闻工作者才能增进同群众的感情，才能不忘根、不忘本，我们的新闻报道才会真实准确、可亲可信，才会有公信力、吸引力、感染力。所以，“走基层、转作风、改文风”应当成为广大新闻工作者的价值追求和自觉行动，更是新闻工作者成长成才的必由之路。

我们正赶上这样一个伟大的时代，正置身珠海这个奇迹般的城市，能够记录这个时代前进的脚步，能够追踪这个城市发展的轨迹，是我们作为新闻工作者的莫大荣幸。在路上，心里才有时代；在基层，心里才有群众；在现场，心里才有感动。与时代同行，与人民同甘苦，与城市共进步，是珠海新闻工作者的崇高责任。

24 善待媒体　善用媒体

主动通过媒体与群众思想见面、与政策见面、与措施见面、与结果见面，是推进政务公开、转变机关作风、密切党群干群关系的有效方式。

新闻媒体是党和人民的“喉舌”，是联系政府和群众的桥梁和纽带，承担着传递政策和信息、沟通民意的职责。国家相关法律法规明确规定，新闻工作者在进行采访活动时不受干扰和限制。珠海是我国最早的经济特区之一，一向言路通畅，舆论环境宽松，率先在全国高举舆论监督的大旗。市委、市政府高度重视新闻工作，重视新闻媒体在沟通政情民意方面的独特作用，近年来定期举行的新闻通气会极大地促进了政府机构与市民的相互了解。总的来说，珠海的各级政府机关和新闻媒体合作良好，政府部门善待媒体、善用媒体。珠海是新闻工作者的乐土、沃土。

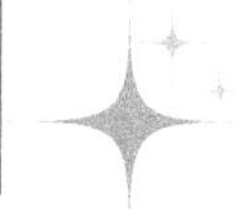

但也不可否认，我们的新闻记者在行使采访权、发表权、评论权、监督权的过程中，还有不太顺的地方。不少记者曾经在新闻采访中遭遇不同程度的阻挠，现实生活中仍有粗暴对待媒体的事件发生。一些政府部门不愿、不会和媒体打交道，能躲则躲，能推则推，怕说错话，怕担责任，尤其一旦遇到“麻烦”，他们首先想到的是信息要“谨防扩散”，新闻报道须“严加控制”，或“捂”或“瞒”。而当这两种方法失效时，少数人甚至会恼羞成怒。这说明一些政府部门并不明白公权力和传媒的采访权、发表权、评论权、监督权之间到底是什么样的关系；公权力对记者的新闻采访是支持、保障、维护、捍卫，还是对抗、蔑视、厌恶、仇恨，何者更能提升他们的执政水平。

《国家人权行动计划（2009—2010年）》将“着力保障人民的知情权、参与权、表达权、监督权”置于人权行动的重要地位。在有关“表达权”方面的阐述中，《国家人权行动计划（2009—2010年）》提出，要“加强对新闻机构和新闻记者合法权利的制度保障，维护新闻机构、采编人员和新闻当事人的合法权益，依法保障新闻记者的采访权、批评权、评论权、发表权”。

由此可见，善待记者、善待媒体，实际上就是善待公众的知情权、表达权、监督权。公众是将自己的知情权、表达权、监督权让渡给职业的新闻记者。如何服务好公众，无疑是媒体和政府部门的共同使命和责任。在保障公众知情权，保障公共信息、社情民意畅通方面，政府部门和媒体理当无缝合作。公务人员要学会善待、善用媒体，努力与之形成良好互动。

善待、善用媒体，首先要有一种责任意识。一般而言，媒体关注的都是涉及群众利益的事。在公共事务中，政府掌握的信息往往更全面、更权威，因此，政府机关和公务人员坦诚、认真地对待媒体，就是对群众知情权、监督权等公民权利的尊重。公务人员是人民的公仆，通报与群众切身利益相关的事项是其最基本的责任。特别是在重大公共事件中，一旦出现信息阻塞，必然导致公众的猜测与猜疑，也很容易导致谣言四起，进而引发恐慌情绪，由此带来各种不理性的行为，甚至会影响到社会稳定。

善待、善用媒体，其次要有一种主动意识。政府部门要主动与媒体联系，及时将政府的决策、措施通过媒体告知公众，求得公众的理解和支持；要通过媒体征询公众对政府决策的意见和建议，使政府工作更符合群众意愿。同时，要主动欢迎舆论监督。舆论监督并不是跟谁过不去、找谁的麻烦，而是为了揭露问题和不足，更好地完善政府工作。公务人员面对舆论监督，要以公心而不是私心来应对；面对被舆论关注的不足和失误，应及时改正并加以说明。要知道，随着信息技术的发展和公民意识的提升，靠“捂”和“瞒”已经挡不住信息的传播，而粗暴对待媒体更会像照镜子一样，把自身的无知和不智暴露得一览无余。

善待、善用媒体，最后还要有一种服务意识。记者的任务就是在最短的时间里，最快、最全面、最客观、最公正地完成采访报道任务，让社会公众了解新闻事件的真相。很多时候，记者采访难度很大，每当这时，各级各部门要尽量提供方便，保障媒体正当的采访权益；要树立“帮助记者就是帮助自己”的观念，做好媒体的服务，通过良好的沟通，一方面要求媒体客观真实地报道，另一方面传递公开、公正的权威信息，以正确的舆论引导人，变服务媒体为服务社会。总而言之，我们的公务人员不应把媒体当防范对象，而应该把媒体当朋友，这样才能获得媒体的合作，才能借助媒体增强公信力，凝聚社会共识，优化社会治理，为推进党和国家各项事业提供强大的精神动力、思想保证和舆论支持。

25 繁荣民间文化大有可为

场场爆满、吸引了数千观众的第二届广东省曲艺大赛12月7日晚在斗门区落下帷幕，珠海参赛的节目在作品类、表演类和节目类三大类中共获得6项一等奖，斗门客家竹板山歌传承人吴宗名更获得了这次比赛唯一的一个特别奖。此外，当晚还举行了“中国曲艺之乡”授牌仪式，中国曲艺家协会向斗门区颁发了“中国曲艺之乡”的牌匾。

斗门获“中国曲艺之乡”称号颇出一些人意料。人们惊叹，在貌似偏僻的斗门，竟然有那么丰富的民间文化瑰宝，有那么多技艺精湛的民

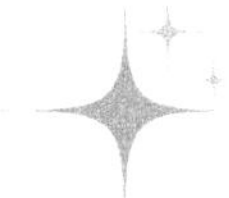

间文化奇人，有那样多姿多彩、充满活力的民间文化活动。其实，近年来，斗门民间艺术异军突起，越来越引起社会的广泛关注，获得高度评价。据了解，仅斗门曲艺文化，现存就有粤曲、粤乐、客家竹板山歌、锣鼓柜、咸水歌等20多个不同形式的曲种，其中，最早出现的曲艺品种高堂歌、咸水歌和粤曲等，其历史渊源可上溯到东晋时期。斗门人人爱看戏，人人会唱戏，人人能赏戏，全区34万户籍人口中，有近9万人是曲艺爱好者，平均4个斗门人中，就有1人喜欢这项艺术。

斗门曲艺不仅在民间热，政府也很给力。斗门政府多次组织队伍和演员参加国家、省、市各级政府举办的粤曲大赛曲艺小品、小戏会演。每年的元宵、五一、中秋、国庆、重阳等重大节日，政府均会组织形式多样、内容丰富的曲艺活动。从2005年开始，斗门政府开始筹办首届春节民间艺术大巡游，立足于这个文化大平台，斗门锣鼓柜、粤曲、沙田民歌、客家竹板山歌等曲艺被以文艺表演的方式编排到艺术大巡游中，被越来越多的群众认识和了解。正是政府和民间在群众文化建设上一拍即合，斗门的民间文化才结出了丰硕的果实，获颁“中国曲艺之乡”称号可谓实至名归。

斗门获颁“中国曲艺之乡”称号是珠海文化的光荣。珠海正在努力建设文化强市，使散落于民间的各种丰富多彩的优秀传统文化得以传承、规范和提升，并不断创造新形势下满足群众精神生活的新形式，是我们建设文化强市的一项重要工作。在这方面，斗门的实践或许能给我们有益的启示。

斗门的经验告诉我们，搞文化建设，不能只是政府一头热，让政府来唱“独角戏”，而必须坚持以人为本，充分发挥人民群众在文化建设中的主体作用，充分调动群众“自娱自乐”的积极性和主动性，发掘民间文化的精华，让人民群众在文化建设中当主角、唱大戏，真正做到群众关心文化、参与文化、享受文化，真正做到文化发展为了人民、文化发展依靠人民、文化发展成果由人民共享。既要通过政府行为不断满足人民群众日益增长的公共文化产品需要，又要让民间发挥自身潜力，创造来源于民间、发展于民间的非官方文化产品。

斗门的经验同时告诉我们，搞文化建设，必须重视乡土文化人才。乡土文化人才一直是文化人才队伍中一支举足轻重的力量，我们尤其要重视发现和培养扎根基层的乡土文化能人、民间文化传承人，特别是非物质文化遗产项目代表性传承人，鼓励和扶持群众中涌现出的各类文化人才和文化活动积极分子，促进他们健康成长、发挥作用。要加大对民间文艺团队、社会组织的扶持，大力开展文化下乡、对口支援和城乡帮扶活动，大力开展民间文化艺术之乡建设，确保每个乡镇建成一支群众业余文艺演出团队，壮大群众文化服务队伍力量。鼓励专业文化工作者和社会各界人士参与基层文化建设和群众文化活动，形成专兼结合的基层文化工作队伍。

斗门的经验还告诉我们，搞文化建设，要不断创新群众性文化活动的体制机制，通过整合零散、重复的活动项目，依托我市丰富的民间传统文化资源，大力开展民间文化艺术之乡建设，创办特色鲜明、在全省全国有影响的民间艺术节和艺术大赛。要组织各种群众性文化文艺比赛，从村、镇、县、市，一直比赛到全省、全国。可以对各级各类群众性文化团体进行科学的评价、评级，按照坚持开展活动的年限、参加的人数和艺术的水准等因素予以分级认定。这样一来，这些群众性文化活动就可以让群众找到自我表现、自我娱乐的平台，群众就会觉得有奔头，文化艺术水平就会不断得到提高。

2012 年

❶ 全面提升珠海文化软实力

文化是民族的血脉，是人民的精神家园。先进文化是引领人类历史发展的重要力量。

城市的魅力主要来自文化。尤其进入21世纪以来，文化建设对提升城市地位和作用更加凸显，越来越多的城市把提高文化软实力作为发展战略的重要内容。从一定意义上说，谁占据了文化发展的制高点，谁就拥有了强大的文化软实力，谁就能够在激烈的竞争中赢得主动。当前，我国进入全面建设小康社会的关键时期和深化改革开放、加快转变经济发展方式的攻坚时期，文化越来越成为城市凝聚力和创造力的重要源泉，越来越成为城市综合竞争的重要因素，越来越成为城市经济社会发展的重要支撑。城市发展以格局定高下，以功能看强弱，以生态显魅力，最终以文化论输赢已成为广泛共识。丰富精神文化生活，越来越成为人民群众的热切愿望。

珠海文化底蕴丰厚，近代位居具有重要文化地位的“中西文化走廊”，形成了开放兼容的文化特质，丰富了岭南文化的内涵。改革开放后，珠海更铸就了敢闯敢干的特区文化和包容多元的移民文化。中共珠海市委六届八次全会提出加快建设文化强市，不断提升文化软实力，形成文化事业繁荣、文化产业强大、文化生活丰富、文明素质提升、人文氛围浓厚的良好局面。目前，珠海大学园区规模在全省名列前茅，珠海文化产业前景广阔，文化硬件设施相继兴建，珠海已呈现出文化大发展、大繁荣的美好前景。

然而，仍有一些个人和单位对文化建设的重要性、必要性、紧迫性认识不够，文化在推动市民文明素质提高中的作用亟待加强；一些领域道德失范、诚信缺失，一些社会成员人生观、价值观扭曲，所以用社会主义核心价值体系引领社会思潮更为紧迫。我们要加强社会主义核心价

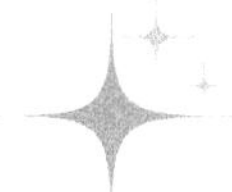

值体系建设，坚持用社会主义荣辱观引领社会风尚，全面提升市民文化素养、城市文明程度和社会道德水平，积极创建全国文明城市。

我们要深刻认识到，全面建成更高水平的小康社会，就是既要让人民过上殷实富足的物质生活，又要让人民享有健康丰富的文化生活。进一步推动文化建设与经济建设、政治建设、社会建设以及生态文明建设协调发展，可以更好地满足人民的精神需求、丰富人民的精神世界、增强人民的精神力量。我们要繁荣文化事业，完善公共文化服务体系，深化公益性文化事业单位改革，建成歌剧院、博物馆、城市规划馆、文化馆、科技馆等重大公共文化设施，加强镇街社区公共文化设施建设，推动各种文化资源向西部和基层倾斜；要继续办好民间艺术大巡游等重大活动，加强非物质文化遗产和古镇、古村等历史人文资源的保护性开发，创作有珠海特色的文化精品，丰富群众的文化活动，创建国家历史文化名城。

我们要深刻认识到，只有以文化为支撑，增强发展中的文化因素的影响，才能摆脱对传统工业化的路径依赖，找到科学发展的新路径。珠海建设文化强市，可以立足于自身资源和优势，把经济增长对物质资源和要素的过度依赖、对外部需求的过度依赖转变为更多依靠文化资源和文化创新能力，开辟发展的新途径、新空间，使文化产业成为促进城市经济结构优化、产业升级的重要力量。我们要以横琴粤港澳文化创意产业园、南方传媒（珠海）影视基地、高新区数字内容产业基地等为龙头，加快推进文化与科技、旅游、会展等产业的融合，打造区域性的文化产业高地。

2 建设幸福之城要重视群众感受

珠海真的是幸福之城吗？“率先转型升级，建设幸福珠海”究竟成效如何？最近，广东省首次发布《2010 年建设幸福广东综合评价报告》。根

据以前设定的《幸福广东指标体系》测算出的2010年及相关年份建设幸福广东的综合指数中，广州排名第一，东莞和珠海分别名列第二和第三。

位列全省第三，这个结果在一定程度上让很多珠海人兴奋。一方面，这个报告对这几年珠海建设幸福之城的努力做了充分肯定：珠海建设幸福之城综合指数从2009年的77.83提高到2010年的82.27，与排位第一的广州相差2.05个百分点，位次从第7位提升为第3位，上升了4位。另一方面，这个报告一改以往以地区生产总值论英雄的惯有标准，《幸福广东指标体系》囊括了就业和收入、教育和文化、医疗健康和卫生、社会保障、消费和住房、公用设施、社会安全、社会服务、权益保障、人居环境10项一级指标，能更全面地反映一个地区的发展全貌，也使珠海稍许摆脱地区生产总值总量偏小的尴尬局面。

确实，在很长一段时间，一些地方十分重视经济的高速发展，而在一定程度上忽视了人民群众的幸福感。经济确实发展了，群众生活也确实有了较大的改善，但在某些方面群众的幸福感不高，甚至有所下降。现在，在广东，老百姓的幸福感终于超越地区生产总值这一干巴巴的数字指标，成为经济社会发展的指挥棒。"幸福指数"及其排名，其作用无非在于考察政府自身所采取的各项政策和措施是否真正体现以人为本的执政理念，以帮助各级政府及时针对老百姓不满意的具体问题进行改进，促使各地政府重视"人民幸福"。就是说，要摒弃单纯追求发展速度，把更多的政策和资源投向民生。

所以，在这个意义上，珠海位列第三，也就不值得沾沾自喜。相反，我们要从成绩单里找到自己的薄弱环节，找到自己还未能真正尽到责任的地方，并从这些发现中查漏补缺、尽心为民，政府按照民众的意愿去施政，进一步增进民众的幸福感。

历史经验告诉我们，一个城市，一个社会，只有坚持以人为本，倡行民主法治，维护公平正义，实现共同富裕，推动人的自由全面发展，才能真正称得上是幸福之城、现代社会，才能让民众活得幸福和有尊严。

经过改革开放30多年的快速发展，珠海已经全面进入新一轮大发展的关键时期，珠海建设生态文明新特区、科学发展示范市，任务艰巨，刻不容缓。而与此同时，人民群众追求美好生活的内容形式更丰富，水准要求更高，权利诉求更强烈，追求体面、尊严和高质量生活已经成为全社会的强烈呼声和价值追求，落实以人为本、增进民生福祉的任务因

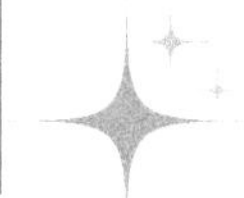

之同样艰巨，同样刻不容缓。建设幸福珠海，就是要让全市人民共享改革发展的成果，实现推进发展与增进福祉的完美统一。

为达此目标，我们还有很远的路要走。我们的各级政府和官员，务必要走出数字迷醉的泥塘，俯下身来，倾听群众的呼声，贴近群众的感受，了解是什么妨碍了群众的幸福，扎扎实实地去落实、去改进。

3 敢于碰硬方显真功夫

为了拓展线索来源，提高公众参与“三打两建”的积极性，市三打办昨日公布了举报奖励办法，即提供的线索经查证属实，有关部门据此查破相应案件，举报者最高可获得30万元奖励。

发动群众、依靠群众一向是我党开展工作的一大法宝。“三打两建”工作与广大群众生活息息相关，更需要广大群众的支持。一个行动怎样才能得到群众的真心拥护呢？除了行动本身要代表广大群众的根本利益，敢于碰硬也是一个关键因素。敢于碰硬才能取信于民。如果说奖励举报者是为了更好地发动群众一起参与到“三打两建”工作中，那么最高30万元的重奖则无疑体现了我市扎实推进“三打两建”工作、务求取得实效的坚强决心，表明了我市“三打两建”工作将要打硬仗。

查办大案、要案就是碰硬，群众称之为“打老虎”。“打老虎”是相对于“拍苍蝇”而言的。“苍蝇”的危害主要体现在两个方面：一是它们直接面向基层，面向人民群众，在群众中影响极坏；二是它们数量大，如任由它们到处传播病菌，其危害面很广，所以要坚持不懈“拍苍蝇”。“拍苍蝇”相对比较容易，而“老虎”隐藏得深，势力大，牵涉的利益盘根错节，甚至还有各种来头的“保护伞”，比如商业贿赂的受贿对象，往往是掌握着相关项目的审批权、许可权和物资采购权的政府官员，这样的“老虎”打起来当然难得多。“明知山有虎，偏向虎山行”，我市的“三打两建”偏偏就要做到敢碰硬、硬碰硬、找硬碰。

只“拍苍蝇”，不“打老虎”，人民群众不满意，“苍蝇”也会死而复生；只有做到既“拍苍蝇”，又“打老虎”，“三打两建”效果才更彻底，老百姓才会拍手称快！

4 提高执行力是关键

推动珠海科学发展的步子走得更快，关键在干部。干部能不能真的干起来、好好干，关键又在执行力。

执行力，简单地说，就是行动的力度，就是落实的质量。执行力是检验干部素质高低的试金石，评价一个领导干部的政治水平和领导能力，不仅要看其做出决策的能力，更要看其抓决策执行的能力。当前，珠海的发展目标和任务都已明确，关键在落实。所以，我们一定要把提高执行力作为对各级领导干部的重要要求，在执行上比精神，在执行上见高低，在执行上看水平。

提高执行力，抓落实是根本。抓落实方能见真英雄。有了共识，有了规划，有了决定，主要任务就是以抓落实来论高低、见分晓。所有美好的蓝图，只有不折不扣地落到实处，才能真正让百姓受益，才能促进经济增长，推动科学发展。否则，就是纸上谈兵，形同虚设，半点价值也没有。要落实，则一要明确目标。一事当前，要有科学谋划、实施方案、具体措施、解决办法；要有进度表、路线图、责任书。要明确每个人、每个部门、每个行业的目标，把宏伟目标分解成一个个可以操作的现实目标。二要强化责任。真正让干事创业的人把责任负起来，特别要注意责权利统一。三要确保进度。尤其要建立严格的“以目标倒逼进度，以时间倒逼程序，以社会倒逼部门，以下级倒逼上级，以督查倒逼落实”的抓落实机制。

提高执行力，领导干部必须求真务实。干部作风不扎实，一直是执行力不高的重要因素。有些领导干部热衷于以文件落实文件，以会议落

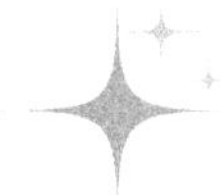

实会议，做表面文章，搞形式主义，一层糊弄一层，一级敷衍一级，多方推诿，各处邀功，最终项目推不动，却束手无策。这样的工作作风非改不可。只有深入基层，深入一线，深入群众，勤调查，多研究，掌握实际情况，才能掌握工作的主动权，才能摸得清问题，做得实方案，提得准措施，看得到实效。

提高执行力，领导干部要以身作则，树立应有的人格魅力。有时同样的条件、同样的事情，不同的干部去执行就会有不同的效果，这其中就不乏人格魅力在起作用。人格魅力不是装出来的，更不是“秀”出来的，而是来自与群众的血肉关系，来自日常工作中的率先垂范。古人说：“其身正，不令而行；其身不正，虽令不从。”作为一个领导干部，一定要“开诚心，布公道”，要求党员干部做到的，领导干部必须首先做到；要求下级做到的，上级必须首先做到；要求别人做到的，自己必须首先做到。只有把人民的利益作为一切工作的出发点，听民声、集民意、汇民智、解民忧，想群众之所想，急群众之所急，把群众的利益维护好、保护好，才能赢得信任和支持，调动和激发群众的积极性，营造干事创业的良好氛围。

提高执行力，还需要靠严格的纪律来保证。铁的纪律是我党战胜各种困难的一大法宝。“部署工作一阵风，检查落实一顿空，回顾过去一场梦”，这种重部署轻检查、有责任无追究的状况必须彻底改变。为此，要严格执行问责制，坚持问事必问人、问人必问责、问责必问奖惩的工作取向。只有通过制度创新，完善激励评价体系，营造“善无微而不赏，恶无纤而不贬”的制度环境，以业绩论英雄，对完成任务情况好的干部，要奖励、提拔、重用，对完成任务不力的人，要及时诫勉，该追究责任的一定要追究责任；只有赏罚分明，有为有位，无为无位，方能形成全社会力争上游的良好局面。

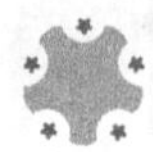

5 珍惜珠海　爱护珠海

城市是市民生活的家园，城市规划建设和全体市民息息相关。

什么是美丽珠海？美丽的前提是天然去雕饰，美丽珠海的前提是珠海独有的自然禀赋：海滨城市、山海相拥、陆岛相望。我们的城市规划设计要适应而不是破坏这个优质资源，是凸显而不是遮蔽这个天然美景。但毋庸讳言，我们常常看到的是什么情况呢？一个海滨泳场长期破败简陋，令人相见恨“往”。相反，一栋栋高层住宅在海边拔地而起，面海而立，乘船在海上看珠海，原来美丽的绿色海岸线变成了一道道密不透风的“高墙”，这些高楼阻断了山和海的交流，隔离了陆和岛的对话，也挡住了人与山海的亲近，一步步侵蚀着珠海的美丽和珠海海滨城市的特色。

什么是浪漫珠海？浪漫的本质是个性的充盈，浪漫珠海的本质是城市显得有品位、有内涵、有活力。我们的城市规划设计是要突出城市的个性，而不是使城市变得千篇一律；是要让市民的个性得到释放，而不是让人觉得憋屈。但毋庸讳言，我们常常感受到的是什么氛围呢？一栋栋建筑面目模糊，展现着工业文化的呆板。歌剧院谋而不动，文艺活动难成气候，博物馆太少，美术馆躲在高楼的阴影里，酒吧街太闹，一条情侣路似乎就是浪漫珠海的象征，但情侣路情侣们爱去吗？晴不遮阳，夏不避雨，无处可坐，无处可乐，提心吊胆过路，急急忙忙如厕，情侣路成了没有浪漫内涵的交通主动脉，面朝大海，背对汽车的噪声和废气，在这样名不副实的情侣路上还能玩浪漫吗？

什么是幸福珠海？幸福的要义是生命的安适，幸福珠海的要义就是珠海市民在这个城市感受到生命的丰富和人的尊严。我们的城市规划设计要体现人是城市的主人，人的生活便捷是城市规划建设的目的。但是，我们常常体会到的是什么滋味呢？工作在西区、生活在香洲成为许多人的常态，疲于奔命消磨了生命对快乐的感受。有专家指出，只要西区城

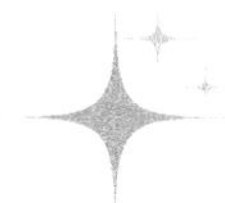

市化建设不完善，修再多的东西通道也无法解决其道路的拥堵。那主城区又如何？从来只见修旧路，而今少有新路通，开车磨人，公交挤人，停车烦人，走路吓人。群众对修地下通道反应冷淡，相关部门却乐此不疲；百姓渴盼建空中通道，相关部门反置之不理。动车进城千呼万唤偏不至，灰霾扑面左躲右闪径自来。每天生活在这样的环境中，即使一个人的性格再乐观，幸福感也要大打折扣吧？

打造美丽珠海、浪漫珠海、幸福珠海是一项长期艰巨的任务。瑕不掩瑜，上述珠海城乡规划建设的失误只是瑕疵，珠海的城市规划亦曾有过足以自豪的历史，取得了很可观的成就。但盛名之下，落后已现，特别是与国内先进城市相比，差距还真的不小。综观上述珠海城乡规划建设的乱象，可以说其根源就在于缺乏以人为本的精神，在于遗失了珠海特色，在于规划观念的落后与小家子气。

科学的城市规划是建设城市、管理城市的先导，越是机遇难得，越要从容建设；越是急于赶超，越要精心谋划；越是面临大发展，越要高瞻远瞩。建设城市不能一味大干快上，规划优先动摇不得。规划考验水平，规划考验胆识，只有以世界眼光、战略思维，先谋划，后策划，再规划，围绕创建生态文明新特区和科学发展示范市的目标，突出珠海特色，体现以人为本，我们才能将珠海打造成经得起历史检验的伟大作品，才能对得起这颗天生丽质的海上明珠。

珍惜珠海，善待珠海。

6 读书　深读书　读好书

2012 年 4 月 23 日是第 17 个“世界读书日”，主题是“阅读，让我们的世界更丰富”。在珠海全市动员，全力以赴，创建全国文明城市的今天，提倡读书、深读书、读好书具有特别的意义。

书籍是人类知识和文化的载体，是人类智慧的结晶。它能够突破时间和空间的限制，实现不同时代、不同地域的知识和文化的传播、交流和融合。读书是人们获取知识和信息的重要手段，是人类吸取精神能量的重要途径。欧阳修说，立身以立学为先，立学以读书为本。远离了书籍，也就等于抛弃了前人留下来的丰富的精神财富。"腹有诗书气自华"，读书，可以帮助我们理解人生的意义，理解自由、平等、公平、正义这些人类共同追求的美好的价值理想，使我们的生命超越有限的肉体生存而达至无限广阔的精神空间。

正是鉴于读书的重要性，1972 年，联合国教科文组织向全世界发出了"走向阅读社会"的号召，要求社会成员人人读书，让读书成为人们日常生活不可或缺的部分。1995 年，联合国教科文组织宣布 4 月 23 日为"世界读书日"，以鼓励人们阅读，以及纪念那些为促进人类社会和文化进步做出巨大贡献的人。

中国人自古热爱读书。但时移势易，一股浅阅读的浪潮汹涌而至。第九次全国国民阅读调查结果显示，2011 年中国 18—70 周岁国民各媒介综合阅读率为 77.6%，其中，各类数字化阅读方式增长迅猛。如现在不少年轻人从电视剧、网络小说、微博等看到一些有关历史的零碎片段，然后连缀起来，形成一段历史知识。有评论指出，碎片化阅读让阅读变"轻"的同时，也让真正有效的阅读变得艰难。

朱熹曾谈及读书体会，认为读书有"三到"，谓心到、眼到、口到。也就是说，读书要思考，深度阅读的缺乏将使人变得不会思考，缺乏思辨力、分析力，越读越平庸。现在，每天面对汹涌而至的信息，如果不想成为被动的接收器，就必须具备更高的理性思维，成为信息的主人，而不是成为信息的奴隶。所以，在阅读习惯的养成方面，依然需要有效地引导人们以深阅读为主要方向，而不是以浅阅读来替代深阅读。对未成年人来讲，培养对纸质图书的阅读以及深度阅读的习惯仍然是当前数字化阅读背景下一个非常重要的方面。

珠海历来书香味浓。香山文化源远流长，产生了近代著名读书人苏曼殊、容闳、唐国安等。改革开放以来，珠海人一直保持爱读书的本色，多次评选"十大书香家庭""优秀学习型家庭"。就在"世界读书日"来临之际，香洲区第四届读书节亦正式启动，许多市民前来选书、品书。歌德说，读一本好书，就是和许多高尚的人谈话。市民选书、品书，肯定对提高自身的文明素质大有裨益。

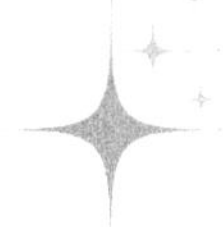

读好书，更可以帮助我们学习新知识，掌握新方法，拓展新视野，更新思想观念，更新知识结构。我们的广大干部必须带头读书。唯有老老实实地学习，认认真真地读几本好书，用知识结构的转型来推动珠海的产业转型和发展转型，用思想的飞跃求得发展思路的飞跃，学以致用，知行合一，才能在面对新问题时从容沉着，解决新问题时游刃有余，才能在这个新的时代创造新业绩。

“饭可以一日不吃，觉可以一日不睡，书不可以一日不读。”让我们谨记毛泽东同志说过的这一句话。

7 建设温暖亲切的道德珠海

珠海要夺取新一轮“创文”工作全面胜利，必须在市民道德素质建设方面狠下功夫，构筑城市的道德高地，使道德珠海成为珠海的一面旗帜。

说起讲道德，有人可能不以为然，认为当下讲道德就意味着吃亏，甚至有人会把讲道德与虚伪联系起来。其实，按中国古人的说法，道德最核心的内涵就是仁和义。仁、义的重要性，以孔孟之言为证。孔子曰：“志士仁人，无求生以害仁，有杀身以成仁。”孟子曰：“生，亦我所欲也，义，亦我所欲也；二者不可得兼，舍身而取义者也。”仁是什么？爱也。义是什么？责任和义务。所以，讲道德，归根结底就是要求一个人奉献爱心，承担责任和义务。这个要求放在任何国家、任何时代，都值得提倡，和吃亏不吃亏没有关系，而是否属于一种伪善，关键是看你怎么做。

真讲道德不能空讲，要有行动，要有载体。当前，国际上体现爱心、责任和义务的普遍形式之一是当义工、做志愿服务。志愿工作的精神是关怀别人，建立关爱社会。义工们乐于助人、乐于奉献，没有歧视、没有偏见，尊重自己，也尊重他人，同情弱者，帮助残疾人，与人为善，

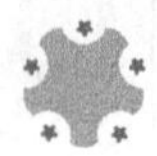

团结互助，使城市温暖而亲切。在义工人数众多的香港，有超过 94 万人在社会福利署登记为义工，这个数字占香港人口总数的近 1/7，而在社会上担任义工的人数远超这个数字；香港从事志愿工作的机构超过 2000 家。在台湾，有些义工利用工余时间，上街帮忙疏导交通，默默地做完就走。赠人玫瑰，手有余香。我们要大力借鉴这些地区的经验，使志愿服务项目化、常态化，让老百姓都能参与其中。

在全社会大力提倡志愿服务，必须领导带头当义工。孔子有“德风”与“德草”的比喻，“草上之风，必偃”。用现代的话说，就是上层的道德好比风，群众的道德好比草，风吹在草上，草必定顺着风的方向倒。领导干部的言行，是一面镜子。领导干部是扑下身子、身体力行，还是口头说说就算了，是严于律己、宽以待人，还是“拿手电筒光照别人”，这都在影响着群众。

一个地方或单位的领导干部，一般都担负着双重责任，既要做决策领导者，更要做实践先行者。各级领导干部既要“坐而论道”，当好决策者，又要“起而力行”，当好实干家，才能带动大家跟着走、跟着干。反之，如果只知道正襟危坐地发号施令而把执行的工作扔到一边，只要求下属干而自己不干，群众心里就会产生抵触情绪，就算干起来也是敷衍了事。当前，有个别干部整天喝个闲酒、扯个闲篇；有的关心工作质量提升，远不及关心自己职位提升；有的关心群众疾苦，远不及关心自己享乐。这样的干部，本身言行就不文明，何谈为群众做榜样呢？

领导干部当义工，不丢人，不跌份，相反，密切了与群众的联系，拉近了与群众的感情，了解了群众的忧乐，排解了群众的苦痛，赢得了群众发自内心的认可与尊敬，自己也得到了身心的健康和愉悦。这样当义工不比一些人时时刻刻端着领导架子的幸福感强上百倍吗？

所以，建设道德珠海并不虚妄，它主要取决于我们每位市民的言行举止，尤其取决于各级领导。各级领导一个真诚的态度、一个实际的举措、一个俯下身来的行动，就能带动每一位市民积极行动起来，点点滴滴的爱心奉献就会锻造成珠海道德城市的独特气质。

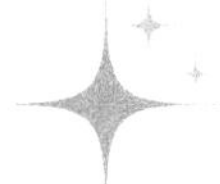

8 谈谈“具有世界眼光”

谈谈领导干部的眼光。

没有发展眼光，就像盲人骑瞎马，看不到路在何方。而决策者的眼光往往决定一个地区发展的水平和前景。如果没有宽广的眼界，我们的各级领导就不可能达到战略思维的高度，容易满足于眼前的小利、一时的获得，就会只看眼前利益，不顾长远发展，只考虑本地，不谋求全局发展。尤其是当前，世界和我国都处在大发展、大变革、大调整的时期，我市要实现科学发展走新路，对各级领导干部发展眼光的要求比以往任何时候都更高。

既然具有世界眼光已经成为领导干部的基本素质要求，那么，什么是世界眼光？世界眼光就是承认中国的发展离不开世界，我们想发展就必须主动对接世界，融入潮流。而这就要求我们了解世界、认识世界、判断形势、趋利避害、为我所用。

历史是一面最好的镜子。让我们再一次回望大清。康乾时期是古代中国少有的辉煌时代，的确，从纵向上看，康熙帝把中国传统社会推向了盛世，但不能回避的是，在康熙60年的治理中，中国在世界格局中逐渐丧失了世界头号强国的地位；相反，几乎同时期的俄国彼得大帝通过自己的努力，使落后的俄国迎头赶上，取得了伟大的成就。究其原因，最主要的就是康熙大帝还生活在“天朝上国”的神话之中，闭关锁国，关闭了对外交流、互通有无的大门，使中国与世界发展的潮流背道而驰；而彼得大帝则致力于对接先进的西欧地区，对内大力改革，对外锐意开放，利用欧洲工商业发展自己，最终振兴了落后的俄国。眼光不同，结果迥异，这是“执政者有世界眼光才能引领国家前行”的生动佐证。

乾隆帝的目光短浅更让人叹息。1793年，英国政府委任的访华全权特使马戈尔尼觐见乾隆皇帝，并提出了两国通商的要求，然而乾隆皇帝盲目自大，对世界发展大势一无所知，断然拒绝了英使的要求。结果半个世纪后，英国以坚船利炮轰开了古老中国的大门，中国被迫签订《南京条约》。

还是小平同志总结得好。小平同志说："总结历史经验，中国长期处于停滞和落后状态的一个重要原因是闭关自守。经验证明，关起门来搞建设是不能成功的，中国的发展离不开世界。当然，像中国这样大的国家搞建设，不靠自己不行，主要靠自己，这叫做自力更生。但是，在坚持自力更生的基础上，还需要对外开放，吸收外国的资金和技术来帮助我们发展。"

正是在"中国的发展离不开世界"这一崭新理念的指引下，30 多年来，我国制定并执行了一系列对外开放政策，改革开放成为新的历史时期最重要的特征，取得了令人瞩目的巨大成就。我国引进外资、引进技术、承接国际产业转移的做法相当成功，对外经济贸易往来和各种国际交流成为促使我国经济社会发展、提升我国国际地位的有力杠杆，我国不但融入经济全球化的进程，而且成为其中最负责任的重要成员之一。这些都促使我国的发展站到了一个新的历史起点上。

一般说来，全球化是现代社会同传统社会的重要分野。之所以全球化会成为当今生活的基本特征之一，原因是多方面的，比如交通、通信条件的改善，资本的对外扩张性尤其是跨国公司的成长，以及世界发展的不平衡、区域性特征。全球化的具体表现形式有多种，包括生产的全球化、资本流动的国际化和商品的国际化。在这样一种经济环境中，凡是现在发展比较好的国家，都是在全球范围内谋划和布局自己的战略利益，在高度的开放中通过对外交往、互通有无来实现共同发展的。

改革开放以后，珠海的前途命运愈加紧密地和世界的前途命运联系在一起，加入世界贸易组织大大强化了这一联系。比如说近几年的国际金融危机给世界经济带来了深刻影响，也波及外向型经济更加突出的我市。美欧等的经济滑坡，市场不景气，我们以出口为导向的企业也受到了一定程度的影响。在这种情况下，我们的解决之策，一方面是要扩大内需，狠抓项目，加大投入；另一方面更应该敏锐地发现，这在深层次上说明，与欧、美、日等相比，我们的产业结构和经济结构不合理，同时，一批以"金砖四国"为代表的新兴市场国家也已经在产业链条分工上与我们形成了竞争，尤其是刚刚起步的国家在劳动力成本、土地、环

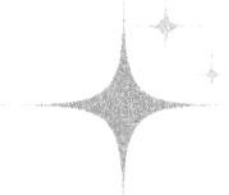

境等方面更加具有比较优势。所以，我们要想在未来更加激烈的国际竞争中立于不败之地，真正的治本之策就是转方式、调结构，在国际分工、国际竞争中牢牢把握住自己的主动权。在这个过程中，具有世界眼光，就是要求我们把握时代特点和世界发展大势，了解国外特别是发达国家和地区的经济、政治、文化和社会发展的最新状况，特别要了解新的知识创造、新的科技发明、新的管理潮流、新的人文理念，并学会分析其好坏利弊，批判地加以吸收和利用，从而结合自身实际，制定自己的发展战略和政策措施，改进自己的管理手段和工作方法。

人类文明就像一个百花园，百花齐放，各领风骚，争奇斗艳。尽管有的花“并不显赫一时，但将保持芬芳”，有的花只是昙花一现，但必须看到，每朵花都有其过人之处。要想“永葆芬芳”，就要善于从其他花身上学习优点，取长补短。所以，我们应该以世界眼光大胆地审视和看待世界的一切文明成果，只要符合“三个有利于”标准，就应该批判地吸收，从中汲取营养，让我们的科学发展之花开得更加灿烂。正如小平同志所指出的：“总之，社会主义要赢得与资本主义相比较的优势，就必须大胆吸收和借鉴人类社会创造的一切文明成果，吸收和借鉴当今世界各国包括资本主义发达国家的一切反映现代社会化生产规律的先进经营方式、管理方法。”

世界眼光从根本上讲是一种看问题、想办法的胸怀、视野和境界。直面当前中国经济发展所面临的机遇和挑战，中央反复要求和强调领导干部要树立世界眼光，加强战略思维，有效化解不利因素，进一步营造良好的国际环境。中共十七届四中全会《中共中央关于加强和改进新形势下党的建设若干重大问题的决定》把“具有世界眼光”作为建设马克思主义学习型政党的基本要求之一，列为加强和改进新形势下党的建设的重要任务，我们要深刻体会其中的重要意义。

眼光决定思路，思路决定出路，科学发展需要世界眼光。

9 谈谈加强战略思维

战略思维是关于实践活动的全局性思维，是系统地、创造性地思考、规划全局性问题时的思维活动过程，是运用时间和空间的一门艺术，是领导干部必备的一种素质。有了这种能力，领导干部就能在纷繁复杂的工作局面中，做到“任凭风浪起，稳坐钓鱼船”。否则，就会面对各种矛盾“剪不断，理还乱”，“按下葫芦又起瓢”，总是处于被动局面。

战略思维的目的，就是要把握全局，驾驭全局，追求全局的整体利益。全局与局部的关系、重点与一般的关系、当前与长远的关系，是战略思维关注的内容。战略思维的要点就是，抓住重点，抓住机遇，统筹兼顾，推动全局发展。

战略思维的基本要求是一切着眼全局。古人云：“不谋全局者，不足以谋一域；不谋万世者，不足以谋一时。”现在流行一种说法，叫“细节决定成败”。这个说法带有很大的片面性，虽然细节是重要的，有时某一细节甚至具有某种决定性意义，但是这里必须有一个前提，即战略方向是正确的。离开了这一前提，一旦战略上发生了失误，细节就没有意义，或者只有相反的意义，正所谓“南其辕而北其辙”，细节越细，结果越糟。

有的同志可能会说，总揽全局的战略思维是中央领导同志的事，是大领导的事，他们应当成为战略家；而我们在地方、基层或部门工作，处于局部地位，做的是具体的事，有何必要提高总揽全局的战略思维能力呢？答案是，非常有必要。因为：第一，全局和局部的区别是相对的，而不是绝对的。相对于全局而言，你是局部的；相对于你所管辖的部分而言，你又是全局的，也有总揽全局的问题。因此，每一个领导干部都应当具有战略思维能力。第二，即使从你所处的局部地位来说，你也需要了解全局，具有全局意识。因此，树立全局意识，增强全局观念，对

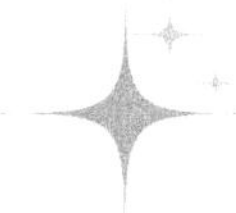

于领导干部具有双重意义：一方面，使自己的工作自觉地服从全局，为全局形势的改观做出自己应有的贡献；另一方面，又要善于驾驭自己工作的全局，调动和协调方方面面的力量，谋求地方和部门的大发展。

加强战略思维的前提是具有开阔的世界眼光。当前，世界变得越来越开放化和一体化。因此，无论是哪一个国家、哪一个地区想关起门来，自我封闭地实现发展，根本是不可能的。现代领导者的战略思维必须是面向全国、面向世界、面向未来的开放性思维。不了解中国国情，会脱离中国实际，固然做不好中国的事情；不了解世界，会落后于时代潮流，也做不好中国的事情。胡锦涛同志在党的十七大报告中要求我们："统筹国内国际两个大局，树立世界眼光，加强战略思维，善于从国际形势发展变化中把握发展机遇、应对风险挑战，营造良好国际环境。"这是对我国改革开放以来历史经验的一个科学总结。

没有科学预见，就没有战略思维。战略思维是立足现实、面向未来的决策，它要面对事物长期的问题，有的战略考虑的是几年甚至几十年后的问题。"凡事预则立，不预则废"，所谓预见，就是见微知著。有了科学的预见，才能统筹兼顾，未雨绸缪，争取主动。观照好发展的各个阶段，既要立足当前，即只能去做那些现阶段应该做而又可能做到的事情，不可超越现阶段；又要着眼长远，在实现当前任务的同时，为下一阶段的发展准备必要条件。重要的是不能用局部发展损害全局利益，不能以损害长远利益为代价换取当前利益。

加强战略思维要善于抓重点。重点就是"牵一发而动全身"的对全局具有决定性作用的重大问题。突出重点，就是要求领导者把自己注意力的重心，放在那些对于他所指挥的全局来说最重要、最有意义的问题或动作上，放在对全局有决定意义的局部上，把有限的资源分配投入到解决重大问题上。抓住了重点，就可以提纲挈领，有力推动全局的发展，事半而功倍；特别要注意的是，构成全局的各个局部在发展中是不平衡的，有些局部比较薄弱，这些薄弱环节中的某些重要环节便成为制约全局发展的关键环节。善于抓住并着力解决这些关键环节，是加快推动全局发展的必要条件。所谓"木桶理论"说的就是这个道理。

加强战略思维要勇于抓住机遇。机遇就是可能带来质的飞跃和快速发展的机会和境遇。在事物全局的发展中，由各种条件所决定，常常出现加速发展或实现质的飞跃的可能性，对于实践主体来说，这就是机遇。

抓住机遇，就是要求领导者珍惜机遇，多谋善断，及时决策。一要断得正确，二要断得及时。不谋而断是主观武断，那会丧失机遇；谋而不断是优柔寡断，那也会丧失机遇。当断不断，反受其乱。我国古代军事家吴起说："用兵之害，犹豫最大，三军之灾，生于狐疑。"只有在多谋的基础上，当机立断，才能抓住机遇，乘势而上，去夺取胜利。

可见，领导干部在加强战略思维时，需要动态思维、超前思维、创新思维。领导干部必须具有新的思维视角，紧紧追踪事物变化，把握住事物运动变化发展的趋势，根据事物不断变化的环境、条件来调整自己的思维，对系统进行有效的控制。要深入研究当前纷繁复杂的现象，以揭示事物的本质和规律，从已知推断未知，从现实把握未来。要不囿于前人，不拘泥于现有，立足对事物有新的认识、新的判断，从而做出既有远见卓识又符合客观实际、棋高一着的科学决策。

我们更要坚持规划的权威性和可持续性。要按照"规划不完善，决不开工；规划不深入，决不讨论；规划不超前，决不实施"的原则，先规划，后建设，先建地下，后建地上，让建设跟着规划走，而不是建设牵着规划走，使城市规划法规化。长官意志和盲目建设是破坏规划严肃性的大敌。我们一些干部其实并不缺乏对欧美先进城市的观摩和学习，甚至谈起来也一套一套的，规划制订时也挺有章法，但执行起来就走样，随意性大，主观性强，变化比规划快，规划的强制力太过弹性。这种状态不改变，规划再合理也不免枉然。据说，在苏州工业园，有人在园区实景拍摄图片，拿去和十几年前新加坡工作人员给园区做规划时手绘的一张效果图相比，两张图片的景致几乎完全一样。什么叫规划的严肃性？这个例子我们应当谨记。

⑩ 维护法律尊严　扶助公共服务

为支持快递、送水、送气行业提高经营服务水平，引导这类企业使用合法的交通工具，加快集约化发展，刚刚出台的《珠海市市区快递送

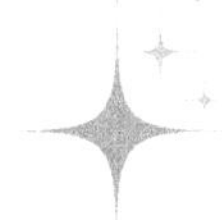

水送气行业交通工具扶持管理办法》决定对上述行业的交通工具实施扶持政策。该办法的出台无疑对上述行业是极大的利好，也意味着我市对违法上路的摩托车、电动自行车的集中整治行动进入攻坚克难的新阶段。

从5月16日起，我市公安交警部门联合相关部门对违法上路的摩托车、电动自行车开展了集中整治行动（“双禁”行动）。这次行动得到了社会各方面，包括快递、送水、送气行业的企业及广大市民的积极配合和高度支持，对从根本上改变以前我市摩托车、电动自行车违法上路屡禁不绝，由此造成交通事故频频发生的局面，对维护法律尊严、保障群众生命财产安全、促进交通顺畅产生了良好效果。

首先，“双禁”行动旗帜鲜明地维护了法律尊严。早在1996年，珠海就开始“禁摩”，效果良好。2005年，为了巩固治理成果，珠海进一步立法规定禁止已朝轻型摩托车方向发展的电动自行车上路。2011年，珠海修订的《珠海经济特区道路交通安全管理条例》再次明确规定，摩托车、电动自行车不予注册登记，禁止未经登记和经济特区外号牌的摩托车在道路上行驶。既然法律已经实施，公安部门就必须坚决执法，市民就必须遵守法规。如果有法不依、执法不严，法律等同儿戏，那整个社会又有何秩序，法律又有何权威可言？所以，整治电动自行车违法上路、摩托车无牌无证上路，规范道路交通治安秩序，预防道路交通事故，打造和谐珠海、平安珠海是公安交警等管理部门义不容辞的职责，也是社会各界和广大市民应尽的义务。

其次，“双禁”行动切实维护了人民群众的生命财产安全。摩托车、电动自行车违规上路所造成的恶果，广大群众早已有目共睹。尤其是看到有些城市如蝗虫般铺天盖地的摩托车、电动自行车横冲直撞时，不得不称赞珠海对摩托车、电动自行车上路的“禁令”禁得早、禁得好。统计数据表明，不严厉处治摩托车、电动自行车违法上路，后果将不堪设想，我们将很可能生活在一片交通混乱和出行恐惧之中。而“双禁”行动开展了一个月，我市的交通事故和治安案件均有明显改善。这说明，“双禁”行动符合人民群众的根本利益。当然，“双禁”行动难免会造成一些个人和企业的不便，甚至失掉一些个人利益和眼前利益，特别是对与民众的生活息息相关的物流配送服务造成了不小的影响。正是考虑到快递、送水、送气等行业的实际困难，“双禁”行动才专门给这些行业增加了一个月的缓冲期，目的就是让他们有足够的时间转换合法的交通工具。现在看来，“双禁”行动对配送服务所造成的影响是有限的，完全可以通过其他运输方式弥补。

同时，扶持快递、送水、送气行业的决策出台也充分体现了关怀民生的政策取向。快递、送水、送气行业带有较强的公共服务普遍性，对服务的快捷、便利要求较高。这次市委、市政府出台扶持政策，促进快递、送水、送气行业交通工具转型升级，就是为了提高与群众生活最密切的服务行业的服务效率、服务质量，进一步改善民生。

任何小道理都要服从维护法律尊严，保护人民群众的生命财产安全这个大道理。只有少部分人的利益服从大部分人的利益，眼前利益服从长远利益和全局利益，才能使大家最终都成为受益者。“双禁”行动是净化城市环境，建设美丽珠海、浪漫珠海、幸福珠海的要求，是珠海创建全国文明城市和全国生态文明示范市的一项必然举措。我们每一个市民，都要及早破除对摩托车、电动自行车违法上路的错误认识，克服困难，齐心协力，理性、平和地共同解决摩托车、电动自行车违法上路这个长期困扰我们的大难题。我们相信，有全市人民的共同努力，“双禁”行动一定能取得彻底的胜利。

11 “明德讲堂”办得好

18日晚8点到9点短短的一小时工余饭后的闲暇时间里，近300名香洲居民聚集在北山杨氏大宗祠里，一起上了一堂感觉亲切、内容朴实的“德”育课。

这场由香洲区文明办主办的香洲区“明德讲堂”首场活动，一炮打响，赢得满堂喝彩。“明德讲堂”不仅丰富了我市创建全国文明城市的活动内容，有望成为我市创建全国文明城市的闪亮名片，而且以其开创性的探索实践为我市进一步深入推进“德城市”建设提供了有益的启示。

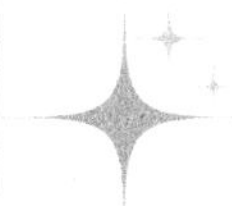

首先是主题好。“明德讲堂”的主旨是教化广大公民立德修身，培养“爱党、爱国、爱民，友天、友地、友人，自强、自省、自悟”的现代优秀公民。“明德讲堂”的“三爱、三友、三自”和弘扬优秀传统文化及建设社会主义核心价值体系的要求十分吻合，和我市创建全国文明城市及全国生态文明示范市的要求十分吻合，是“共创文明城市、共建幸福家园”“关爱他人、关爱社会、关爱自然”的具体化。创建全国文明城市就是要最大限度地让珠海市民享受优质的文明生活，提高市民的文明素质和城市的现代文明程度，为城市发展营造浓厚热烈的社会氛围和文明和谐的自然人文环境。科学发展观要求我们避免单纯追求地区生产总值，崛起也绝不是单纯追求经济上的崛起，而是包含市民道德高度和城市文明水准的整体崛起。香洲区开办“明德讲堂”，引导广大公民立德修身，可谓是走新路、谋崛起的可贵努力。

其次是内容好。“明德讲堂”以道德教育为主，也包含思想政治、性格养成、心理健康、文明礼仪、文艺修养、科学生活、健康养生等。每一场讲堂都将以“身边人讲身边事，身边事教育身边人”为主要内容，贴近实际、贴近生活、贴近群众，容易赢得群众的认同。城市的主人是市民，市民是创建文明城市的主体，更是创建成果的享受者，创建活动要想取得实效，必须获得市民的广泛参与。珠海是一座有品格的年轻城市，改革开放30多年来，珠海不仅留下了生态良好、景观优美、宁静和谐的城市环境，还涌现了一大批道德模范和身边好人，他们的事迹一次次刷新了这座城市的道德高度。“明德讲堂”通过倡导坚持不懈把向道德模范和身边好人学习，使群众学有榜样；通过关心群众的实际需要，实实在在地帮助群众解决实际困难，使群众学有所获。尤其是以提倡奉献他人和修身律己为抓手，使“共创文明城市、共建幸福家园”更加真实可亲。

最后是形式好。唱一首歌曲、诵一段经典、播一部短片、讲一个故事、做一番点评、送一份吉祥，为珠海“创文”提一点建议。“明德讲堂”每场活动都以上述“6+1”为基本流程，形式生动活泼、寓教于乐、潜移默化，群众喜闻乐见，这样的宣讲活动既是宣传，同时也是艺术。以往我们不少宣讲活动之所以效果欠佳，部分原因就在于只知道单向灌输，高头讲章，长篇大论，只顾自己说得痛快，不考虑群众能不能接受，高不高兴接受。而“明德讲堂”却不然，它是认真研究了群众的接受心

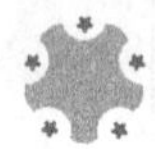

理，摸准摸清了群众的喜怒哀乐，结合了群众文化的特点特色的，所以受到群众的极大欢迎便在情理之中。

⑫ 扶持民营经济　既有为又不为

民营经济的崛起是改革开放以来中国经济创造的最大奇迹之一。民营经济具有顽强、旺盛的生命力。改革开放的事实已证明，民营经济发展良好的地区，会带来劳力、技术、管理、资本活力的竞相迸发，进而带动社会和经济效应的综合提升。可以说，哪里的民营经济活跃，哪里的经济就发达，哪里的人民群众就富裕。

珠海是我国改革开放的排头兵，民营经济发展迅猛，涌现出一批像汉胜、金山、远光等代表行业领先水平的著名民企。不过，总的来看，珠海民营经济的数量和体量与珠海经济特区的地位极不相符，我们既缺少像华为、腾讯、万科等那样的一流企业，也缺乏像柳传志、马化腾、王健林等那样的企业家领袖。2010 年，珠海民营企业达 33595 户，占全市企业总数的 78.15%，尽管民营企业数量多，但经济总量偏小。2010 年，民营经济增加值占全市地区生产总值的比重仅为 25.2%，全省平均水平为 43%，低于全省平均水平 17.8 个百分点。规模偏小，发展偏缓，这使珠海在经济实体的大比拼中显得后劲不足。

形成珠海民营经济现有局面的原因既有国家宏观层面的因素，也有珠海的特殊环境；既有历史的局限，也有现实的障碍。从全国范围来看，民间投资普遍遇到两个“门”，一个是“玻璃门”，看着可以进去，真的想进去的时候，头上会撞个大包；还有一个就是“弹簧门”，刚刚把脚挤进去，稍稍不小心就被弹出来了。从珠海来看，长期以来，珠海整体经济发展战略重外资企业，轻内资企业；重大型国企，轻小微私企；重引进，轻培育。加上近年来受国际金融危机影响，外需减弱，成本上升，珠海民营经济发展面临着突出困难。在这样的背景下，民营经济要进一步

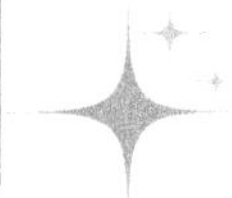

发展，从外部来讲，就需要政府提供一个良好、平等的环境，“扶上马送一程”，才能打破“弹簧门”“玻璃门”，使民营经济获得大发展。

推动民营经济大发展，解放思想为先。必须进一步解放思想，始终坚持和落实好“非公有制经济是社会主义市场经济的重要组成部分”“非公有制经济人士是中国特色社会主义建设者”等科学论断，毫不动摇地鼓励、支持和引导非公有制经济发展。

推动民营经济大发展，政府必须“既有为又不为”。“有为”是指政府要把坚持服务民营企业作为感召民营企业的重中之重，急企业之所急，想企业之所想，努力让民营企业在经济上有效益，在社会上有地位，在政治上有荣誉。各级干部要带着感情，走进企业特别是小微企业，了解民营企业的难处和疑虑，倾听民营企业的意见和建议，实实在在地帮助民营企业解决实际困难。当前，要着力破解民营企业面临的“四难”（即融资难、投资难、创新难、盈利难）。尤其是小微企业要坚守实业，做强主业，面临的最大难处是融资难。各级政府和金融机构要急民营企业之所急，加大对小微企业的信贷，创新金融产品，重点保障有发展前景、资金周转暂时困难的小微企业，努力降低小微企业的融资成本。

“不为”是指需要政府减少对具体经济活动的干预，做到经济领域的“非禁即入”“设障必纠”。凡是国家法律、法规和政策没有明令禁止的行业，都要对民间资本开放；凡是对国有企业、集体企业和外资企业开放的投资领域，都允许和鼓励民间资本进入。政府部门要减少行政审批程序，让企业可以自主选择经营项目；要坚决破除有令不行、有规不依、滥用职权、敷衍拖沓等无形障碍。

民营经济的发展总是一个由小到大、由弱到强的过程，在这个“放水养鱼”的过程中，政府需要做的是支持而非索取，是放手而非限制，这考验着政府的远见和担当，也决定着珠海经济社会未来的走向。当前，我市民营经济发展既有许多有利条件，更面临诸多困难和挑战。面对经济转型升级的紧迫任务，各级各部门要以等不起的紧迫感、坐不住的责任感、慢不得的危机感，进一步营造尊商、亲商、兴商的浓厚氛围，毫不动摇地支持民营经济大发展、大提升。

⑬ 民营企业要苦练内功

改革开放以来，我市民营经济取得快速发展，但经济增长方式总体上还属于资源依赖型和能源消耗型，大部分民营企业起点低，产业形式以劳动密集型为主，科技含量低，投资布局不合理，抵御风险的能力差。民营企业的发展大多存在规模不够大、融资渠道不够多、创新能力不够强、管理水平不够高等问题。在复杂多变的国内外经济形势和激烈的市场竞争环境中，部分民营企业盈利能力减弱，甚至生存困难。

但也有成功的例子。珠海汉胜公司可谓珠海民营企业的一面旗帜。汉胜公司有着国内行业里时间最长的自主品牌，拥有久经沙场的技术团队，实力足以参与全球市场的竞争，科技创新、自主品牌、艰苦奋斗是汉胜公司“战无不胜”的“三大法宝”。汉胜公司董事长寿伟春说：“我们不惧怕国外对手的强大，不惧怕高端市场的门槛，科技向国际先进水平提升，市场向国际高端领域提升，实现转型升级。”另一家民营企业安宇数码科技有限公司是珠海规模最大的液晶生产基地，公司始终坚持“把握市场、提高素质、持续改进、树立品牌”的经营思路，致力于成为国际化的高科技企业，公司各类产品畅销全球30多个国家和地区。公司负责人说，只有摒弃单纯依靠加工贴牌的低端盈利模式，不断提升创新能力，创立自主品牌，走依靠技术与品牌的高端路线，才能在市场的惊涛骇浪中屹立不倒，高歌猛进。类似地，著名的珠海金山公司的负责人在总结公司不断发展的经验时亦说：“一个公司是不是伟大，不在于能否上市，而在于能否抓住机会，并借助这些机会不断升华，实现飞跃。”

不断提升、不断升华、转型升级是这些民营企业共同的成功经验，也道出了民营企业发展的关键所在。而所谓转型升级，说白一点，就是原来赚钱的方式不行了，得换个方式来赚钱，换更好的赚钱的办法，这就叫转型升级。

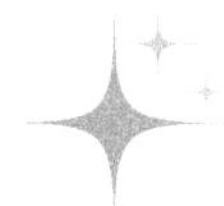

民营企业转型升级首先是企业家要转型升级，要有企业家精神。企业家精神是什么？是战略眼光，在别的人看不到国际国内市场机遇的时候，他能够看到；是胆略，别人不敢下决心，他能下决心；是有担当、负责任，对企业负责任，对员工负责任，对社会负责任。

民营企业转型升级必须建立现代企业制度，要采用所有者和经营者相分离的委托代理体制，这是我国中小型民营企业完善治理结构，增强发展内涵，提高生命周期的基础性步骤，也是我国中小型民营企业走向健康发展的必由之路。通过所有者和经营者相分离的治理结构，可以引进、培养专业化的管理团队，为企业的持续健康发展打好基础。

技术变革与创新已成为影响经济发展的支配力量，通过技术创新和产品升级，珠海民营企业可以积极参与新兴产业的合作配套，主动参与国内外市场竞争，占领行业制高点。

人才是提升民营经济竞争力的决定性因素。民营经济要在新一轮竞争中增创新优势、实现新发展，就必须把人才建设摆在更加突出的位置，努力构建以企业家为核心、以企业管理团队和科技研发团队为支撑、以技术工人为中坚的民营企业人才供应链。珠海众多高等院校聚集的人力优势，可以为民营企业所用，让民营企业将这个具有青春活力的群体培育成城市创业的生力军。

14 下班顺延半小时大得人心

近日，珠海市住房公积金管理中心的一个举动赢得了市民的普遍喝彩。从7月17日起，市住房公积金管理中心业务办理窗口实施延长半小时下班制度，即工作日下午5：30—6：00期间，全体员工将继续上班，为有需要的市民群众服务。

市住房公积金管理中心是我市联系群众较多的政府部门之一，业务办理窗口工作量较大。过去你上班，我上班；你下班，我也下班。虽然

符合规矩，但有时群众去办事需要在单位请假，不太合适，业务办理窗口下班顺延半小时在很大程度上缓解了这个难题。所以，该中心的这个举动看似不大，实则顺应民心，并且的确值得其他政府部门引以为榜样。

其一，市住房公积金管理中心下班顺延半小时，体现了一个政府部门必须具备的执行力自觉。该中心负责人说，此次是积极响应市委号召，市委最近下发了一个文件，其中有一条倡议就是，为了方便群众在下班后仍能办理相关业务，窗口服务单位要延长半小时下班。说实在的，如果不是听到该负责人的这个说法，许多市民可能都不知道市委有这么一个便民的决定。有些单位，面对市委、市政府的决策，都能表态拥护，但具体执行起来，却各有各的说辞，强调困难，敷衍塞责，能推即推，能拖即拖，甚至跟上级讨价还价。执行力不高成为制约珠海加快发展的一大顽疾。希望这些部门对照市住房公积金管理中心的做法，好好地检讨自己，不折不扣地迅速落实市委、市政府的有关要求。

其二，市住房公积金管理中心下班顺延半小时，体现了一个政府部门可贵的理念转变。很明显，顺延半小时下班，该中心将不可避免地增加不少麻烦，但麻烦的是自己，方便的是群众。为什么要提倡这么做呢？因为人民群众是主人，政府工作人员是公仆，政府的天职就是全心全意地为人民服务。该中心深刻地理解了这一点，并且确实是这么做的。根据记者的了解，除了新增延时下班服务，该中心一直坚持特事特办、急事急办、上门服务和预约服务。企业和确实行动不便的困难人员只须拨打一个预约电话，就可以享受到该中心提供的上门审批服务。此外，该中心还设置了“绿色通道”，为提取公积金需求较多的单位集中办理、简化手续。但是，有些政府部门与该中心的“服务至上”的理念不同，奉行的是“审批至上”，只知道抓住管理权、审批权不放，服务成了恩赐。这些部门做决定、出政策，想的是扩大本部门的权限，方便本部门的管理，至于群众方便不方便，不在他们的考虑之列，甚至还想方设法给企业及群众办事设置障碍。明明是有些部门出台的决定逻辑混乱，漏洞百出，工作人员素质差，但在执行过程中却总是责怪群众理解不正确，让人哭笑不得。对于这些部门，市住房公积金管理中心难道不是一面很好的镜子吗？

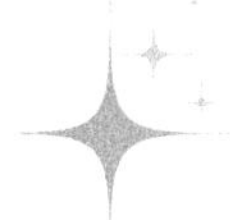

⑮ 厉行问责方能治好农贸市场

在任何一个城市，农贸市场既是面子，又是里子。看一个城市市民的生活质量怎么样，农贸市场是一个很好的窗口；看一个城市环境文明程度怎么样，农贸市场也是一个很好的窗口。这个窗口还非同一般，要天天与其打交道，绕都绕不开，想不正视都不行。所以，作为一项民生工程，甚至作为一项形象工程，加强农贸市场的建设和管理是任何一座城市的管理者的当务之急。

珠海的农贸市场情形又如何呢？产品丰富自不待说，价格也不离谱，但市民好像还是不太满意。除了布点不合理，部分市民买菜不方便，环境的脏、乱、差最让人诟病，且是顽症。整治之后，好一阵子，然后故态复发。久而久之，习以为常。虽然也常有人说起以前，珠海的农贸市场如何整洁、漂亮，如何领先全国，但说者有心，听者无意，如果不是遇到特别的坎儿，似乎也无人要下决心彻底解决这个“老大难”问题。

这次情形有变，市委、市政府充分倾听到了老百姓的呼声，选定农贸市场作为突破口，大力扭转珠海市容市貌，要求全市各级各部门、各农贸市场管理单位一定要站在全局的高度，充分认识农贸市场整治对改善市民生活环境、实现“创文”目标的重要意义，增强责任感和紧迫感，下大决心，集中力量，坚决打好农贸市场整治这场攻坚战，还市民一个整洁、规范、安全的农贸市场环境和生活空间。

正式启动珠海史上范围最广、要求最严的农贸市场整治行动，这个决定无疑是大得民心的。接下来的问题就是工作怎么推进。肯定有这样那样的困难，最常见的无非是历史遗留的问题，如管理体制不顺、责任不清等。其实，这些说辞放到任何一个问题上都合适，也都是实情，但没有困难，要我们这些共产党员干什么？要我们政府部门干什么？要我们工作人员干什么？何况，这些难题就真的无法破解吗？

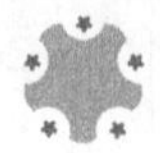

一种最简单的办法就是拿来主义。不用说全世界，全国范围内，农贸市场搞得好的城市就不少，别的城市能办到，珠海为什么办不到？若真是自己没有经验，就拿别人的成功办法照着做。几年前，珠海市有关部门就曾大张旗鼓地去南宁学习过。参观现场的时候，很多人也很激动。激动之后呢？重归平静。所以，对我们很多部门、很多干部而言，最缺乏的并不是对有关好做法的了解（一些人在国内外参观、考察得很充分，说起来头头是道），而是真抓实干的作风和自我革命的勇气以及自我提升的使命感。过于强调本地区、本部门的特殊性，再好的他山之石又能奈我何？一切流于形式，一切出于应付，得过且过，敷衍推诿，想做好任何工作都是不可能的。

有了目标，也有了办法，最重要的就是厉行问责。事实证明，没有问责的所谓保证往往是靠不住的。要针对农贸市场管理涉及部门较多的现实情况，特别明确各相关单位的责任分工，珠海市科技工贸和信息化局、市城管局、市交警大队、市场业主和经营管理者，以及各区（功能区）政府、市场属地镇街等都应明确划分职责范围。要强化责任落实，按照“谁主管谁负责，谁丢分谁受罚”的原则，若环境卫生和秩序整治不达标，由有关部门对业主和经营管理者问责；对没有完成整治工作任务，导致我市在文明城市测评有关项目中扣分的区（功能区），要严肃追究相关领导和责任人的责任。

更关键的是，这种问责必须常态化，决不姑息。

16 让细节处体现文明力量

很多城市把文明的标准理解为楼高路宽，其实，文明更多体现在背街小巷的整洁上。一个城市的文明和文化品位，也许不只在于有多少大学、研究所、影剧场、博物院、图书馆，同样重要的还有盲道连续完整、百货商场设置低位收银台、无障碍电梯安装扶手等。这些我们很多人几

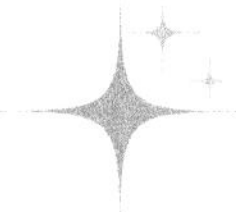

乎从不使用或关注的设施，越来越成为一个城市文明程度的表征，类似的细节也是中央文明办考核一个城市是否可以获得“全国文明城市”称号的重要内容之一。

构建城市文明，还须从细节做起。公共洗手间有广告语说：“往前一小步，文明一大步。”文明的大步，正起始于寻常小步。一步之间，文野立现。古人云：“泰山不拒细壤，故能成其高；江海不择细流，故能就其深。”其中说的就是注重细节所能达到的高度和深度。

在我们的生活中，常常可以看到这样的现象：一个高水准的音乐会上，颇有名气的国外乐团突然停止了演奏，乐团指挥转过身来面向观众，静静地等待着什么——原来，观众席上此起彼伏的手机铃声和讲话声，迫使他们不得不暂时中断演奏。人行道上车不让人，公共场所大声喧哗，公共场合随意吸烟，排队等候肆意插队，开会赴约不守时间，乘电梯时进比出快，等等，不一而足。城市雕塑被无端毁损，公园花木被攀折，绿地草丛被践踏，还有小区生活垃圾乱倾倒，开车时随意往车窗外扔果皮、纸片、饮料罐，等等，都直观地揭示了一个道理——仓廪实，未必知礼节。人们的文明程度并不一定随物质生活的改善而提升。

或许有人会认为，此乃小事，无伤大雅。果真如此吗？只要仔细想想，便不难发现，所有不文明的行为和现象背后都有一个共性，就是不尊重他人。当你在众人面前点燃香烟时，旁人在被动地抽你的“二手烟”；当你在为插队成功暗暗窃喜时，后面排队的人被耽搁了；当你的手机在开会时毫无顾忌地响起来时，当你在一些公众场合不合时宜地用大嗓门讲话时，当你把果皮纸屑随地乱扔时，其他人在无端地被侵害。这些都不应是现代文明人所为。所以，城市建设，砌高楼大厦、铺通衢大道易，但培育富有现代文明意识、公民道德责任的市民群体难。必须记住，不注重细节的人，就不可能成为完整意义上的现代文明人。

文明细节要靠教育，更要靠养成。当你推门时能自然地为身后的人把门撑着，当你在大街上时能热情地为别人指路，当你在得到别人哪怕是一点点帮助时能回报一声“谢谢”，当你给别人带来哪怕是一丝丝麻烦时能道一声“对不起”，习惯也就成自然了。当然，一些强制性手段也必不可少。没有处罚的强制，没有法律的约束，没有舆论的指责，文明习惯养成很难，即便养成了也难以坚持。就拿开车系安全带一例来说，在去年相关交通处罚未出台前，人们开车不系安全带是常态，而现在开车系安全带已经基本上成为一种自觉习惯。

从眼前的事抓起，从身边的事抓起，从具体的事抓起，从一件件小事抓起。抓住那些不文明的顽疾，一个个地解决，坚持不懈，我们城市的文明水准才能真正地提升起来。

17 好人，就在你我身边

近日，珠海有三位市民被评为“中国好人”，为这个正努力创建全国文明城市的经济特区吹进了一股强劲的清新空气。三位“中国好人”，乍看之下，都没有什么惊人的业绩，然而，在貌似平凡之中，我们似乎更能真切地感受到什么是好人，怎样做一个好人。

如果要问这个世界有没有好人，许多人会毫不犹豫地说“有”。如果进一步问“这个世界是好人多还是坏人多”，许多人或许会犹豫一下说：“还是好人多。”如果又进一步问这个世界的好人在哪里，许多人可能就要茫然了：是啊，好人在哪里呢？

要搞清好人在哪里，首先要搞清怎样才算好人。可能是以前长期教育形成的概念，总觉得好人应该是完美的，如雷锋、焦裕禄、孔繁森等，清一色的舍己为人，清一色的无私奉献。如果以这种较高的标准来衡量，那这个世界上的好人真的不多。即便是那些公认的好人，也总能发现这样那样的缺点，或不那么闪光的地方，“仆人眼中无伟人”。但好人之所以为好人，不是他们没有毛病，而是他们能在各种情景下，保持一个人的良知，按照良知的指引做事。孟子说，利我想要，义我也想要，我能做的是不见利忘义，义利之间，义是第一位的，是压倒性的。能坚持这一点，就是好人。所以，我们说，好人不见得是完人、圣人。好人是现实的，不是理想的；好人可能像你我一样很普通，可能像你我一样不无丑陋之处，但只要我们总是心存善念，努力回归人的本真，“一点卑微，一点懦弱，但从不退缩”，我们就离做一个好人越来越近了。这么说来，

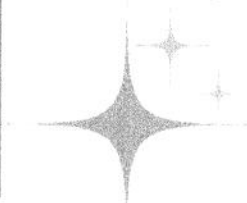

好人还少吗？好人在哪里呢？好人就在我们身边，好人就在你我中间。

要搞清好人在哪里，还要明白好人是生长着的现实。没有人一成不变，人总是在成长、在变化，“性相近，习相远”，“圣人与我同类”。保持本真，发扬良知，我们就能逐步成长为一个好人，乃至超凡入圣。丧失本真，湮灭良知，便是堕落和沉沦。所以，我们的成长既是自我的轨迹，也是社会的产物。明白了这一点，我们就应该在社会层面上营造恰当的氛围，让每个人的善心得以更好地存养，使每个人都更容易做一个好人。但是，“高尚是高尚者的墓志铭，卑鄙是卑鄙者的通行证”依然在为现实做着某种程度的注解。不时出现的官员贪腐、权贵骄横、社会不公极大地污染着社会成员的良心。做好事屡被冤枉，好心人常遭质疑，在这样的背景下，“害人之心不可有，防人之心不可无”便成为很多人的处世原则。原则如此保守，显然无法助力社会道德水准的提升。怎么办？只有加快完善制度，在舆论上弘扬正气。制度好，一个人不易做坏事；舆论对头，至少可以给好人以信心，给群众以信心，给社会以信心。在这个意义上，珠海三位“中国好人”的诞生，无疑是珠海创建全国文明城市的一场及时雨。

向三位“中国好人”致敬！做一个好人，让我们从自己开始。

18 网上办事大厅呼唤行政审批制度改革

随着互联网的迅猛发展，人们的生活和工作方式正在发生深刻的改变，传统的政府管理模式已经不能满足公众需求，一个更便捷、更高效、更透明、更强调互动的政府办事流程成了政府职能转变的必然要求。从17日起，广东省网上办事大厅珠海分厅试运行，广东省网上办事大厅珠海分厅设有政务公开、投资审批、网上办事、政民互动和效能监察五大类功能，香洲、金湾、斗门三个区级办事大厅也被纳入其中。这种集信息公开、网上办理、便民服务、电子监察于一体的网上办事大厅，是适

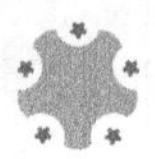

应信息化时代要求，加快政府职能转变，建设阳光型、服务型、智慧型政府的重要举措。

“市级政府的所有审批事项已全部纳入网上办事大厅进行办理。”据市行政服务中心相关负责人介绍，与公众生活密切相关的公共服务事项也将最大限度地实现网上办理，而且所有网上办理事项将逐步做到统一用户登录、统一网上申办、统一进度查询等功能，力争实现办理事项全流程网上办理。

在一个开放的社会，政务公开是政府的一项法定义务，也是公民的一项基本权利。官商勾结、权钱交易、欺诈失信等腐败现象，大都是在权力不透明的情况下的“暗箱操作”所致。在政府决策过程中，推动信息网上公开有利于满足公众的知情权、提升公众的参与度、推动权力公开运行。同时，网上办事大厅也是构建服务型政府的重要抓手。以前，一个企业注册要面对十几个部门的层层审批，经常为此“跑断腿”。商事登记制度改革后，这些难题在统一的“网上办事大厅”内迎刃而解，市民和企业只需要在家轻点鼠标，就可了解整个办事流程，“坐等”相关部门把事情办妥。网上办事大厅以人为本，从政府、企业、居民三大服务对象的根本需求出发，促进了信息技术应用的全方位渗透。网上办事大厅建设不仅仅是政府职能的网上实现过程，也是推动珠海营造城市发展智慧化环境的一大体现。

但建设网上办事大厅毕竟只是政府职能转变的一个方面，要使网上办事大厅发挥更大的功效，深化行政审批制度必须跟上，可见，改革行政审批制度才是政府职能转变的关键，不建立起与市场经济相适应的行政审批制度，政府职能也难以真正实现彻底转变。

当前，体制改革已进入“深水区”，深化改革的最大障碍是既得利益格局。“有人觉得，什么事自己管才放心，给别人管不放心。只有自己代表党和人民，自己管就公正公平管得好，别人管就管不好。发展市场经济，发挥市场在资源配置方面的作用，没有我们想象的那么多问题，市场会管得很好。”我们要下决心突破这个格局，尤其是突破与科学发展、完善市场经济体制不相适应的政府部门权力和利益格局。行政审批事项中，凡是市场和社会能自我调节的，坚决取消；凡是社会组织能够承担的，坚决转移给社会组织；凡是下级政府能够履行的，坚决下放给下级政府。

当然，行政审批改革，减少审批事项，并非弱化政府宏观管理和行业

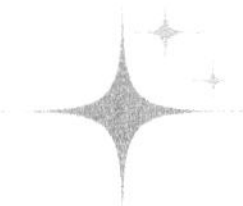

管理，也不是一减了之，放任自流，而是要改变政府宏观调控的方式、方法和手段，更好地实现政府监管职能。因此，对取消的审批事项应研究新的管理方法，积极运用监管、检查、备案等管理手段，加强后续监管。如此，行政审批改革方能和网上办事大厅建设相得益彰。

⑲“无心”与“有心”

2012 年中国（珠海）国际打印耗材展览会于 9 月 24 日在珠海盛大开幕，这是该展会自 2007 年以来在珠海举办的第六届。经过 6 年的发展，珠海打印耗材展已为全球耗材企业搭起了一座尽情展示的舞台，成为中外打印耗材行业广泛交流与合作的重要平台，同时也是引领产业健康、快速和有序发展的重要载体。中国（珠海）国际打印耗材展览会已成为全球最大的打印耗材展览会。

连续 6 次在珠海举办国际打印耗材展，得益于珠海的产业优势。作为全球打印耗材行业最重要的供应基地，珠海供应了全球 70% 的色带、60% 的通用墨盒和 20% 的再生硒鼓。珠海已成为名副其实的“世界打印耗材之都”。

珠海打印耗材产业这样蓬勃的发展，很让珠海人自豪，但又让不少珠海人感到惊讶和意外。因为就在几年前，珠海还很少提到打印耗材产业，更不用说扶持打印耗材产业成为支柱产业了，就是现在，规模空前的打印耗材展的主角也是企业及行业协会，政府顶多是配角。可就是在这种“忽视”和“淡定”的背景下，珠海打印耗材产业却由一棵不起眼的“小苗”茁壮成长为“参天大树”。与其形成鲜明对照的是，珠海另有一些政府着力培育多年的行业，却是徒增叹息，或者是“起个大早，赶个晚集”，或者成为“水中月、镜中花”。

这样的现象，很容易让人想起一句古话：“有心栽花花不发，无心插柳柳成荫。”花儿难栽，柳树易活，这是自然，而“心”也很关键。什么

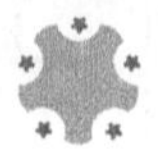

样的心才叫“无心”，什么样的心才叫“有心”呢？

唐朝人柳宗元写过一篇著名的散文《种树郭橐驼传》，讲的是郭橐驼自我介绍种树的经验。郭橐驼种树的关键在于“顺木之天以致其性”。究竟什么是树木的本性呢？“其本欲舒，其培欲平，其土欲故，其筑欲密。”郭橐驼正是顺着树木的自然性格栽种，从而保护了它的生机，“天者全而其性得”，郭橐驼是有心的。他植者却无郭橐驼之心，他们违背树木的本性，种树时“根拳而土易，其培之也，若不过焉则不及”，因而招致“木之性日以离”的恶果。树种下后，郭橐驼的管理也很有一套，“勿动勿虑，去不复顾。其莳也若子，其置也若弃”。乍看，好像将树种下去以后，撒手不管，不加理会，郭橐驼“无心”得很。事实上，郭橐驼的“勿动勿虑”，移栽时的“若子”，种完后的“若弃”，“无心”处正显其真用心。他植者不明此理，思想上关心太过，什么都放不下，结果适得其反，“虽曰爱之，其实害之；虽曰忧之，其实仇之”，压抑甚至扼杀了树木的生机。

柳宗元讲的是种树，但其中的寓意放在政府对待企业上也有借鉴价值。在我们身边，不也经常看到有些政府部门就像柳宗元笔下的他植者一样，十分热衷于“帮扶”企业、“规划”产业，其心不可谓不诚，其意不可谓不切，呵护备至，情急之下，甚至拔苗助长。但被这样“帮扶”的企业、被这样“规划”的产业很难健康成长，反而容易变得孱弱，变得依赖心重，经不起风雨的吹打。要让其长大、长高，长成“支柱”，也就常常事与愿违了。

这当然不是说，政府对企业、行业的发展就应不闻不问、听之任之，而是说，政府不要再管那些不该管、管不了、管不好的事情，要集中精力搞清楚企业真正的需要是什么，政府该怎么办。那么，政府究竟能够为企业做什么呢？从现代政府的职责主要是履行好经济调节、市场监管、社会管理和公共服务职能来说，政府无须用心的是对企业生产经营的直接干预，可以用心也应该用心之处是切实为市场主体创造良好的发展环境，发挥好市场配置资源的作用，最大限度地调动市场交易参与者的积极性和智慧，更充分地提供信息和价格发现。这样，政府既不越位、不错位，也不缺位。

有时候，不干预就是一种支持，不打扰就是一种减负，“无心”即为“有心”。

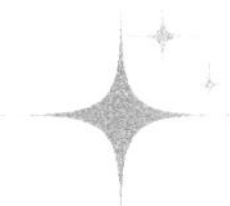

20 新农村建设不能“一刀切”

社会主义新农村建设开展几年了，然而珠海连一个有特色、有亮点、叫得响、树得起的示范村都拿不出来。这让一些人很焦虑。

怎么办？只有通过改革创新，舍此别无出路。

首先，要发挥好基层农民的主体作用。建设新农村是农民自己的事情，和农民的自身生活、自身利益息息相关，基层组织和农民天然就是行动的主角。只有充分调动、发挥好基层组织和农民的主动性、积极性，才能形成上下齐心、争先恐后的良好局面。在新农村建设活动中，各级党委、政府既要充分发挥引导作用，更要避免出现“上热下冷”“外热内冷”现象。如果都是让上面来做，基层组织没有参与决策权，农民没有发言权，就势必产生依赖和等待心理，甚至产生抵制心理。

这就要求我们在建设新农村工作中坚决摈弃“吃大锅饭”的做法。不问管理资金的能力、使用资金的效率，“撒胡椒面”“排排坐，分果果”的结果，是缺乏竞争，缺乏活力。市场机制的力量难以唤醒，生产力的水平也就上不去。对规划好、行动快、措施实、成效大的先进村居采取竞争性扶持政策，“先动先扶、不动不扶”，将考验基层组织的领导水平，考验村民自我管理的能力，有利于项目建设资金充分发挥作用，推动乡村发展从“输血”向“造血”转变。

其次，建设新农村不能搞“一刀切”。“一刀切”，村村一样，既单调呆板，缺乏美学价值，又削足适履，难以实施，是一种简单、偷懒的做法，结果只能是基层不赞成，群众不满意。因此，上级党委、政府要牢固树立打基础、管长远的思想，统筹规划，分步实施，扎实推进，做到等不得、急不得，也慢不得；要根据各地自然条件、经济水平、环境因素、地理位置的不同，因地制宜，分类指导，实施“一村一策”。

最后，要充分尊重基层的首创精神。中国改革的成功经验之一就是

自下而上与自上而下相结合。许多改革的措施和做法往往是在基层出现的，具有顽强的生命力，最后被总结、提高和推广。建设新农村涉及面广，情况复杂，但我们大可不必担心群众的聪明和智慧。城里人装修房子各显身手，其心智机巧令人叹为观止。农民建设自己的家园也必定会有各种令人叫绝的主意。为此，我们要构建更具活力、更加开放的体制机制环境，保护基层组织和农民的创造性；要动态地针对新问题、开拓新思路、探索新办法，认真梳理，分析总结，制定和完善针对性强、可操作的相关政策；要进一步深化村居管理体制改革，深化农村土地制度改革，深化农村新型金融组织创新，逐步建立现代农村集体经济产权制度，加快实现城乡基本公共服务均等化。

创建新农村是一项综合性的系统工程，从更深远来看，这是一场农村改革发展攻坚转型的硬战，是推动农村科学发展的必由之路，改革创新则应是贯穿其中的一条主线。

21 跨界路还有许多“坎”要跨

今年 3 月 29 日，珠海、中山两地市政府签署《中山市、珠海市跨界道路建设项目合作协议》（以下简称《协议》），拟打通 13 条重点跨界道路，其中有部分道路属近年来群众反映强烈的“断头路”。《协议》计划于今年重点推进，因此备受瞩目。半年过去了，这些计划于今年重点推进的道路现状如何？近日，记者走访部分路段得知，两地政府部门还在进行施工的前期准备，第一铲土不知何时开挖。

说实在的，这消息让不少每天来往两地的市民着急。这种急迫的心情可以理解，但我们在着急的时候也要冷静地分析跨界道路建设的复杂性，除了征地问题、路网衔接问题，还有修建穿越二线管理区的道路需要履行特定的审批程序。更重要的是，解决两地的交通问题，还不只是打通“断头路”那么简单，而是需要科学统筹，从长计议，近忧远虑都

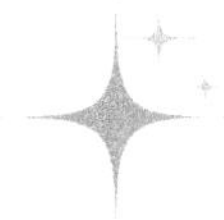

要充分考量。

从珠海、中山一体化程度加深的情况来看，修路势在必行。珠海、中山地缘相近，两地居民比邻而居，尤其是中山的坦洲、“三乡两镇”和珠海的联系更加紧密。不少珠海人由于各种原因选择在中山居住，也有不少中山人选择在珠海生活及工作，比如坦洲的十四村，由于出租屋租金低廉，且接近前山一带的商业区，数以万计的珠海打工者租住在这里。他们每天往返于前山、坦洲两街镇，形成了固定的出行高峰期。同时，前山一带的居民也常往十四村购物、吃夜宵等。据相关部门统计，十四村附近的前山与十四村两地居民有十来万人。而现在只有一座过于简易的宝翠桥连接前山与十四村两地，人来车往，拥挤不堪。据早前媒体报道，由于两地群众反映强烈，珠海翠微西路和坦洲十四村宝翠桥衔接工程早在几年前就被列为两地跨界公路建设的重点项目。目前，该项目被两市列为2012年重点推进项目，坦洲镇已基本完成桥梁方案设计，将把它改造成为一座可通行机动车辆的新桥。我们希望，这样的民生好事能尽快落实办好。

《协议》中的其他“断头路”大概也属于类似的情况。因此，对于中山、珠海两地居民来说，尽快修好来往的道路，让彼此间的交往更便捷、更顺畅，是他们的迫切愿望。而这也是两地政府的义务和责任。交通顺畅了，两地的人流、物流便捷了，对两地的经济发展都有促进作用。正是因为如此，《协议》才计划打通13条重点跨界道路，《协议》的签订必将大大促进珠海和中山两地间的一体化。现在，为落实《协议》，打通这13条重点跨界道路，两地相关部门都做了大量的工作，有了一定的基础，只是和预期的目标有差距。所以，尽管跨界修路涉及的问题会很多，困难也会很大，但我们仍然希望落实《协议》的力度再大些，速度再快些，让两地的群众更早地享受到两地政府充分合作所带来的实惠。

不过，在顺应民意的同时，我们也要充分考虑到，要想彻底解决两地间的交通问题，也并非打通几条“断头路”那么简单，需要两地的合作再向前多跨几步，交通规划的衔接和融合是关键。现在的问题是，珠海的交通规划和中山的坦洲及三乡的交通规划在很大程度上还是各搞各的，缺乏协调和统筹。这样的背景下，合作的深度肯定会减弱，难度肯定会增大，成本肯定会增加。如何更有效地突破行政区域的藩篱，加速珠中江一体化进程，如何使区域交通脉络保持通畅，是摆在我们面前的一项重大课题。

22 发展游艇产业要抓紧

珠海游艇旅游展在近日举行。这个展览再次激起了珠海人的游艇产业梦。人们想起来了，珠海还有一个非常高端的、一度在国内领先的产业——游艇制造业。珠海产业要参与全球中高端竞争，大力发展游艇产业，不正适逢其时吗？

游艇经济是一种高附加值的经济活动，被称为“漂浮在黄金水道上的商机”。作为经济高端化、消费现代化的代表产业，游艇业的产业链涉及研发、设计、制造、销售、培训、旅游等一系列活动，具有高回报性和强带动性。研究表明：游艇产业每投入1美元可带来6.5～10美元的回报效益。

游艇对于很多人来说是一件奢侈的消费品，但是，随着人们生活的不断富裕，游艇这个奢侈品开始越来越多地走进人们的视野。在欧洲航海文化发达的国家，许多家庭都有私人游艇。随着中国、俄罗斯以及海湾国家等新兴市场的兴起，游艇经济重心的转移趋势越来越明显。我国沿海发达地区有20多个城市的人均地区生产总值已达8000美元以上，已超过5000～6000美元的游艇快速增长的临界点；我国富豪人数位居世界第四，奢侈品消费排名全球第二，充分具备消费游艇的经济条件。

正是在这样的背景下，游艇业作为新兴产业受到越来越多的地方政府的高度重视。截至2011年，我国大陆地区有游艇制造厂家360多家，遍布苏、浙、沪、粤、闽、鲁、鄂、湘、川以及京、津、辽等地，但主要集中在珠三角地区、长三角地区和北方沿海一带，中国制造的游艇已出口到70多个国家和地区。中国有望在迎接未来游艇产业的转移中抓住机遇，成为世界游艇产业关注的新焦点。随着国家相关政策逐步放开，地方配套设施逐渐完善，我国游艇行业将进入快速增长期。专家预测，未来几年，中国游艇行业将达到2000多亿元产值。

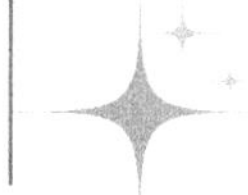

珠海对发展游艇业的意识萌芽较早。平沙游艇产业基地是当时国内设立最早、规模最大、档次最高的游艇制造基地。目前，平沙游艇产业基地除了有20多家游艇制造企业，还有30多家游艇相关配套企业。根据《广东省滨海旅游发展规划（2011—2020年）》，平沙未来将建设成为国内第一个“游艇城”。相对完善的游艇制造业为珠海游艇产业链的发展打下了良好的基础。

珠海发展游艇经济具有区位、气候、生态、自然环境、独特的人文风情、市场等优势。珠海毗邻港澳，内靠我国经济发达的珠三角，外邻亚太经济圈中最活跃的东南亚地区，十分适合游艇产业的开发和消费。珠海是百岛之市，茫茫大海中有许多自然风光优美的小岛，游玩及观赏性都很强，对游客颇具吸引力。珠海可充分发挥海洋资源优势，利用独特的滨水岸线资源以及现有的产业基础，大力发展包括游艇休闲、游艇设计、船体制造、装潢、精密仪器加工、维修保养等在内的游艇产业，通过产业链的拓展和延伸，构筑集生产、服务、经营于一体的游艇产业集群，提升珠海海洋经济与旅游经济发展竞争力。

不过，珠海的游艇经济现已面临国内其他地区的强大竞争。近年来，沿海地区部分城市开始围绕游艇经济开展规划、出台政策扶持游艇产业及配套设施的完善。天津游艇城项目，总投资70亿元；哈尔滨国际游艇城项目，总投资30多亿元，要打造一个完整的游艇产业链；海南游艇项目投资15亿元，该项目集豪华邮轮、游艇的制造、销售、维修、保养以及运营等产业配套一体化，并将规划建设1000个游艇泊位，游艇出境最长可达90天；就连不在海边的重庆，总投资23亿元的中国西部首家游艇俱乐部也已诞生。

如是，珠海的游艇经济便有可能重蹈“起个大早，赶个晚集”的覆辙。如何让珠海游艇业更快地“游”向深海？这需要我们尽早地整体规划产业链蓝图，突破政策瓶颈，制定新的较为宽松的有利于游艇产业发展的管理规定，加强航道规划和管理，加快游艇码头建设，为游艇产业挂上“云帆”，让游艇经济成为珠海海洋经济的新名片。

23 群众热望加强夜间执法

为创建全国文明城市，我市城管部门加大了夜间执法力度。10 月 15 日晚，香洲区城管局又一次出动近 70 名执法人员，对拱北、夏湾地区以及环屏路周边开展夜间市容集中整治，共打击占道经营、乱摆卖等“七乱一占”违法行为 121 宗。

夜间市容市貌变差是许多城市都遭遇到的一大顽疾。长期以来，一些大排档、快餐店、水果店，往往趁夜间执法人员下班的空当，占道经营、无证经营、乱排油烟、噪声扰民、乱扔垃圾，居民饱受困扰，但又无可奈何。近来，我市城市建设管理已经出现一些令人欣喜的好势头。其中，突出的表现之一是备受市民关注的农贸市场改造升级工作取得重要进展，改造后的市场面貌和配套设施均焕然一新，为周边群众提供了一个环境优美、购物方便、面貌一新的消费环境。然而，就是这些农贸市场周边，一到夜间，环境迥然相异。夜晚环境黑点就真的无法根治？

应该强调指出，10 月 15 日晚并不是香洲区城管局第一次开展夜间执法行动，以往也开展过多次，并且每一次都“成果丰硕”，有效抑制了“下班后时段”的乱摆卖、占道经营、无证烧烤等现象。这一方面说明，我市绝大多数城管人员精神状态是好的，是尽职尽责的，是有奉献精神和牺牲精神的；同时也说明，加强城市管理不是虚功，不是耍嘴皮子，不能光表态而不做事，而是靠拿出扎扎实实的行动，让老百姓看得见、摸得着，真正得到实惠。

但现在的问题是，头天夜间执法，情况好转了，过不久，乱摆卖现象又容易死灰复燃，突击式的行动效果毕竟有限。而随着社会的发展，群众对城市环境的要求越来越高。所以，我们需要采取更加有效的措施，实施“精确打击”，进而推动城市管理的精细化。

于是，不少居民便期待：执法部门强化夜间执法，甚至将其常态化、

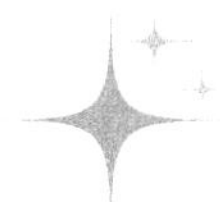

制度化。比如，城管部门可否采取错时上班的方法，抽出部分力量，专门负责市区夜间秩序的管理，尤其是对市中心城区乱扔垃圾、乱贴广告、乱摆摊位、乱停车辆、乱遛狗、私搭乱建和噪声污染等问题开展专项治理，以全时段提升城市容貌形象和环境质量，切实维护广大市民的切身利益。

当前，珠海政府作风正出现可喜的新变化：继 7 月中旬市住房公积金管理中心率先实行业务办理窗口下班顺延半小时后，珠海又有多个单位的服务窗口执行周三中午通勤的措施，部分工作人员中午不休息，只为方便群众办事。动作虽然不算很大，群众却从中看到了政府部门可贵的理念转变，感受到各单位高度的服务意识和公仆意识。

城市管理同样需要这种服务意识和公仆意识。城市管理是一项系统的综合工程，要疏堵结合，标本兼治，远近统筹，上下联动；要把城市管理与民生改善结合起来，在小区管理、公共设施配套、农贸市场建设完善以及困难群体就业等方面继续下功夫；要加强城市管理队伍建设，树立素质高、能力强、廉洁高效的良好形象，但最重要的，还是每一个管理人员、每一个市民对这座城市的责任感。

当然，常态化夜间执法涉及人员、经费等一系列难题，并需要多家相关职能部门协同配合，急切地想一步到位不太现实，不过，总可以朝这样的方向努力，逐步实施。

24 社区体育设施少不得

日前，珠海湾仔街道的足球迷们迎来了一件开心事，他们在自己家门口有了一个足球场。新建的足球场竣工后，他们趁热打铁，不仅成立了湾仔足球协会，还举办起了第一届社区五人制足球比赛，其中有社区、辖区企业和民间业余球队等 12 支队伍参加。湾仔街道办负责人说，有了这个足球场后，这一赛事将每年举办一次。

可能连许多珠海人都不知道，湾仔具有足球传统，20 世纪八九十年代，湾仔足球队曾风光一时。2004 年，湾仔小学曾代表珠海市参加国际“达能杯”足球赛。据统计，湾仔能坚持经常踢球的本地居民超百人（不含辖区单位和企业员工）。只是长期以来，由于辖区内没有一个免费全开放和正式的足球场，大多数足球爱好者只能在小区篮球场（水泥地）踢球。这次，为丰富湾仔辖区文体生活，满足辖区足球爱好者的需求，珠海市青年联合会、湾仔街道办共同努力，将一小区内的废弃网球场改造成一个五人制足球场。该足球场竣工以来，理所当然受到辖区居民的热烈欢迎。如果全市的足球爱好者，甚至体育爱好者、健身爱好者知道了这件事，必然都会为此感到高兴。

可能有人会疑惑：建一个足球场是什么了不起的伟业吗？值得如此大声欢呼？的确，建一个足球场谈不上什么大事。不过，我们也绝不能把这当一件小事看。在湾仔街道修建足球场的现象背后凸显的是，一方面群众体育健身需求越来越旺盛，另一方面我们的公共体育设施严重不足。各级政府确实到了要高度重视社区体育设施建设的时候了。

满足居民在开展体育活动、进行运动休闲等方面的生活需求，是现代城市必须具备和完善的重要功能。随着全民健身计划的深入与和谐社会的构建，社区体育在社会发展和国民福利中愈发展现出重要的作用，丰富的群众体育活动不但可以全面提升居民体质，还可以在丰富居民精神文化生活方面发挥重要作用。但发展社区体育运动，遇到的最大瓶颈就是公共体育设施的规划和建设。珠海市公共体育设施虽然在近几年有了大幅增加，但依然存在大型体育场所过于拥挤、体育健身场所选址较集中、与居所间距离较远、健身设施设置少、体育设施损坏因缺少资金而无人修理等问题。

怎么办？在现有经济条件下，真正来到健身俱乐部进行健身消费的还是少数收入较高的群体，大多数群众仍然需要政府提供具有公共属性的健身休闲服务，适当兴建体育场所显然是必需的。原城建部和国家体委联合发布的《城市公共体育运动设施用地定额指标暂行规定》根据不同规模城市的人口密集程度，对各种体育场、体育馆、游泳池、训练房等设施的规划标准、观众规模、用地面积、人均面积等指标做出了具体规定，对国家要求设置的最基本的体育设施及其用地定额提出了具体的指标要求。我们要按照法规，对新建小区增加硬要求，达到多少建筑面

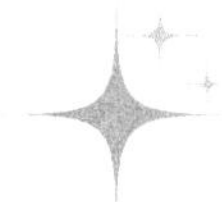

积必须有多少公共体育设施，居民住宅区配套建设的体育设施，应当与居民住宅区的主体工程同时设计、同时施工、同时投入使用。

另外，我们要动员一切可以利用的资源，包括人力资源和物质资源，把资源看作最具潜力的社区体育发展动力优化配置，各尽其能，共同创造和谐社会大背景下的全民健身新局面。比如，在城市中遍布的各级学校、各企事业单位以及政府机关中有着丰富的体育场地设施资源。这些资源在节假日经常是闲置的，发掘这些老百姓身边的更为便捷的体育场地设施无疑是一种最为高效的拓展居民健身空间的途径。

事实上，早在多年前，我市体育部门、教育部门就联手发动中小学校体育设施对公众开放，不过，历经几年的推进，维护费用无出处、校园安全难保障等难题未破解，最终流于一纸空文。学校体育设施离市民依然很遥远。

社区体育关系着社区居民的身心健康和社会和谐氛围的营造，作为一项公共事业，政府有责任提供各种便捷的服务。最近，珠海市体育中心每周定期对市民免费开放，这可以说是一个积极的信号。现在，湾仔街道办联合社会力量大力修建社区体育场所，又传递出积极的正能量。我们相信，只要上下齐心，各方参与，各个镇乡、街道都像湾仔街道这样把群众体育健身活动放在心上，真正当作一项民生工程抓紧、办实，珠海的广大市民的幸福指数肯定会有新的提高。

25 打好行政审批制度改革的攻坚战

行政审批制度改革一向被认为是一块难啃的“骨头”，但又是一块非啃不可的“骨头”。国外有研究表明，如果行政审批制度改革动真格，对拉动 GDP 是有直接效果的，并且效果非常明显，因为不必要、不合理的审批阻碍了资源的有效配置，必然会阻碍经济增长。我市经过四轮审批制度改革，行政审批事项已经从 1999 年的 1264 项减少到现在的 271 项，

对我市提升行政审批效率，完善社会主义市场经济体制，优化经济社会发展环境，发挥了显著作用。只是改革越到后面越难改，剩下的是含金量相对更高的权力，深化改革的最大障碍是既得利益格局，改革在某种程度上成了“虎口拔牙”。

当前，我市继续实施第五轮行政审批制度改革，构建法治化、国际化营商环境，首先是要进一步转变政府职能。政府职能错位、越位的重要表现之一，就是过多、过滥的行政审批妨碍了市场机制作用的有效发挥，政府部门把大量精力用于过多的行政审批上，而对市场运行的监管和服务却严重缺位。“有人觉得，什么事自已管才放心，给别人管不放心。只有自已代表党和人民，自已管就公正公平管得好，别人管就管不好。发展市场经济，发挥市场在资源配置方面的作用，没有像我们想象的那么多的问题，市场会管得很好。”其实，现代政府的职责主要是履行好经济调节、市场监管、社会管理和公共服务职能，政府应切实为市场主体创造良好的发展环境，发挥好市场配置资源的作用，最大限度地调动市场交易参与者的积极性和智慧，更充分地提供信息和价格发现，做到既不越位、错位，也不缺位。

行政审批制度改革，核心是要进一步清理、精简审批事项。日前，《国务院关于第六批取消和调整行政审批项目的决定》明确指出：“进一步取消和调整行政审批项目。凡公民、法人或者其他组织能够自主决定，市场竞争机制能够有效调节，行业组织或者中介机构能够自律管理的事项，政府都要退出。凡可以采用事后监管和间接管理方式的事项，一律不设前置审批。以部门规章、文件等形式违反行政许可法规定设定的行政许可，要限期改正。”前段时间，广东得到行政审批制度改革先行先试的授权，我们要下决心按照国务院的要求，把不该由政府机关审批的事项坚决减下来。清理调整后的审批事项，都要及时向社会公布，接受群众监督，防止行政不作为，尤其要防止有些被撤销的审批项目又改头换面以其他名称、其他形式出现，比如核准制、备案制乃至其他一些冠冕堂皇的名称，其实是借其他包装来达到实际审批的目的。

改革行政审批制度，必须优化重组行政审批流程。对清理保留的审批事项，要实行流程再造，简化审批环节，压缩审批时间，公开审批程序，公开审批时限，公开审批结果，自觉接受监督。要全面推行网上审批，实行并联审批和“一站式”服务，进一步提高审批效率和服务水平。

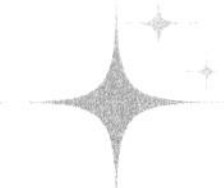

对涉及多个部门的审批事项，要采取集中会审会签进行审批，相关职能部门平行运作，在规定时间内办结。要建立重大投资审批项目的“绿色通道”，确保重大项目加快建设。要认真落实“双百”目标要求，部门将行政审批权向行政服务中心窗口100%授权到位，审批事项在行政服务中心窗口办理到位，确保进一次门，办成所有该办的事。目前，广东省网上办事大厅珠海分厅已经启用，政府的所有审批事项不仅要全部纳入网上办事大厅进行办理，与公众生活密切相关的公共服务事项也要最大限度地实现网上办理。

改革行政审批制度，提高机关行政效能，突破与科学发展、市场经济体制不相适应的政府部门权力和利益格局，是政府部门的自我革命，其最终目的就是要加快政府职能转变，建设服务型政府，创造规范、高效、诚信、开放的政务环境和创业环境。同时，这也是从源头上预防和解决腐败的一项重要举措。当然，行政审批改革，减少审批事项，并非弱化政府宏观管理和行业管理，也不是一减了之，放任自流，而是要改变政府宏观调控的方式、方法和手段，更好地实现政府的监管职能。

26 既要皓月当空，也要满天星辰
——谈谈斗门经济发展战略

日前，斗门区同时出台了涉及招商引资和扶持中小微企业发展的7项政策，包括《关于进一步加强招商引资工作的意见》，以及对引进总部企业、招商引资奖励等3项配套政策。此外，还有《斗门区扶持中小微企业融资的实施办法》《斗门区鼓励支持企业上市的实施办法》和促进企业增资扩产等对企业发展提供扶持的措施。透过这7项政策以及此前出台的加快民营经济发展的措施，我们可以强烈地感受到斗门加快构建现代产业体系，参与全球经济中高端竞争的勃勃雄心。斗门崛起的脚步更加急促和坚定。

毋庸讳言，由于各种因素制约，斗门发展起点相对较低，速度是慢

了一些。交通闭塞，龙头项目缺失，公共服务投入不够，相当长一段时间内未与珠海主城区一体化布局是重要原因。君不见，许多斗门人把去香洲说成“去珠海”，可见地理上的距离造就了心理上的疏离。

但这一切正在迅速改变。西部沿海高速、机场高速、高栏港高速、江珠高速等正在全面改善斗门的交通困境，新青工业园、富山工业园奠定了斗门工业大区的格局，西部中心城区将使斗门从城市的遗忘地带走向城市的聚光灯下，斗门迎来了前所未有的大变局。事实上，格力电器、中国北车、玉柴机器等一批重大项目落地开工，使斗门产业层次明显提升、龙头企业明显增加，若干新兴产业正在崛起，存量产业结构不断优化，产业发展条件明显改善，初步呈现高端发展、错位发展、集约发展之态势。斗门正在走一条具有自身特色的以增量带动存量的产业转型升级之路。但目前，斗门的企业依然以中小企业为主，产业结构不够优化。今年以来，斗门经济形势不容乐观，斗门既要提高产业国际竞争力，在更高层次参与国际合作和竞争，招大商、招好商，又要想方设法壮大经济总量，扶持小微企业，壮大中小企业，培植本土企业；既要着眼未来，又要立足现在；既要快速发展，又要惠及民生。走好斗门之路，无疑还有很多的难题要去思考、去破解，需要整体的战略思维。

“一系列政策的密集出台体现了制定者完整的思路。”有专家指出，通过促进企业增资扩产和明确重点引进“三高一特”企业，大力引进总部企业，促进企业上市，可以起到优化存量和扩大增量的作用。通过扶持中小微企业融资和扶持民营企业发展，可以在保障数量的同时起到提升质量的作用。通过成立区投资促进局、全力构建现代招商载体和出台系列百万重奖政策，可以起到提高效能和保障效果的作用。专家的意见是正确的。这一系列政策加上斗门的乡村治理和乡村规划，斗门将迎来整体的、全方位的划时代之变。

或许有人认为斗门当前最主要的问题是经济总量不够大、发展速度不够快，只要能把经济规模、发展速度搞上去就行，其他都无所谓。这种将产业转型升级与壮大总量、加快发展割裂开来，甚至对立起来的观念是十分错误和有害的。殊不知，在当前的国内外经济社会发展的大势面前，不加快产业的转型升级，壮大总量、加快发展可能就是一句空话，更谈不上可持续发展。

好的招商引资政策可以“一石二鸟”：在快速增加总量的同时提高产

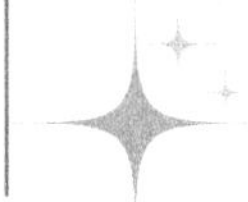

业质量。斗门此次出台的招商引资政策突出了“三高一特”的产业重点，要将斗门高端装备制造产业集群、新一代电子信息产业集群和智能家电产业集群逐步做大做强，也并非痴人说梦。事实上，今年以来，斗门3个属于电子信息产业的项目占斗门1—9月实际吸收外商直接投资总额的63.97%。此外，斗门在谈和在建项目也均属高端项目：中国北车、玉柴船动中速机项目分别在今年签订了合作协议；珠海银通新能源拟整体搬迁至富山工业园，投资建设奔驰商务车、救护车改装及纯电动客车生产基地。这些企业综合实力突出，研发能力强，资金、技术、人才、信息、品牌等优势明显，产业控制力、影响力、带动力和根植性强，有利于改善斗门的产业结构。在全球金融危机的大背景下，斗门产业结构能逆流而上，不断加快产业结构调整的进程，将为今后的发展积蓄能量。

在大力吸引世界500强企业落户的同时，斗门同样把热忱的目光投向小微企业。要知道，小微企业是提供新增就业岗位的主要渠道，是企业家创业成长的主要平台，是科技创新的重要力量。更要知道，所谓的企业巨头，其前身可能就是小微企业。企业的发展总有一个由小到大、由弱到强的过程，其间，政府需要做的是支持而非索取，是放手而非限制，是“放水养鱼”，这考验着政府的远见和担当。小微企业要发展壮大，除了靠企业自身不断创新、提高生产效率、降低成本，还需要政府的政策扶持。在竞争激烈化并高度资本化的今天，融资难题不予解决，则无可避免要严重制约小微企业的发展壮大。这次斗门出台政策扶持中小微企业融资，将让民间创业创新的精神不死，投资的动力不灭。政府降低门槛，简化手续，让更多小微企业能够享受到优惠政策，斗门有望出现“既有皓月当空，也有满天星辰”的灿烂景观。

斗门的崛起还有很艰难的路要走，但我们相信，只要斗门强化自身优势，坚持创新发展、集聚发展、错位发展，重点突破基础设施、大型项目、高级人才等瓶颈，进一步改善发展的软硬环境，提升宜居城市的质量和水平，斗门就完全能在珠三角地区后来居上，成为珠江口西岸一颗耀眼的明珠。

27 坚持用好改革开放这“关键一招”

“改革不停顿，开放不止步。”12 月 7—11 日，中共中央总书记习近平在广东考察工作，从深圳、珠海到广州，习近平同志一路上强调指出：“改革开放是决定当代中国命运的关键一招。”

这一招，已被历史证明是神奇的一招，是我党历史上的一次伟大觉醒，孕育了新时期从理论到实践的伟大创造。30 多年前，党的十一届三中全会做出了把党和国家工作重心转移到经济建设上来、实行改革开放的战略决策，中国的命运、中华民族的命运、中国人民的命运发生了历史性的变化。经过 30 多年的努力，中国成功实现了从高度集中的计划经济体制到充满活力的社会主义市场经济体制、从封闭半封闭到全方位开放的伟大历史转折。中国已发展成为世界第二大经济体，中华民族不可逆转地走上了实现伟大复兴的光明大道。30 多年来的历史充分表明，没有改革开放，就没有当代中国的发展进步。实践证明，改革开放是当代中国发展进步的活力之源，是党和人民大踏步赶上时代前进步伐的重要法宝，是坚持和发展中国特色社会主义的必由之路。改革开放的方向和道路完全正确，停顿和倒退没有出路。在中国特色社会主义道路上，在现代化建设的全程中，必须始终贯穿改革开放，全面推进科学发展。

但改革开放的历程也并非总是一帆风顺。今年是小平同志南方谈话 20 周年。20 年前，中国改革开放和现代化建设的总设计师邓小平同志先后到武昌、深圳、珠海、上海等地视察，沿途发表了重要谈话。这次南方谈话的主题是改革开放。小平同志反复强调，改革就是要搞社会主义市场经济，党的基本路线要管一百年，动摇不得。他说，不坚持社会主义，不改革开放，不发展经济，不改善人民生活，只能是死路一条。

历史的发展总有其值得回味之处。如果说小平同志的南方谈话，重新凝聚起当时国内的改革力量，在中国重启改革开放的巨轮，并从此把

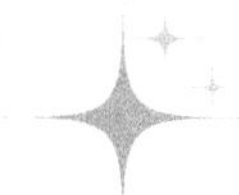

建立市场经济体制、推进政治文明和法治社会建设，当作中国改革坚定不移的目标，不再动摇，不再倒退，那么20年后的今天，习近平总书记沿着当年小平同志视察南方之路考察工作，表明了新一届中央领导集体坚持改革开放的坚强决心。习近平同志指出，“我们将坚定不移推进改革开放，奋力推进改革开放和现代化建设取得新进展、实现新突破、迈上新台阶”，向全党全国发出了凝聚力量、攻坚克难的动员令。

珠海是中国最早的一批经济特区之一，是改革开放的产物。一部珠海经济特区的历史就是中国改革开放的缩影，是改革开放造就了珠海的传奇和辉煌。作为改革开放的前沿阵地和小平同志南方谈话的重要发表地，珠海一向得改革开放风气之先。这次，习近平同志来珠海等地调研，现场回顾我国改革开放的历史进程，将改革开放继续向前推进，是对珠海改革开放事业的高度重视和极大鞭策，珠海将永远坚定地高举改革开放的旗帜，进一步深化改革、扩大开放，继续为中国的改革开放伟业“杀开一条血路”。

过去30多年，中国的快速发展靠的是改革开放这“关键一招”，如今，在新的起点上要全面建成小康社会，加快转变经济发展方式，让群众过上更好的生活，依然要靠这“关键一招”。坚持用好这“关键一招”，我们就能继续解放和发展社会生产力，破除一切妨碍科学发展的思想观念和体制机制障碍，为推进中国特色社会主义事业注入强大动力，实现“两个一百年”的奋斗目标，实现中华民族的伟大复兴。

28 “零增长”绝不是儿戏

最近，湾仔市场借改造升级之机擅自违法建设的情况被查处，相关责任人受到严肃处理。查处湾仔市场违法建筑案件，充分表明了市委、市政府在整治“两违”问题上铁面无私、铁的手段、铁的纪律的严肃态度：不管什么人在什么地方搞违法建筑、违法用地，都坚决清除；不管

哪个地区、哪个部门、哪些人在整治“两违”中失职渎职，都坚决惩办。勿对“两违”抱任何幻想，“零增长”绝非儿戏。

违法建筑、违法用地破坏城市科学规划，不仅侵占公共资源，影响城市形象，增加城市建设成本，同时还存在严重的安全隐患，影响正常的生活秩序和社会稳定。依法依规整治违法建筑、违法用地，已成为我市加强城乡规划、建设、管理工作，切实改善民生的当务之急，刻不容缓。“减存量、零增长”是市委、市政府对全市人民的庄严承诺，以为整治“两违”行动只是走走过场、刮一阵风，是绝对错误的，抱有这种糊涂观点的人注定会犯下大错。

实现“减存量、零增长”，就必须坚决捍卫法律的尊严。我市部分地区违法建筑、违法用地之所以泛滥成灾，湾仔市场改造中之所以有人敢违法加建，一个重要原因就在于城市建设规划的法律法规没有得到严格执行，从而使一些人心存侥幸，产生“花钱可以搞定一切”的错误判断。这种为攫取一己之私，无视法律法规，侵犯公众利益、破坏共有家园、祸及子孙后代、损害社会公共利益的严重违法行为，如果不及时整治，法律的威严何在？政府的公信力何在？人民群众的利益又何在？我市各相关执法部门要理直气壮地严格执法，发现一宗，查处一宗，拆除一宗，决不姑息，决不手软，决不迁就，决不让那些违建者违法获利成为惯例。尤其要重视源头堵截，把违建消灭在萌芽状态，要加大对违法建筑的巡查、督查力度，对违建早发现、早制止、早报告、早处理。必须摒弃违建罚款“合法化”的做法，让有违建念头者一开始便对法律敬畏，不敢越“雷池”半步，确保“零增长”。对情节严重、社会影响恶劣的个案，要坚决依法移交司法部门查处。

实现“减存量、零增长”，就必须做到“打铁还须自身硬”。湾仔市场改造中违法加建之所以未能及早制止，重要原因就在于少数政府工作人员、执法人员经不起金钱的考验，“拿了别人的手软”，从而不仅给工作带来极坏影响，也将自食其果。古人云，壁立千仞，无欲则刚。“吏不畏吾严而畏吾廉，民不服吾能而服吾公。公则民不敢慢，廉则吏不敢欺。公生明，廉生威。”这需要我们的领导干部在整治中既有勇有谋、身先士卒，又保持自身廉洁，铁面无私，以事实为依据，以法律为准绳，坚持做到公正执法，决不能因人执法、选择性执法。要把每一宗“两违”案件都办成经得起历史检验、经得起法律检验、经得起群众检验的铁案。

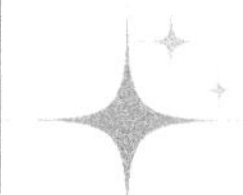

要将整治行动与“三打两建”和反腐败工作结合起来，顺藤摸瓜，坚决打掉“两违”背后的保护伞。要抓好队伍建设，对监管失职者要严加问责，对拆违工作中行政不作为、慢作为、乱作为、滥用职权等失职行为要严加查处，否则，法纪不答应，群众不答应，我们的整治行动也有可能前功尽弃。

当前，对声势浩大的“两违”整治行动，全市人民积极配合，行动首战告捷，实现了“减存量、零增长”的既定目标。我们为这份来之不易的成绩高声喝彩。但在总结成绩、再接再厉的同时，我们也要清醒地意识到，“两违”整治行动任重道远，形势依然严峻。湾仔市场违法建筑事件中暴露出的问题再次告诉我们，“两违”整治行动绝不能有丝毫松懈，全市广大干部群众要进一步认识到这次整治行动的重要意义，本着对珠海历史负责、对珠海未来负责的态度，坚决按照市委、市政府的部署，采取更加切实的措施将“减存量、零增长”进行到底，不达目的，决不收兵。

2013 年

❶ 迎接“双铁”时代

——写在广珠铁路正式运营和广珠城轨全线贯通之际

刚刚走进2013年的珠海，终于迎来了期盼已久的广珠铁路正式运营和广珠城轨全线贯通。

“火车一响，黄金万两。”珠海盼望列车已经很久很久。近代以来，珠海一直是重要的中西文化交流走廊。从这条走廊，走出了星河灿烂的历史名流，走出了多姿多彩的香山文化，走出了享誉中外的唐家湾，但这些真正是“走”出来的，不通公路，舟楫当车，可以遥想，当年的珠海人闯世界是何等的艰难。

改革开放以来，珠海一马当先，赢得世界瞩目。30年间，珠海发生了翻天覆地的变化，从一个边陲小镇发展成一个欣欣向荣的现代化海滨花园城市。但是，偏处一隅的交通末梢的处境极大地限制了珠海更大的发展空间。珠海人一直在奋力突破这种困境，机场有了，高速公路通了，珠海不再是心怀天下、寸步难移，只是现代主要交通方式的铁路长期不通，成为珠海人的一块心病。

广珠铁路开始运营，广珠城轨全线贯通，这不仅了却了珠海的夙愿，更为珠海加速鸣响了汽笛。如虎添翼，珠海从此进入以“双铁”为标志的新时期。

城轨通到拱北，拉近的首先是广州和珠海、澳门的地理距离和心理距离。作为华南最重要、最具影响力的城市，广州对珠海的发展将起到更强的辐射带动作用。澳门和广州的磁铁效应将更加凸显，如果珠海不做有效应对，大量的要素将更多地流向广州，或流向澳门。工作机会更多的广州，对珠海人才的吸引是否会进一步增大？娱乐因素更强的澳门，难道仅让珠海成为一条方便的通道？面对这样的挑战，珠海人，我们准备好了吗？

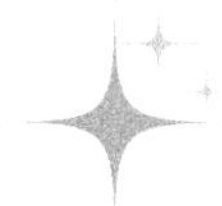

城轨通到拱北，连通更紧的是中山、江门和珠海，作为珠江西岸的3个兄弟城市，作为珠中江经济圈的3个伙伴城市，将共同发展。对于建设中的珠江口西岸核心城市的珠海来说，如何尽快成为名副其实的核心？如何更好地承担核心城市的功能？珠海要因势而变。面对这样的挑战，珠海人，我们准备好了吗？

城轨通到拱北，对珠海的产业尤其是服务业发展影响巨大，对珠海旅游尤其是吸引自由行游客是一个重大利好。客人来了，珠海能否接待？如何接待？市内有多处站点，这对于珠海的城市变迁，既是难得的机遇，也是艰难的考验。一个站点，往往带动一片区域的繁荣，城市空间的拓展势成必然。但若站点是在老区呢？能否避免乱上添乱？能否实现老城区的升级改造？面对这样的挑战，珠海人，我们准备好了吗？

迎接“双铁”时代，我们要做的的确有很多。要借力“双铁”，实现城市的腾飞，最关键的就是加快推动经济发展从要素驱动向创新驱动转变，强化珠海的城市竞争力；就是坚定不移地走建设生态文明的发展道路，更加注重保护环境，加快建设人口均衡型、资源节约型、环境友好型社会，实现生产发展、生态良好、生活富裕，强化珠海的城市吸引力；就是着眼珠中江、珠深穗、珠港澳乃至更广泛区域来谋划珠海发展，不断完善城市的综合功能，强化珠海的城市辐射力。

❷“万人评政府”要来真的

1月9日，2012年度珠海市“万人评政府”活动正式拉开序幕。在接下来的20多天时间里，将抽样调查1万多名群众、机关、企业、社会组织以及其他全市各个阶层的代表，对全市各类机关事业单位的工作做出评价。

“万人评政府”活动，曾是珠海的一个创举。发起这项活动的初始原因是要整顿机关作风，解决“门难进、脸难看、事难办”的问题。当时，活动的确起到了非常好的作用，也取得了非常好的成效。延续下来，现在，“门难进，脸难看”现象已有很大改观，“事难办”却仍时时让人心烦。所以，在新时期，不仅市民对“万人评政府”活动有更多的新期待，“万人评政府”活动本身也面临与时俱进的内在要求。

从了解到的情况看，这次活动的内容有所改进。一是项目增加了。此次测评共分服务态度、服务效率、服务质量、廉洁服务 4 个测评项目，其中，廉洁服务一项内容属新增项目，目的是强化群众对事业机关单位廉洁方面的监督。二是测评主体优化了。8 类测评主体共计 10581 个名额的分配为：市领导 35 名，区领导 13 名，机关代表 913 名，基层代表 1200 名，“两代表一委员”1020 名，社会组织代表 200 名，居民代表 3800 名，企业（含民营企业、国有企业及其他企业）代表 3400 名。市区领导和机关代表占比下降了，群众代表占比上升了，群众的发言权更大了。三是在考评结果的运用方面，单独出台了一个《珠海市机关事业单位年终考评结果运用办法》（以下简称《办法》），将考评结果与干部升迁挂钩。《办法》规定，对在考评中受到黄牌警告的领导班子和领导干部，要切实分析原因，进行整改。整改期间，班子成员一般不得提拔使用。对连续 3 年排名后 10% 的，单位主要领导干部可予以调整。虽然此次测评在选项设置上仍显粗放，测评规则有待进一步科学细化，但比较起来，毕竟有了明显的进步。

长期以来，由于机关作风存在这样那样的问题，近几年，珠海各级各部门都把机关作风建设放在工作的突出位置来抓。去年以来，珠海机关作风出现可喜的新变化，绝大多数政府单位的服务窗口或中午不休息，或窗口下班顺延半小时，只为方便群众办事。市机关作风办还组织 6 家机关单位，就如何加强和改进机关作风、不断提升人民群众满意度向社会做出公开承诺。据了解，这 6 家机关单位在去年开展的“万人评政府”活动中，分列具有社会服务职能的 3 个类别的末两位。当然，仍然有些政府部门服务意识淡薄。这些部门做决定、出政策，想的是扩大本部门的权限，方便本部门的管理，至于群众方不方便，不在他们的考虑之列，极少数工作人员甚至还想方设法给企业及群众办事设置障碍。“万人评政府”活动就是要给这些部门一记猛掌。

但为什么作风建设年年抓却年年存在问题？为什么明令禁止的不可为行为在机关偏偏有人为？一方面，是在有些机关干部的潜意识中，“立

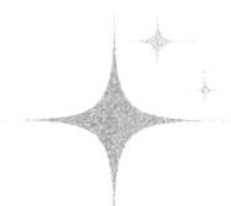

党为公，执政为民”的执政理念和“全心全意为人民服务”的宗旨意识不强，这部分机关干部明显缺乏自律意识。另一方面，是因为有些禁令要求太空泛、太没有约束力了，走过场、形式主义的痕迹比较明显。要真正转变机关作风特别是窗口单位的作风，政府部门应建立一套严格且行之有效的问责制度，奖惩分明，对那些马虎敷衍、责任心欠缺的工作人员，不能简单地批评教育几句就了事，而要有个“说法”。走群众路线，发动群众进行监督，除了一年一度的“万人评政府”活动，还应设立专门的投诉渠道，让广大市民参与监督。只有在干部任用方面让人民群众的评价占相当的“分值”，才能督促机关作风不断好转。

建设创新型机关、服务型政府，我们期待“万人评政府”活动发挥实实在在的功效。

③ 要更多关注城轨票价的背后

广珠城轨全线贯通，珠海从此进入以“双铁”为标志的新时期。但全线贯通兴奋期过后，珠海面临着新思考。

最面上的问题是广珠城轨的新票价。在广珠城轨开通至拱北之前，广州南站至珠海北站的二等座为36元，而一等座为44元。据此计算，广州南站至珠海北站的二等座和一等座现价都增长了50%～60%。

新票价高吗？据了解，新票价综合考虑了广珠城轨项目本身的运营和其他运输方式的经营。一方面，广珠城轨全线开通后，运营成本较高，公司全年的运输收入还不足以支付贷款的利息。广珠城际铁路项目建设投资、企业经营状况成为广珠城轨二次定价的重要因素。另一方面，广珠城轨全线开通后的新票价还要考虑其他运输方式的合理布局、公平竞争，票价低了，其他运输方式则难以生存。所以，广珠城轨票价与广深动车和高铁大致相同。这样的票价不免让一些把城轨当作地铁的人大失所望，认为新票价阻碍了人们的出行，妨碍了珠海与广州之间的便捷交

通，降低了城轨的效用。

确实，城轨通到拱北，极大地拉近了广州和珠海、澳门的地理距离和心理距离。作为华南最重要、最具影响力的城市，广州对珠海的发展将起到很强的辐射带动作用。对珠海而言，这是一件大好事。在这样的背景下，如果城轨票价高了，显然不利于广州、珠海两地的交流与合作。所以，从这个意义上讲，确立一个合理的票价水平，不仅对城轨公司吸引更多的客流有利，而且对珠海城市发展的助力更大。古人云，吃小亏占大便宜，就是这个道理。反之，若只是考虑某个企业、行业或部门的利益，受损的往往是城市的整体利益。

不过，这只是问题的表面。更深层次的问题在于，即便票价真的降下来一些，两地的联系更紧密、更便捷，珠海就真的可以实现利益最大化吗？

最近有学者指出，我国发展轨道交通的初衷在于人流与资金流的疏散，但事实可能恰好相反：随着轨道交通的推进，区域中心城市加上行政中心的地位，开始快速吸附周边地区的人流与资金流。而高铁沿线中小城市多数将成为高铁过道，远郊的、没有人气的高铁站成为高负债的象征。而当地由高铁、城轨连接的中小城市，如果幸运地拥有好政府、好智囊的话，将成为京都式的旅游城市、服务城市或者硅谷式的高新技术基地。这些城市只能以特色取胜，而不是以规模和基建取胜，否则，这些城市很快会吃苦头。

广州无疑是广东乃至华南、全国的中心城市，广珠城轨的贯通，将使广州的磁铁效应更加凸显，吸附能力更强。如果珠海不做有效应对，大量的要素或将更多地流向广州，或流向澳门。比如，人才有可能更偏向在广州工作，游客有可能更偏向奔赴澳门游玩。

要想避免这样的结果，我们就必须充分围绕城轨做文章，做大文章，掌握主动权。而最关键的就是要着眼珠中江、珠深穗、珠港澳乃至更广泛区域来谋划珠海发展，不断完善城市的综合功能，实现城市的腾飞，强化珠海的城市竞争力、吸引力、辐射力，让更多的资源流向珠海，在珠海生根、开花、结果。

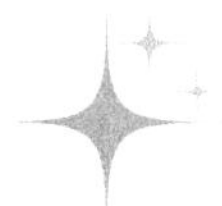

❹ 酒驾为祸猛于虎

又是一起令人惊心的酒驾悲剧。

27 日凌晨，珠海市港湾大道发生了一起惨烈的车祸。一辆本田飞度车高速行驶时，突然发生偏移，驶入非机动车道，撞上水泥墩后，车上三人当场死亡，一人受伤。司机涉嫌酒驾、超速等多项违法行为，这是我市近三年来首次特大交通事故。

死者诚可痛惜，相信伤者定会悔恨不已，然而为时已晚。事故再一次说明，虽然醉驾入刑已经实施一年多，交警部门亦在坚持打击酒驾、醉驾，而且从统计数据来看，相比以往，酒驾、醉驾造成的交通事故已大幅度降低，成绩可谓斐然，但是，仍有少数人漠视法律，缺乏安全意识，将生命当作儿戏，依然酒后驾车。

统计表明，驾驶员酒后驾车，发生事故的可能性是平时的 15 倍，30% 的道路交通事故是由酒后开车、醉酒驾车引起的。驾驶员死亡档案中有 59% 与酒后驾车有关。触目惊心的数字告诉我们，酒后驾车严重危害着交通安全，害人、害己、害社会。然而，生活中也有这样一些人，对酒驾的危害认识不够，以为耍小聪明躲过交警的检查就万事大吉，就可保驾车安全。直到今天，我们还经常听到一些车主无知地表示，自己喝了酒以后开车比平日更加顺畅，只要控制好速度，就不会发生危险。殊不知，在心里冒出这种荒唐念头的同时，死神可能已经在身边虎视眈眈了。

实际上，酒精比想象的还要可怕。饮酒后驾车，由于酒精的麻醉作用，可使视力暂时受损，视像不稳，对处于视野边缘的危险隐患难以发现，不能发现和正确领会交通信号、标志和标线，无法正确判断距离、速度，对光、声刺激反应时间延长，人的手、脚的触觉较平时迟钝，往往无法正常控制油门、刹车及方向盘；酒后易困倦或过于兴奋，在酒精

的刺激下，人有时会过高地估计自己，对周围人的劝告常不予理睬，往往干出一些力不从心的事。科学研究发现，驾驶员在没有饮酒的情况下行车，发现前方有危险情况，从视觉感知到踩制动器的动作中间的反应时间为0.75秒，饮酒后尚能驾车的情况下反应时间会减慢，同速行驶下的制动距离也会相应延长，这大大增加了出事的可能性。所以，饮酒驾车，特别是醉酒后驾车，对道路交通安全的危害十分严重。

现在，随着春节的来临，我国开始进入走亲访友、家庭聚会、相互宴请的高峰期，也进入酒驾的危险期。应当承认，春节期间，亲朋好友相聚，推杯换盏共叙友情、亲情、爱情本无可厚非，但部分驾驶员往往经不住美好的“祝酒词”的忽悠，挡不住亲朋好友“过年特殊，下不为例”的“温柔”劝说，经不住美酒的诱惑，在“春节可以破破例”的错误思想诱导中，放松对自己的要求，放松对酒后驾驶严重后果的警惕，端起酒杯，开怀畅饮，结果就有可能“乐极生悲”。轻则罚款、扣分乃至对个人的长远发展带来不利——根据现行酒驾和醉驾规定，经查属于酒驾者，参军、报考公务员甚至个人创业都会受到影响；重则家破人亡，给他人也给自己和家人带来极大的痛苦。

拒绝酒后驾驶，一方面需要交通民警在日常执法执勤中，加大对驾驶员的检查力度及各路段的巡逻密度，一旦发现酒后驾驶的，要按照有关规定从严处理，决不手软。另一方面，社会的监督也很重要。当你和有驾驶任务的司机朋友在一起时，一定要尽到朋友的责任，及时提醒和制止驾驶员饮酒。在日常出行乘车等活动中，如发现开车驾驶员存在饮酒行为，要制止其驾驶车辆，自觉拒绝乘坐其驾驶的车辆，并向交警部门举报。当然，最关键的是驾驶员的严格自律，在有驾车任务的情况下，要做到滴酒不沾，不逞强，不抱有侥幸心理，不找任何借口。

麻烦的是，有些驾驶员喝酒前对禁止酒驾的戒条牢记在心，喝酒之后，什么戒条都不顾了。所以，防止酒驾最简单的方法就是：要打算喝酒，就不要开车去。

珍惜生命，远离酒驾。

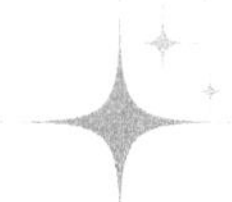

5 要让老百姓得到城市发展的实惠

2013年，又一个好消息让主城区的市民颇感欣慰：记者从香洲区八届人大四次会议上获悉，2013年，香洲区将为民办实事共十大项，投入资金约3.85亿元。

这十大实事确实办到了老百姓的心坎上：十大实事里的第一件大事、第二件大事都关乎教育。一是要新建3所学校。学位不足一直是香洲区的大难题，而子女教育又是老百姓家庭的头等大事。建学校，把学校办好，教育资源均衡化，让老百姓不再为子女上学发愁，这就解决了老百姓的一大忧虑，是真正的长远打算，值得为之大声喝彩。二是继续实施校园安全工程。安全第一，马虎不得，校园安全更是重中之重，学生安全了，家长、社会也就安心了。

十大实事还包括全面实施农贸市场改造提升工程，对24家农贸市场实施改造提升，改善农贸市场周边的市容环境。农贸市场是市民生活的必需，香洲区农贸市场有些已经完成改造，确实面貌焕然一新，但大部分农贸市场还是不尽如人意，环境的脏、乱、差很是让人不爽。还有些小区附近缺少农贸市场，居民生活很不方便。所以，除对已有的农贸市场改造提升外，建设新的农贸市场也要加快步伐。

其他实事还包括：计划投资1亿多元，继续对海滨泳场进行改造，打造城市新名片。

升级改造海滨泳场是许多珠海人的愿望。现有的海滨泳场实在是太落伍了，和珠海滨海城市的美名实不相称，和外地游客的美好憧憬反差太大，和海滨泳场应承担的旅游和文化功能距离太远。以前也总传出将其改造的消息，但结果总是雷声大、雨点小，规划做了一次又一次，改进却是小步再小步。这次，看情形是要动真格了，真心希望改造后的海滨泳场赏心悦目，成为名副其实的“城市客厅”。不过，会对水质进行改造吗？如果水质依然，海滨泳场不能游泳，难免会大煞风景呢。

所以，十大实事是否真的能办成，效果怎样，我们还要拭目以待。

总之，香洲区今年要办的十大实事为我市今年的工作开了个好头，树立了一个好的导向，这就是，我们改革，我们发展，目的只有一个，就是让老百姓过上更幸福的生活。所以，在我们推进“五位一体”建设时，总要让老百姓分享成果，感受实惠。否则，老百姓会问，你搞的那些花样和我们有关系吗？没有关系的话，你就自娱自乐吧。

6 成由勤俭破由奢
——一说厉行节约反对浪费

近日，习近平总书记做出重要批示，要求严格落实各项节约措施，坚决杜绝公款浪费现象，使厉行节约、反对浪费在全社会蔚然成风。在中纪委二次全会上，总书记进一步强调，要坚持勤俭办一切事业，坚决反对讲排场比阔气，坚决抵制享乐主义和奢靡之风，要大力弘扬中华民族勤俭节约的优秀传统，大力宣传节约光荣、浪费可耻的思想观念。习近平总书记的上述批示和讲话，充分展示了新一届中央领导集体从严治党、实干兴邦的坚定决心。

勤俭节约看似是日常生活中的小节，从我国今后发展来看却是大事。

近些年来，随着物质条件的丰富和人民生活水平的提高，社会上形成了一股奢侈浪费之风，并且这股风还越刮越猛。拿吃饭这件事来说，各大餐馆残肴满桌、弃羹盈桶的场面屡见不鲜。一桌公款吃喝 1 万～2 万元已很常见，有些著名的高档吃饭场所，人均“最低消费”少则 1000 元，多则 5000 元，十几二十种菜，常常是每一样蜻蜓点水吃了一点点，其余全部倒掉。这种“舌尖上的浪费”折射出的是奢侈思想和浮华的社会风气，因为请客者和被请客者都以吃饭价格来攀比，仿佛不花钱多一些、不吃贵一些，就是对客人的不尊重，自己也“没面子”。

尤其是官场上，少数领导干部讲排场比阔气、讲享受比消费、讲条

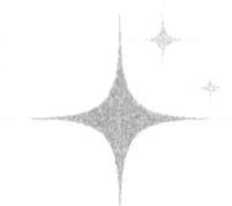

件比待遇。他们吃要山珍海味，住要楼堂会所，行要高档轿车，玩要烟花秀色。用公款或他人的私款抽名烟、喝名酒、戴名表、用名笔、拎名包、穿高档服装、用高档办公用品。他们认为现在国家发达了，吃点、喝点、玩点、用点，不过是“牛身上拔根毛”；认为侵吞公款是贪污，公款吃喝却能宽容，把各项规定抛诸脑后。“上有所好，下必甚焉”，浪费陋习一级一级传染下去，在社会上必定造成恶劣的影响。

大量触目惊心的事实无可辩驳地表明，浪费已成为我国一大普遍而又严重的社会问题。

然而，在随处可见的挥霍浪费背后，我们仍然存在同样严峻的另一事实。

——我国经济总量虽已位居世界第二，全年财政收入突破 11 万亿元，但人均 GDP 依旧在世界百名左右。

——我国还是世界农产品进口大国，油气人均剩余可采储量仅为世界平均水平的 6%；淡水资源人均占有量只有世界的 1/4，45 种矿产资源人均占有量不到世界的 50%。资源短缺问题，依然是制约我国可持续发展的瓶颈。

所以，尽管我们的综合国力大幅提升，人民的生活水平显著提高，但我国仍处于并将长期处于社会主义初级阶段这个最大的国情没有变。我国离发达国家差距很远，没有资格盲目骄傲，经济改革取得了一点成就，只不过像中华人民共和国成立初期毛主席警示的那样，这只是走完了万里长征的第一步。中国要实现小康，要赶超发达国家的生活水平，所走的路还很长，对此，我们务必保持清醒的头脑。“兴家犹如针挑土，败家好似浪淘沙”，对于人口多、底子薄的中国而言，我们决不能容忍各种奢侈浪费。

就算是将来真正富裕发达了，勤俭节约也决不能丢失。一方面，财力和资源的浪费无法挽回、不可弥补；另一方面，勤俭节约精神不是物质上的占有能够替代的，它是价值观念、人生追求和行为作风的体现。奢侈结出的恶果，不仅仅是物质的浪费，更是精神的颓废、意志的消沉和事业的衰败。古人说：“历览前贤国与家，成由勤俭破由奢。”中外历史朝代的兴亡中，这样的例子不胜枚举。

7 领导要当好节约的榜样

——再说厉行节约反对浪费

厉行勤俭节约，反对铺张浪费，贵在领导带头。

不要以为这是一件小事。每一个党员干部都要认识到，勤俭节约是我党弥足珍贵的传统，是建设国家的根本方针，是任何时候都不可丢弃的传家宝。只有反对铺张浪费，我党才能在改进工作作风、密切联系群众中，始终保持艰苦奋斗、昂扬向上的精神状态。

相反，奢侈浪费是滋生腐败的温床，是低级庸俗的诱因，是要弄特权的舞台，是伤害民心的利刃。奢侈浪费不仅严重破坏了资源，污染了环境，更像一堵无形的墙把党和人民群众隔开，损毁了党员干部的形象，破坏了党群干群关系，给党和国家事业造成严重的负面影响。奢侈浪费之风腐蚀了党员干部，败坏了党风政风和社会风气，人民群众对此深恶痛绝。

每一个党员干部还要认识到，现代社会中，坚持节俭，不仅是对文化的传承，也是在坚持一种低碳、绿色的生活方式，一种健康的、积极的生活态度。一个浪费盛行的国度，不可能培养真正的现代文明。回归朴素生活，对人的身心都有益处。

要从政府和民间双向发力，让“节约光荣、浪费可耻”的朴素理念成为社会价值共识。建立良好的社会生态，创造以贪腐奢侈、不劳而获、铺张浪费为耻的社会环境，使每一个社会个体自警自律，修身养德，把厉行勤俭节约、反对铺张浪费贯彻在实际工作和日常生活中，落实到具体行动上。

厉行勤俭节约，反对铺张浪费，必须坐言起行。要坚决按照廉洁、勤俭、务实的原则安排好各项活动，狠刹浪费之风，严禁用公款搞相互走访、相互送礼、相互宴请等拜年活动，节约各种不必要的开支，特别要禁止公款消费，狠刹乱发年终奖、人情卡、送礼卡等不正之风，提倡

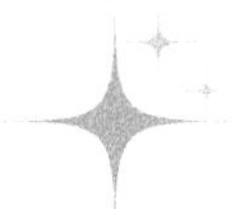

节约每一个铜板，支援和扶植贫困地区的发展和建设。

要提倡移风易俗、节俭过年的良好社会新风尚，每人节约 1 元钱，全国就节约 13 亿元。如果各单位和家庭都能过个节约年，全国仅春节就可节约一笔相当大的花销。

厉行勤俭节约，反对铺张浪费，各级领导要率先垂范，这比任何文件都有力量。“善禁者，先禁其身而后人。”在体制中，上行下效是传达信息的一条很重要的途径，上面做好表率，对下面具有很好的示范作用。

领导干部要坚决破除和摒弃陈旧的人情观、消费观和娱乐观，牢固树立艰苦奋斗的事业观、价值观和生活观，始终保持清正廉洁、勤俭朴素，争做艰苦奋斗、勤俭节约新风尚的传播者、示范者、实践者，关心群众生活，注重改善民生，真正把中央要求落到实处。不搞排场，不破标准，不超标配置，事事简朴，处处节约。如此一级做给一级看，一级跟着一级学，就会聚合崇俭抑奢的正能量。政风简，民风淳，必将对净化社会风气产生积极影响。

作风转变非朝夕之功，我们要做好长期战斗的准备。只有长期坚持下去、深化下去，积小胜为大胜，才能从根本上转变党风、政风和社会风气。

8 愿 12345 是连心的热线

从 3 月 1 日起，除 110、120 等报警和应急电话外，珠海其他政府服务热线将全部被整合到 12345 市民服务热线。今后，珠海市民遇到涉及政府公共管理、公共服务方面的咨询、求助、投诉和建议，只须拨打 12345 一个号码即可。

这当然是个很好的消息，确实是政府服务工作的一个进步。多年来，虽然市政府各部门和垂直部门已分别向社会公布并开通多条服务热线，方便市民咨询、投诉和举报，但是，也存在着政府部门服务热线太多，不方便市民记忆等问题。现在，只要记一个号码，找一个部门，避免了接电话部门的相互推诿，市民不用再为有事不知道找谁而犯难了。

但是，这也仅仅是第一步，也是最容易做到的一步。电话有人接固然好，关键是要能解决问题。在我们的生活中，并不乏这样的实例：接电话的人态度的确好，却就是不顶事，说的都是空话、废话，或只是一个劲儿地说“对不起”。12345能避免这样的尴尬吗？据了解，12345市民服务热线将设置63个话务座席，每天24小时为市民提供咨询服务。该服务热线全面开通后，将实行“集中接听登记、按职分转办理、定期反馈回访、应急指挥调度、信息汇总分析”的处理机制。市民拨打12345热线电话后，由12345话务座席统一接听市民来电，对咨询类问题，能依据知识库标准答案答复的，立即答复诉求人；对无法立即答复的咨询以及市民的申诉、举报，将登记受理后按照“谁主管谁负责”的职能管辖原则分转到相关职能部门处理。

而难办的就是相关职能部门处理。记得去年上半年，珠海市纪委监察局、市政府纠风办曾邀请部分媒体，对市政府职能部门咨询投诉电话接听情况进行暗访。结果显示，有些职能部门对外公布的咨询投诉电话“不给力”，要么无人接听，要么拨打不畅，要么接受咨询投诉推诿敷衍，没发挥应有的作用和功效。

热线电话形同虚设，12345就可以改变这种状态吗？不能太乐观，政府职能部门热线电话不热、投诉电话无效并不是什么新现象，甚至可以说久已有之，原因就是有些政府职能部门对咨询投诉电话不够重视。

在这些职能部门领导看来，打咨询投诉电话的，都是些普通群众。群众打咨询投诉电话，要么是求办事的，要么是找“麻烦”的，反正没“好事”。为了不给本部门、本领导添麻烦，还是少惹一些事为好，能避开则避开，能装傻则装傻，能推诿敷衍则尽量推诿敷衍，“耳不听为静”。

所以，12345要真的取得实效，真正成为政府和群众之间的连心线，就必须有监督、问责相关职能部门回答问题的权力，并适当运用这个权力，将各单位办理情况向社会公开。而市民也要有监督12345的权力，并且，12345的办理情况也要向社会公布。总的来讲，就是要建立一套机制，让群众对这些政府部门有效行使监督和评议，使群众满不满意真正成为政府部门考核能否通过和官员能否升迁的主要依据。

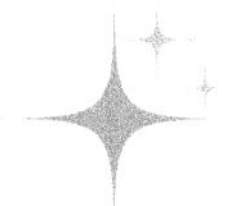

9 在良性互动中提升政府公信力

如今社会，在涉及公共利益的问题上，老百姓的参与意识、权利意识显著提高，是一个突出现象。当面对民众的多元诉求或舆论质疑时，各级政府如何回应，是漠视躲避，还是积极应对，已经成为衡量其执政水平、检验其执政理念的重要标杆。

近日，珠海市市政园林和林业局在这个问题上坦然表明了立场和态度。13日，该局召开通报会，通报了市公共自行车租赁系统营运、管理情况及改进措施。有市民认为，公共自行车租赁系统押金600元的收取标准偏高，尤其对低收入的家庭负担较重。珠海市市政园林和林业局尊重大多数市民的建议，计划将押金额度由现在的600元调整为300元。有市民认为，晚上8时后只能还车不能租车不方便。经商议，城建公共自行车公司决定增加服务人员和运营车辆，将租车时间调整为早上5点至晚上12点，还车时间为全天24小时。对其他群众反映的问题，该局也一一做出了实实在在的反馈。

珠海市市政园林和林业局的上述做法受到群众和舆论的普遍好评。这一方面是缘于其推出的改进措施相较于从前确实有益于老百姓。对比一些政府部门做决策、出措施时，只图管理的便利，而不管不顾群众的方便，市市政园林和林业局的上述做法可谓进步了许多。确实，珠海市公共自行车租赁系统自2012年12月20日首期开通试运行以来，总体情况良好，有些问题实属难免，有些也事出有因，当初的一些做法并非全无合理之处。若真的不想改进，也是能够找出理由来的，但该局真的就改进了。

另一方面，更进步、更能体现现代政府理念的是珠海市市政园林和林业局面向社会的主动表达和认真回应。民有所呼，我有所应，从倾听民众的诉求中改善治理，在回应舆论的质疑中寻求进步，实现政府与社会、市民之间的良性互动，市市政园林和林业局无疑为有关政府部门完善公共治理，加强和创新社会管理提供了一个现实的示范。

不少人常有这样的误解，以为政府工作没有听到质疑声，才算工作稳妥；以为政府部门掩盖了问题，才算治理有方。有些政府部门把自己关在一个“城堡”里，不与老百姓打交道。一些领导干部认为，现在有些问题复杂而专业，老百姓没有专业知识，因此没有必要问老百姓的意见。事实上，群众中有大智慧。一个社会有矛盾暴露，有冲突产生，有分歧出现，正是多元、多样的利益和价值在寻找渠道相互对话。这些政府部门的工作人员必须走出“城堡”，走到群众中去。我们要建立群众的利益表达机制，用法律制度保证把不同利益的博弈机制整合到政府的公共决策中来。在官民互动中，政府一方应采取积极负责的态度，比如征集议题、创造条件便于民众参与、及时通报互动情况等，把自身置于与互动方平等的地位。

一个听得见且听得进民众声音的政府乃民众的福祉。在百姓眼里，从善如流、知过即改，远比“一贯正确”更加可信、可敬、可亲。实践证明，大凡能够及时回应公众质疑、正确对待社情民意的政府，往往会在良性互动中提升公信力。市市政园林和林业局的实践再次告诉了我们这一点。

⑩ 环境也是生产力

最近，珠海再次成为舆论的热点。舆论对珠海赞誉有加。

这一次，缘于灰霾。据媒体报道，去年下半年以来，国内多个大型城市的 PM2.5 严重超标，受重度污染天气影响的人们开始寻找更为宜居的城市生活。一时间，多地居民纷纷前往珠海置业、就业、创业，珠海成为宜居宜业的一个洼地。

据市环境保护局统计，珠海市空气质量级别为优级的天数连续多年

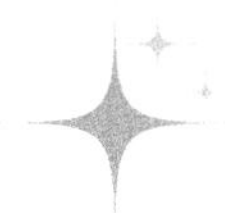

均在200天以上，其余天数质量均为良，全市环境质量持续保持全国领先水平。广东省气象局副局长、国内资深气象专家杨少杰曾表示，珠海灰霾天气情况良好，是省内情况最好、最宜居的城市之一。

确实，改革开放30多年来，珠海走了一条不一样的发展道路。珠海始终坚持生态优先发展理念，没有拼资源、拼环境、拼速度，坚持绿色发展，好字当头、又好又快发展经济，整座城市镶嵌在山海之间，碧水蓝天，海风白云，陆岛相拥，绿荫环绕，生态品牌已成为珠海最闪亮的城市品牌。现在，珠海是目前相对发达地区环境质量最好、土地开发强度最小、人口密度最合适、低端产业布局最少和社会最和谐平安的地方之一，拥有明显的后发优势和广阔的发展空间。

真可谓三十年河东，三十年河西。曾经，人们为追求事业发展、追求经济收益而奔向北、上、广、深；而现在，不少人为追求生命健康、追求生活质量又奔向珠海。

珠海的生态优势正在推动珠海的崛起，成为珠海新一轮大发展持续的环境红利。有专家指出，在经济社会转型期，珠海的生态环境基础和生态文明发展理念已经使城市、产业呈现出独特的“生态附加值”，必将增强珠海对人才、资金、技术的吸引力，尤其是吸引高端产业和高级人才落户，从而增强城市的魅力、实力和竞争力。

但在骄傲的同时，我们也必须看到，随着全国各地对生态建设的重视程度越来越高，投入越来越大，珠海在生态环境方面的优势地位并不稳固。我们的城市规划管理的精细化水平较低，城市风貌未能充分体现自然和文化特色，城市交通发展水平严重制约宜居水平的提升，生态环境面临产业发展的压力，城市绿化美化的品质还不高。

要保持珠海的环境优势，就必须进一步调整产业结构，确立大众新的价值观和生活方式，整体推进生态文化、生态经济、生态宜居、生态制度建设，引领生态文明建设新潮流。

我们要将环境资源作为社会经济发展的内在要素，将环境保护作为实现可持续发展的重要支柱，努力实现经济活动过程和结果的绿色化、生态化。

这样的话，珠海既养人，又养眼、养性、养心，人家来了，才会乐而忘返。

⑪ 抑恶扬善就在一念之间

“珠海一直都是个有爱的城市！珠海好人真多！”这几天，一个卖珠链的普通小贩马先生受到很多网友的赞扬。日前，马先生在珠海渔女边救起了一位落水女孩。网友说，卖珠链的大叔救完人上岸后，面对众人的夸赞，并没有流露出骄傲的表情，看到放在地上的珠链被人踩碎也毫无怨言，拿上自己的手机和货物，便默默独自离开现场。

救了人不计回报、不计损失，而是默默离开，这样的场面很容易让人想起孟子说的“恻隐之心”。孟子说：“恻隐之心，仁之端也；羞恶之心，义之端也；辞让之心，礼之端也；是非之心，智之端也。人之有是四端，犹其有四体也。”孟子又指出：“人皆有不忍人之心者。”马先生的行为不就是“恻隐之心”的体现吗？难怪马先生后来接受记者采访时很自然地认为，“我们珠海人个个都是好样的”。

正如有网友指出，关于马先生的这则消息所传递出的正能量让人感受到珠海之美，但马先生的这个判断未免太乐观了些。确实，就在马先生说这话的同时，另有极少数珠海人的行为却让我们汗颜。

“公共自行车快变成私有化了！”23 日下午，网友在新浪微博发布了一张图片。图片显示一辆公共自行车被人用铁链与编号为“4”的锁止器锁在一起。不少网友转发评论，多人质疑锁车人素质低。

而此前又有报道称，在碧涛花园小区门口，一夜之间，该站点 15 辆公共自行车前后轮胎全部被人捅破，无一幸免。据统计，3 个月来已有 156 辆公共自行车遭人为恶意破坏。

正能量和负能量，如此善恶分明，它再次清楚地告诉我们，建设幸福城市，不仅要砌高楼大厦、铺通衢大道，还要培育富有现代文明意识和公民道德责任的市民群体。尤其要以提倡奉献他人和修身律己为抓手，引导城市朝着“德城市”迈进，构筑城市的“道德高地”。

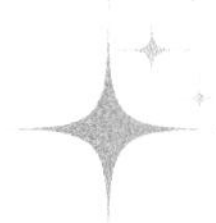

什么是道德？按照中国古人的说法，道德最核心的内涵就是仁和义。仁是什么？爱也。义是什么？责任和义务。所以，讲道德，归根结底也就是要求一个人奉献爱心，承担责任和义务。当前，时代在变，观念在变，在复杂的社会局面中，一些消极因素如个人至上、金钱万能、损人利己等思想时常影响人们的心灵，我们的周围固然有马先生这样无私救人的壮举，但也有划破公共自行车车胎这样的恶行。面对这种道德失衡，迫切需要在全社会进行爱的教育和奉献精神的倡导，提倡大家做好事、当好人。我们身边的这些好人在平凡中体现崇高，在普通中体现伟大，他们的最可贵之处便是心怀爱心。

什么是文明？文明的魅力在于细节。细节的文明靠教育，靠养成，根子上还是靠善心。当你推门时自然地为身后的人撑着门，当你在大街上时能热情地为别人指路，当你在得到别人哪怕是一点点帮助时都能回报一声“谢谢”，当你给别人带来哪怕是一丝丝麻烦时都能道一声“对不起”——这些文明的细节说到底依然是善心的自然流露。反之亦然。

古人云：“莫因善小而不为，莫因恶小而为之。”抑恶扬善就在一念之间。

⑫ 献爱心更要拓市场

近期，市有关单位发起了“团购一份白蕉海鲈、支持农户共渡难关”行动，我市白蕉海鲈销售陷入困境再次引起社会的关注。白蕉海鲈怎么啦？为什么白蕉海鲈总是摆脱不了每两年一轮回的低价“宿命”？除了献爱心，我们还能为养殖白蕉海鲈的渔户做些什么？

其实，白蕉海鲈在斗门的养殖历史不过30年左右，早年养殖面积小，那批养殖户赚到了不少钱。在“赚钱效应”的带动下，现在全市海鲈养殖面积已达2万亩，总产量达10万吨，白蕉海鲈产业成为珠海现代渔业中的优势重点产业，斗门还被评为“中国海鲈之乡”，白蕉海鲈成为珠海首个国家级地理标志保护产品。

但随着海鲈产量的扩大，市场的风险也变得越来越大。2009年，媒体就报道过部分品种的海鲈的销售渠道受阻，并称斗门区农业部门和水产品流通协会想方设法，通过引进水产品加工企业等形式，对海鲈进行深加工，这样既可以解决滞销问题，还可使加工过的海鲈“身价”倍增。然而，2012年，白蕉海鲈再次出现滞销，销售价格持续偏低。今年春天，白蕉海鲈收购价格又一次跌破成本价，销售一斤鱼几乎就要亏2.9元。卖鱼肯定亏，不卖，每天投入的饲料和电费都很高，而且鱼都长大了，不可能在那么高的密度下生存，不少养殖户因此左右为难。

幸好，市妇联发起了团购白蕉海鲈的活动，市渔业协会等单位向社会发出了团购的倡议，希望市民能以高于成本价的价格来购买，以帮助养殖户走出困境；幸好，斗门区农产品流通协会提出，计划将各个理事联合起来，以保底的价格收购即将上市的海鲈，平抑收购价，让养殖户“喘口气”。不过，这些都只是应急措施，可以缓一时，不可以图长远；救得了小部分养殖户，救不了一个产业；保得了不亏，保不住赚钱。

还要从根本上找原因。原因也就在那儿：供大于求。有人统计了一个数字：去年以来，白蕉海鲈养殖面积扩大了两三千亩，同时，亩产量也在提高，全年总产量提高至少9000吨。在产量增加的情况下，销售渠道却没有增加，主要是没有形成一个完善的产业链。比如，深加工企业寥寥无几，对白蕉海鲈的就地消化能力还不足，使得鱼只能以冰鲜的形式销往各地，附加值低，议价能力也弱，白蕉海鲈自然“烂市”了。

单打独斗的养殖户显然无力解决这个难题。这时，行业协会和政府就该承担责任，有所作为。政府部门应该及时沟通市场信息，对养殖户加强引导，对养殖产业做出规划，各种鱼类、虾类适量养殖，同时，努力把白蕉海鲈打造成像阳澄湖大闸蟹一样的品牌，引进更多的深加工企业，建立好销售网络。只要我们进一步打开市场，白蕉海鲈的前景依然十分明朗。

所以，爱心固然可贵，市场才是关键。

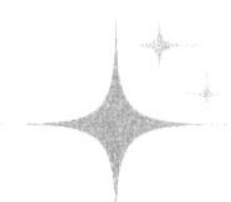

⑬“创文”就要为老百姓办实事

珠海为什么要矢志不渝、大张旗鼓地开展创建全国文明城市活动？“创文”不是为了一块“牌子”，而是要通过“创文”，实实在在地为珠海的老百姓办事。

老百姓是城市的主人，也是“创文”的主体，创建活动能否成功，关键是老百姓对这个活动是否热心，是否积极参与。如果我们的“创文”活动只在表面上搞得轰轰烈烈，尽是些劳民伤财的形式主义“花架子”，没有给老百姓带来一点实惠，老百姓就会觉得“创文”活动只是政府的事，只是一些部门的工作，和自身关系不大，这样的话，要老百姓支持、参与“创文”工作就比较难。反过来，如果我们通过“创文”，积极为群众办实事、办好事、解难事，切实解决好民生问题，尤其是解决好与群众生产生活密切相关的老大难问题，真正让市民感受到创建活动与自身生活质量提高息息相关，感受到创建活动带来的积极变化，做到“城市上水平，百姓得实惠”，就能充分调动广大市民群众参与文明城市创建的积极性、主动性和创造性，实现聚全民之智、举全市之力。心往一处想，劲往一处使，“创文”活动也就胜券在握了。

通过“创文”，为老百姓办实事，前提是要搞清楚老百姓究竟想什么，急什么，不能靠拍脑袋决策、想当然办事。要把群众呼声作为第一信号，以“让群众满意”作为“创文”的第一标准，积极畅通与群众的沟通渠道，认真听取群众的意见和要求。一个健全的社会，必然促进人的全面发展。为民“创文”，就是既要又好又快地发展经济，满足人们不断增长的物质需求，又要持续提升城市的人文品格，满足人们的精神需求。因此，必须以求真务实的作风从基础工作抓起，从难点、焦点抓起。要坚持硬件、软件一起抓，抓硬件以壮“筋骨”，抓软件以塑“灵魂”，抓社区以强“细胞”，实现城市从形象到内涵整体水平的提高。

珠海是一个新兴城市，历史短，底子薄，无论是物质生活，还是文化生活，各种设施欠账多。而老百姓对美好生活的期望十分强烈，希望有更高质量、更均衡的学校教育，更合理价格、更高水准的医疗体系，更顺畅、更安全的交通环境，更方便、更放心的市场和超市，更清新的空气和更美丽的山水，同时也希望有一流的文化馆、博物馆、展览馆和剧场。要实现“创文”，我们要做的事情还有很多，我们的任务非常繁重。

2012 年，我市新一轮创建全国文明城市活动取得突破性成果，获得了地级提名资格城市第 9 名，其中一个因素就是我们在全市开展了“万名干部进万家，创文宣讲齐参与”大走访活动，集中收集人民群众、社会各界对“创文”工作的意见和建议，掌握了真实可信的第一手资料。在这个基础上，我们有针对性地突出了道德城市建设这根主线，把志愿服务活动贯穿于创建工作的各方面、全过程；我们着力落实和解决了一批农贸市场的升级改造，增强人民群众的幸福感。2013 年，珠海创建全国文明城市活动已到攻坚阶段。“德行珠海”在行动，各项工作战犹酣。我们相信，只要抓紧了为老百姓办实事这个根本，“创文”必将给我们带来新的更大的惊喜。

14 反腐败重在预防

长期以来，工程领域一直是腐败现象的高发区，一些单位或部门甚至出现腐败者“前赴后继”的奇特状况。怎么办？仅仅靠事后惩罚显然不够，还要在预防方面下功夫。近日，珠海市纪委对 16 家在招投标、项目概预算等方面存在廉政风险的单位送达廉情预警告知书，提请相关单位加强廉政风险防范。同时，对政府投资重大项目开展廉情评估。珠海市纪委的这一重大探索在广东省乃至全国尚属首次，值得我们高度重视。

反腐败是个老话题。我党高度重视反腐败工作，反腐败工作取得了

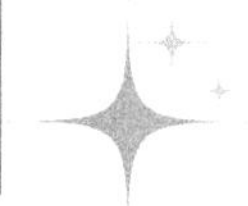

很大成绩。但当前一些领域消极腐败现象仍然易发多发，一些重大违纪违法案件影响恶劣，反腐败斗争形势依然严峻，人民群众还有许多不满意的地方。其中分析起来，原因很多。我们除了要继续加强廉政教育，加大对腐败分子的惩处，加强对廉政预防机制的建设将更加关键。廉政教育要解决的是不想腐败的问题，惩处腐败分子要解决的是不敢腐败的问题，而建设廉政预防机制要解决的则是不能腐败的问题。只有三管齐下，才能让手握权力者不想腐、不敢腐，也不能腐。

以往，常有贪腐者在事发后痛陈，自己当初也不想走腐败这条路，也想堂堂正正、平平安安过一辈子，只是后来行贿者看中了自己手中的权力，想方设法来打通关节，第一次送礼物，第二次送金钱，第三次送美色，次数一多，实在顶不住，于是就利用职权，钻制度的空子，损公肥私，终于铸下大错。俗话说，苍蝇不叮无缝的蛋。有缝，就难免引苍蝇来叮。这个缝，不光是指思想上的缝，更包括体制、机制上的缝。有缝不补，光靠觉悟，光靠惩处，作用有限。想当年朱元璋惩处贪腐不可谓不用力，甚至把贪官的人皮摆放在衙门口来恐吓后继者。后继者呢，读了那么多圣贤书，还是照样贪。对此，朱元璋百思不得其解，也无可奈何。其实原因很简单，那些官员有贪腐的机会和权力啊！

所以，要想把廉政建设向纵深推进，就要深化腐败问题多发领域和环节的改革，在预防机制上做文章，尤其要健全权力运行制约和监督体系，确保按照法定权限和程序行使权力，让权力在公开透明的环境中运行，把权力关进制度的笼子里。在这个意义上，珠海市纪委针对政府投资重大项目中可能存在的廉政风险，探索建立政府投资重大项目腐败风险预警机制和预防制度体系，便显示出特别的价值和意义。

据了解，珠海市纪委为积极探索反腐倡廉体制机制创新，主动借助高校“外脑”，与清华大学建立战略合作关系，并首先在政府投资工程建设领域开展有针对性的预防腐败研究。双方联合成立课题组，对珠海市2012年度政府投资的42个在建重大项目开展廉情评估。评估结果显示，部分招标文件存在问题，包括建设单位投资控制意识较差，编制的概预算水分较大，一些项目中标后增加造价的幅度近30%。真是不评估不知道，一评估吓一跳，这么大的漏洞不堵住怎么得了？从今年开始，珠海市纪委将研究建立政府投资重大项目廉情预警电子监察系统，对项目建设中的各个环节进行实时在线监控，力争做到及时发现和处理问题。这样做的目的，就是通过预警制度建设，最大限度地从源头上减少和治理腐败，也最大限度地保护一些官员不要因此跌入错误的深渊。

“山重水复疑无路，柳暗花明又一村。”将预防腐败工作由虚防转向实防，由被动防转向主动防，由漫无目标防转向重点定向防，珠海市纪委的廉情评估和预警制度建设为当下反腐败工作展示了一条新的可行路径，我们有理由对此怀有更大的期盼。

⑮ 多元传播更需主流声音

一条事实与出处都未经核实的信息，可以经由网络的关注、转发、评论等功能，成为以几何级数扩展的流言，严重误导大众，甚至引发群体性恐慌。日前，这荒诞的一幕在我市上演。12 日下午，市车管所前出现了缴款狂潮，大量车主因收到今后闯红灯要记分的消息前来排队缴纳罚款。交警部门对此表示，公安部 123 号令规定的闯红灯记 6 分早已在今年 1 月 1 日实施，车主排队缴罚款实无必要。

据了解，这些车主大多是通过微博或短信收到该条信息的。交警部门介绍说，去年年底也曾因 123 号令即将实施出现过车主排队缴纳罚款的情况，也是车主们误信了网络上的传言。荒诞剧再次重演，让人啼笑皆非。幸好，经过本报的权威发布后，情况迅速恢复正常。

有人说，我们现在已经进入一个自媒体时代。人人都有麦克风，人人都是记者，人人都是新闻传播者。从论坛、社区到博客，再到微博、微信，媒体变得越来越个性化、个人化。自媒体凭借其全民性、便利性、交互性、自主性的特征，不断地介入突发事件、民生事件、公共领域的传播，在传统媒体之外，形成了另一个舆论场，使得草根话语在网络上蓬勃发展，这的确有助于表达自我声音、信息公开、民主参与和促进热点问题的解决。在一定程度上，它代表了媒体未来的方向。

但网络表达的便捷以及信息传播的低门槛化，同时也暴露出这一巨

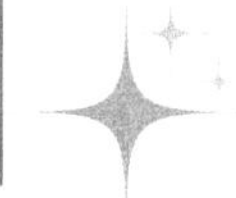

大公共舆论平台所存在的缺陷，其中之一就是给各种传言、谣言的爆发性扩散和渲染提供了便利。去年年底，赵本山两度“被死亡”等事件，正是源于微博的疯传和网友的过度关注，这样的例子屡见不鲜。谣言虽不是自媒体的主流，但其危害也不容小视。“碘盐防辐射”的谣言，不就曾在短时间内引发抢购风潮吗？

新闻界前辈郭超人曾这样形容记者：笔下有财产万千，笔下有毁誉忠奸，笔下有是非曲直，笔下有人命关天。自媒体的发布者可以说在不同程度上有着与记者相似的影响。键盘与手机上的转发键，有可能传递正能量，也有可能于不经意间传播虚假信息，如同手中的“核按钮”，传播不可不慎。我们的立法机构、司法机关、互联网管理部门也要针对这项新生事物完善法规，加强监管。

更重要的是，在全民记者的今天，主流媒体绝不能缺席。越是声音多元、舆情复杂，越需要主流媒体作为中流砥柱；越是信息泛滥、真假难辨，受众越需要权威性的声音。主流媒体的职业精神、专业水平、自律意识，使得主流媒体依然有着无可替代的公信力。无论是对新闻事实的深度解读能力，还是对新闻事件的追踪报道能力，主流媒体都远超自媒体。一些主流媒体在挑战中不断创新，积极应对，将自媒体带来的压力变为自身发展的动力，包括本报在内的许多主流媒体都积极经营自己的网站，截取精华内容上网，进行二次传播，并开设官方微博加强与受众之间的交流互动，从而搭建起一个没有屏障的信息交流平台。国家有关调查显示，当前，网民最信任的还是以报纸、广播电视为首的主流媒体。

谣言止于智者。一方面，当谣言袭来时，作为“被造谣”的主体之一，各级党政机关和社会团体应及时发布信息，回应热点疑点，说明真实情况，使谣言止于公开透明。另一方面，要主动依靠主流媒体的权威性、可信性，第一时间还原真相，填补舆论空间。主流媒体要更积极主动、更快、更敏感，以“关键时刻我在现场”的精神，报道事实，通过公开、公正、权威的评论和分析，帮助每一位公民成为“智者”。这样，自媒体的“谣言危害”才能得到有效控制，广大群众才能免受谣言愚弄。

少一点冲动偏激，少一点轻信盲从，多一些独立思考，多一些理性判断，多一些倾听主流的声音，是我们时代的需要。

16 建设心灵层面的美丽珠海

——“德行珠海”纵横谈之一

城市的崛起需要扎实有力的道德支撑。从2013年起，“德行珠海”公民道德建设行动在珠海蔚然兴起。从家庭到社会，从干部到居民，从现实到网络，从课堂到实践，从广东到北京，“德行珠海”引起了越来越多的响应和关注。不少专家将“德行珠海”作为道德城市建设的重要样本加以研究，认为这项行动具有重要的理论和实践意义，其中的创新举措，必将成为各地精神文明建设和道德城市建设的有用借鉴。的确，“德行珠海”体现了珠海对道德城市建设的清醒认识和自觉行动，很多方面都值得我们认真思考。

说起讲道德，许多人一听就皱起眉头，觉得假、大、空，但又承认道德风尚良好是文明城市的基本标志，又痛心道德的失落是我们的时代危机，又渴盼一个道德纯净的生活环境。历史发展到现在，我们已明白，一个城市的发展光靠招商引资，发展经济，建大楼，修马路，是不够的。发展生产力固然非常重要，但是绝对不能没有文化和道德。十年树木，百年树人。建一个大楼很容易，但是建一个道德的大厦非常难；建一个城市不容易，建一个道德城市更难。“德行珠海”的目的就是要将珠海打造成道德之城，建成精神文明水平处于全国领先地位的道德城市。我们要像抓经济指标那样，把道德建设作为城市发展，甚至作为考核干部业绩的硬指标。这方面，我们务必要有深刻的远见、高度的责任感、严肃而务实的作风。

特别要明了的是，道德建设也是民生建设，特别是经济发展和物质文明发展到一定水平以后，精神文明和思想道德对人们的需要、人民的幸福来说就更加重要，更加急迫。从最根本的意义上讲，道德建设实际上是要美化人们的心灵空间，完善人们的精神生活。近代以来，生存的需求成为优势需求，中国人的心灵空间被严重压缩。当前，心理问题成

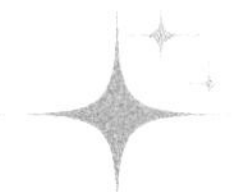

为我们时代的一个突出问题，焦虑、心理失衡、信任危机、人际关系紧张、孤独感来袭、安全感缺乏之感，给许多人造成了普遍的压力。压力来自物质生活，也来自精神层面。一些人戏说现在的人是“瘦猪哼哼，肥猪也哼哼”。而道德建设就是要给人以意义感，使你心态平和，积极向上，有追求，成为有独立人格、高尚品格的人。自尊自爱，不苟且；尊重别人，不霸道；爱护环境，不掠夺。

人们都说，珠海是宜居之城，所指的更多是珠海清新的空气、美丽的风光、适宜的气候和适中的人口，心灵层面的宜居说得较少。但心灵不能安顿的地方，肉体又如何栖息？真正的环境宜居城市，应该是既养人、养眼，又养性、养心的城市。如果说城市的建筑、街道、景观是“形”，表现了城市外在的风貌气度，那么文化内涵和道德情怀就是城市的“神”，展示了一个城市独有的内在品格和气质。一座城市只有形神兼备，浑然一体，才能保持永不衰竭的魅力。所以说到底，“德行珠海”公民道德建设行动，就是要我们在心灵的维度建设美丽珠海，同时也为实现一个心灵层面的“美丽中国”贡献正能量。

17 道德也是生产力
——“德行珠海”纵横谈之二

“德行珠海”公民道德建设行动计划中，有一句话十分点题：做道德就是做发展。用道德建设推动珠海科学发展是珠海道德城市建设的重要内涵。

城市发展有其特定规律。城市的产生是社会发展到一定阶段的产物，其最早定位是政治功能。随着经济的发展，城市的功能主要是产业的经济功能。但是到了后工业时代，城市功能有了新的转型，这个转型就是它的文化功能在加强。现在我们常说，文化是一个城市的灵魂，城市发展最终以文化论输赢。远的例子不提，就拿珠三角地区和长三角地区的竞争来说，后者之所以赶超劲头正猛，大有后来居上之势，其强大的文化实力无疑是一个决定性的因素。

而道德又是文化的内核。一谈到道德，人们往往觉得它偏虚、偏软，甚至觉得它是一种束缚。其实不是这样的，作为城市发展的一个软环境，道德城市建设可以提升城市的综合竞争力，为城市的经济发展提供公正、廉明的法治环境，规范有序的管理环境，和谐向上的社会文化环境，无贪污腐败之风，无不良奸诈之习，人人诚实守信，人与自然、人与社会和谐发展。有了这些正能量，一个城市想不发展都难。所以，道德是我们现代社会发展中另一只“看不见的手”，增加动力，减少阻力，形成合力，其实就是为城市发展增加一个新动力。

反之，目前在我国许多城市的发展过程中，经济发展与道德发展不同步的现象日益严重，表现在短时期内生产力提高了，GDP 上去了，人们富裕了，但违法行为泛滥成灾，群众的幸福感不强。人没有道德信念，社会缺少正能量，经济发展与道德建设一腿长一腿短，这样的发展是不可持续的，迟早会受到道德的惩罚。

珠海是中国最早的经济特区之一。在它的发展过程中，珠海一直保持着自身的特色。当初，我们宁愿牺牲 GDP 的增长，也要守住珠海的蓝天白云、青山绿水。现在，生态品牌已成为珠海的最大优势之一，环境转化成了生产力。当前，珠海面临着新一轮跨越发展的历史机遇，正阔步走在建设生态文明，推进科学发展，共建共享美丽城市、美好生活的康庄大道上。珠海顺应城市发展的转型，在重视自然生态建设的同时，加强人的精神生态的建设，反映了我们对城市发展规律的新认识。我们相信，“德行珠海”，打造道德之城，构筑道德高地，建设道德城市，必将对推动珠海转型发展、超越发展，尤其是可持续发展产生不可或缺的作用，成为珠海的新优势所在。

道德也是生产力。

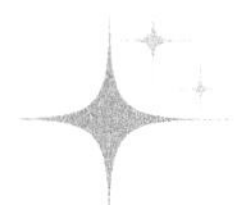

⑱ 行动，才有力量

——“德行珠海”纵横谈之三

“德行珠海”的关键词是“行”，道德的力量在于行动，把珠海建成道德城市，靠的还是行动。

但难也难在“行”上。历史上有许多大人物、名流都喜欢讲道德，讲得头头是道，不仅感动了别人，还感动了自己，然而做的却是另一套。“无事袖手谈心性，临危一死报君王”，有心无力，算是好的，最让人厌恶的是满嘴的仁义道德、满肚的男盗女娼的伪君子。难怪世间有“宁要真小人，不要伪君子”之说，这并不是讲“真小人”就值得提倡，而是说道德不光是知的问题，更大程度上是行的问题。知而不行不是真知，祸害很大，使人丧失了对道德的尊敬。只有知行合一，方是正道。

行，也不仅仅针对老百姓，首先要行动的是政府部门。我们的目标是建设道德城市，但是不能就道德而道德，当前社会不同程度的诚信缺失、信念淡漠、人生价值观扭曲、是非善恶界限混淆，以及见利忘义等道德滑坡现象的背后，都有其复杂的深层原因。正确的道德教化，唯有触及现实，才会为人们所接受和认同。作为城市管理者，首先应改善民生。孟子说，“衣食足而知礼义”。市民生存方面的焦虑减少了，讲道德才能入耳、入心。其次要重视制度对道德的维护作用，为市民落实良好的道德行为创造条件，防止制度不合理导致讲道德的代价过大，在现实生活中市民想道德而不能道德。尤其要发挥好法律对恶德的惩治作用，法律制度越有效，道德越有尊严。

行，更关键的是官员。道德的提倡者必须成为践行者，各级领导干部更要率先做出榜样，本身就要在道德建设中硬起来。领导干部的言行，是群众的一面镜子。领导干部是扑下身子、身体力行，还是口头说说就算了；是严于律己、宽以待人，还是“拿手电筒光照别人”，这都在影响着群众。不能这边大讲道德建设，那边领导不断出问题，大吃大喝，奢

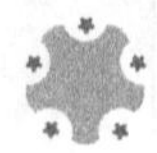

侈消费，贪污腐败，这就是缺了大德。在这种情况下，官员还如何能够按照一个正常的道德标准约束他人？上行下效，少数群众的自私自利也就很难纠正了。

当然，在道德城市的建设中，群众是主体，我们所有的市民都是主人，都不能只当历史的看客。与其站在旁边指手画脚，不如亲身参与到道德建设活动中，发掘一些力所能及的实事，为每一点成绩而欣喜，为每一项进步而鼓舞。哪怕是对他人发出一个灿烂的微笑、一声亲切的问候，也是我们道德城市建设的一份正能量。从我做起，从身边做起，从小事做起，如此，何愁道德的大厦建不起来？

19 还是要大抓项目

相当长一段时间以来，经济实力不够强大成为珠海一大隐痛，在珠中江经济圈中，中山、江门的地区生产总值均超过了珠海。虽然我们反对唯地区生产总值论，虽然地区生产总值只是衡量一个地区经济实力的诸多指标之一，但经济总量偏小，经济增速不高，的确严重限制了珠海对周边城市的辐射带动作用，影响到珠海与其他地区，包括与港澳地区的合作层次。珠海城市自身的内生动力和良性循环也受到制约。总而言之，珠海要成为广东新的经济增长极，必须加快经济发展速度，尽快壮大经济实力。

决定性的环节就是要大抓项目。项目是发展的抓手，是发展思路的具体化。有了好项目，向上争取资金就有了依据，民间投资就有了方向，外商投资就有了载体。同时，抓好项目也是调整优化产业结构的有效途径，通过项目实施，我们就能够加快构建现代产业体系。这几年来，珠海上马了不少项目，当前尤其要重点加快交通基础设施项目建设、高端产业项目建设、园区配套设施建设、城市更新和环境宜居项目建设，在这方面，我们还有很多潜力可挖，我们还应听到更多的项目开工、竣工、

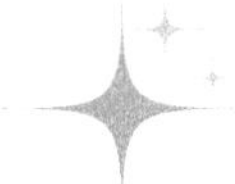

投产、增资的喜讯。

在项目建设上，我们固然要加大招商选资的力度，争取更多的大型央企、外企及总部企业落户珠海，同时也要充分重视培养本土企业，特别要扶持本土小微企业。纵观珠海经济发展的历史，本土成长的企业如格力、华发、金山、汉胜依然是珠海经济的骨干，是珠海闪亮的工业名片。而远光、魅族等如今声名赫赫的明星企业也是在珠海一步步成长起来的。想当年，阿里巴巴在杭州不也是一棵“小苗”吗？现在，珠海也有不少成长性强的企业，假以时日，说不定就是一棵“参天大树”。当然，引进企业巨头效果快，而培养本土小微企业则需要耐性，要实实在在地帮助他们解决融资难、投资难、创新难、用地难、招工难等实际困难，不过，艰苦中往往孕育着光明的未来。

大抓项目，政府很重要。在当前政府主导的市场经济大格局中，政府或官员的态度、水平、服务就可能决定一个项目的兴衰成败。不管是不是政府投资的项目，政府都有义务创造高效廉洁的政务环境、环境优美的宜居环境、崇商重企的营商环境、平安和谐的社会环境、依法治市的法治环境，让大大小小的投资者、创业者都一样动心、放心、开心。只要是通过论证看准了的项目，政府官员都要有责任感和紧迫感，要按照能快则快的要求，抓紧启动没有启动的项目，尽早开工建设；对于已有规划却还没有上报的项目，要抓紧上报，抓紧审批，抓紧实施；对于已经开工的项目，要争分夺秒，争取早见成效。

20 环境质量还要再进一步

这真是一个令人高兴的好消息：近日，环保部下属的中国环境监测总站发布了2013年4月全国74个城市的空气质量状况报告。报告显示，4月，珠海空气质量综合指数全国排名第六，空气质量优良率远高于全国平均值。

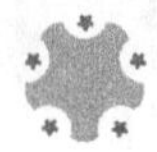

来自省、市的检测也证明了上述报告的可靠性。据市环境保护局统计，珠海市空气质量级别为优级的天数连续多年都在200天以上，其余天数空气质量级别都为良，全市环境质量持续保持全国领先水平。曾有广东省资深气象专家表示，珠海灰霾天气情况良好，是省内最宜居的城市之一。

宜居成为珠海最闪亮的金字招牌，以至于前一段时间有媒体报道，去年下半年以来，国内多个大型城市的PM2.5严重超标，受重度污染天气影响的人们开始寻找更为健康幸福的城市生活。一时间，多地居民纷纷前往珠海置业、就业、创业。

确实，珠海整座城市镶嵌在山海之间，陆岛相拥。建市30多年来，珠海始终坚持科学规划、从容建设，没有拼资源、拼环境、拼速度，坚持绿色发展，好字当头、又好又快发展经济，现在依然碧水蓝天，海风白云，绿荫环绕。把珠海和全国其他城市包括周边城市相比，一个突出的感觉就是，从其他城市到珠海，扑面而来的是清新、宜人和美丽。有专家指出，环境红利已经使珠海呈现出独特的“生态附加值”，必将增强珠海对人才、资金、技术的吸引力。珠海正以建设“生态文明新特区、科学发展示范市”为统揽，加强提升环境保护工作，力争在三年内实现生态文明示范市创建目标，打造华南地区“美丽中国”样板城市。这样持续地、坚定地走生态文明的道路，珠海可谓别具风骚。

然而，这只是说，珠海创建生态文明示范市有着非常好的生态环境基础，我们必须看到，随着人口的增加、工业的扩张，珠海也开始不同程度地染上“大城市病”，其中之一就是灰霾，这已逐渐为珠海人所熟悉。见多了灰霾，说明珠海在生态环境方面所承受的压力更大。何况，我们还应该清醒地意识到，生态文明示范市的建设相对于我们既往的生态环保工作，其内涵更加丰富，领域更加宽泛，目标、任务也更加严格，标准更高。

怎么办？既不能为了生态保护而反对经济发展，又不能为了经济发展而破坏环境。这就必须进一步调整产业结构，通过创新驱动，提高发展的质量和层次，提倡健康合理的生活方式和消费模式，比如要减缓灰霾现象，最根本的是要减少排放，特别是减少机动车的排放，以减少大气中颗粒物的形成。而要减少机动车的排放，一是要大力发展公共交通，及早构建便捷舒适的公共交通网络；二是要提高机动车的排放标准，杜

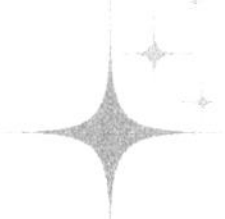

绝黑烟车上路，大量使用新能源车；三是要倡导绿色环保的出行方式，如步行、骑自行车等。

总之，只有通过一系列高效务实有力的举措，在规划、制度、考核等方面强化保障，我们才能百尺竿头，更进一步，实现环境宜居，能与欧美先进国家相媲美。

21 要关心 12345 热线大热的背后

在珠海，原先并不被人看好的 12345 热线成了真正的热线。据媒体报道，开通仅半年的 12345 热线，截至今年 5 月底，已经接听市民咨询、建议、投诉和举报电话 79703 个，平均每天就有 866 人次享受热线服务。热线的接通率和按时回复率达到 100%。

12345 的开通缘于以往有些政府部门所设热线沦为摆设：要么无人接听，要么拨打不畅，要么在接受咨询投诉时推诿敷衍，没发挥应有的作用和功效。况且，服务热线太多，不方便市民记忆，跨部门问题难以协调，缺乏统一的管理机制和服务标准，导致热线不热。

12345 则不然，除 110、120 等报警和应急电话外，12345 市民服务热线把珠海其他政府服务热线全部整合为一。珠海市民如有涉及政府公共管理、公共服务方面的咨询、求助、投诉和建议的需要，只须拨打 12345 一个号码即可。热线共开通了 63 个话务座席，提供 24 小时接听服务。把方便留给市民是 12345 赢得市民认可的第一步。

但这并不是最重要的一步。如果解决不了问题，再好记的号码也是白搭；如果接电话的人态度再好，说的却是空话、废话，或只是一个劲儿地说“对不起”，热线电话也热不长久。从目前来看，12345 热线电话没有重复这种尴尬局面。原因是 12345 热线规定，每个政府部门都指定专项工作分管领导和工作人员与热线业务对接，当市民打来执法举报电话时，热线管理中心直接调度相关部门执法人员前往现场执法检查，保证执法时效性。市民如有投诉，内容由话务员记录并按职能部门转办，最长回复时间不超过15个工作日，承办部门在接到转办后在24小时之内将承办部门、承办人、咨询电话告知投诉人。程序明晰、责任明确是12345赢得市民认可的重要一步。

但这依然不是最重要的一步。责任再明确，没有问责手段，责任意识难免淡化，有责任近乎无责任。12345热线设立了监察保障，市监察局在热线的运行过程中利用行政效能监察系统和电子监察系统，根据不同的时间节点和工作任务，对执法效果、回复时效等工作进行监察和督办。借助市纪委监察系统的权威和威慑力，许多部门确实不敢对热线电话掉以轻心。所以，树立权威，利用现代科技手段确保责任落实是12345赢得市民认可的最重要一步。

但12345热线电话还有更关键的一步要走。12345要打造成珠海特色、代表珠海的形象，真正成为政府和群众之间的连心线，就必须在树立自身监督、问责的权威外，更广泛地发动群众，依靠群众，通过市民监督12345的办理质量，监督相关职能部门回答热线电话的诉求，让市民用电话来打分并予以公布，把自上而下的监督与自下而上的监督结合起来。如此，想敷衍12345热线电话的人或许就要警惕了。

12345热线电话只是个开端，究其大热的背后，其把方便留给市民、程序明晰、责任明确、权威问责、民众参与、运用科技这几条经验对“转作风、提效能”活动有启发作用。

22 推动一个多赢格局的形成

——从“城市之心”改造项目说开去

备受关注的珠海“城市之心”改造项目有了令人舒心的最新进展：据悉，“城市之心”项目一期A区的建设以保留国贸主楼、珠海百货及免税等商业主体建筑为前提，按照规划设计方案先行建设10万平方米的商业建筑，以供3家商场周转过渡，再对商业主体建筑进行清拆改造。

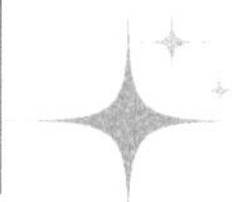

这样的结局让政府、业主、商家都感到满意。商家认为这一决策考虑到企业的实际情况，比较人性化，“先建设后搬迁”使得商场经营的连续性得到保障。业主也表示：原来很担心装修以及前期投入打了水漂，现在放心了。政府则赢得了人心，减少了项目推进的障碍。如此，多赢的结局也告诉我们在市场经济中如何去承认多元利益，尊重多元利益，兼顾多元利益。

其实，“城市之心”改造项目并不是新设想，几年前就提出来了。现在，经过调整完善的“城市之心”改造项目包括：海滨路将整体下穿，景山路部分下穿，九洲城、免税广场一带将以步行广场形式直接连到海滨公园，届时将形成山、海、城相连，5万平方米独具商业旅游特色的城市开放空间。

实事求是地说，“城市之心”改造项目有利于整体提升珠海市的城市形象，提高珠海市民休闲购物的环境品质，是实现珠海产业转型升级、发展高端现代服务业的重要举措。吉大国贸、免税及珠海百货商圈建于20世纪80年代改革开放初期，随着时间的推移，该商圈渐渐显露出规划布局不合理、建设设计标准落伍、配套设施落后残旧、交通流线组织不畅通等诸多不足之处，改造后将有利于改善商圈的营商环境，让商圈再造辉煌。从长期利益看，对商家也是大好事，所以在“城市之心”改造项目前期工作中，国贸、免税、珠海百货的商家都纷纷表示支持项目开发建设，并出谋划策，提出许多建议，积极主动配合做好各项工作。只是，此前有商家担心，如果项目实行“大拆大建”，短期会对经营不利，损失较大，因而表现出强烈的担忧。

无论是支持还是担心，各方都有自己的道理。城市规划作为政府公共职能的一个部分，应该充分体现公共性，其价值取向应该是公共利益的最大化。政府无疑做到了这一点。但在市场经济中，个人、企业和政府都会追求自己的利益，在各自的运转环境中，实际上都处于博弈状态，各自都是在现实生活环境中的博弈一方，冲突和矛盾亦是难免。矛盾出现后，该怎么办？

在市场经济发展的过程中，只要是在现行的法律法规框架之内，多元利益进行博弈完全是正当的。要想维护社会公平、正义，一方面，政府即便确实代表社会全体利益或者长远利益，也不能再像传统社会那样无视另外一部分人，哪怕是少数人的眼前利益；另一方面，如果部分市

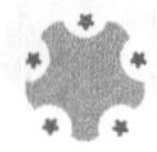

民只顾自己的利益，而不管广大市民的公共利益，不支持有利于广大市民的公共建设，甚至采取不合程序维权的做法，同样不可取。在平等和尊重各方利益的前提下，按照参与、理性、协商、法治的原则解决彼此之间的利益冲突，这才是我们应有的选择。

如此形成的政策才有可能是多赢的。多赢的政策才容易得到贯彻执行，才能解决问题。

23 如何才能转作风提效能

近段时间，“转作风、提效能”成为全市的一个热点话题。珠海特区报推出的暗访政府办事窗口效率的报道亦引起社会的广泛关注。从暗访的情况看，办事窗口效率并不能完全令人满意，有的工作人员对市民咨询爱理不理，有的部门办理事项时间过长。这些或许只是偶发现象，但窥一斑而知全貌，这起码说明改善珠海政务环境和政风行风建设仍然存在较大的空间，“转作风、提效能”是一项非常迫切的工作。对珠海机关作风的现状，有的人说，现在是门好进了，脸好看了，但事情有时依然不好办。其实，脸好不好看并不重要，关键是要好办事。就算你总是笑靥如花，办不成事又有什么用？在去年机关事业单位年终考核中，许多群众认为还存在窗口单位服务意识和便民措施没有真正到位、工作纪律执行不严、工作方法简单等问题。总而言之，老百姓找有些政府部门办个事并不容易。

为什么不容易呢？首先，有些部门和干部服务意识不够强，总觉得我是政府部门，我是官，我是管理、审批你们的。这些部门做决定、出政策，想的是扩大本部门的权限，方便本部门的管理，至于群众方不方便，不在他们的考虑之列，甚至还想方设法给企业及群众办事设置障碍。对这类人，关键是要让他们摆正心态、端正态度，真正做到想群众之所想，急群众之所急。这方面，好的措施也有，如政府部门窗口单位下班

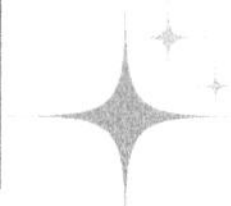

顺延半小时，就体现了一个可贵的理念转变。很明显，顺延半小时下班，麻烦的是自己，方便的却是群众。

其次，是制度的缺失。一些审批制度本身就逻辑混乱，烦琐不堪，责任不清，碰到难事的时候难免推诿扯皮，谁也不愿承担责任。对这类情况，必须优化重组行政审批流程，是哪个部门的责任、是谁的责任一目了然，推也推不掉。最根本的，则是釜底抽薪，把不该由政府部门审批的事项坚决减下来，实现今年将行政审批事项压缩 40% 、办结时限缩短 50% 的目标，尤其要防止有些被撤销的审批项目又改头换面以其他名称、其他形式出现。

再次，是没有向科技要效率、要公平、要公开。典型的例子如“一证办”。近年来，市公安局出入境管理部门面对内地居民办理出入境证件手续烦琐的问题，他们自我加压，组织人员开展技术攻关，自主研发“一证办”应用系统。不久前，“一证办”应用系统正式启用，市民只要出具本人身份证，无须再提交户口本和填写申请表格，便可办理全部出入境证件，让申请人省去了烦琐的手续，免除了许多烦恼。这种便民的服务体现了科技的力量。根据要求，今年 7 月底前，我们要建成并运行市、区两级办事大厅，年底前全市 90% 行政审批事项要实现网上办事大厅统一受理和反馈，50% 以上行政审批事项要实现全流程网上办理。相信借助科技的进步会给我们带来新的局面。

最后，还是一句老话，就是没有厉行问责，并让群众参与进来。没有问责，上面说的就很难做到。要知道，一些政府部门的工作人员工作、生活太安逸了，懒散骄奢的习性形成已久，除非有大的冲击，否则不会被触动，靠温情脉脉的警示、批评，用处已然不大。只有广泛地发动群众评议，把群众评议的结果作为决定官员去留的依据之一，并坚决付诸实行，才可能收到立竿见影的成效。少数对工作不负责任的人，因其工作作风散漫，效能低下，影响了珠海发展，降低了市民的幸福感，让这些人丢官，又有何不可呢？

㉔ 发挥本土道德资源的感召力

在“德城市”的建设中，关于如何充分挖掘和利用本土道德资源，“德行珠海”的实践能给我们很好的启示。

现在，不少人都痛感社会道德滑坡，一系列被媒体曝光的恶性失德事件刺激着大众的神经。“我们当前的道德状况怎么了？”学者发出了疑问，老百姓也迷惑不解。在这样的背景下，建设“德城市”便成为我们时代最急切的呼唤。

但“德”在哪里呢？珠海市在“德行珠海”实践中意识到，在我们的现实生活中，并不缺乏道德的亮点，只是未引起更多的关注。在社会各个阶层，都有好人的身影，其中许多就工作、生活在我们身边。“好人事迹”不仅生动感人，更代表了当今公民道德行为的主流，是中华民族传统美德和时代精神的践行者。因此，珠海的“德城市”建设把注意的目光聚焦于“身边好人”，把“好人建设”作为公民道德建设的重要载体。“明德讲堂”每一场都以“身边人讲身边事，身边事教育身边人”为主要内容，贴近实际、贴近生活、贴近群众，赢得了群众的高度认同，形成了全市“人人关注好人、人人赞扬好人、人人争当好人”的生动局面。

发现“身边好人”，体现了道德建设中充分挖掘和利用本土道德资源的取向。有专家认为，本土化与民俗化教育是培养未成年人热爱家乡、热爱祖国的必要路径。俗话说，一方水土养一方人，因本土道德资源具有“近、熟、亲”的特点，群众认同接受快且更富感染力。本地的身边人事迹能让人真切感受到好人就在自己身边，就在自己熟悉的现实世界中，这样的思想道德教育入耳、入脑、入心，群众觉得可学，既学有榜样，也学有所获。

两千多年前，孔子说，“礼失而求诸野”，意指在当时上层社会礼乐

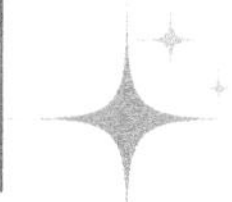

崩坏的时候，还可以到民间去寻求礼乐文化，民间有着丰厚的道德积淀。确实，即便时代发展到21世纪，我们的身边，普通的老百姓中间，依然有许多人对生活怀有朴素的信念，坚守“仁者爱人”“亲亲之伦”和“泛爱万物”的传统美德。珠海有用生命看护孤岛23年，被称为“新时期最美守岛人”的担杆岛“猴王”刘清伟，以及“感动中国”的人物，他们大多是各地的平头百姓。他们的事迹一次次刷新了当地的道德高度，更新了全社会的道德观感，成为激发人们向上的道德力量。

所以，用好本土资源，让道德建设落地生根，我们构筑城市的道德高地就将获得更扎实的正能量。

25 网络绝非法外之地

备受社会关注的“珠海赵红霞”案日前宣判，珠海市中级人民法院驳回林某香的上诉请求，维持香洲区法院以诽谤罪判处林某香拘役5个月的一审判决。“珠海赵红霞”案告诉我们，网络绝非法外之地，网上犯法同样治罪。

信息网络的发展是当今世界的重大革命性变化。互联网已经成为中国民众自由表达意愿、参政议政、民主监督的重要渠道，是十分重要的话语平台。网民发扬主人翁精神，以参与社会的热忱，以体察社会的思考，以维护公平正义的良知，在网络上大胆直言，充分显示了网络的独特优势和积极作用。充分利用好网络这个平台，可以在新形势下更有效地保障和实现人民的知情权、参与权、表达权、监督权。网络监督更成为当前推动反腐败工作开拓新局面的重要方式，像“表哥”案、“房叔”案乃至“珠海赵红霞”案就是网络曝光、媒体跟进、有关部门介入而使贪官受到查处的。网络一次又一次展示出的巨大能量，让“围观改变中国”日益深入人心。

网络监督是公民行使监督权利的一种方式，但网络全民性、便利性、交互性、自主性的特征和优势无法遮掩其最大的缺陷：真实性无法保证。网络上很容易出现诬告和诽谤等现象，涉及侵犯他人隐私或骚扰他人生活等问题。“珠海赵红霞”案就陷入了这样一个泥坑。朱某与林某香同为广东某律师事务所律师，林某香因看不惯朱某，自今年1月31日起，利用互联网，在新华网、人民网、凤凰网、香山网的网站论坛中，对朱某进行诽谤。网上诽谤也是诽谤，自然会受到法律惩处。有人说，在网络面前，人人都是新闻记者，这句话不仅意味着网络使信息发布变得自由、便捷和多元，同样意味着在网络发布信息，真实依然是第一原则。网络虽是虚拟的，网民的品性却是真实的。网络既是虚拟世界，同时又是真实世界的延伸。林某香忽视了这一点，从而在真实的世界给他人造成了伤害，也给自己带来了灾难。

“珠海赵红霞”案的结果对林某香是一个沉痛的教训，对整个社会也是一个重要的警示。它提醒我们每一位网民，要自觉规范网络行为，做理性成熟的文明网民，要进一步增强社会责任感，切实做到自重自律、自序有为，共同维护和营造网络的良好舆论环境，更好地发挥网络监督的效用。

26 做一个谦恭有礼的人

这些年来，笔者常在自家小区内快走健身，却总碰到这样一种情况：前面有数人并排而行，把路给挡住了。好声请让路，有人很快就让了，有人却不然：我们就这么走，你能怎么着？是的，并排走路并不违法，谁也不能将其怎么样。后来，笔者到香港，看到在扶梯上，香港人都是自觉地站在一边，留出另一边让有需要的人赶路，笔者这才意识到，我们很多人的日常行为中，可能不光缺法治观念，更缺礼的观念。

中国向来是礼仪之邦。《释名》曰：“礼，体也。言得事之体也。”礼是一个人为人处事的根本，也是人之所以为人的一个标准。故《论语》

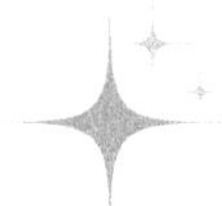

曰："不学礼，无以立。"拿现在的话来说，知礼守礼是一个人文明的尺度和标志。

然而，在我们的身边，一言不合，挥拳相向的事时有发生；网络上，意见不同的人恶语对骂的现象更是常见。一些国人出境旅游，在公众场合高声喧哗，公众场所抽烟吐痰，爱要大牌，蛮横霸道，给国家形象造成不好的影响。给人的印象似乎是，大家都陷入了不知道怎么说话，不知道怎么走路，不知道怎么待人接物的境地，这些都与文明古国的应有风范相去甚远。我们确实到了该学习做一个有礼的人的时候了。

做一个有礼的人，首先要保持自己的人格尊严。人格的魅力在于有爱心、有原则。孔子说："人而不仁，如礼何?""礼"的内涵是"仁"。"仁"就是爱，爱他人、爱自然、爱世界。《礼器》曰："忠信，礼之本也；义理，礼之文也。无本不立，无文不行。"讲"忠信"、讲"义理"，就是要遵时守信，真诚友善，遵守社会公德，做人做事有底线，把握好一定的分寸。

自尊的前提是尊重对方。尊重对方也是尊重自我的表现。不管这个对方是他人，是山川树木，还是天地宇宙，一个有礼的人都要持有平等、爱惜的态度对待对方，而绝不能随意地漠视、贬损、伤害对方，因为我们越是谦恭，就越能体现我们胸怀的广博和内心的强大，就越能赢得对方的敬重，就越能和对方和谐相处，就越能在这个世界如鱼得水。这就是"礼"的力量。

尊重自己也好，尊重对方也罢，都不仅仅是内心的活动，还要外露于我们的言谈举止，这就表现为一定的仪式、一定的习俗、一定的规矩。俗话说，不以规矩，无以成方圆。不愿坚持必要的礼节，既会给社会造成混乱，也将给自己带来混乱。反之，大家遵守共同的"游戏规则"，既可以降低人际交往的成本，也可以增强自身的幸福感。所以，"礼"不仅仅是束缚，也给我们自由。

从现在开始，做一个谦恭有礼的人。

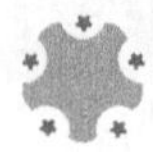

㉗ 怎样才是好的城市规划

汇聚国内外规划设计大师、主题为“生态城镇、智慧发展”的2013（第八届）城市发展与规划大会在珠海召开，这不仅是国内外规划设计界的一件盛事，也是珠海城市发展史上的一件大事。这是又一次意义非凡的“头脑风暴”，各路专家为珠海城乡环境宜居建设“把脉问诊”，将使珠海进一步开阔视野、增长见识，将对打造“美丽中国”的样板城市起到积极的指导和促进作用。

珠海素有“规划之城”的美誉。改革开放30多年来，珠海先后进行过四轮城市总体规划的编修，“生态优先”成为珠海城市规划的一条主线，并不断得到贯穿、延伸。当前，随着《珠江三角洲地区改革发展规划纲要（2008—2020年）》的深入实施、横琴的开发、港珠澳大桥的建设，珠海的定位、区位、形象、机遇以及国际化开放程度、产业发展定位等都发生了大的变化，迫切需要对珠海的宜居环境建设进行新谋划和新部署。

城市规划是城市建设管理的龙头，是一定时期内城市发展的蓝图。珠海建设环境宜居城市，最关键的是要把总体规划做好，把城市框架搭好，科学预见并合理地确定城市的发展方向。

好的规划，必然是以人为本。所以，我们需要的是以人为本的城市设计，而不是以车为本的城市规划和设计。对于城市而言，我们要能够创造最好的生活环境，科学、合理、高效的公共交通系统，让人们生活得更从容。这就要求我们做规划必须跟老百姓打交道，倾听老百姓的呼声，认清老百姓的需要。因此，必须构建公众参与的制度，建立科学、民主、公开的城市规划决策机制。

好的规划，必然体现规划者对自然环境充满敬畏。珠海最大的自然特点就是滨水。珠海拥有非常多的海湾和岛屿，还有很多内河，山水相

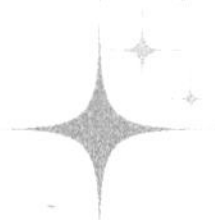

间，陆岛相望，规划只能凸显而不是泯灭这个特色。

好的规划，必然尊重本土文化。珠海中西兼容，城市设计上不仅要考虑岭南文化的传承创新，也要考虑外来文化的影响，把两者有机地组合在一起，产生新的城市风格。

好的规划，最难的是认识自身。既要认清当下自身的长处，更要认清自身的不足。有专家说得好："我觉得珠海好是大面上，在细节上坦白地说差得很远。举一个例子，珠海很多交通路口是非常不符合交通规则的。""我觉得这种改善，也许是我们未来十年最需要做的功夫，把我们的生活品质确确实实地提高。"好高骛远，不脚踏实地，有再好的规划也只是空谈。

28 "光盘"行动不是小题大做

珠海市"创文"又有新举措了。珠海市决定率先启动研究制定对餐馆、饭店剩饭剩菜行为处罚办法，引导广大群众开展文明餐桌行动，建设节约型社会。

怎么吃饭的问题要靠法律来规范？这确实让许多人感到意外。有人就认为，剩饭剩菜属于道德教育范畴，不应通过立法或行政指令解决，通过法律手段来解决餐桌浪费问题，似乎有些小题大做。

果然如此吗？吃饭"光盘"看似是日常生活中的小节，事实上却不然。从一个人的吃喝行为中能看出一个人的人生价值观，从社会的吃喝风气中能看出一个时代的精神风貌。

近些年来，随着物质条件的丰富和人民生活水平的提高，社会上形成了一股奢侈浪费之风，并且这股风还越刮越猛。拿吃饭来说，各大餐馆残肴满桌、弃羹盈桶的场面屡见不鲜。尤其是各种宴席，请客者和被请客者都以吃饭价格来攀比，仿佛不花钱多一些、不吃贵一些，就是对客人的不尊重，自己也"没面子"。一桌上十几二十种菜，常常是每一样蜻蜓点水一样吃了一点点，其余全部倒掉。有一项调查结果显示，我国消费者每年仅餐饮浪费的食物中蛋白和脂肪就分别达800万吨和300万吨，最少倒掉了约2亿人一年的口粮。这种“舌尖上的浪费”无可辩驳地表明，浮华之风已成为我国一大普遍而又严重的社会问题。

然而，在随处可见的挥霍浪费背后，仍然存在同样严峻的另一事实：我国还有几千万城市低保人口以及为数众多的其他困难群众。我国还是世界农产品进口大国，油气人均剩余可采储量仅为世界平均水平的6%，淡水资源人均占有量只有世界的1/4。

社会主义初级阶段的国情决定了我们在道义上不容浪费，资源短缺决定了我们的生存环境没有条件浪费。虽然剩饭剩菜属于私人资源，但水、电等是公共资源。任何个人都无权浪费公共资源。奢侈浪费对个人来说，将导致精神的颓废、意志的消沉和事业的衰败；对国家来说，却可能导致亡国之祸。

所以，不管我们吃喝所花的是公款还是私款，不管我们是富豪还是平民，出于对劳动的尊重，出于对资源的珍惜，出于对勤俭节约传统价值观的坚持，出于对事业和国家命运的责任，都要积极行动起来，营造人人“不想浪费、不愿浪费、不能浪费和不敢浪费”的大氛围，使厉行节约成为当下社会文明的新风尚。

29 树立起我们的文化自信

——有感于将海澄村打造成西班牙小镇的报道

海澄村原本是珠海一个普通的边远小村，由于位于珠海机场的正对面，便成为珠海的“门面”。近日有媒体报道，随着幸福村居建设工作的开展，海澄村有意打造“珠海第一村”，完成从中国南方小村到充满西班牙风情的浪漫村庄的蜕变，“期待建成后的效果让所有人都以为是来到了西班牙”。

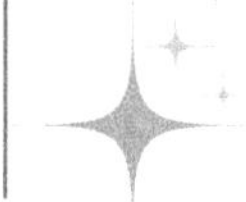

海澄村有意打造“珠海第一村”，想必是出于发展旅游业的考虑，每两年一次的航展，海澄村都是一个必然的热闹处，对村民更是一个赚钱的机会。以往，海澄村杂乱的村容、简陋的服务场所、不够完善的基础设施，让许多光顾航展的中外客人感到不便，缺乏吸引力，也影响了许多坐飞机到珠海的人对这座城市的第一观感。所以，改造海澄村、美化海澄村符合各方包括海澄村村民的愿望。

但要将海澄村打造成“西班牙小镇”，仍让人感到诧异。海澄村和西班牙有什么关联吗？无论从历史上，还是从现在来看，都找不到二者之间的亲密关系。大部分海澄村人可能都没有去过西班牙，也就无从表现浓烈的西班牙风情。这个“西班牙”是强加在海澄村身上的“外套”，和海澄村人的生活方式、思想感情相隔甚远，不仅会让世世代代生于斯长于斯的海澄村人觉得别扭，也会让前来海澄村的观光客觉得滑稽和无聊。就如珠海人到江南要看的是中式园林，是原汁原味的古镇一样，人们来到珠海，最想领略的是珠海风格、珠海气派、珠海味道，而不是看一个个肤色黝黑的南海渔民装模作样地表演西班牙斗牛。将这样山寨的“西班牙小镇”作为珠海门户，效果只会适得其反。

不是说不能借鉴别人，世界上一切优秀的文明成果都可以为我所用，甚至可采取如鲁迅所主张的“拿来主义”，但前提是适合，是以我为主，建筑形式亦应如此。远的不说，坐落在珠海横琴岛的澳门大学新校区，就体现出极具格调的南欧风情，但人们一看便知，这毫无疑问是岭南风格的建筑，这样的建筑是中西融合的，是契合澳门的历史和人文的，是体现澳门魅力的，也将必然是经典的。与此相反，在我们的周围，也不时出现令人莫名其妙的城乡规划和设计，这些规划和设计只有噱头，只有概念，只有皮囊，没有历史，没有生活，没有原创，也就注定没有未来。

其实，在珠海，城乡规划和设计完全可以大有作为。珠海有独具特色的自然风貌，有开放多元的人文传统，有改革创新的时代气息，这些都呼唤伟大作品的诞生。关键是，我们要树立自己的文化自信，沉下去，再沉下去，在现实的深处开出最美的花。

㉚ 做一个诚实守信的人

珠海要建设道德城市。道德的精髓是什么？简言之，一个“诚”字，每一个市民都要做一个诚实的人。

友人从美国归来，说美国老百姓大都“傻”得很，你说什么，他信什么，很少去核实，什么查票啊，查证件啊，都少见。所以，他得出一个结论：美国老百姓很好骗。转过头再看看国人，则个个都是“人精”。

这显然属于以偏概全。友人是不是骗过美国老百姓，我不知道，我只知道，3 亿多美国人，也有各色人等，并不是人人都君子。而中国老百姓中朴实本分的人总还是占多数。至于说到当前社会上坑蒙拐骗的现象，倒应该正视，因为这种乱象，不仅大量存在于商业经济领域，如不时被媒体曝光的伪劣食品、药品事件，而且也在向其他领域蔓延，甚至渗透进我们的日常行为和思维习惯中。一些人满嘴跑火车，一开口就胡诌，乱表态，乱承诺，乱发誓，却少有能落实的。

说到底，我们的社会现在确实很缺一个“诚”字。不少人不了解“诚”，不稀罕“诚”，乃至于鄙视“诚”，“诚”几近于“蠢”“呆”。一些人总要费劲地猜度别人，小心地提防别人，生怕自己上当受骗。还有一些人以为不讲诚信可以占便宜，殊不知，最后吃亏的却是他自己。

诚信给社会带来的好处之一是降低社会交往的成本，人人诚实守信，很多麻烦可以省却，很多手续可以减少，很多损失可以避免，人活得简单、轻松。这当然需要制度。比如按照美国的制度，不诚信的代价就非常大。更进一步说，在我们的古圣先贤看来，“诚”更是世界的根本。“诚者，天之道也；诚之者，人之道也。”“诚者，物之终始，不诚无物。”（《中庸》）我们立身处世，必须效法天道，当以诚信为本，做到真实可信，说真话，做实事。

其实，“诚者自诚也”（《中庸》），拿现在的话说，“诚”就是要做回

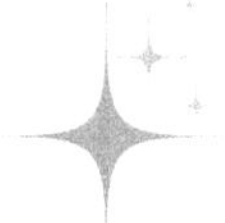

自己，既不欺人，也不自欺。但做回自己绝不是说随意而为，更不是唯利是图，而是走正道。“诚身有道，不明乎善，不诚乎身矣。”（《孟子·离娄上》）反过来说，一个人若在邪路上越走越远，即便得到了一些物质上的利益，也将失去自我。欺骗别人，同时也是欺骗自己，这样的人，是体会不到真正的人生意义的。

孟子说：“反身而诚，乐莫大焉。”（《孟子·尽心上》）只有诚的境界才是人生最高的快乐境界。

31 好的村支书是怎样炼成的

村民富不富，关键看支部；村子强不强，要看“领头羊”。近日，珠海特区报连续报道了新农村工作中三位农村党支书的先进事迹。这三位党支书想群众之所想，急群众之所急，办群众之所需，深入农村，深入群众，尽心尽力为人民排忧解难，让人民增收致富，用自己的行动诠释了一个基层党员干部真正的公仆情怀和民生担当，为新农村建设做出了自己的贡献。他们是我市众多基层干部的代表，他们的作为必将推动更多的村支书、更多的基层干部积极投身于幸福村居建设工作中。

村级党组织是新农村工作的基石，村支书群体是党联系农民群众的“神经末梢”。村支书既是指挥员，又是战斗员，既是组织领导者，又是一线工作者，承载着广大党员、村民的信任和希望。在当前新农村建设中，我们迫切需要一大批深怀爱民之心、恪守为民之责，敢于冲锋在前、甘于无私奉献，作风正派、处事公正的村领导，尤其需要那些有活力、有激情、有文化、有本领的优秀人才。

平心而论，我们的村干部群体主体是好的，尽管他们也有种种不足，但大都始终以高度的责任感，带着深厚的感情服务基层群众，始终在群众中工作，在群众中生活，在群众中感受群众的酸甜苦辣，富有农村工作经验，能忍受，能吃苦，以自己的脊梁和臂膀，默默奉献。但也有极

少数村干部在惠农政策落实、土地流转、征地拆迁、集体资产处置等方面，不按规定办事，村务不透明、不民主，甚至吃拿卡要、贪污贪占等，引起群众不满。

实践证明，一个村的工作搞得好不好，各项事业发展得快不快，与村支书有着直接关系。党支部只要时刻把老百姓的利益摆在首位，放在心上，老百姓的心就会凝聚在党组织的周围。江苏省江阴市华西村原党委书记吴仁宝，在总结多年来华西村的经验时说：谁心系人民，人民就感恩谁；谁把人民的幸福当成自己最大的幸福，谁就能成为人民信赖的管理者。

要适应形势的发展，要带领群众走在新农村工作的前头，村支书还必须与时俱进，提高自身的素质。一是要有带领村民共同致富的发展力。作为“领头羊”，村支书要依据本村的实际情况，宜农则农，宜工则工，使群众尽快富起来。只有这样，才不会辜负群众的信任。要在吃透上级政策、看准市场走向的前提下，走新路，出新招，勇于开拓前人未曾涉及的“盲区”，勇于探索令人望而却步的“难区”，引领群众打拼出一片新天地。二是要有正派为人、公道办事的凝聚力。村支书虽然官不上“品”，但手中也有或大或小的权力。正确用权，是全村群众之福；滥施权力，是全村群众之祸。村支书的言行要光明磊落，当前农村各种矛盾错综复杂，村支书在处理问题尤其是协调利益关系时必须讲公道，不能以权谋私，不能优亲厚友，要一碗水端平，特别要做到财务公开，让大家放心，议事公开，让大家齐心。三是要有较强的学习力。村支书素质的提高关键取决于肯不肯学习、能不能学习、善不善学习。“观念一变，富了一片。”作为村支书，要按照新农村建设的总体要求，结合当前，立足长远，及时调整产业结构，准确把握市场信息，找准振兴当地经济的突破口，合理确定本村的主导产业和发展方向；要紧跟和适应市场经济形势的发展要求，灵活掌握市场变化的新形势，把握经济发展的新机遇，不被一个小村、一个小区域的圈子禁锢住自己的头脑。

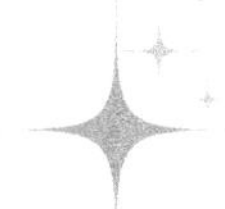

㉜ 将美丽进行到底

一口气夺得2013年中国最美丽城市、十佳宜居城市、十佳优质生活城市、最具幸福感城市，并被评为“外国人最爱的中国城市”第一名，珠海，以其在生态文明道路上的不懈跋涉，因美丽、因文明赢得了属于自己的荣誉和尊严。

珠海并非浪得虚名。评选方列出的评选标准全面、细致又苛刻，分别包括城市人居环境美等美丽指标、生态环境健康指数等宜居指标、收入—消费结构指数等优质生活指标，以及市民主体对所在城市的认同感等幸福指标，可谓对珠海的一次全方位审视。评选方最终认为，珠海自然环境良好，社会保障稳健，人口素质较好，生活便利，经济、社会、文化、环境协调发展，能够满足居民的物质和精神生活需求，能够带给居民良好的生活感受。市民普遍感到城市宜居宜业，地域文化独特，空间舒适美丽，生活质量良好，生态环境优化，社会文明安全，社会福利及保障水平较高。外国友人则表示，珠海的自然环境和人文气质以及快慢适宜的生活节奏是他们的最爱。

一连串的称号有一个共同点，即展现了珠海生态文明的魅力。生态品牌是珠海最闪亮的城市品牌。珠海整个城市镶嵌在山海之间，碧水蓝天，海风白云，陆岛相拥，绿荫环绕。改革开放30多年来，珠海始终坚持生态优先发展理念，没有拼资源、拼环境、拼速度，坚持绿色发展，好字当头、又好又快发展经济，走出了一条环境、经济、社会协调发展的新路子。目前，珠海已成为相对发达地区环境质量最好、土地开发强度最小、人口密度最合适、低端产业布局最少和社会最和谐平安的地方之一，拥有广阔的发展空间。

坚定不移地走生态文明的发展道路，体现了珠海追求世界视野、历史高度和百姓感受的统一，既是珠海价值、珠海目标和珠海特色，也是世界文明的方向。

党的十八大提出“五位一体”建设总布局，纳入了生态文明建设，并发出了建设美丽中国的“动员令”。美丽中国，美在自然，美在社会，美在文明。建设美丽中国，其核心就是要按照生态文明要求，通过经济、政治、文化、社会及生态建设，实现生态良好、经济繁荣、社会和谐、人民幸福。习近平总书记指出：“我们的人民热爱生活，期盼有更好的教育、更稳定的工作、更满意的收入、更可靠的社会保障、更高水平的医疗卫生服务、更舒适的居住条件、更优美的环境，期盼孩子们能成长得更好、工作得更好、生活得更好。人民对美好生活的向往，就是我们的奋斗目标。”

美丽没有顶点，文明没有止境。面对美丽珠海建设的喜人成绩，兴奋属于昨天，拼搏又已开始。我们要在原来的基础上和已经取得的成效上，进一步加强战略上的谋划和突破，要突出滨海城市山海相间、百岛林立、田园错落、人文厚重的特色资源，进一步调整产业结构，优化宜居环境，改进社会治理，更加注重民生，确立市民新的价值观和生活方式，提高市民的道德水平和文明水平，建设“德城市”，加快实施“美丽珠海”行动，努力把珠海打造成为华南地区建设美丽中国的样板城市。

将美丽进行到底!

33 网络不是法外之地

在珠海，有一些网站是非常有名的，珠海新闻网、香洲饭米粒网、香山网都有众多的粉丝，权威媒体《珠海特区报》等也开通了官方微博和微信，对珠海市的大事小情，网上总是议论得很热闹。最近，又一支主力军加入进来：代表市委、市政府对外发布权威信息的“@珠海发布”政务微博，以及汇聚珠海市各级各部门政务微博的“珠海微博发布厅”

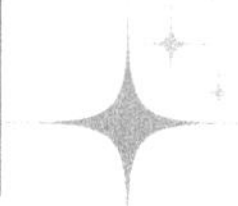

在新浪网和腾讯网已正式上线。网络已成为市民生活中必须面对的现实，能否遵守网络文明也在考验着每一个网民。

有统计数据显示，珠海网民数量达121万人，网络普及率达78%。在这些网民中，应该说，绝大多数网民是理性的，他们遵守国家法律法规，文明上网，规范网上言行，发扬主人翁精神，以参与社会的热忱，以体察社会的思考，以维护公平正义的良知，在网络上大胆直言，充分显示了网络的独特优势和积极作用。而全市各级党委、政府和各部门亦高度重视和充分利用网络平台的作用，与广大网民交流频频，形成良好的互动。网民把网络作为获取信息的第一渠道，政府通过网络了解真实的社情民意。网络成为珠海市政务服务的重要窗口、群众喜爱的网上家园，成为党委、政府及各部门与社会各界沟通的桥梁。正因如此，今年年底前，珠海市政务微博将推动覆盖至区镇一级，力争年内在全市范围实现全覆盖，最终形成以“@珠海发布”为龙头，以各级政务微博为支撑，上下左右联动的全市统一的政务微博“微珠海品牌”。

但偶尔也有一些荒诞的事情发生。有网民借网络诬陷他人，从而触犯法律；有网民仅因追求好玩在网上发布虚假信息，制造恐慌，而被拘留；更有网民在网上污言秽语、宣扬暴力，凡此种种。似乎在这些网民眼里，网络成了法外之地，成了文明之风吹不到的死角。

网络是一个公共信息平台，有人说，在网络面前，人人都是新闻记者，人人都有麦克风，人人都有话语权。网络的确为群众表达意愿及诉求提供了极大的便利，互联网已经成为中国民众自由表达意愿、参政议政、民主监督的重要渠道。充分利用好网络这个平台，可以在新形势下更有效地保障和实现人民的知情权、参与权、表达权、监督权。

然而，虽然网络是虚拟的，网民的品性却是真实的。网络既是虚拟世界，同时又是真实世界的延伸。网络使信息发布变得自由、便捷和多元，同样也表现出真假、善恶、美丑。忽视了这一点，就会在真实的世界给他人造成伤害，也给自己带来灾难。网络上诬告诽谤，侵犯他人隐私或骚扰他人生活等，同样会受到他人鄙视，同样会受到法律惩处。只有每一个网民自觉增强自律意识和底线意识，才能共同维护和营造网络的良好舆论环境。

8月10日在中央电视台举行的“网络名人社会责任论坛”，就承担社会责任、传播正能量、共守“七条底线”达成共识。“七条底线”是：法律法规底线、社会主义制度底线、国家利益底线、公民合法权益底线、社会公共秩序底线、道德风尚底线和信息真实性底线。刚刚闭幕的中国互联网大会进一步发出倡议，全国互联网从业人员、网络名人和广大网民都应坚守“七条底线”，营造健康向上的网络环境，自觉抵制违背“七条底线”的行为，积极传播正能量，为实现中华民族伟大复兴的中国梦做出贡献。

网络呼唤文明之花的盛开。

34 提供预约服务，重点应是服务

珠海市“转作风、提效能”再出新动作：从9月1日起，全市机关事业单位下属的所有服务窗口单位实行预约服务。办事的市民可以与全市各单位具有对外服务职能的服务窗口预先约定办理时间和办理事项，窗口单位按照约定提供服务。

提供预约服务并不是什么新发明。以前，我市部分单位也先后出台了一些预约服务项目。2012年，珠海市人民医院就推出了“预约挂号”服务平台，以缓解市民看病“挂号难”问题。但像当下这么大规模地在全市所有机关事业单位窗口推行预约服务，还是第一次。

“建设服务型政府”现在是个时髦词。但观察下来，许多地方往往是说得多、做得少。原因是许多人一心指望顶层设计，寄希望于一揽子改革。确实，建设服务型政府牵涉政府职能改变的方方面面，必须注意到改革的整体性和协调性，但这并不意味着我们在某些方面就无所作为。局部突破和整体推进、顶层设计和基层首创是可以互相作用的。古人云，不积跬步，无以至千里。一点一点地进步，积小胜为大胜，不知不觉间，说不定就能成就一番新局面。

近年来，在建设服务型政府方面，我市动作频频，如政府部门窗口单位下班顺延半小时，市公安局出入境管理部门在面对内地居民办理出

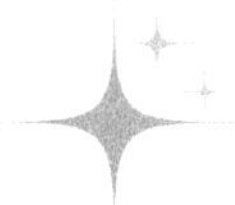

入境证件时启用“一证办”应用系统，全市统一的12345市民服务热线在今年3月1日正式上线运行。按照要求，今年还将行政审批事项压缩40%、办结时限缩短50%，年底前全市90%的行政审批事项实现网上办事大厅统一受理和反馈，50%以上的行政审批事项实现全流程网上办理。无一例外，这些措施都得到了市民的好评。

为什么呢？因为这些措施背后，体现了一个可贵的理念转变。以往，有些部门服务意识不强，总觉得自身是政府管理部门，做决定、出政策，想的是方便本部门的管理，至于群众方不方便，就很少考虑了；现在，能摆正心态、端正态度，真正做到想群众之所想，急群众之所急。很明显，“一证办”启用，市民只要出具本人身份证，无须再提交户口簿和填写申请表格，便可办理全部出入境证件，让申请人省去了烦琐的手续。统一12345市民服务热线，市民便免去了分头记号码的烦恼。窗口单位顺延半小时下班，现在又实行预约服务，市民再也不用长时间在窗口排队等候了。麻烦的是自己，方便的却是群众，这难道不是服务型政府最基本的含义吗?

可见，建设服务型政府并不是一些人想象中的那样举步维艰，关键是态度。只要我们坚定信念，认真总结已经推出的行之有效的措施的经验，坚持把方便留给市民的原则，在优化政府审批上下功夫，使其程序明晰、责任明确；在厉行问责上动真格，权威部门强势介入，发动民众广泛参与；向科技要效率、要公平、要公开，长期存在的机关作风不够满意的顽症还是有可能得到解决的，“转作风、提效能”活动完全可以取得更大的实效。

35 西部需要更多的优质生活资源

近日，珠海特区报报道称，珠海市平沙第一中学更名为珠海市第一中学平沙校区，市一中将调配优质教学资源、先进的管理团队到平沙校区，按广东省国家级示范性普通高级中学标准对平沙校区进行建设规划。从明年开始，市一中平沙校区将随市一中本部在全市范围内招生。这条消息引起了很多人的关注和议论，怀疑者有之，不以为然者有之，但我们认为，这种在珠海西部地区加快名校建设的举措值得称赞。

建设西部新城，现在已成为全市的热点。长期以来，珠海西部地区有业无城，经济总量虽早已超过全市一半以上，并且越来越成为珠海经济发展的“发动机”，但作为大工地、大厂区的现实一直未有大的改变，“工作在西部，生活在香洲”成为许多人无奈的选择。每逢上下班，珠海大道上的滚滚车流就是这种状况的写照。让西部新城尽快成为产业新城、宜居新城，是珠海城市发展的客观需要和必然趋势。

建设西部新城，基础设施先行，这方面已有共识，也有很好的规划和很多的投入。过去，由于历史原因，珠海连接东西部的唯一快捷通道是珠海大道，交通压力较大，破解东西部交通瓶颈是市民的心愿。现在，根据方案，西部生态新城5年内将重点推动香海大桥、港珠澳大桥西延线、广佛江珠城际轨道等重大交通设施建设，构筑“三横两纵”对外交通骨架，同时完善总长约26.2千米的“五横两纵”内部城市主干道，交通瓶颈的困局可望打破。

然而，在这个过程中，有一件事情必须引起高度重视，就是要在西部配置更多的优质的教育、医疗、文化和商业资源。一座新城光有住宅，光有四通八达的道路是不够的，没有好的学校、医院、商场等，人没法住下来，新城就容易沦为“鬼城”。人是要生活的，人们选择居住地，往往是冲着这个地方的教育、医疗、商业环境而来。比如，人们宁愿忍受北京的灰霾、拥堵和高房价，为何？可以便捷地享用北京优质的教育、医疗、文化和商业资源而已。珠海也是一样。为什么珠海西部长期有业无城？就是因为西部的教育、医疗、文化和商业环境远不如香洲，迫使许多人舍近求远。珠海高新区的情况也与此类似。这本来是极浅显的道理，却总是被忽视。

所以，营造新城、汇聚新城人气最直接、最有效的途径之一，就是尽快在新城建设高水准的学校、医院，尤其是建设代表全市最高水准的幼儿园和中小学。现在，有些城市在新城建设中首先要做的事便是把老城的名校、医院等在新城新建。珠海当然不能照搬其他城市的做法，但在西部地区配置更多的优质的教育、医疗、文化和商业资源，显然是当

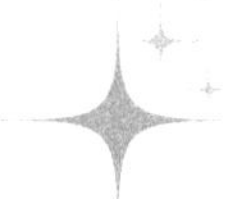

务之急。也正是这个缘由，我们认为将平沙一中建成珠海市第一中学平沙校区，不失为一个可行的方法，并且这种方法值得推广。

36 加大力气加快公立幼儿园建设

日前，有消息称，市政府近期下发了《珠海市人民政府关于进一步推进珠海市学前教育三年行动计划的意见》，对我市学前教育领域的多项内容进行规范和确认，且规定2013年市、区财政性学前教育事业经费占同级财政性教育经费的比例要达到6%，并逐年增长，重点用于支持基本普及和均衡发展学前教育。消息还指出，新一轮10所镇中心幼儿园建设已经启动。

好消息啊好消息！在珠海，最令家长们着急的事是什么？不是子女读小学，也不是读中学，小学、初中是义务教育，任何适龄儿童都要上学，而且免费，这几年由于推行就近入学、阳光分班，大多数学校的教学质量都差不多，家长不必太操心。高中虽不属国家规定的义务教育范畴，质量还分三六九等，但珠海市早就实施高中教育免学费了，能上哪类高中完全凭分数，家长就算着急也没有用。甚至也不是读大学，在大学普及的当下，读大学并不是一件特别难的事。不过，上幼儿园就不同了。

一是上幼儿园成为事实上的必需。你有时间在家全职陪孩子吗？大部分人是陪不起的。你有勇气让孩子不接受学前教育吗？听着不让孩子输在起跑线上的说法日甚一日，大部分人是不敢把孩子留在家里的。你有能力自己在家教育孩子吗？学前教育是一门学问，大部分人不懂。这样一来，你就必须送孩子上幼儿园。

二是上幼儿园费用不菲。一般来说，无论上哪一所幼儿园，都得交钱，贵的一年要交五六万元，普通的一年要交二三万元，最便宜的一年也要交一两万元。再加上孩子平常的其他开销，对大部分家庭来说，养个孩子不易，许多家长节衣缩食，图的是孩子能接受一个好的教育，有一个好的前程。

三是幼儿园的办学水平参差不齐。珠海较好的幼儿园如容闳国际幼稚园等，设施好、师资强，不仅贵，而且学位有限，大部分家长只能望园兴叹。差的幼儿园却差到孩子都吃不饱的地步，遑论其他。既然送孩子入园，总要送去好一些的吧，无论是生活质量，还是教学质量，都得让人放心。

于是，送孩子入公立幼儿园便成为大多数家长的第一选择。公立幼儿园各方面条件完善、管理规范，质量有保证，因为政府财政有投入，所以价格也相对公道。只是目前珠海公立幼儿园的数量太少，学位奇缺，许多家长因此伤透了脑筋。

可行的解决之道，一是鼓励民间资本进入幼教领域，开办慈善、公益性质的幼儿园。这类幼儿园虽是民办的，但由于不以营利为目的，办园质量在监管之下，是可以达到令人满意的效果的，国外就有不少成功的经验值得借鉴。二是大力开办公立幼儿园。现在，珠海共有幼儿园200多所，但具有公办属性的幼儿园不到20%，相比江浙地区公办幼儿园比例高达80%以上的情况，珠海的学前教育还有较大差距。所以，学前教育是珠海教育的短板，而农村学前教育则是短板中的短板。学前教育想赶上先进地区，珠海要加快步伐，要下大力气。

37 一切为了读者

读者节，顾名思义，读者是主角。不仅举办活动的这段时间，读者是主角，在我们工作的全过程，读者都应是主角。

正是为体现读者的主体地位，珠海特区报社才创造性地启动了读者节这个珠海全市性的文化品牌活动。今年是首届，以后还会一届届地坚持办下去。在首届读者节，珠海特区报社的领导、记者、编辑都将来到

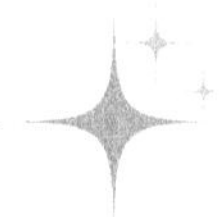

读者中间，拜读者为师，与读者交朋友，为读者排忧解难，为读者举办多种健康有益的文艺活动和社会公益活动，通过牢牢抓住读者这个媒体的核心资源，进一步强化珠海特区报社作为党报主流媒体的竞争力。

我们现在已经进入一个全媒体时代。以互联网、智能手机等为手段的新媒体异军突起，从论坛、社区到博客，再到微博、微信，新媒体变得越来越个性化、个人化。新媒体凭借其全民性、便利性、交互性、自主性的特征，在传统媒体之外，形成了另一个舆论场，并越来越强悍地侵蚀传统媒体的领域。虽然传统媒体因其职业精神、专业水平、自律意识，依然有着无可替代的公信力和远超新媒体的优势，但传统媒体正遭遇巨大的冲击，纸媒延续了400多年的媒体霸主地位走向瓦解却已经是一个大概率事件。更严峻的是，传统媒体的读者有快速流失的趋势，随之而来的将是广告主的游移。

面临复杂多变的媒体形势，主流媒体绝不能自我放逐。越是声音多元、舆情复杂，越是需要主流媒体作为中流砥柱；越是信息泛滥、真假难辨，受众越是需要权威性的声音。只是新媒体已经颠覆了传统的读者的概念，在这个时代，人人都是读者，人人又都是记者，记者和读者的界限日益模糊，职业记者的优越感日益消失。在这种情况下，传统媒体绝不能居高临下、单向灌输、自娱自乐、自以为是了，这样做只会将我们的读者赶得远远的。

试想，如果我们的报道没有读者，或者读者不爱读、不爱看，甚至反感，何谈宣传效果，社会效果更是无从实现。从这个意义上说，如何适应不断变化发展的读者市场，把报纸办得更具影响力，是我们面临的头等重要的问题。

实践一再说明，强化读者意识不仅是增强新闻报道亲和力、吸引力、感染力的重要途径，更是传统媒体增强核心竞争力的重要手段。推进党报改革创新，就必须“走基层、转作风、改文风”，强化亲民为民意识，变“领导视角”为“群众视角”；必须尊重读者、新闻立报，变“媒体本位”为“受众本位”；必须主动适应现代读者的阅读需求和习惯，用通俗易懂、喜闻乐见的方式反映新闻事实，传播新闻观点。只有这样，报纸才能在服务读者中引导感染读者，在联系读者中团结读者，才能得到广大读者的欢迎和认可。

一切为了读者，我们就要积极践行马克思主义新闻观，将“团结稳定鼓劲、正面宣传为主”作为工作的必须遵循，为实现中华民族伟大复兴的中国梦营造良好的舆论环境。

一切为了读者，我们就要进一步强化媒体资源全市深度覆盖，采编力量向农村、海岛及社区下沉，深入探索分众传播、社区传播的新路子。加强与基层单位的沟通与合作，积极参与和支持地方经济社会发展，充分彰显主流媒体的价值和担当。

一切为了读者，我们就要结合党的群众路线教育实践活动，高擎舆论监督大旗，对涉“四风”的典型案例进行曝光。要围绕“两违”整治、转作风提效能及环境污染、食品安全、噪声扰民等政府和民间关注的热点问题，敢于监督，善于监督，弘扬社会正气，提升城市文明程度。

一切为了读者，我们就要主动迎接新媒体的挑战，不断创新，将新媒体带来的压力变为自身发展的动力，利用新媒体、融合新媒体、提升新媒体，更快、更敏感，以“关键时刻我在现场”的精神，报道事实，提供公开、公正、权威的评论和分析，对造谣生事、蛊惑人心、影响社会稳定等的网络行为，要主动亮剑、理性回应，充分释放主流媒体的正能量。

一切为了读者，我们就要遵循市场规律，实现与受众、客户市场的高度对接，有效“服务受众、服务商家”，积极寻找报业广告经营的突破口和新的增长点，努力实现从广告经营向经营广告的转型升级，加快向其他文化产业领域拓展，积极参与地方的文化旅游等产业开发和建设，将报业品牌优势转化为经营优势。

一切为了读者。拥有了最广大的读者，我们就拥有了未来，拥有了一切。

38 建设行人过街设施要抓紧抓好

车祸猛如虎。10 月 15 日发生在港湾大道的车祸，再次引起了社会对行人过街问题的关注。当天上午 9 时 40 分许，在港湾大道，走在斑马线上的一对爷孙俩被一辆大巴车撞死。12 时许，港湾大道再发生一起惨剧，

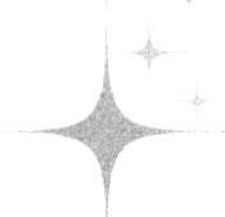

一名中年妇女骑自行车过马路时，被刹车不及的一辆泥头车卷入车底，当场身亡。

虽说在现代社会，交通事故难以避免，但面对这样的事故，我们的心情依然沉重。我们可以谴责司机的疏忽，也可以提醒行人过街时要小心再小心。除此之外，我们还应该反思些什么，做些什么吧?

应该说，在港湾大道出这样的事故并不太出人意料。港湾大道是进出珠海市区的主干道，车流量较大，在整个港湾大道上，共设有人行斑马线29处，但红绿灯和立体人行过街设施较少。市民均反映，缺乏红绿灯以及过街设施，使得过马路成为难题。港湾大道唐家湾路段，是人员过街最为密集的地方，但仅仅在与山房路交会的路口设置红绿灯。“特别是小孩和老人，每次过马路看到快速开过的车都感到很慌张，稍不注意就容易发生事故。”资料显示，2009年港湾大道共发生7起交通事故，造成7人死亡，这条大道也成为珠海交通事故的黑点之一。

关于过街设施，有人认为是衡量一个城市富裕和文明程度的标准，也有人认为是衡量一个城市管理者管理水平高低和执政取向的标准。人行过街设施是按照车流来设置的，从简单的斑马线到加装红绿灯再到修建人行隧道一级一级递进。根据我国《城市道路交通规划设计规范》，在城市的主干路和次干路的路段上，人行横道或过街通道的间距宜为250～300米。随着珠海车流日益增多，一些地方尤其是老城区，过街设施的升级跟不上车流增长和市民出行的需要，“人行过街设施设置不合理”的现象日益突出。

如迎宾南路，人车混道、人车争道已到了严重影响珠海声誉的地步，除了隧道南建好了一座人行地下通道，其他地方仍迟迟没有动工的迹象。前山市场附近也是人多车杂，与逸仙路相交的路口在设置红绿灯后情况已大有改观，但仍然存在人车混杂的情况。不远处前山路与粤海西路相交的路口情况更为复杂，由于道路较宽，通过行人多数不按信号灯指示行走，加之右转车辆较多，经常发生人车争道的情况。

再比如沿海岸线而建的情侣路是珠海城市的象征，于1999年建成，因横贯珠海，且途经诸如珠海渔女、香炉湾等多个风景旅游点而成为居民和游客休闲散步的好去处。不过，这里既没有过街天桥，也没有地下通道的设计。

是有关部门没有注意到上述现象吗？似乎也不是。近年来，市民对修建过街立体设施十分关心，年年讲，年年提，有关部门也每年都有相关计划，但难处在落实。如2011年，就曾规划建设5处人行过街设施工程，包括2处平面交叉口改造和3座人行地道。2处平面交叉口改造分别为情侣南路与粤海路交叉口改造、立才翠前学校东门人行过街设施改造，3座人行地道包括前山中学和小学附近人行地道、第三中学高中部学校南门人行地道、第十六小学校门口人行地道。有些工程直到现在都未开工。

当然，有各种各样的原因和理由可以理解，然而生命不容耽搁。这次港湾大道的车祸，无疑催促有关方面要进一步重视这个问题的紧迫性。令人欣慰的是，有消息传来：最新版的《珠海市综合交通运输体系规划》中，主城区在原有人行过街设施的基础上，将新增48个立体人行过街设施，其中，22个计划在近期内建设（有些已经完成），26个列入远期建设计划。今年规划建设5处人行过街设施工程，今后将力争每年完成8～10处过街设施建设，让市民方便出行、安全出行。

39 建设良好的网络舆论生态

什么是当代中国社会生活“最大的变量”？是网络。目前，越来越多的人，尤其是思想活跃的年轻人，主要通过网络获取信息。网络的迅猛发展，不仅带来了舆论生成方式和传播方式的革命性变化，重塑着社会舆论格局和传媒生态，而且以惊人的深度和广度影响着社会生活的方方面面。

“过不了互联网这一关，就无法巩固党的执政地位。”守好网络这一重要舆论阵地，对壮大主流思想舆论、弘扬主旋律、传播正能量有着至关重要的影响。

11月8日，珠海市网络文化协会成立。协会发出倡议，全市互联网网站遵守“七条底线”，即遵守法律法规底线、遵守社会主义制度底线、遵守国家利益底线、遵守公民合法权益底线、遵守社会公共秩序底线、

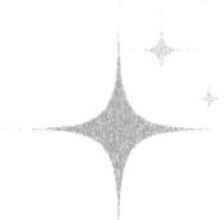

遵守道德风尚底线、遵守信息真实性底线。

有统计数据显示，珠海网民数量达 121 万人，网络普及率达 78%，在公安网警备案网站就有 4049 个。珠海有一些网站已非常有名，珠海新闻网、饭米粒网、香山网都有众多的粉丝，对珠海市的大事小情，网上总是议论得很热闹。不久前，“珠海微博发布厅”在新浪网和腾讯网已正式上线。而全市各级党委、政府和各部门亦高度重视和充分利用网络平台的作用，与广大网民频频交流，形成良好的互动。网络已成为珠海市政务服务的重要窗口、群众喜爱的网上家园，成为党委、政府及各部门与社会各界沟通的桥梁。

应该说，在珠海众多的网民中，绝大多数网民是理性的，他们遵守国家法律法规，发扬主人翁精神，以参与社会的热忱，以体察社会的思考，以维护公平正义的良知，文明上网，规范网上言行，充分显示了网络的独特优势和积极作用。但偶尔也有一些荒诞的事情发生：有网民借网络诬陷他人，从而触犯法律，如“珠海赵红霞”案；有网民仅因追求好玩在网上发布虚假信息，制造恐慌，而被拘留；更有网民一味在网上污言秽语、宣扬暴力。凡此种种，都说明网络是把“双刃剑”。充分利用好网络这个平台，引导适当，可以在新形势下更有效地保障和实现人民的知情权、参与权、表达权、监督权，凝聚民心民智；引导失当，任何单一、孤立事件，都有可能因为过度围观而持续发酵，无边际地蔓延，变身成妨碍社会正常秩序的“搅局者”。

有人说，在网络面前，人人都是新闻记者，人人都有麦克风，人人都有话语权。的确，网络发言门槛低，但这并不意味着在互联网上就可以肆意捏造事实，恶意诽谤他人。这既不符合法律精神，也有悖于人们的常识，更有害于公序良俗。“发言的自由”不是“造谣的自由”。事实上，发生在各地的多起案例已经告诉我们：规则缺失之下的无序，表面上看人人都能随心所欲地发表言论，实际上所有人都可能成为谣言和诽谤的受害者。

所以，要使网络成为治国理政的有力推手，就必须依法亮剑，制止其野蛮生长，对其实施有效管理，创造清朗的网络发展环境，同时，行业的自律和网民的自觉也很重要。网络虽是虚拟的，网民的品性却是真实的，网络世界实质上是真实世界的延伸。我们的行业协会要积极、主动探索有效的管理体制和工作机制，充分发挥网络文化提供者“自我管理、自我服务、自我约束”的作用。只有每一个网民自觉规范网络行为，做成熟、理性的文明网民，进一步增强社会责任感，切实做到自重自律、自序有为，我们才能实现“两个舆论场”的有效对接，让“大道顺畅，小道不猖；真话登台，谣言退场”。

40 “双限治乱”改变了对立思维

有些居民集中的区域周围没有农贸市场，怎么办？当然，最好的办法是政府赶紧建一个。不过，这件事也不是说办就能办好的。这不，从年初就说今年要在主城区新建的 7 家农贸市场到现在还没动工呢。但市民天天买菜是免不了的。那就放任自流，任菜贩们随意摆摊？也不行。卫生怎么办？秩序怎么办？公平怎么办？还是得管。最近，市城市监督管理局想出了一个新招——“双限治乱”。说不定，这还真是个好办法。

所谓双限治乱，就是限定时间、限定地点，引导流动商贩规范摆卖。比如，若居民居住的地方，去正规菜市场买菜须花太久的时间，那就可以在附近建立临时便民市场，在规定地点、规定时间内允许摊贩经营，这样做的好处是既在市容秩序和民生需求之间找到契合点，也帮忙落实了摊贩的营生。

长期以来，流动小商贩一直是城市管理的焦点问题之一。“走鬼”和城管之间的紧张关系和冲突屡屡引起社会的关注，并不时有悲剧出现。在这些冲突中，城管部门的工作固然是其职责所在，而小贩们的处境也常让人同情。且不说小贩们有谋生的权利，而且实事求是地讲，在某种程度上，小贩的存在也弥补了城市规划的不足，满足了部分居民的生活需求。正因如此，尽管“走鬼”们因造成交通不便、影响环境卫生和市容市貌等问题而持久性地被驱逐，却能顽强地生长又生长，成为当前中国普遍性的奇特景观。

现在好了，“思路一变天地宽”，“双限治乱”。你摆你的摊，我买我

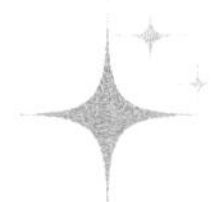

的菜，政府依规管理，与人方便，与己方便，各方欢喜，可谓多赢。至于会不会出现新问题，肯定会。比如设不设临时市场，由谁来决定？临时市场离住宅太近了，时间太早了，或太晚了，会不会扰民？会不会堵塞交通？临时市场对固定市场会不会形成冲击？这些都要科学、周密地考虑和设计。又比如设了临时市场，“走鬼”还要走，怎么办？这也要有坚决的态度和有力的手段。细节决定成败，有了好的思路，好的措施就更显得重要。

所以，“双限治乱”不妨一试，也应该一试。试验结果好，我们总结经验推广；结果不理想，我们进一步改进，或者改弦易辙，再想其他的办法。总之，在城市管理上，我们到了该突破对立思维的时候了。很多时候，我们工作难做，其原因之一是观念僵化，非此即彼——要整治市容市貌，就必须扫荡“走鬼”；要城市漂亮，就不能建人行天桥；等等。其实，这些所谓的“对立”经不起推敲，有的是出于习惯，有的根本就是“心魔”形成的，照这种对立的思维走下去，一定是一条死胡同。过去，不仅在城市管理上，而且在更广泛的社会层面，这种对立思维给我们造成了无尽的纷争，徒然耗尽了我们的心力。而超越这种对立，寻找新的融合途径，走出一条新的通道，才是我们当前的使命。

41 书香并未离我们远去
——从香洲“书香家庭”评选活动说开去

我们这个时代还需要读书、读报，还需要认真阅读吗？有人说，我们这个时代已经是互联网时代，虽然阅读不可没有，阅读方式却已发生变化，电子阅读正取代纸质阅读，读图正取代读字，读微博、微信等碎片化知识正取代读严谨的长文章。总而言之，我们面临着一场阅读转型。有人还拿出统计数据来提高说服力：根据2012年中国第10次国民阅读调查报告，我国18—70周岁国民中有31.2%进行过手机阅读，相比前一年增幅达到13.6%。前不久，广西师范大学微博上的“死活读不下去的书”

调查，《红楼梦》和《百年孤独》等纷纷中枪。这一切似乎都在预示着，传统阅读在经受着严重的危机，互联网工具下的阅读开始“攻城略地”。

然而，由中共珠海市香洲区委宣传部主办的活动告诉我们，以上说法并不完全靠谱。

香洲区委宣传部主办的这个活动叫“书香家庭”评选，由每个镇街各推荐6户家庭参与评选，评委从家庭成员思想道德素质、家庭文化建设投入、家庭学习氛围和家庭成员学习成果4个方面进行评审。从多个“书香家庭”申报推荐评审表上可以看到，许多申报家庭的家庭藏书都在1000册以上，订阅报刊至少3份。从图书和报刊的收藏规模来看，每一家都可说是名副其实飘着“书香”。昨天，刚刚评选出的香洲区10个“书香之家”和10个“优秀学习型家庭”受到了隆重表彰。

香洲区的“书香家庭”评选活动到现在已是第六届。前几届一样地反响热烈，响应者众。按区委宣传部领导的话说，“书香家庭”评选活动的目的是继承和发扬中华民族热爱学习、勤奋读书的优良传统，倡导居民多读书、读好书，“营造书香社会，共建和谐香洲”。有点出乎他们意料的是，在香洲，藏书、读书的风气那么浓。

的确，中国人自古就推崇读书人，关于读书好处的说法很多，书多，读书人多，读书的故事多，所以，中国才无愧为文明古国。只是现在在地铁里、马路上等各种公共空间，中国人人手一部手机，人人哧溜哧溜触摸手机，不像在德国的大街上，许多德国人腋下夹着一本书，目光祥和，举止优雅；也不像在法国的候车室里，许多法国人埋头读书，心无旁骛……所以，很多人误以为中国人不爱读书了。其实，这些都只是表象，不在地铁里、候车室里、茶楼里读书，并不意味着不在家里读，要知道，中国人一向把读书当成是一件十分郑重的事；手机阅读也不见得就是坏事，亦有可能引导深层次的阅读。何况，有些只是时尚，时尚如痴迷手机总会过去的，而静心阅读早已化作中国人的血液，生命不息，血液是不会停止涌动的。

还有进一步的好消息传来，我国的全民阅读立法已列入2013年国家立法工作计划，全民阅读立法起草工作小组已草拟《全民阅读促进条例》初稿。

我们理应对中国人的读书充满信心。

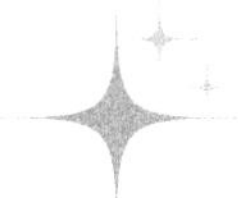

42 要坚决果敢简政放权

“只用了半天时间，就将剩余的 3 个证全部办理下来，太不可思议了。”11 月6 日，本报报道了我市实行商事登记窗口联办制度，商事登记只需4 天的消息。从这个消息中，我们既看到了我市行政审批制度改革的突出成效，也可觉察出通过改革释放制度红利的空间和前景。

办事难一直是我市有些政府部门长期存在的顽疾，在去年机关事业单位年终考核中，不少群众认为机关服务效率并不高。今年以来，全市深入开展了“转作风、提效能”活动，市“转作风、提效能”活动办公室在学习上海浦东、江苏昆山等地经验的基础上，提出了实施重点项目绿色通道、建设工程“集装箱”审批、休息时间预约服务等 9 项建议。11 月1 日出台的《珠海市商事登记窗口联办实施细则（试行)》就是其中之一。

把行政审批制度改革作为突破口和抓手，是这次“转作风、提效能”活动的一大特点。转变政府职能，就是要解决好政府与市场、政府与社会的关系问题，把不该政府管，而市场和社会能够自我管理的事项坚决减掉。在我市的商事登记中，人还是那些人，事还是那些事，一旦体制改了，效率便以几何级数提升。这份“多出来”的活力与创造，就是人们常说的制度红利、改革硕果。它再次告诉我们，改革是发展的强大动力，是推动发展成本最低、效能最大的方式。

当前，改革已经进入“深水区”和“攻坚区”，好改的、容易改的基本上已经改革到位，剩下的都是一些“难啃的硬骨头”。改革已经开始触及深层次的利益调整和实质性的敏感问题，改革的重心也不再只聚焦于经济领域，而正向相对滞后的行政体制改革和社会体制改革全面推进，有些改革貌似简单，但牵一发而动全身，涉及方方面面的利益，需要在各种复杂的利益博弈中统筹推进。

开弓没有回头箭，“转作风、提效能”是一场攻坚战，下一步我们只有以更大的勇气和智慧，继续推进行政审批制度改革，才能把这场硬仗打赢。最根本的则是要釜底抽薪，把不该由政府部门审批的事项坚决减下来，实现今年将行政审批事项压缩40%、办结时限缩短50%的目标，尤其要防止有些被撤销的审批项目又改头换面以其他名称、其他形式出现。此外，年底前全市90%的行政审批事项要实现网上办事大厅统一受理和反馈，50%以上的行政审批事项实现全流程网上办理。通过简政放权，进一步发挥市场在资源配置中的基础性作用，激发市场主体的创造活力，增强经济发展的内生动力。

43 愿当义工成为生命中的必需
——有感于香洲区志愿服务常态化

毛泽东同志曾经说过一句很著名的话：“一个人做一件好事并不难，难的是一辈子做好事。”做好事有很多种，做义工（志愿者）就是当前最有代表性的一种为人民服务的方式。在珠海“创文”工作中，大力倡导做义工是其重点，许多人都积极投身做义工，一次、两次……感觉非常有意义。

香洲区是珠海“创文”的主战场。香洲的义工活动有其鲜明的特点：一是领导、群众打成一片。普通公务员和普通群众一样当义工，干同样的活，同样出力，同样流汗。二是常态化。推进志愿服务人人参与、时时参与、处处参与，每个单位实现每星期一小型志愿服务活动、每月一大型志愿服务活动。上周末，香洲区3000多名机关党员干部、学校教职工就在拱北口岸、华润万家及迎宾南路等主要路口开展环境卫生清理、文明交通等公共文明引导志愿服务活动。此次活动也是《关于进一步规范香洲区行政事业单位工作人员志愿服务常态化的实施方案》拟定以来第四次全区机关干部、学校教职工共同参加的志愿服务活动。

领导干部和群众一样做义工，有人或许有疑问，这有什么意义呢？

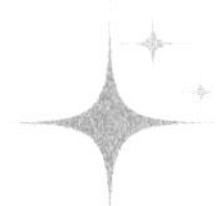

领导不是有更重要的事情吗？什么事情更重要？对于各级领导来说，密切党和群众的联系就是十分重要的事情。领导干部当义工，拉近了与群众的感情，了解到群众的忧乐，排解了群众的苦痛，赢得了群众发自内心的认可与尊敬。领导干部的言行，是群众的一面镜子。无论什么工作，如果领导干部只知道要求群众干而自己不干，群众心里就会产生抵触情绪，就算干起来也是敷衍了事。反之，只要领导干部一个真诚的态度，一个实际的举措，一个俯下身来的行动，就能带动我们每一位市民都积极行动起来，就能形成九牛爬坡、个个用力的局面。当义工如此，做其他工作也是同样的道理。

更难能可贵的是常态化。按香洲区的说法，香洲的干部、群众做义工绝不是一时兴起，不是所谓有时间就做，没时间就不做；不是临时有需要就做，事情过去了就不做；更不是作秀，摆摆样子的，而是坚持不懈地做下去，以至成为习惯。确实，在我们身边，不乏这样一种怪现象：工作开始时往往一阵风，热风过后却无影无踪，不知所终。其中原因，一是事情本身就没有什么可持续性，二是找不到可持续的载体和方式。义工的精神是“奉献、友爱、互助、进步”，光有一颗心也是不够的。在这方面，香洲区坚持“党政所望、社会所需、群众所求、义工（志愿者）能为”的原则，紧扣全区工作大局，定期评估社会需求，制定志愿服务项目，拓展志愿服务领域，不断丰富活动形式，初步形成了较为完善的志愿服务项目体系。这样的探索非常值得借鉴。

在奉献中体现作为，在付出中提升境界，在实践中传播文明。愿在我们的城市，当义工不仅是“创文”的需要，更是我们每一个市民生命的必需。

44 深化改革呼唤繁荣社会科学

又到了一年一度的社会科学普及周。珠海市第九届社会科学普及周的主题是“普及社科知识，建设美丽珠海”。昨日，珠海“社科专家基层行活动”走进工业园区，主办方邀请心理咨询师及法律方面的社科专家为异地务工人员在健康、心理、公益志愿服务以及法律方面的问题进行科普交流并解答有关问题。

哲学社会科学的日趋繁荣是珠海近年来出现的可喜现象。有数字为证：2013 年珠海市哲学社会科学课题申报数量创历史新高，在 223 项申请课题中，有 112 项获得立项，其中 68 项获资助。相关专家认为，今年立项的课题内容覆盖面广，涵盖珠海经济发展、社会管理、生态建设、人文历史等各个方面，既有应用性研究，又有基础性研究，突出了战略性、前瞻性和地缘特色；各个课题的研究团队层次高、实力厚，在业界都具有一定的影响力，充分体现了珠海市哲学社会科学相当的研究水平和整体实力。

说起科学，许多人一下子想到的是自然科学，社会科学往往被忽视了。说起科学对社会进步的推动作用，许多人指的也是自然科学，对社会科学的重要意义往往不以为然，社会科学并没有得到与自然科学同等的重视。就拿广东来说，全省社会科学的成果奖、规划奖，一年的经费只有 1000 万元左右，而自然科学约有 14 亿元；社会科学一年的课题不到 100 项，但申请课题的有两三千项。有人或许认为，社会科学与自然科学投入差距大是由两者本身的性质决定的，自然科学买台仪器就可能需要两三千万元，运行费用也很高，自然科学的研究从仪器、耗材到运作的开支比社会科学大很多。这确是事实，但社会科学需要社会各方的支持也是事实。

其实，哲学社会科学作为探求人和社会发展规律的学问，其发展水平和繁荣程度是一个民族思维能力、精神状态和文明素质的重要体现，也是一个国家软实力、综合国力和国际竞争力的重要标志。在中国，繁荣发展哲学社会科学是关乎党和国家事业发展，推动中国特色社会主义沿着健康轨道前进的一项重大而紧迫的战略任务。哲学社会科学是实现中国梦的有力支撑，在确立社会核心价值观以及引导个人世界观、人生观等方面的作用无可替代。党的十八大报告明确提出，要建设哲学社会科学创新体系。2012 年 2 月，广东省委常委会通过了《广东省开展文化惠民工程实施方案》，明确提出制定《广东省社会科学普及条例》，意图通过社会科学普及立法，进一步明确政府及社会促进社会科学工作的职责和任务。

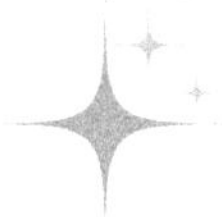

珠海，作为改革开放的前沿阵地，全面深化改革的任务十分艰巨。站在新的历史节点上，我们要建设生态文明新特区、科学发展示范市，面临着比以往任何时候都更加复杂艰巨的新课题、更加多样变化的新机遇和新挑战。全市哲学社会科学工作者要弘扬理论联系实际的好学风，要有强烈的现实情怀，要有自觉的问题意识，要有调查研究的功夫，关注世界和时代的新变化，关注中国特色社会主义建设事业的新发展，以珠海正在做的事情作为学术探索的关注焦点，善于捕捉改革发展提出的基础性、战略性、前瞻性问题，以重大问题作为学术研究的主攻方向，在现实生活中"选真题"，用可靠的事实立论，依科学的数据明理。

珠海社会科学界已拥有一批具有较多成果的专家学者，他们分布在全市各行政事业单位，更有一批人才分布在全市的企业和文化、教育机构。特别是在珠海的10多所大学，使珠海获得了一大批优秀的哲学社会科学专业人才。这是珠海的宝贵财富。我们应像重视其他类科技人才一样，通过制度安排、资金扶持等措施，挖掘潜力，激发活力，发扬学术民主，充分发挥他们的专业才智，使其更好地为珠海经济社会发展出谋划策，推动珠海文化大发展、大繁荣，着着实实提高珠海的文化软实力。

45 改革攻坚战犹酣

——斗门全面深化改革纵横谈

本周以来，珠海特区报在显著位置连续刊载了5篇关于斗门全面深化改革的系列述评。5篇述评全面、真实地反映了正在斗门大地上系统推进的力度空前的改革，因改革而发生的城乡面貌的巨大变迁，以及越来越清晰地呈现出的幸福斗门的美丽前景。斗门全面深化改革的画卷宏伟磅礴又细节丰满，其实践生动地告诉我们，改革是推动一个地区发展的不竭动力，改革是决定一个地区命运的关键一招，改革只有进行时，没有完成时。

关于斗门，过去的说法是，它是珠海的一个郊区，是珠海的一个农业大区，水乡风光旖旎，百姓勤劳淳朴，文化积淀深厚。的确，在过去很长一段时间，由于各种因素制约，斗门发展起点相对较低，速度是慢了一些，工业化水平、城市化水平、群众生活水平不及发达地区。但现在的斗门，沧海桑田，日新月异，早已把闭塞、落后的名词甩到身后。近年来，在急起直追中，斗门人找到了一条适合自身优势的跨越式发展之路，新型工业化、城市化、生态化、信息化“四化”并举，推动斗门初步呈现高端发展、错位发展、集约发展态势，斗门正以“产业高地 美丽斗门”的崭新形象出现在人们面前。

是什么造就了斗门之变？秘诀是改革，向改革要活力，向改革要“红利”。改革的关键是要进一步形成公平竞争的发展环境，进一步提高政府的效率和效能，进一步实现社会的公平正义。为此，斗门去年密集出台了一系列政策，既要在更高层次参与国际合作和竞争，招大商、招好商，又要想方设法壮大经济总量，扶持小微企业，壮大中小企业，培植本土企业，让所有的创富源泉竞相迸发。斗门各级政府以自我革新的勇气和胸怀，勇于冲破利益固化的藩篱，打破既得利益格局的制约，坚决简政放权，大幅度削减行政审批事项，在经济领域更多地发挥市场配置资源的决定性作用。斗门以民生为先，花大本钱投入医疗、教育、环境整治等民生工程，让发展成果更好地惠及人民群众。斗门狠抓城乡统筹发展，搞好乡村治理和乡村规划，让农村人享受到城里人的公共福利。通过改革，斗门干部群众的思想、斗门的社会生产力和社会活力得到了进一步的解放，蕴藏在斗门人民之中的活力和创造力得到了空前的释放，改革的引擎源源不断地为推动斗门的科学发展输出力量。

斗门的改革给人强烈的启示：当今的改革需要整体推进。斗门的改革不是东一榔头西一棒槌，涉及经济、政治、社会、文化和生态建设各个方面，体现出鲜明的顶层设计和战略思维。当今的改革需要“啃硬骨头”。斗门的改革没有绕着弯儿走，而是迎着困难上，重点突破，带动全局。当今的改革如逆水行舟，不进则退。斗门人勇于探索、善于谋划、敢于创新，在改革的路上从不敢稍加懈怠。

现在的斗门具备“天时”“地利”“人和”。“天时”是指众多战略机遇在斗门交汇，斗门“三高一特”产业发展正当其时；“地利”是指斗门区位异常优越，是贯通港澳、连接珠三角与粤西的重要门户，有珠三角最令人羡慕的产业腹地；“人和”是指斗门风清气正，上下一心，竭诚营

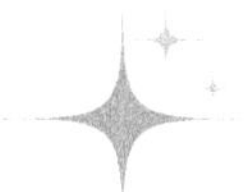

造国际化、法治化的营商环境和人文环境。“天时”“地利”“人和”构成了斗门突出的先发机遇和后发优势，形成了斗门独特的吸引力。

“时来天地齐努力”，斗门的发展已经到了关键时期。斗门要在新的起点上更进一步，必须牢记习近平总书记视察珠海时提出的“敢闯敢试、再接再厉”的嘱托，把改革的激情燃烧得更旺一些，坚决破除一切束缚科学发展的思想观念，坚决破除各方面体制机制的弊端，就完全能在珠三角后来居上，成为珠江口西岸一颗耀眼的明珠。

46 全力以赴建成交通新枢纽

珠海再次吹响了交通路网建设的冲锋号。12 月9 日，市政府召开全市交通基础设施建设“三年大会战”动员会，动员全市上下迅速行动起来，同步推进金琴高速、香海大桥、港珠澳大桥西延线、现代有轨电车 1 号线二期及香洲环线、南屏二桥、白石桥、情侣路南段主辅线改造等总投资约280 亿元的七大关键性交通基础设施建设工程，确保在港珠澳大桥通车之时同步全面建成珠江口西岸交通新枢纽。

珠海要建设珠江口西岸核心城市，交通基础设施是关键。这个交通基础设施既要能方便地连通香港、澳门，又要能快捷地连通省内其他地区。以往我们常说，珠海有毗邻港澳的区位优势，但由于与港澳交通基础设施对接不够，港澳的因素发挥得并不充分。不过，这种状况很快将得到重大的改变，港珠澳大桥建成通车后，珠海将成为唯一和香港、澳门陆地相连的城市，这是珠海独特的优势，但能不能充分发挥这个优势，还要看我们的配套路网建得怎么样。

应该说，近年来，珠海的交通基础设施建设取得了突破性的进展，广珠铁路、广珠城轨、高栏港高速、机场高速、广珠西线的建成基本上打通了珠海的对外出口，尤其是强化了珠海机场、高栏港对周边地区的辐射能力，使珠海成为珠江口西岸地区的航空中心、航运中心。当然，珠海在连通珠江口东岸方面还不够便捷，此外，在高铁时代，广珠城轨有待并入全国高铁网。这两方面，珠海仍需要抢抓机遇，寻求突破。

而在城市内部的路网建设上，我们要做的事则显得更为紧迫。珠海特殊的地形和历史原因，致使珠海主城区一直限于前山河以东，凤凰山以南，城市框架未能拉开，城市组团之间通道不畅。东部高新区与主城区长期只靠港湾大道曲折相连，更有甚者，西部金湾、斗门与主城区目前仍主要靠珠海大道跨水相接，严重制约了西部地区的经济发展，致使珠海东部、西部的城市化进展缓慢。这样的状态不尽快改变，即使港珠澳大桥建成了，对珠海西部的拉动作用也不大，进而对珠海的拉动作用也会大打折扣，“大桥经济”难免成为“过路经济”。所以，要迎接港珠澳大桥时代的到来，就必须赶在大桥通车之时，同步完善城市的路网布局，使城市的格局更加开朗、大气，使珠海城市的东西、南北完全连成一个整体，使港珠澳大桥带来的人流、物流、资金流等顺畅地通达城市的每一个区域，进一步激发城市的活力。在这个意义上，金琴高速、香海大桥、港珠澳大桥西延线等七大关键性交通基础设施建设工程的重要性和紧迫性不是十分明显吗？

然而，很多事情不是不知，而是难行，比如有些项目的建设已经说了很久，却一直未有实质性的进展，还有其他一批规划项目尚未达到动工建设的预期目标，一些项目推进的进度、力度不甚理想。之所以难行，一是客观条件艰难，实际困难多；二是缺乏攻坚克难的勇气和信念，不愿也不敢“啃硬骨头”；三是没找到前行的正确路径，没掌握行之有效的科学方法。

确实，受独特的地形及行政区划制约，珠海的交通基础设施建设难度比一般的地区要大得多，新建一条道路很是不易。但这次确立的“三年大会战”的目标是符合实际的，并非乱拍脑袋的决策，只要我们有决心，有信心，实事求是，办法总比困难多。当年珠海能在那么难的条件下，建机场、建港口，现在也完全能完成新的任务，关键在于我们要打破常规，创新机制，落实责任分工，加大督办力度，严格奖优惩劣。“三年大会战”，建成珠江口西岸交通新枢纽的目标就一定能实现，我们就一定能为珠海的长远发展建立不朽的功业。

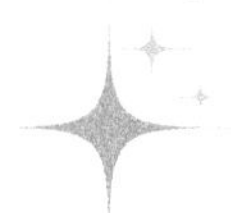

47 打造最适宜于企业家的乐园
——从董明珠、雷军当选中国经济年度人物谈起

今年年末，珠海经济注定将成为中国经济话题的一大热点。在新鲜出炉的“2013 中国经济年度人物”获奖名单中，格力集团董事长董明珠、小米公司董事长兼 CEO 雷军联袂当选。总共 10 位中国经济年度人物中有 2 位来自珠海，这不仅是董明珠、雷军的荣誉，也是珠海的殊荣。我们可以这样认为，“中国经济年度人物”正是以这种特别的方式向杰出的企业家董明珠、雷军致敬，同时向珠海经济致敬，彰显出珠海是一个特别适宜企业家创业发展的热土。

董明珠是中国经济界的传奇人物，她的名字已经和格力不可分割地联系在一起，而格力又早已成为珠海的城市名片，成为中国工业品质的高端代表。很难说是格力成就了董明珠，还是董明珠成就了如今的格力，但一个不争的事实是，格力空调从珠海起步，在珠海壮大，在董明珠及其团队的带领下，沐浴着南海边上改革开放的劲风，带着顽强自信的表情，牢牢地占领着中国空调第一品牌的位置，走向世界，成为中国为数不多的世界名牌。董明珠的目标是打造百年老店，将格力发展成像奔驰、宝马那样的全球企业龙头，这个愿景对董明珠、对珠海、对中国都令人激动、令人期待。

雷军如黑马般迅猛崛起则是珠海诞生的另一个传奇，这个年轻的创业者始终对珠海情有独钟。雷军在珠海初练身手，练成高手后又回到珠海。除了红遍全国的小米，雷军正执掌珠海著名软件企业金山，正在情侣路边建设金山总部大厦。借助互联网对产业发展的革命性的巨大威力，雷军已经创造了小米令人瞠目的辉煌，接下来还将创造软件企业金山新的更大的辉煌。有意思的是，雷军已经信心满满地向董明珠的成就发起了挑战，互联网让雷军跳得很高，接下来的是雷军要走得更远。

董明珠、雷军无疑值得我们为之欢呼，不仅仅因为他们来自珠海，更因为他们的成就代表了珠海的创业环境。珠海不只有董明珠、雷军，还曾涌现出史玉柱、游景玉、求伯君等一大批优秀企业家，他们的命运或有起伏，但他们在珠海塑造了自己不平凡的历史。珠海也不只有格力、小米，还有华发、汉胜、远光。就手机领域来说，珠海的魅族就足以与小米一争高低，这些企业在各自的行业中都极具影响力。为什么不大的珠海能产生“大”企业和“大”企业家？是珠海的自然环境孕育了企业家远大的胸怀，是珠海的营商环境提供了企业发展的广大空间。珠海良好的法治环境、高效的办事程序、国际化的区位视野、廉洁的社会风气，尤其是政府“只帮忙不添乱”的自律态度，使得企业家精神受到尊重，企业家可以专心致志做事，企业可以独立自主发展；政府务实又具前瞻性的产业规划，使得企业家的创新源泉迸涌，企业得潮流风气之先。

珠海经济的未来在高科技产业的勃兴，这在董明珠、雷军身上同样得到了体现。有人将董明珠、雷军二人分别作为实体实业和概念产品互联网经济的代表，但这种简化的分类无疑偏颇。其实，格力的互联网营销早就开始了。而小米虽没有自己的工厂，用的却是世界上最好的工厂和最好的管理。或许在互联网与传统产业碰撞的大势面前，互联网与传统产业不应再谈谁颠覆谁，而是相互融合，传统产业更好地利用互联网思维模式进行变革，互联网企业缔造自身的核心力量，这才是重中之重。

“中国经济年度人物”被称为中国经济界的“奥斯卡”，今年是第14届。今年的主题是“转型升级的智慧与行动”，10位中国经济年度人物身上都刻着“转型升级”的印记。董明珠、雷军的当选，以清晰的声音告诉世界，珠海经济转型升级正在进行，珠海经济、中国经济生生不息，正在创造更加光明的前景。

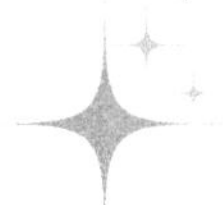

48 让政府和市场各归其位

近日，珠海特区报有报道指出，珠海自实行商事登记改革以来，有效激发了市场活力，调动了群众投资创业的热情。自3月至10月底，珠海新登记设立商事主体20508户，同比增长45.76%；新增注册资本291.19亿元，同比增长96.41%。

所谓商事登记改革，与过去行政审批制度模式有本质的不同：一是“宽进”。实行三大“宽进”制度为企业“松绑”，即市场主体的工商登记注册与经营项目的许可审批相分离，住所与经营场所相分离，有限公司实行注册资本认缴制度。二是“严管”。商事主体年度报告制度、载入经营异常名录和剔除名称制度、“谁许可谁监管”制度、加强信息公示制度和公司秘书制度，是“严管”的5个制度。

一“宽”一“严”代表的是一个颠覆性的改革。政府把进入的“门”放宽了，通过工商部门的率先改革、自我削权、简化工商登记注册程序等，市场的“手”便更活了，各类创富的源泉便竞相迸涌。同时，政府监管的手段却更严了，更有精力来考量在降低门槛后，用新的管理方式来进行商事登记主体进入市场后的监管，从而更好地发挥政府作用。据悉，最近，珠海市工商部门已发出首张“红牌”：华盈智能科技（珠海）有限公司以虚假住所信息获得商事登记执照，被处撤销登记、罚款10万元。

通过“宽进”“严管”的商事登记改革，市工商部门人还是那些人，事还是那些事，办事效率却以几何级数增长，带动创业的主体增长近一倍。这份“多出来”的活力，就是人们常说的制度红利、改革硕果。它再次告诉我们，改革是发展的强大动力，是推动发展成本最低、效能最大的方式。

珠海商事登记改革的实践启发我们，当前的改革已经开始触及深层

次的利益调整和实质性的敏感问题，政府部门尤其需要加大改革力度。我们应该把政府部门审批的事项坚决减下来，通过简政放权，真正发挥市场在资源配置中的决定性作用，激发市场主体的创造活力，增强经济发展的内生动力。

当然，珠海商事登记改革的实践也说明，市场的“决定性作用”并非“全部作用”，我们仍然要发挥政府的积极作用。政府的职责和作用将主要体现在保持宏观经济稳定、加强和优化公共服务、保障公平竞争、加强市场监管、维护市场秩序、推动可持续发展、促进共同富裕、弥补市场失灵上。

全面深化改革，进一步明确政府和市场的边界，让政府的归政府、市场的归市场，各司其职，相得益彰，经济体制改革红利就能充分释放，形成牵引各领域、各方面改革的强大力量。

2014 年

❶ 打造留学生的理想地

今天是2014年的第一天，对许多留学生来说，他们的人生可能也翻开了新的一页，他们的命运可能将与一个叫珠海的城市紧紧地联系起来。随着中国珠海首届留学生节的成功开幕，来自世界各地的留学生们将发现，珠海正是他们梦寐以求的创业、居住的好地方。

关于留学及留学生的价值和意义，习近平同志在欧美同学会成立100周年庆祝大会上做重要讲话时指出："百余年的留学史是'索我理想之中华'的奋斗史，一批又一批仁人志士出国留学、回国服务，大批归国人员投身中国共产党领导的伟大事业，在中国革命、建设、改革的历史画卷中写下了极为动人和精彩的篇章。"中国近、现代史上，我们可以列出一大批各行业留学生出身的杰出人物，留学生涯使他们经风雨、见世面，掌握先进的科技和文化，并且海外留学人才心中都有一个中国梦，期盼祖国富强，期盼以自己的学识报效祖国，希望把自己的事业融入中国发展的大潮，与祖国一起成功。可以说，在中国现代化的历程中，归国留学人员做出了重要的贡献。

珠海和留学有着不解之缘。历史上，珠海是中国留学文化的发祥地。160多年前的1847年，出生于珠海南屏村的容闳开启了中国人海外留学的历史，被誉为"中国留学生之父"，由此华人留学蔚然成风。珠海不仅成为当时中国出国留学的中心地区，更开创了中国近代文明中许多敢为天下先的创举，成为中西文化交流的重要走廊。改革开放以来，珠海的留学文化得以发扬光大，大批优秀学子从珠海走出去，更多的海外学子回到珠海。在珠海，他们找到了自己理想的事业，找到了自己的爱情和家庭，找到了自己心仪的山水，找到了适合自己的社会人文和生活环境。同时，他们也改变了珠海，使珠海变得更年轻，更前沿，更有品质，更有国际范儿，也更有未来。

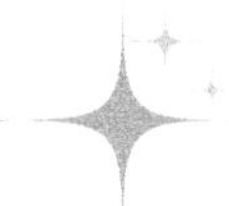

现今，珠海正以更大的热情打造留学生的理想地，环境要可以与欧美先进地区媲美，经济要能够参与国际高端竞争，营商环境要实现国际化、法治化。为吸引留学生，珠海还出台了一系列具有针对性的优惠政策。放眼全国乃至全球，这么全方位地适合留学生的地方还真不多。再加上珠海面临的重大的历史性机遇，全面打开了珠海的发展空间，若选择珠海，珠海定会给留学生们一个无限美妙的前景。

中国珠海首届留学生节，不仅仅是一场狂欢。

❷ 发掘历史文化资源大有可为

为期5天的2013海外学人回国创业周——首届留学生节在珠海圆满落幕了。这是珠海2013年众多节庆活动中的最后一个活动，又是延展到2014年的第一个节庆活动。和珠海航展、珠海耗材展、珠海游艇展等依托、带动珠海工业产业的展会活动不同，也和珠海马戏节、珠海沙滩派对、北山音乐节等依托、带动旅游资源的节庆活动有异，本届留学生节依托的是珠海本土的历史文化资源。首届留学生节的成功举办为珠海发掘历史文化资源打开了一扇新的窗口。

珠海举办留学生节的一个重要凭借是容闳，容闳是近代以来中国留学第一人，被誉为“中国留学生之父”。这几年来，珠海在容闳的研究、宣传和纪念上下了不少功夫，有容闳研究会，有容闳幼儿园和容闳学校。不仅在学术界，社会上也有越来越多的人认识到容闳在中国近代史上的地位。容闳是珠海人，这次留学生节让更多人了解了珠海留学文化的历史沿革，了解到珠海是近现代中西方文化走廊，珠海更首次将“中国留学之乡”这一特殊名片推向全国。作为中国留学文化发源地的珠海，必将受到海内外尤其是广大留学生的高度关注。

首届留学生节的举办可以说是珠海纪念容闳的一大里程碑式活动。首届留学生节先后举办了海归青年圆梦座谈会、海归青年创业论坛、风情博览会、创业导师进校园、海归青年浪漫派对等多项活动，珠海已成为广大海归青年寻找梦想、放飞梦想的一片热土。珠海良好、优美的生态环境和开放、包容的城市特质对广大海归青年来珠海定居投资、创新创业有相当的诱惑力。这说明历史文化资源并不是虚的，只要找到了合适的载体，历史文化资源本身就是一个城市发展的内生动力，就能调动和激活城市的多方资源，软实力可以转化为硬实力。留学生节使珠海幸运地让容闳这个宝贵的历史文化资源在当下获得了新的价值。

珠海更幸运的是不仅有容闳，还有其他历史人物，如苏曼殊。在近代中国的历史上，苏曼殊是不朽的人物，短短35年的生命传奇，演绎了近代中国的政治、宗教、文化变迁的深层底蕴和斑斓色彩。小说家、诗人、画家、翻译家、和尚、革命志士，在苏曼殊身上不可思议地交融在一起，并在每一个方面都达到常人难以企及的高度，许多似乎不可调和的东西奇迹般地被苏曼殊一个人的心灵承载了。于是，苏曼殊成为辛亥革命前后时代风气的表征。学者们大都认为，苏曼殊无疑是中国诗史上最后一位把旧体诗做到极致的诗人，他是古典诗最后一座山峰，是文言文最后一位大师，同时又是中国新文学的源头。就历史地位而言，苏曼殊绝不在容闳之下。

遗憾的是，相较于纪念容闳的热闹，纪念苏曼殊在珠海就冷清多了。珠海设立了一个苏曼殊诗歌奖，但其影响力有限，如何发掘好苏曼殊这一宝贵资源，找到苏曼殊在新时期最有效应的纪念形式，珠海还有很大的发掘空间。

同样值得进一步重视的还有珠海“红色三杰”。在我党光辉灿烂的90多年历程里，杨匏安、苏兆征和林伟民三位从珠海走出来的杰出人物，为中国革命做出了卓越贡献。家乡在珠海市淇澳岛的苏兆征是中国工人运动著名领袖，是中华全国总工会的主要创建人和领导人。出生于珠海市三灶镇的林伟民是其亲密战友，也是我国工人运动的先驱。出生于珠海市香洲区南屏镇北山村的杨匏安，是华南地区最早的马克思主义传播者，与李大钊合称为中共党史上的“北李南杨”。弘扬好以“红色三杰”为代表的珠海红色文化传统，既是珠海人的责任和义务，也是珠海下一步发掘历史文化资源大有可为的重要方向。

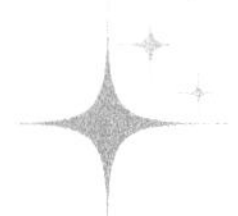

❸ 为全面深化改革示范

——献给横琴开发四周年

横琴开发四年了。四年来，从“一张白纸”起步到如今蓝图基本绘就，一座外向型、现代化的绿色新城在濠江西岸初露峥嵘。这个被《人民日报》誉为中国“改革开放的新地标”的横琴新区，正在以越来越清晰的姿态体现其全面深化改革示范、扩大开放合作示范、科学发展示范的特殊意义。

横琴四年，成就了一部传奇。

横琴最主要的经验是坚持用好改革这关键一招。判断横琴开发是否成功，不能只看创造了多少地区生产总值，而关键是在体制机制创新方面突破了多少旧有的体制，开创了哪些有示范意义的新体制机制。四年来，横琴新区全力打破制度惯性、制度障碍，新的体制机制让人耳目一新。横琴出台全国第一个商事登记管理办法，组建全国首个“廉政办”，率先成为人才管理改革试验区，率先开展司法改革，率先打造“诚信岛”，率先探索“三规合一”规划国土管理体制，率先营造国际化仲裁环境，率先创新城市建设模式，这些最具创新的体制机制在横琴叠加，使横琴成为中国内地开放度最高、体制最宽松、创新空间最广、最有活力的特殊区域。

横琴另一条重要的经验是坚持扩大开放。作为首个面向世界、优先港澳的粤港澳紧密合作示范区，全国唯一的“一岛两制”国家级新区，横琴推进与澳门基建无缝对接，创新与港澳产业合作模式，率先推动对港澳服务贸易自由化，加强金融合作，完善与港澳沟通机制。横琴充分借鉴港澳咨询委员会制度，成立由21名海内外知名人士组成的横琴新区发展咨询委员会。决委会、管委会、咨委会“三位一体”管理模式正式启动。现在，横琴累计引进港澳企业共101家，澳门大学横琴新校区已建成开学，粤澳合作中医药科技产业园已有企业进入。横琴的开发建设为粤

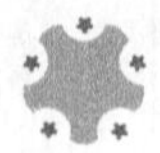

港澳进一步密切合作提供了重要的新平台。

横琴还有最值得重视的经验是坚持科学发展。横琴坚持以世界眼光高标准规划、高质量建设、高起点招商，覆盖全岛的“两横一纵一环”路网格局基本成型，七大产业龙头项目带动，形成了北起中央十字门商务区，南至长隆国际海洋度假区的环澳产业带。横琴成功举办首届中国国际马戏节，长隆国际海洋度假区一期正式开业。横琴虽然已经“面目全非”，但青山绿水依然。横琴精心打造生态岛，从土地集约、规划优美、环保达标三个维度，对项目用地条件、投资强度等指标进行定量预测分析，把每一寸土地都用到刀刃上，提升开发水平，仅一次性规划建设长达33.4千米的“共同管沟”，就约节省了40公顷城市建设用地。

横琴四年的成功实践说明，精神的高扬是一个地区最宝贵的财富，人是要有点精神的。在横琴，我们随处可以感受到干事创业的激情，感受到大胆开拓的勇气，感受到“敢上九天揽月”的豪情，感受到创造历史的自豪感和时不我待的使命感。横琴的成功实践向世界证明，珠海依然是中国最具创新精神的一片热土，依然是最能产生奇迹的一块宝地，依然是最宜居宜业的浪漫之城。

四年大开发，四年大变化。现在，面对新的起点，横琴开发要再接再厉，充分利用好特殊政策，更加注重借鉴国际上的成功经验，在创新体制机制、营造产业发展环境、完善开放型经济体系等方面取得突破性进展。要以深化粤港澳合作为基础，以申报自由贸易园区为统领，以服务贸易自由化为核心，加大改革创新力度，把横琴新区打造成深化改革的战略平台。

横琴四年只是一个逗号，接下来的横琴还将为我们奉献更多的新词、更美丽的句子、更宏伟的诗篇。我们相信，横琴一定会是一部令人震撼的作品。

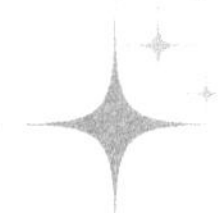

④ 网络问政是践行群众路线的新途径

如何创新开展党的群众路线教育实践活动的新形式？网络问政或许打开了一个新窗口。近日，珠海市网络问政综合信息平台正式开通上线，今后，网民咨询政策、反映问题、投诉举报……只须轻点手中鼠标，问政“拍砖”将更方便、更快捷。

据报道，作为市委、市政府借助网络平台了解民情、汇聚民智、服务民生的重要渠道，珠海市网络问政综合信息平台将市级主要的网络问政平台、各区政府网站等资源进行整合和链接。该平台由珠海新闻网负责建设，平台运行后，珠海新闻网将定期对平台的相关数据进行统计、分析，形成专题向主管部门汇报，实现问政平台统一管理监控，提高网络问政效率。此外，及时对通过平台处理的典型案例进行专题报道，进一步提升平台的影响力。

信息网络的发展是当今世界的重大革命性事件。当前，网络技术迅猛发展，尤其是沟通模式和传播科技上的发展，使互联网成为中国民众自由表达意愿、参政议政的重要渠道和十分重要的话语平台。只有充分利用好网络这个平台，才可以更有效地保障和实现人民的知情权、参与权、表达权、监督权，使之成为党委、政府了解民意、问计于民的重要途径。网络中高人辈出，智藏于民，计出于民，倾听网友的真知灼见、平等对话，让网络民意得到尊重，可以纾解民情、挖掘民智、凝聚民心，将更有效地提高党委、政府的决策水平和执政能力，促进群众所关心问题的解决。

近年来，网络问政在珠海正渐成风气，不少部门都开设了网络问政的平台，网民则发扬主人翁精神，以参与社会的热忱，以体察社会的思考，以维护公平正义的良知，踊跃参与社会建设，充分显示了网络民主的独特优势和积极作用。如以香洲饭米粒网为主要平台的香洲区的网络问政就渐趋成熟，已突破单纯的问政模式，问政与互动结合，实现了政府与网民、网民与网民之间的多向互动，形成了集收集、办理、监督、反馈、研讨和监测于一体的网络政民互动“香洲模式”。

各地开展网络问政的成功经验，有一条至关重要：要搞好网络问政，各级党委、政府必须把虚拟社会建设摆在更加重要的位置，以务实的工作营造良好的网络环境，执政者坚持虚心的态度，对网络意见不计态度、不问来历、不搞形式、不走过场，坚持对网友的投诉限期必须答复的制度，领导率先垂范，相应考核规定的严格执行，使网友“说了不白说，提了不白提”。只有对网民提出的问题，迅速、具体地答复反馈，网络问政才能赢得群众的信赖；只有对网民反映的难题，认真地设法破解，网络问政才能可持续地前行。

同时，网络问政也应是个理性的平台。官员和网民交流，大家的着眼点都应该是解决问题。网民不能光发牢骚，要少一些非理性的“网络暴力”或虚言诳语；官员也应该诚恳面对，不要用空话、套话应付。这样的网络问政将更好地唤醒大众的公民意识、权利意识、责任意识，实现权力与权利良性互动。各级党委、政府要以更开放的视野、更平等的心态、更宽广的胸怀和更强的接受批评、监督的承受力，善用网络问政，进一步促进科学决策、民主决策、依法决策，切实做到“网上访民情，网下解民忧”，在新形势下密切党和群众的血肉联系。

“互联网一小步，社会发展一大步”，如何应用好网络问政正成为我们这个时代的新课题。

5 “一老一小”都要托管好

近几天，珠海有关于“一老”和“一小”的好消息，都值得我们重视。

先说“一老”的好消息。有消息报道，珠海人均期望寿命 82.5 岁，

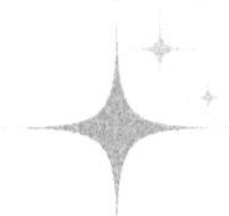

进入发达国家前列。

人均期望寿命是指在现阶段每个人如果没有发生意外，应该活到的年龄，它是一个重要的社会发展指标，可以反映一个社会生活质量的高低。资料显示，中国目前的人均期望寿命为73.5岁。

人均期望寿命高，说明珠海确实是个养老的好地方，相信这条消息将吸引更多的老人来珠海度过晚年。但这只是期望寿命，真要活得长，还要有相应的条件，而条件之一就是敬老院的建设，否则老人都来了怎么办？而珠海的养老机构状况又是如何的呢？

据市政协今年对珠海养老机构的调研，珠海目前有15万多名60岁以上的老人，却只有26家养老机构（其中，公办16家，民办10家）。26家养老机构总共只有2200多张床位，床位数占老年人数的1.4%，情况比国内有些城市要好，却远低于发达国家7%的水平，也低于一些发展中国家3%的水平。何况，近年来，珠海老年人口还将呈井喷式增长，两路大军使“银发浪潮”日渐逼近：一是随子女南下的常住老人逐年增加；二是特区开创初期的青壮年陆续已届退休年龄，将在同一阶段面临养老问题。

现有的养老机构服务质量也远远满足不了社会需求。很多养老机构没有电梯，没有文体娱乐设施，没有医疗设施，仅有的一些生活设施也大多已经老化。多数养老机构没有按照国家和省的规定配备管理和服务人员，从业人员匮乏，专业素质偏低，持证上岗制度尚未建立。珠海的养老床位本来是非常缺乏的，加上收费较贵，让原本有需要的老人不愿来养老院，平均入住率只有七成。所以绝大部分老人只有采取居家养老的方式，由家人照顾。但老人的子女（尤其是独生子女及不在老人身边的子女）有相应的时间和精力、财力吗？理性地想一想，这个问题确实很严峻，靠谱的出路还是要更多地依靠社会养老机构。虽然珠海市出台了《关于加快社会养老服务事业发展的实施意见》，但力度似乎还要加强。政府要有更多的规划和投入，同时，要适当利用土地、财政、信贷、保险、税费优惠等措施，鼓励和吸引民间资本发展养老服务机构，进入养老服务领域，真正实现老有所养，让老人不仅可以活得长，还可以活得有质量。

再说关于“一小”的好消息。日前，市教育局出台指导意见，要求全市各公办小学从2014年春季开学起，在正常上课日的7：30—17：45

时间段内，应当允许本校学生入校或者留校，且做好有关管理服务工作。简单地说，就是要求学校做好托管服务工作。并且，托管要以确保学生的安全为主，不得作为学校教学的延伸，更不能进行补课等违规行为，不得收费。

不用想，对教育局出台的这个意见，家长肯定普遍叫好，学校肯定会表示存在实际困难。家长为什么欢迎呢？孩子中午放学，家长却不能接送；有时下午三四点放学，家长却五六点才下班，这几个小时的“真空”，孩子怎么办？可以待在学校，家长当然放心。

学校又有哪些困难呢？主要有两方面，一是学校食堂不具备承担制作全校学生午餐的能力，二是学校没有午休的房间，而解决这些问题所需要的硬件都是我市大多数学校在建设时就没有纳入规划的。此外，在人员配置上也存在欠缺。解决这些困难，一要时间，二要资金。

所以，一方面，我们希望各区、各部门站在以人为本，维护社会和谐稳定的高度，充分认识加强学生托管管理工作的重要性和必要性，采取有效措施解决当前人民群众普遍关注的学生午休和课后托管问题。全市各小学要充分发挥在学生课后托管问题上的主渠道作用，增强工作责任感和使命感，认真履责，切实把学生在校管理工作抓实抓好。另一方面，我们也希望政府出力，像上海各区县教育行政部门将开展放学后看护服务工作所需经费纳入年度计划一样，为学校开展托管埋单，支持学校把学生托管好。

“一老一小”都托管好了，我们的社会不就更和谐了吗？

6 创业创新正当其时

马年新春伊始，珠海的企业家再次传来令人振奋的消息：在广东省第四批领军人才引进计划中，珠海博观科技有限公司董事长李迪博士入选创业类领军人才，金山软件有限公司 CEO 张宏江博士入选创新类领军

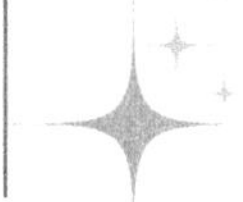

人才，三一海洋重工有限公司（珠海）OTL团队入选创新创业团队。据了解，本次计划共有20人入选。按照省的规定，珠海入选的这两位博士和三一重工（珠海）OTL团队将各获得600万元和2000万元省财政专项扶持经费。

近段时间以来，珠海企业不断有出乎意料的表现，让人惊讶不已。去年年末，格力集团董事长董明珠、小米公司董事长兼CEO雷军联袂当选“2013中国经济年度人物”。10位中国经济年度人物中有2位来自珠海，“中国经济年度人物”以这种特别的方式彰显了珠海经济的高品质。今年年初，珠海魅族科技的黄章重新出山，搅皱一池春水，成为智能手机业界的一个轰动性事件。这位一直低调潜行的传奇人物突然成为社会明星，不仅使得魅族手机的社会影响力迅速扩大，也使得珠海经济再次成为人们关注的焦点。现在，金山软件、博观科技的两位领头人当选领军人才，又一次以清晰的声音告诉世界，珠海的优质企业、杰出企业家渐呈群星灿烂之势，珠海企业发展的好日子来了。

不过，细究起来，珠海企业的这些最新收获又都在情理之中，格力、金山、魅族的成就不用多说，早已深入人心，即使是创办不到两年的博观科技，2013年中期实现量产，至年底销售额已超2000万元，预计今年销售额将实现2亿元，5年内实现10亿元。综观这些企业，有两大特色十分明显：一是对品质的追求。格力标榜的是工业精神，魅族则被普遍认为具有一种工匠精神。格力空调依靠产品品质成为中国工业品质的高端代表，牢牢地占领着中国空调第一品牌的位置；魅族手机每推出一件产品，连细节上都要做到无懈可击，也可以视作国产手机品质的标杆。二是以创新为动力。格力空调、金山软件一直是创新驱动的代表，而博观科技研发设计的高端集成电路闪型存储器芯片填补了国内市场的空白，创新科技让这家集成电路企业进入“裂变式”发展轨道。这次，两位博士成功当选创业创新类领军人才，将进一步改善珠海的创新创业环境，增强高层次人才引领产业转型升级的作用。

在某种程度上，这些企业家的成就也代表了珠海的创业环境，说明珠海确是一个特别适宜企业家创业发展的热土。在入选2013年“广东省领军人才”的20位获奖者中，广东博观科技有限公司董事长李迪博士年龄最小。李迪说：“珠海政府给予的大力支持蛮实在的，政府贴心的服务给初创型企业注入了动力，在珠海创业是明智的选择。”张宏江也认为，山清水秀的珠海是适合生活、工作的地方。“珠海整体人文环境不错，没有大城市的浮躁，能静下心来踏实做，特别适合研发。”三一重工（珠海）OTL团队更是在珠海开展的干树式半潜生产平台总体设计关键技术研发项目中取得了骄人的成绩。

珠海一直怀有发展高端产业、集聚高素质人群、打造高品质生活的美好愿景。确实，珠海的自然环境易于孕育企业家远大的胸怀，珠海国际化的营商环境、良好的法治环境、高效的办事程序、便捷的区位交通、廉洁的社会风气，提供了企业发展的广大空间，使得企业家精神受到尊重，企业家可以专心致志做事，企业可以独立自主发展，或许这就是不大的珠海频频产生大企业和大企业家的原因。

7 居家养老是个好办法

读珠海特区报昨日的一则消息，让人颇为动容：3日上午，康宁社区香宁南区会议室一片喜庆，当天是日托中心三位老人的生日，香宁南区30多位老人欢聚一堂共唱生日歌，共吃生日蛋糕，许下自己对新一年的美好愿望，并庆祝康宁社区老人日托中心三周年生日。

消息称，我市首个老人日托中心是由珠海邻里互助社在康宁社区成立的，为社区数十名老人提供服务，老人不仅可以在社区饭堂享受优惠午餐，还可以免费享受各种医疗保健、心理保健，每月还有各种联欢会、红歌会、趣味运动会，让老人快快乐乐安享晚年。截至去年底，珠海邻里互助社为各社区居民（主要为老年人）提供了各类需求服务48838人次，其中，光康宁社区就服务了2000多人次。

康宁社区日托中心的工作现在一般称为居家养老。居家养老（服务），是指以家庭为核心，以社区为依托，以专业化服务为依靠，为居住在家的老年人提供以解决日常生活困难为主要内容的社会化服务。服务内容包括生活照料与医疗服务。主要形式有两种：由经过专业培训的服

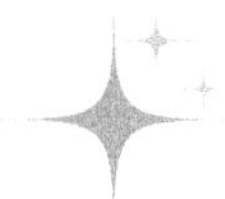

务人员上门为老年人开展照料服务；在社区创办老年人日间服务中心，为老年人提供日托服务。

目前，我国已逐步进入老龄社会，珠海也不例外，已有15万多名60岁以上的老人。过几年，珠海的老年人口还将呈井喷式增长。珠海人均期望寿命82.5岁。人均期望寿命高当然是好事，但社会无疑也面临养老问题。

据统计，珠海总共只有26家养老机构，绝大部分老人只有采取居家养老的方式，由家人照顾。但老人的子女（尤其是独生子女及不在老人身边的子女）有相应的时间、精力和财力吗？从这个角度看，社区对老人、对家庭成员的支援就显得尤为重要。何况，受中华民族传统的家庭伦理观念影响，大多数老年人不愿离开自己的家庭和社区到一个新的环境去养老。居家养老服务采取让老年人在自己家里和社区接受生活照料的服务形式，适应了老年人的生活习惯，满足了老年人的心理需求，有助于他们安度晚年。

居家养老服务与机构养老服务相比，具有成本较低、覆盖面广、服务方式灵活等诸多优点。通过居家养老服务，可以让一部分家庭经济有困难，但又有养老服务需求的老年人得到精心照料，从而对稳固家庭、稳定社会起到良好的支撑作用。更为重要的是，它可以用较小的成本满足老年人的服务需求。

首先满足的是老人物质生活方面的需求，如衣、食、住、行、用；其次满足的是老人的精神文化需求，如文化娱乐、保健、医疗卫生等；最后满足的是老人情感和心理慰藉方面的需求，比如心灵沟通。

康宁社区日托中心就是一个很好的例子。赖阿姨说，老人日托中心让老年人的晚年更精彩、更舒心，老人有朋友聊天，有优惠午餐，可以娱乐，可以健身，精神需求和物质需求都有保障。一位陪伴母亲来参加生日会的市民也说，老人日托中心帮他们这些双职工解决了照看老人的后顾之忧，老人有了自己的朋友圈，生活上又有人照料，把老人放在日托中心他们很放心。

居家养老服务本质上属于公共服务或者说福利性服务的范畴，政府应该发挥主导作用。同时，要整合社会资源，采取多种形式，充分调动社会各方面的力量参与和支持居家养老服务。人人都会老，实现老有所依，老有所安，是全社会应尽的义务。

8 养犬、广场舞及严格执法
——再谈珠海养犬条例的制定

不知从什么时候起，养犬在珠海渐渐热了起来，甚至在一部分人群中，养犬成了一种时尚。不过，养犬的人一多，人和犬之间的矛盾、养犬的人与不养犬的人之间的矛盾也随之多了起来。养犬的人有养犬的理由，诸如孤独说、看家说、玩赏说、爱心说等；反对养犬的人有反对的理由，诸如污染环境、狗吠扰民、恶狗伤人、争夺空间等。双方各执一端，纷争不断。

与养犬纷争类似的还有广场舞问题。也是不知从什么时候起，跳广场舞在珠海渐渐热了起来，甚至在一部分人群中，跳广场舞成了一种时尚。不过，跳广场舞的人一多，公共空间和个人权利的矛盾、跳舞的人和反对跳舞的人的矛盾也随之多了起来。跳舞的人有跳舞的理由，诸如健身说、娱乐说、交际说；反对跳舞的人有反对跳舞的理由，诸如噪声太大扰民、霸占公共场所等。双方亦是各执一端，纷争不断。

有了矛盾怎么办？最友好、最经济的方法是协商解决。协商解决不了怎么办？最公平、最彻底的方法是诉诸法律。《珠海经济特区养犬管理条例（草案）》就是这样一部地方法规。这部法规力图通过加强养犬规范，平衡养犬人和非养犬人的利益，逐步解决养犬带来的犬繁育、犬伤人、犬扰民、犬滋事、犬卫生5个方面的问题，并推动养犬人规范养犬、文明养犬，实现养犬人和非养犬人、人和犬的和谐相处。

显然，这项立法的旨意非常好，受到了养犬人和非养犬人的共同欢迎，养犬人和非养犬人对这部法规的具体条款都非常关注。在这部法规的立法听证会上，除养犬收多少管理费、每户最多能养几条犬、什么样的犬应当被列入禁养范围等问题为众多代表所关心外，尤为可贵的是，大家对提高法规可操作性也发表了意见和建议。

确实，人民群众对立法的期盼，是法律管用，能解决实际问题。所

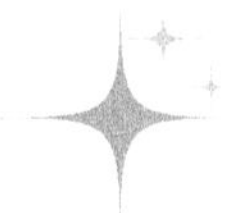

以要把提高立法质量摆在更加突出的位置，增强法律的可执行性、可操作性。过去，一些法规并未充分考虑到可行性与可操作性，只有原则性的、抽象化的、高度概括的、粗线条的、模棱两可的、只有共性的法律语言，而缺少具体化的、结合实际的、细化的、概念明确的、个性化的法律规定（条文），致使法规本身难以执行，执行难使法律的权威性受到质疑，同时降低了政府的公信度。

比如针对养犬，珠海市政府2009年不就颁布了《珠海市养犬人责任及监管暂行办法》吗？但由于该办法着重强调养犬人的自律，而对犬只的监管责权不清，造成政府对养犬管理的不堪重负，因此该办法的实际执行效果并不好。

又比如广场舞问题，不少露天广场舞紧靠居民住宅，音响震耳欲聋，给居民特别是幼儿、高龄老人、学生、工作“三班倒”的市民带来烦恼，但民众普遍投诉无门，不知道向哪个部门投诉，该由哪个部门来管。按照珠海已经出台的有关条例，城市生活噪声由城管部门管理，但对执法主体的授权不清楚，执行标准的上下限含混不清，加上城管部门既没有技术人员，又没有相关设备，怎么管？这类无法操作的法规，有亦等于无。

所以，法律的力量在于执行。立法必须具备可操作性，简单地说就是所立的法规条文要有针对性、适用性，立法调整的对象和范围要界定清楚，不能模糊或者产生歧义；执法主体的职责要明晰，不能交叉或者重复；规定应当细化，具体、公开，便民、利民；解决问题采取的措施要易执行、能落实。至于那些提倡性、号召性、宣示性的条款，可写可不写的就不写了吧。

据了解，1971 年，英国就对生活噪声做出了明确规定，从那以后，相关的具体条例越来越多。2004 年，伦敦市关于噪声的法令甚至规定：居民在使用收音机或电视机时，声音不得传出 8 米。与英国人相比，瑞士人的规定更加细致。该国规定：在租住公寓房时，晚上 10 时以后不准洗淋浴；凌晨 3 时以后，男人必须坐着小便，以免弄出声音干扰邻居安睡。此外，德国规定晚上 10 时后不准大声说话、放音乐、搞聚会，周末要举行聚会也得事先征得邻居同意。美国纽约甚至规定，家养的狗在夜间只许叫 5 分钟，白天只能叫 10 分钟，否则就要罚款，细致程度简直让人惊叹。

这样细致、认真的精神，难道不值得我们在制定《珠海经济特区养犬管理条例》的过程中学习和借鉴吗？

9 “制度+科技”：防止腐败的有效典范

廉政建设的重点在哪里？是制度建设。廉政制度建设的重点又在哪里？是建立科学的廉政风险防控机制。有了科学的廉政风险防控机制，可以从源头上堵住“漏洞”，使廉政预警工作更具预见性、针对性和实效性。从这个角度来衡量，珠海市纪委建立的廉情预警评估系统就是这样一项具有重大现实意义的制度创新，可谓抓住了廉政工作的“牛鼻子”，把廉政工作从经验层面提升到科学层面。

据了解，珠海市纪委于2012年探索性地开展廉情评估机制，2013年利用科技手段建立了廉情预警评估系统，将原来隐蔽性极高的腐败风险，转变为看得见的风险点和风险图。并通过量化分析计算风险值、实施预警评估廉情等方法，将预防措施落实在事前和事中，极大地提高了防控廉政风险的效能和针对性。

邓小平同志曾指出：“制度好可以使坏人无法任意横行，制度不好可以使好人无法充分做好事，甚至会走向反面。”可见，建立健全反腐倡廉的制度是何等的重要！当前，腐败问题多发，一个很重要的原因，就是制度不完善、管理不严格，为腐败滋生留下了缝隙、提供了漏洞。腐败人员往往是抓住制度建设的空白点，钻空子，找缺口，挖空心思找制度上的漏洞去进行腐败行为。只有进一步健全完善制度机制，针对腐败滋生蔓延的制度原因对症下药，设计出切合实际、可以操作的制度框架，全面地覆盖反腐的各个方面，才能使腐败现象无滋生蔓延的条件和土壤，使腐败分子无空子可钻。同时，转变工作思路，从关口滞后变为关口前移，重点领域、关键环节设防，多打“预防针”，多加“防火墙”，“雨常下、风常吹、醒常提”。“缝隙”弥补了，“漏洞”堵住了，腐败产生

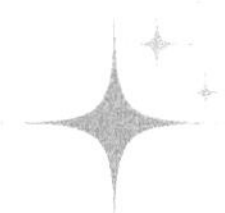

的可能性自然就会大大降低，这对广大正直干事的干部既是严格的要求，也是实实在在的关心和爱护。

珠海市廉情预警评估系统正是在切实把权力关进制度的笼子里实现了重要突破。它紧紧围绕对权力的监督和制约这个核心，紧扣腐败易发和多发的领域、部位和环节，排查风险点，建立防范措施，查漏补缺，建章立制，强化监督，预防和控制干部犯错误，减少失误，最大限度地减少腐败现象的发生。政府投资工程是腐败的高发领域。廉情评估发出的预警对项目建设单位和监管部门是重要的工作警示信号，可有效督促建设单位和主管部门对预警环节给予特别关注和规范，并改进工作。数据显示，2013 年，市廉情预警评估系统对全市政府投资工程发出预警后，当年项目投标人只有 3 名的比例从 2012 年的 50% 下降到 2%，串通招标的风险明显下降；去年政府投资工程中标节约率比前年提高了 2. 9%，节约投资 5. 5 亿元；针对概算、预算水分大的预警，去年概算核减率和预算核减率都有不同程度的提高，共节约政府投资 5. 2 亿元。

珠海市廉情预警评估系统的另一大突破是提高了反腐倡廉制度的科学性。今年 2 月中旬，珠海市廉情预警评估系统已获国家版权局颁发著作权，目前正在申报省、市两级的科学进步奖。用科技手段反腐并获得国家版权局颁发著作权，在全国尚属首次。运用科技手段大大提高了廉情评估预警系统的监察和预防效能，比如，过去每年市纪委都要组织有关部门对政府投资项目进行一次检查，每年检查 5～10 个项目，每个项目至少需要 3 人，耗时 1 天，但最终只能做出宏观上的结论，难以发现实质问题。现在只要鼠标一点，数秒钟内就可以检查任何一个项目的所有数据，直接看出可能存在的风险点，从而完成靠人工预防所不能完成的任务。

不想腐、不能腐、不敢腐是解决腐败问题的 3 个关键环节。加强理想信念教育，增强宗旨意识，解决的是使领导干部“不想腐”的问题；坚持有腐必惩、有贪必肃，解决的是使领导干部“不敢腐”的问题。而在新的历史时期，反腐败仅着眼于案件的查处和单纯强调思想教育和自律远远不够，还必须加强体制机制创新和制度建设，狠抓源头预防，及时发现和纠正苗头性、倾向性问题，用科学有效的预防机制控制和降低廉政风险，才能解决使领导干部“不能腐”的问题。珠海市廉情预警评估系统的成功实践启示我们，反腐倡廉制度也应与时俱进，勇于创新，逐步形成内容科学、程序严密、配套完备、有效管用的制度体系，让制度行得通、管得住、用得好。

⑩ 共建共管共享我们的家园

谁是城市的主人？是市民。只有让市民共建、共管、共享城市，才能增强市民的自豪感、归属感、幸福感。近期，珠海特区报推出的“城市治理我做主”系列报道，全方位地介绍了近年来珠海在“双限治乱”、改造农贸市场和老旧小区、兴建社区公园等方面创新社会治理体制，充分发挥社区居民在社会治理中的主体作用，实现政府治理和社会自我调节、居民自治良性互动的一系列新举措。系列报道以生动的事实说明，珠海是珠海人共同的家园，幸福生活必须依靠全市上下共同创造。

城市治理是公认的世界性难题。其难就难在城市治理中往往搞不清楚依靠谁、治理谁。有些地方，城市管理得井井有条，漂漂亮亮，老百姓却不领情，甚至“骂娘”，政府部门吃力不讨好。原因是在城市治理过程中，市民不仅生活不方便，未得到实惠，反而成了治理的目标，城市治理成了“面子工程”。这样的城市治理当然得不到市民的支持，治理的效果也就很难持久。但在珠海，城市治理不是为了争某项荣誉，而是为了共建幸福家园。正是坚持治理为了群众、治理依靠群众，从而充分激发了人民群众的积极性。

城市治理为了群众，首先是政府官员心里要装着群众，以问题为导向，回应百姓关切。老百姓关心什么问题，我们就解决什么问题。长久以来，香洲区的老旧小区问题多，解决起来难以出政绩，对此，许多部门绕着走。这次，香洲区党委、政府却迎难而上。2013 年，香洲区乘着“创文”的东风，投入1500 万元升级改造 108 个老旧小区，主要完善小区的各种设施，美化小区环境。修补一段路面，疏通一段排洪渠，增添一盏路灯，建设一个小小的健身公园……这些从小处着眼的工程看着不起

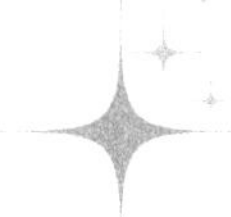

眼，体现的却是党委、政府贴近民情、务实为民的理念。

城市治理依靠群众，关键是要充分认识到市民的城市主人翁地位。市民不是治理的工具，而是城市治理的主体，因此，要充分调动居民自主性，广泛参与城市管理。在城市公共治理的新思维下，我市城管部门实现了城市管理从管制到服务的转型，变过去的政府“一家管”为社会各界“大家管”。社区范围内的商贩是否应存在由居民决定，在市场配套不完善的区域，由街道办和社区主导建立临时便民市场，限时、限地引导商贩规范摆卖。同样，在香洲区规模巨大、千头万绪的整改老旧小区工程中，大力推动社区自治，市民体验到了参与家园建设的责任和成就。以人为本，倾听市民的心声，尊重他们的诉求，原来在城市治理中常出现各方水火不容、矛盾冲突，如今各方都能和谐共处。

城市治理的根本目的是让人民群众过上更加幸福美好的生活，这就要求把治理工作与改善民生紧密结合起来，使治理的过程真正成为为群众排忧解难的过程。在珠海的城市治理过程中，有关部门是这么想的，更是这么做的。农贸市场是城市的一大窗口，农贸市场改造提升事关百姓“菜篮子”“米袋子”和食品安全。2013 年，珠海在整治农贸市场的问题上，动了真格，下了决心，市、区两级财政共安排了 5000 万元专项资金用于农贸市场改造。全市 77 家农贸市场经过改造后，共有 18 家市场获评 AA 级农贸市场，柠溪、为农市场的硬件条件和经营环境均达到了全省一流水平，实实在在地为老百姓办了一件大好事。而香洲区建设的众多的社区公园不仅给广大市民提供了一个户外健身拓展空间，让居民有了锻炼、休闲、聚会、沟通的好去处，更给市民提供了一个类似乡村“大榕树”下议事、交流、互助、参与社区管理的公共生活平台，进一步密切了社区的邻里关系，增加了市民的幸福感。

一些人在城市治理中忘记了群众，一个重要的原因是瞧不起群众，轻视群众的力量和智慧。其实，“三个臭皮匠，顶个诸葛亮”，调动了群众的积极性，常会得到出乎意料的惊喜。从 2012 年起，香洲区掀起了建设社区公园的热潮，短短两年时间先后建成了 58 个大大小小的社区公园。这些社区公园从选址、规划、建设到交付使用管理，都倾注了广大市民极大的热情。在老旧小区改建工程中，香洲区充分听取群众意见，居民积极为家园升级改造献计献策。关于农贸市场改造，居民代表的意见得到高度重视。每次建议稿报送市政府讨论时，都必须注明居民代表的意见是什么，是否有采纳，如不采纳须注明理由。为农市场两个独具匠心的细节均来自民意：一是每个摊位边缘凸出，防止档主将商品突出到摊位外；二是肉类摊位采用不锈钢网格台面，肉屑和骨渣可以从孔中漏下，有利于保持台面干净。可见，实践出真知，群众中有能人。

从单向管理到公共治理，是城市治理理念的重大改变。我们欣喜地看到，由于广大居民参与到自己所生活的城市的管理中来，多年的市容“黑点”得到治理。环境改善了，交通顺畅了，居民也舒心了，更多的市民像爱护自己的家一样爱护这个城市。接下来，我们还要在城市治理的精细化、特色化、生态化方面做文章，在打造个性城市、特色城市上下功夫，努力在环境宜居上实现与欧美先进国家相媲美的目标。

⑪ 打造一条高效的创新生态链

珠海的企业可以说迎来了创新的黄金时期。今年初，在广东省第四批领军人才引进计划中，广东博观科技有限公司董事长李迪博士入选创业类领军人才，金山软件有限公司 CEO 张宏江博士入选创新类领军人才，三一海洋重工有限公司（珠海）OTL 团队入选创新创业团队。加上去年末，格力集团董事长董明珠、小米公司董事长兼 CEO 雷军联袂当选 CCTV“2013 中国经济年度人物”。这一连串的惊喜都以有力的声音告诉世界：珠海的创新型企业、创新型企业家已渐呈群星灿烂之势，珠海已经成为创新型企业聚集发展的目的地。

近年来，3D 打印、海新生物、科创医药等越来越多的创新型企业选择扎堆珠海，在珠海萌芽、成长。目前，珠海已拥有 336 家国家高新技术企业、4 家国家级工程中心和 71 家省级工程中心，5 家国家重点实验室在珠海设立了分支机构。以创新为动力是这些企业的共同特征，如格力空调、金山软件一直是创新驱动的代表，而博观科技研发设计的高端集成电路闪型存储器芯片填补了国内市场的空白，创新科技让这家集成电路

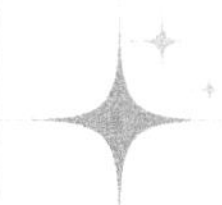

企业进入裂变式发展轨道，三一海洋重工有限公司（珠海）OTL团队更是在珠海开展的干树式半潜生产平台总体设计关键技术研发项目中取得了骄人的成绩。资料显示，珠海工业增长有一半的动力源来自高新技术企业的自主创新。

企业创新的背后是政府对珠海建设创新型城市的坚定追求。在某种程度上，这些企业家的成就也代表了珠海的创业环境，说明珠海确实是一个特别适合企业家创新发展的热土。广东博观科技有限公司董事长李迪博士说："珠海政府给予的大力支持蛮实在的，政府贴心的服务给初创型企业注入了动力，在珠海创业是明智的选择。"企业家们在回答"选择珠海的理由"这一问题时，除珠海闻名遐迩的区位、生态优势外，珠海对创新的提倡和扶持，是创业精英们动心的另一个重要因素。

通过不断提升科技创新能力，促进先进制造业、高科技产业和现代服务业快速走上发展"创新型经济"的道路，可以说是珠海经济特区做大做强的关键之一。过去是如此，今后更将如此。珠海只有大力推进科技创新，才能在新一轮大发展中抢占先机。不加快产业转型升级，加快发展可能就是一句空话，更谈不上可持续发展。在新的技术革命面前，珠海把创新驱动作为核心战略，牢固树立科技第一生产力、人才第一资源、资本第一推动力的发展理念，力求在创新驱动上取得更大突破。

创新驱动发展战略的关键是科技与资本的结合。在科技资源的配置中，珠海以重点实验室、重点科研机构、重大科研平台为支撑，以科技成果产业化为重点，充分发挥珠海高校众多的优势，建立"政产学资"一体化互动科技创新体制。向中小民营科技型企业的倾斜，推动形成一批靠技术创新而不是靠政策保护发展壮大的"单打冠军"。同时，珠海充分发挥财政资金的杠杆作用，加大金融对科技型中小企业的支持力度，营造国际化、市场化的资本市场环境，在横琴新区进行金融创新的制度试点，引导更多的社会资本参与创新。创新链、产业链和资金链的融合让珠海正成为珠三角技术和资本的新成长区。

珠海尤其注重在引进高级研发团队、顶尖创业人才上下功夫，推动项目跟着人才流向珠海。上述两位博士成功当选创业创新类领军人才，将进一步增强高层次人才引领产业转型升级的作用，增强珠海对人才的吸引力。目前，珠海已初步形成覆盖不同产业、不同人才需求的人才政策体系，无论是创新人才、创业人才，还是高层次人才、高技能人才，抑或是博士后、青年优秀人才、新引进大学生等不同层次的人才，均能“对号入座”，享受各类人才政策优惠。一个政府引导、企业主体、市场导向、协同合作、服务经济的高效创新生态链正在加紧建立，一个鼓励创新、宽容失误的良好氛围正在逐渐形成。

但珠海在创新方面依然存在瓶颈，如科技投入的总量较小，科技成果评估和孵化等科技中介服务机构发育还不健全；高层次创新人才还相对不足，制约着珠海智力密集型产业的发展；金融对创新型企业的支持不够；等等。针对这些问题，我们既要有宏观视野、战略思维，针对根本性的问题搞好改革的顶层设计，统筹协调，攻坚克难，又要脚踏实地，立足眼前，抓住身边的问题做好改革，以解决大小问题为切入点，取得实效，寻求突破，以改革精神增创发展新优势。

⑫ 听证会要充分尊重民意

如何收集群众的意见，将群众的合理意见吸纳到政府的决策中？举办听证会或许是一个行之有效的好途径。近日，有消息称，自 3 月10 日下午《珠海经济特区养犬管理条例（草案）》（以下简称《条例》）立法听证会举行后，经对立法听证会上各方意见的综合考虑，市法制局对《条例》进行了修改和完善。修改后的《条例》不仅降低了养犬管理费的收费标准，还规定在该条例正式实施前已养犬只均可登记上牌。同时，进一步加强对养犬人的行为监管，加大对违法养犬、不文明养犬的处罚力度，增加对犬只保护的相关内容。

举办听证会前后，《条例》有这么多的变化，说明这场听证会并不是形式主义的走过场，而是真的发挥了作用。虽然从性质上来说，听证会属于咨询会而不是决策会；从技术上来说，属于信息搜集而不是信息规划。换句话说，政府在做决策时，没有义务根据听证会个别代表的意见做出决定，而应该根据决策的内容以及法律依据，慎重做出决定。如果

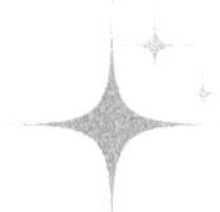

把听证会当作决策会，就会混淆听证会的概念，夸大听证会的功能。但举办听证会的目的就是搜集社会各界的意见，为政府做出决策、实施决策或者修改决策提供充分的信息。这项制度有助于立法机关和行政机关广纳善言，科学决策。所以，参考听证会代表的意见，决策时体现听证会代表的意见，应是一个很自然的结果。

重大行政决策听证是近年来行政管理改革的方向。今年 2 月20 日，《珠海市重大行政决策听证办法》正式开始实施，这是珠海市政府提高决策科学性、实现民众民主参与制定公共政策的权利的一项重大制度设计，在开展党的群众路线教育实践活动之际，更有重大的现实意义。要使这项制度达到初衷，必须注重两个方面：一是参加听证会的代表真的能代表各方面的意见，而不能是“被代表”；二是举办方要确实尊重民意。如果民众体察到，听证会为少数政府部门或垄断团体所操纵，所谓听证会上的民意代表只不过是客串了一把“群众演员”，听证会的效果将会适得其反。所以，听证会中获取的信息和公众意见，应当作为立法的重要依据；对听证会中公众反映强烈，而决策没有采纳的重要意见，应当做出说明。

3 月25 日，受市政府委托，市交通运输局分别组织召开南屏二桥规划管理方案听证会和白石桥工程方案听证会。去年底，南屏二桥建设正式提上日程后，受到其沿线多个小区特别是华发新城部分业主的反对和质疑。反对建桥的业主认为，南屏二桥的建设将带来大批车流，影响其现在安静舒适的生活环境。同时，他们对巨大车流带来的安全隐患、尾气、噪声污染表示担忧。有业主表示，小区环境受到影响将造成自己的固定资产缩水。也有业主表示，通过对周边道路的分析，南屏二桥建成后无助于交通疏导。不过，也有业主旗帜鲜明地表示支持政府建桥的决定。

政府建桥的规划显然有政府的理由，无论是支持还是不支持的业主，各方都有自己的道理。当矛盾出现后，怎么办？

城市规划作为政府公共职能的一个部分，应该充分体现公共性，其价值取向应该是公共利益的最大化。政府无疑做到了这一点。但在市场经济中，个人也有自己的利益。要想维护社会公平、正义，一方面，政府代表了社会全体利益或者长远利益，不能无视另外一部分人，哪怕是少数人的眼前利益；另一方面，如果部分市民只顾自己的权利，不管广大市民的公共利益，不支持有利于广大市民的公共建设同样不可取。在平等和尊重各方权利的前提下，按照参与、理性、协商、法治的原则解决彼此之间的利益冲突，才是我们应有的选择。在这个意义上，在两座桥梁建设前，市政府主动启动相关听证工作，并要求交通部门在10个工作日内制作听证报告提交市政府，作为市政府决策的重要参考依据，正是在切实维护好广大市民的合法权益。

13 广场舞噪声扰民，罚得好

昨日，本报一条消息特别让人振奋：4月11日，南屏派出所接到南屏康和花园的居民报警称，南屏北山名人雕塑公园广场上，每天晚上都有人使用高音喇叭跳广场舞，严重影响附近居民的休息和孩子们的学习。民警赶到后，当即对主要责任人开出了处罚决定书。

消息涉及的广场舞问题是当前的一个普遍现象。广场舞噪声扰民，不少露天广场紧靠居民住宅，广场舞所用音响震耳欲聋，给居民特别是幼儿、高龄老人、学生、工作“三班倒”的市民带来烦恼，被许多人称作社会公害。跳舞的人也常因之被舆论指责。

应该说，人们跳广场舞本身无可厚非。“国家提倡全民健身运动，广场舞可以健体强身，可以排解寂寞，扩大交际，深受中老年人欢迎很正常，甚至可以说，跳广场舞是满足现阶段中国广大百姓健身和精神需求的最好载体之一，在全国大多数城市，广场舞已然成为一种时尚，成为广场文化的集中体现。”一些大妈说，她们只是追求健康和身心愉悦的生活，这难道也有错？一些在小区跳舞的大妈还说，她们也是小区业主，她们在自己的小区跳舞，为什么不可以？

确实，跳舞的人有跳舞的理由，然而，许多事都是多方面的。舞者认为跳广场舞是精神寄托，想唱就唱，想跳就跳，有自己的自由。而反对跳舞的人有反对跳舞的理由。邻近的居民则认为，跳舞已经严重影响他人的正常生活：“早上6点多音乐就响了，没法再睡觉。晚上8点，想

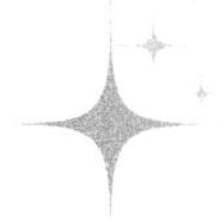

安静地看会儿电视也被打扰。”此外，在高楼林立、人口密集的城市，小区空地是十分稀缺和宝贵的公共休闲场地，一些人占领小区空地用于跳舞之后，其他居民连安安静静散个步的地方都没有了。这边厢，广场舞爱好者乐此不疲；那边厢，广场舞噪声受害者苦不堪言。本该是公共生活方式中的一个活跃因子、社区和谐的纽带的广场舞，逐步演变成不同利益群体之间互相怨恨、互相仇视以至处于势不两立的状态，极大地影响了社会的和谐稳定。

所以，有害的不是广场舞，而是广场舞噪声；让人反感的不是合理利用公共空间，而是部分人霸占公共空间；人们完全有跳舞的权利和自由，但不能损害其他人安静生活的权利和自由。要知道，反对噪声污染，争取可以安宁休息的生活环境也是理所当然。任何权利和自由都是有边界的，越过了这个边界，就要受到制约和处罚。广场舞变成“扰民舞”，主要原因之一就是跳舞者文明素质低、道德自律意识差，过分强调个人自由。他们对噪声污染的危害认知缺位，没有做到换位思考，从而忽略了其他人的感受，把自己的快乐建立在别人的痛苦之上。

怎么对待广场舞的扰民行为？有人针尖对麦芒：泼粪、枪击、放狗咬……去年8月，北京昌平区某小区发生一起枪击案，小区居民施某因无法忍受小区广场上响亮的伴舞音乐，拿出私藏的猎枪对天鸣枪，随后又放狗追咬跳舞的妇女。浙江温州市区新国光商住广场的住户更是下了血本，花26万元买来“高音炮”，和广场舞音乐同时播放。随着广场舞参与者与公众之间的矛盾事件频发，也有一些地方开始采取强制性措施，限制广场舞在公共场地上开展。

这些，当然都不是好办法，以恶治恶显然不对，禁止也未必能解决问题。在利益多元的时代，不同利益群体之间产生摩擦和矛盾应属正常，广场舞治理之难，就在于难以实现不同利益群体的利益协调。广场舞热爱者和小区居民，一个要健康，一个要休息，如何在两者之间寻求平衡？加强宣传和教育，提高市民的文明素质，增强市民的社会公德意识可能是根本。立足眼前，作为小区居民，最好是通过合法、合理、文明的手法进行沟通。

不过，除协商之外，依法办事、严格执法的效力或许更明显、更直接、更有力。只是以前面对噪声扰民，民众普遍投诉无门，不知道向哪个部门投诉，该由哪个部门来管。通过这个消息，我们清楚了，市民遇

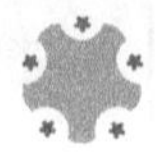

到生产活动产生的偶发噪声或者居民乐器、喧哗所引起的生活噪声、机动车噪声扰民，都可以通过报警进行处理（室内装修、商家招揽顾客的喧哗声以及夜间施工噪声归城管部门处理，空调等固定设备发出的噪声则应当由环保局处理）。另据消息报道，拱北口岸公安分局已决定开展一次噪声扰民整治行动，各派出所对生活噪声多发地带进行了统一梳理，并进行集中整治。我们期待这次噪声扰民整治行动取得预期的效果，并希望其他部门也尽快投身到整治行动中来，共同营造和谐的社会氛围。

⑭ 可持续发展才是关键

4月16日，由麦肯锡、哥伦比亚大学和清华大学共同创建的“城市中国计划”发布了《2013年城市可持续发展指数报告》，珠海从185个中国地级和县级以上城市中脱颖而出，在中国城市可持续发展综合排名中位居全国首位。这个荣誉虽来自民间，但也许是对珠海最准确的评价，值得珠海自身重视和珍惜。

说不清楚珠海这些年上了多少次各类评比榜单，获得了多少荣誉，仅去年就一口气夺得2013年中国最美丽城市、十佳宜居城市、十佳优质生活城市、最具幸福感城市，并被评为外国人最爱的中国城市第一名。另外，不久前由人民网强国论坛评选出2014年中国十大最安逸城市，珠海亦榜上有名。珠海虽然以经济总量论，离一线城市甚远，但无疑已成为国内最令人向往的城市之一。

最令人向往，是因为珠海有相当明晰的可预期的美好未来。一个城市，仅有伟大的过去是不够的，许多历史上声名赫赫的城市现在仅供游人凭吊、发思古之幽情；一个城市，仅有耀眼的现在也是不够的，机缘巧合、风云际会，可能让一个城市迅速崛起，不过，随其机缘散去，其兴也勃，其忘也忽的现象并不少见。珠海却不然。珠海不仅历史文化底

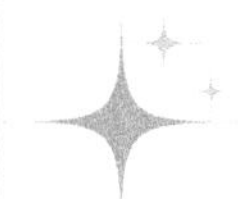

蕴深厚，近代名人辈出，成为中西文化交流的重要走廊，领当代中国改革开放风气之先，以杀开一条血路的勇气，铸就了30多年的辉煌和成就，而且正如《2013年城市可持续发展指数报告》所指出的，珠海的可持续发展前景喜人。

什么是可持续发展？按照1987年由世界环境及发展委员会所发表的“布伦特兰报告书”所载的定义，可持续发展是既满足当代人的需求，又不对后代人满足其需求的能力构成危害的发展。可持续发展是一个密不可分的系统，既要达到发展经济的目的，又要保护好人类赖以生存的大气、淡水、海洋、土地和森林等自然资源和环境，使子孙后代能够永续发展和安居乐业。人是可持续发展的中心体。

珠海的特色正符合可持续发展的要求。珠海整个城市镶嵌在山海之间，碧水蓝天，海风白云，陆岛相拥，绿荫环绕。改革开放30多年来，珠海始终坚持生态优先发展理念，没有拼资源、拼环境、拼速度，坚持绿色发展，好字当头、又好又快发展经济，人均地区生产总值、人均收入、人均居住面积等指标位居全省前列，城乡差距低于全省水平。同时，珠海还大力发展各项社会事业，在全国率先实施中小学12年免费教育，创办大学园区，在全国率先建立全民医疗保障制度，形成了多层次、宽领域的社会保障体系，走出了一条环境、经济、社会协调发展的新路子，能够满足居民物质和精神生活需求。目前，珠海已成为相对发达地区环境质量最好、土地开发强度最小、人口密度最合适、低端产业布局最少和社会最和谐平安的地方之一，拥有明显的后发优势和广阔的发展空间。珠海能与深圳、杭州、厦门、广州、大连、福州、北京、长沙、烟台一起跻身中国城市可持续发展综合排名前10位并位居榜首，可谓实至名归。

可持续发展的评比是对珠海综合发展的全面考核。与以前的获奖榜单突出珠海在生态宜居方面引领全国不同，据介绍，“城市中国计划”发布的报告是通过对社会、环境、经济、资源四大类23个指标的计算分析得出的，结果与市民对珠海城市宜居宜业、地域文化独特、空间舒适美丽、生活质量良好、生态环境优化、社会文明安全、社会福利及保障水平较高的印象相一致。这说明珠海在产业转型升级方面奋勇争先的同时，在公共服务建设、行政体制改革、提高政务效率、公共安全管理、基层治理创新、社会志愿服务、文化传承创新、城乡统筹发展、实现城乡一

体等方面也正在成为全国的标杆。

追求可持续发展体现了珠海坚持世界视野、历史高度和百姓感受的统一，体现了珠海价值、珠海目标和珠海道路的特色，也是世界文明的方向。只要我们在建设生态文明的道路上持续走下去，就一定能把珠海建成一个宜居、宜业、生态、和谐、文明、平安的现代桃花源。

⑮ 真心　真群众　真意见

开展党的群众路线教育活动，如何实打实，取得实效？有几个关键点值得我们认真掌握：一是要有一颗真心；二是要见真群众；三是要听真意见。这样才能摸到真问题。

有一颗真心是说领导干部要真诚待民，下基层调研，要真心实意地同群众打交道、交朋友，以心换心，视群众为亲人、为老师，更重要的是要真正把群众当成主人。“衙斋卧听萧萧竹，疑是民间疾苦声。些小吾曹州县吏，一枝一叶总关情。”有了真感情，在群众面前才不会作秀，才自然而不造作，才会对老百姓说老实话，才会办老实事，做老实人，才不会回避矛盾和困难。

见真群众是说领导干部要开门纳谏，下基层调研时要广泛接触不同类型的群众，尤其要到有困难的老百姓中去。现在有些干部听意见还是搞“体内循环”，没有真正走出机关；有些即便走出了机关，身在基层，却放不下架子，指定人员听批评，划定范围听意见。还有些地方听说领导要来调研，就充当“导演”，专门挑选一些听话的群众代表，并进行针对性的“培训”，以避免让领导“难堪”。但如果只是见这些被挑选出来的群众代表，搞选择性倾听，又怎么可能掌握全面的民情呢？其实，敢不敢见真群众，能考验一个干部的工作能力，检验一个干部的自信心。一个干部心怀坦荡，心无杂念，又怎么会怕群众？相信群众，依靠群众，善于做群众工作，应该是每个干部的基本功，一些缺乏基层工作经验的

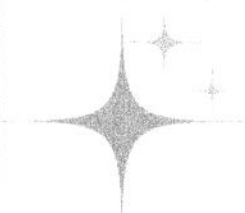

干部更要补上这一课。最要不得的是一些干部把下基层当成一项不得不完成的苦差，走过场，敷衍了事。

要听真意见，领导干部就要从善如流，下基层调研要抱着兼听则明的态度虚心接受群众的意见和建议，特别是要包容一些尖锐的意见。良药苦口、忠言逆耳，这是常识，但知易行难，有些干部奉承话听多了，听到一点不称心的话就反感，偶尔听到的也是诸如“要注意休息”的假意见。

有一颗真心，见真群众，听真意见，都有一个“真”字。真，是一种态度，是党员干部的本色。在深入开展党的群众路线教育实践活动中，我们的广大干部都要牢记这个“真”字。

16 乡村游，旅游新亮点

节日期间去哪儿？珠海应该搞什么样的节庆活动？这一直是珠海人议论的热门话题。从去年开始，斗门一系列节庆活动成了珠海假日期间的重头戏。透过刚刚举办的斗门首届乡村旅游节，细心的人们或许可从中得到一些启示。

据媒体报道，今年“五一”期间，斗门推出了旅游节系列活动，3 天时间迎客 45 万人次，占据整个珠海旅游市场的“半壁江山”。

这样的结果不能不说有些出人意料，因为在习惯性的眼光看来，斗门既没有名山大川，也没有像山西、陕西、北京那样深厚的历史和文化。既然是旅游节，总要让游客有东西可以看、有事情可以做、有产品可以买，让游客保持视觉和思想的新奇感觉。斗门有什么东西让挑剔的游客看个新鲜、看出门道呢？

经过几次摸索，斗门人找到了卖点：那就是既不单打自然牌，也不单打人文牌，而是把自然和人文结合起来、整合起来打造斗门的特色品牌。斗门村居常见的山水相间、田园错落、小桥流水，加之斗门村居厚重的历史人文内涵，以及琳琅满目的地方美食，造就了典型的岭南水乡魅力。斗门因之准确地将旅游节定位为打造高标准的珠海乡村旅游历史品牌，填补了珠海旅游业态的一个空白。

斗门大搞旅游、文化、体育、美食等节庆活动，最直接的目的是要让老百姓享受到经济发展的成果。“五一”期间，旅游节带旺了斗门区内的各大酒店和宾馆，平均开房率达80.2%，各大餐厅和酒楼也几乎天天爆满。而在西滘村、南澳村等活动地点外，村民售卖农产品的收益也远远超过他们平时的工作收入。往更深层面看，节庆活动带来的良好效益显然强烈激活了本地群众和村民对幸福村居的创建激情，成为斗门加快城乡统筹发展的重要平台和抓手。

乡村旅游的效应告诉我们：包括节庆活动的旅游业并不低端，反而是幸福导向型产业，是未来的主导产业之一，也是高端服务业的重要链条。我们要把旅游业作为先锋产业打造、作为重点产业培育，关键是要充分挖掘自身优势，多策划一些具有地方特色的主题活动、旅游线路和旅游品牌，吸引客源。尤其是要促进文化与旅游相融合，将生态和文化资源优势转化为旅游优势，转化为发展优势。

乡村旅游还给我们这样的启示：美丽中国不仅包括美丽的城区，也包括美丽的乡村。城市化并不必然伴随着乡村的空心化和荒芜化，美好村居也绝不是“面子工程”，而是实实在在的惠民工程。只要我们坚定不移地走生态文明的道路，尊重历史、顺应自然、保护环境，就完全能实现现代和传统交相辉映、都市和乡村和谐交融、美丽家园与美好生活互相促进的美好愿景。

17 社区需要更贴近的法律服务

“法律顾问进村（居）”是近年珠海致力于法治社会建设的一大举措。特别是深入开展党的群众路线教育实践活动以来，中共珠海市委针对群

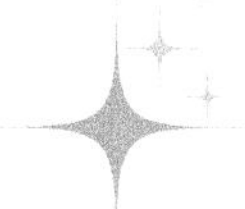

众法律服务需求不断增长，我市基层法律服务资源分布不均的问题，将“法律顾问进村（居）”列为践行群众路线立行立改的十大项目之一。到4月30日，全市315个村居都有了自己的法律顾问。

为什么要花这么大力气推行“法律顾问进村（居）”？或许一组数据能说明：据统计，通过“法律顾问进村（居）”，珠海全市各级人民调解委员会受理的矛盾纠纷数在多年来持续大幅度增长的情况下，2013年首次同比下降17.7%。司法所受理的群体性矛盾纠纷也较2012年下降了近50%。数据表明，“法律顾问进村（居）”活动扎扎实实地解决了与老百姓生产、生活息息相关的实际问题。

确实，我们以往看到的是律师们奔波在城市、在企业，却不知道在社区，低收入的家庭、下岗失业人员、经济困难群众等基层老百姓，最渴望得到法律的帮助，最希望获得法律赋予的平等权。而律师走进社区，则为弱势群体获得法律帮助提供了极大的便利和现实可能。

近几年来，村居每年发生的各类纠纷不少，群体上访事件屡有发生。矛盾纠纷主要表现在房产、财产继承、邻里纠纷和家庭婚姻等方面，这些矛盾纠纷80%以上涉及法律权益保护方面的问题。而通过“法律顾问进村（居）”，通过“社区法律顾问”依法有理的答疑劝说，可以让当事人心服口服，及时化解矛盾，使解决民间纠纷的方式更趋向于理性，避免上访案件和民转刑案件的发生，维护社会政治稳定和经济繁荣。“法律顾问进村（居）”是以法治思维和法治方式解决村居社会矛盾的必然要求。

再进一步说，“法律顾问进村（居）”将有利于提高社区居民的法律意识。一个法治的社会，法律至高无上的权威性必须得到确立，法治的理念必须深入人心，法治文化必须得以形成。“法律顾问进村（居）”，就是要把法律带到社区，以此为契机营造法制宣传氛围，做到法制宣传经常化、法制教育经常化、法律服务经常化，在社区中营造良好的法治文化环境。

“法律顾问进村（居）”，有利于促进社会治理法治化，使村（居）事务处理的方式逐步走上规范化和法治化的路子，符合党的十八届三中全会关于社会治理体系和治理能力现代化的要求。比如，作为社区的驻点法律服务人员，在社区基层民主选举中能发挥不可替代的作用，应主动承担起民主选举活动中制定选举程序和规则、监督工作人员行为、保

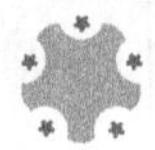

障居民自主选举和被选举等方面的尽职工作。所以说，“法律顾问进村（居）”是社会治理改革创新的一种手段，它的目的是促进幸福村居建设、平安珠海建设和整个社会的和谐稳定。

同时，“法律顾问进村（居）”还是法律专业人员树立良好社会形象、展示专业技能的大好机会。法律的最大需求往往就在社区，法律服务业发展到一定程度时，就需要相当一部分专业人士将法律服务普及和渗透到最基层，激活最基层的法律服务市场。法律专业人员自身的作用在社区得到应有的发挥，既为国家法制化建设以及和谐社会发展尽到了自己的一份力量，也为法律服务业拓展出一片新天地。随着社区居民的法制观念和法律意识得到增强，法律权威得以树立，法律服务业也将更好、更充分地发挥其应有的作用。

总之，“法律顾问进村（居）”利国、利民、利己，是推动社区全面建设的新载体、新平台和新动力，是社区建设更加规范、更加完善的必由之路。当前，社会需要大批法律专业人员走进社区，走向基层，走近最需要法律帮助的弱势群体，我们要创造条件切实地让他们能安心地“进得去、站得住、待得久、做得好”。

18 从“要我文明”到“我要文明”
——论珠海市创建文明城市之新民

文明是城市的核心，而文明市民是文明城市的核心。创建文明城市，最主要的就是提升城市的文明水准，而看一个城市“创文”是否有成效，最关键的就是看市民的文明素质是否有明显的提升。

珠海的“创文”实践给我们展示了这样的景象：近日，连续 3 天的斗门首届乡村旅游节启动仪式吸引了海量的人气，面对交通和人流压力，斗门区近 700 人次志愿者为活动“保驾护航”。

斗门区是珠海的郊区，“创文”的压力相对较小些。香洲区则是珠海的主城区，是珠海“创文”的主战场。现在，香洲区已实现每个单位每

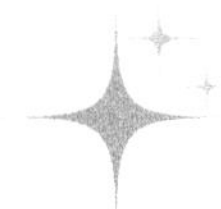

星期一小型志愿服务活动、每月一大型志愿服务活动。

志愿者的精神是在奉献中体现作为，在付出中提升境界，在实践中传播文明，志愿者为社会公众提供无偿服务，不仅让雷锋精神根植于社会大众的内心深处，更将人们心中那份对他人、对社会和对生活的热爱充分释放。在珠海“创文”工作中，志愿者是一大亮点，这说明珠海市民随着“创文”的逐步深入，精神境界也在快速提升。数据显示，常住人口只有150多万人的珠海，注册志愿者人数已有21万人，共计485个志愿者团队，每天至少有10个志愿服务项目在全市范围内开展，注册志愿者人均参与志愿服务4.4小时。志愿服务已经成为珠海的价值观、珠海城市生活的新方式。

有人总结珠海的特点，认为除了山清水秀，珠海的“身边好人”是城市的另外一道风景线。由中央文明办主办、中国文明网承办的“我推荐、我评议身边好人”活动，自2008年5月开展至今，珠海已有寿伟春等17人荣登“中国好人榜”。第四届全国道德模范候选人刘清伟的感人事迹，已经走进千家万户。学习“身边好人”，争当“身边好人”，成为许多市民的内心愿望和实际行动。就拿最普通的公交车司机来说，既有“司机雨中救助被困车内的车主”“公交司机下海救人”等典型事迹，也有常见的“拾金不昧”，大部分事迹都是以小见大的文明细节。孤立地来看，这些细节容易被忽视，连起来看，就是一个城市最壮观、最靓丽的道德风景，体现了珠海普通市民的道德风貌。

不过，由于种种原因，目前我们的市民素质还不尽如人意。从刚刚结束的第一季度市级全国城市文明程度指数测评结果来看，有些地方乱扔垃圾，乱穿马路，乱摆摊点，随地吐痰，说粗话、脏话，不遵守社会公德等行为禁而不止，脏、乱、差状况在一些地方至今难以改观，大部分非主干道和背街小巷没有公共文明引导志愿服务人员。这警示我们，提高市民的文明素质还有相当大的努力空间。

每一个市民都要意识到，我们不只是我们自身，我们更是这座城市的主人，维护城市的形象是我们的共同责任，创建全国文明城市实质上是在更高层次、更高水平上推动城市发展，我们每个公民都是创建工作的主人，是城市文明的建设者，也是城市文明的受益者，城市文明离不开我们每个人的共同努力。

文明源于自觉，也需要约束。做有教养的文明市民，就要向不文明

的行为告别，做到管好自己的嘴，不随地吐痰，不讲脏话；管好自己的手，不乱扔垃圾，不动手打人；管好自己的脚，不踩踏草地，不乱穿马路。要保持市容环境的整洁有序，爱护青山碧水的生态环境；强化诚信意识，弘扬诚信美德，构建信用社会，节约城市资源；移风易俗，破除迷信；扶贫济困，见义勇为。树人须管理，管理靠法治。必须发挥法律法规、规章制度的强制作用，对市民的行为进行有效的引导和严格的规范。

文明的城市需要文明的市民做支撑。古代贤人在《礼记·大学》中说过："大学之道，在明明德，在新民，在止于至善。"意思是说，一个人应该发扬自身的德性，自新其德，进而成己成物，将德性贡献出来，使社会不断进步，达到最美善圆满的境界。一百多年前，广东先贤梁启超发表了《新民说》，提出国民素质改造，号召做一个现代的文明人。愿在我们的城市，做一个文明的市民不仅是"创文"的需要，更是我们每一个市民生命的必需。有了这样的生命追求，还有什么样的文明奇迹不能创造出来？珠海也一定能向世界展示道德建设姹紫嫣红的满园春色。

19 为迎宾南路建地道建天桥点赞

践行党的群众路线，解决问题立行立改。昨日，本报报道了一条消息受到群众欢迎：近年来民众呼声强烈的迎宾南路四处立体人行过街设施，有望年内动工建设。市交通运输局将在6月18日召开的听证会上广泛征求广大市民、专家等有关方面的意见。关于四处立体人行过街设施，相关部门均提出了地道和天桥两种比选方案。

迎宾南路过街难的确是个老问题，人车混道、人车争道甚至已到了严重影响珠海声誉的地步。为保证行人安全过街，保证机动车正常顺利通行，解决交叉口拥堵问题，很有必要把平面过街方式改为立体过街方式。可以肯定地说，在迎宾南路建四处立体人行过街设施是一件得民心、

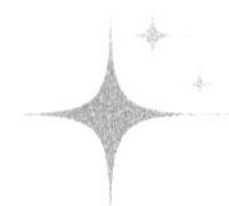

顺民意的大好事、大实事。

一个城市，有没有完善的行人过街设施，有人将其作为衡量一个城市富裕和文明程度的标准，也有人认为其是衡量一个城市管理者管理水平高低和执政取向的标准。人行过街设施是按照车流来设置的，从简单的斑马线到加装红绿灯再到修建人行隧道一级一级递进。

近年来，我市加快了人行过街设施的建设步伐。据统计，我市现有在用立体人行过街设施40多座，主要道路基本都有立体人行过街设施。但随着珠海车流日益增多，一些地方尤其是老城区，人行过街设施的升级跟不上车流增长和市民出行的需要，人行过街设施设置不合理的现象日益突出。例如，除了上述迎宾南路，港湾大道是进出珠海市区的主干道，车流量较大，在整个港湾大道上，共设有人行斑马线29处，但红绿灯和立体人行过街设施较少。市民均反映，缺乏红绿灯以及人行过街设施，使得过马路成为难题。

市民对加快修建过街立体设施十分关心，年年讲，年年提，有关部门也每年都有相关计划，而难处在落实，各种各样的原因和理由使得计划屡屡延后或落空。这次迎宾南路四处立体人行过街设施项目即将召开听证会，该是解决这类问题的一大突破。

估计听证会上对建地道抑或天桥将会有争论。实事求是地讲，地道和天桥两种方案各有优缺点。地道的优点是车行更顺畅，不影响地面道路美观，缺点是成本高，地道水浸及行人安全感欠缺；天桥的优点是成本低，行人通达性好及安全感强，缺点是稍不小心就会成为城市道路景观的败笔。在珠海，究竟是选择地道还是天桥，向来就有争论，专家的意见与百姓的意见也有差距。在这种背景下，固然不能偏信个别脱离“地气”的所谓专家或政府部门的意见，也不能完全被缺乏专业知识、了解情况有限的少部分群众的意见牵着鼻子走。公共设施、公共建筑兹事体大，不能急功近利，不能匆忙“拍脑袋”决定，科学决策、民主决策十分重要。关于迎宾南路四处立体人行过街设施，相关部门均提出了地道和天桥两种方案供听证会上大家比选，显然是一种民主、求实的态度。

虽然从性质上来说，听证会属于咨询会而不是决策会；从技术上来说，属于信息搜集而不是信息规划。换句话说，政府在决策时，没有义务根据听证会个别代表的意见再做出决定，而应该根据决策的内容以及法律依据，慎重做出决定。但举办听证会的目的就是搜集社会各界的意见，为政府做出决策、实施决策或者修改决策提供充分的信息。所以，参考听证会代表的意见，决策时体现听证会代表的意见，应是一个很自然的结果。我们希望，听证会上各方面意见都能得到充分体现，大家理性表述、理性辩驳、理性沟通，服从科学、服从真理，如果达成共识的方案能汇聚地道和天桥的优点，避免各自的缺点，则善莫大焉。

20 起公交站名可否多花一点功夫

拱北口岸地区的交通秩序的设置一直是社会关注的热点，据消息报道，拱北口岸片区公交线网较大规模优化调整将于5月15日起正式实施。拱北万家东侧站撤销停靠10A、207、K1、K3这4条线路，拱北万家分站（即拱北口岸派出所门口）撤销停靠601B、K5、K8这3条线路，乘客可在拱北万家西侧站靠粤华路站台段免费乘坐8、9、10A、207、601B、K1、K3、K5、K8这9条线路至拱北口岸总站。

看到这个消息，首先觉得奇怪的就是站名的贫乏：拱北万家东侧站、拱北万家西侧站、拱北万家分站，有必要一个站名用3遍吗？就找不到另外一个站名可用？乘客是不是都要带指南针找车站？所以，为了体现拱北口岸不只有著名的万家商场，还有其他标志物，为了避免乘客只是围绕着一个地方打转，甚至为了体现中国汉语词汇的丰富，也请公交公司今后给车站命名时多花一点功夫吧！拜托！

其次是感觉折腾。从拱北万家东侧站到拱北口岸总站距离很远吗？非要越过对岸到拱北万家西侧站乘车，再到拱北口岸总站。何况据巴士公司相关负责人介绍，需要换乘的乘客从拱北万家西侧站接驳至拱北口岸总站后，须全部下车选择其他线路或本线本车刷卡（投币）乘车，这样曲折的安排，不知是怎么想出来的。好，即便到了拱北口岸总站后，乘客还会惊奇地发现：总站不总。因为有些线路总站没有，你还得到分站（注意：是拱北万家分站，没有拱北口岸分站）或拱北万家东侧站、

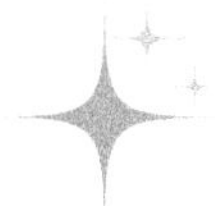

拱北万家西侧站去找。可怜那些不熟悉的乘客，鼓起勇气、打起精神一个个找吧。

不过，说实在的，这种混乱的现象也不是公交独有。长途客运也差不多，许多从澳门出关的旅客想坐长途，疑惑了：拱运？通大？歧关？借用公交公司的命名法：拱运在拱北口岸东侧，通大在拱北口岸西侧，歧关在拱北口岸分站。至于哪条线路在哪个车站，到了自然就知道了。怎么到？找呗。

还有停车的难题。拱北口岸就在珠海，珠海人开私家车到口岸接送人是再正常不过的事，但车在哪里短暂地停呢？不知道，于是只好各显神通。这也就加剧了口岸地区交通的拥堵。其实，口岸地区的停车场地并不少，只是被分割成一个个收费颇高的停车场，让普通的市民消费不起。

拱北口岸是珠海的脸面，由于人流量越来越大，交通规划建设滞后，加之历史上的多种原因，交通问题长期难解决。但问题终归要解决，指出上述存在的弊端，也不能抹杀有关部门，包括公交公司为改进口岸地区交通困境的艰难努力。特别是近年来，我市整治拱北口岸地区交通的力度明显加大，措施更加合理，效果也日渐突显。比如，近期公布的建设迎宾南路行人过街设施计划，将会极大地减少人车争道的乱局，新的城轨珠海站的综合疏运系统也较为科学。这使市民及社会各界对口岸地区的整治怀有更多的期待。关键的一点是，要坚持以人为本，以公共利益为重，科学规划，民主决策。

21 拼技术、拼人才、拼教育
——论建设创新型城市是珠海发展的必由之路

建设创新型城市是珠海发展的必由之路。建设创新型城市意味着珠海不走拼资源、拼土地、拼汗水的发展路子。那么珠海拼什么呢？拼技术、拼人才、拼教育。

应该说，实施创新驱动发展战略，珠海有一定的技术、人才、教育基础。去年珠海连续7次被评为“全国科技进步先进市”，全社会研发经费投入排名仅次于深圳；每百万人口拥有研发人员和每百万人口年发明专利申请量居全省第二；高新技术产品产值占规模以上工业总产值比重达52%；集聚了相当一批技术中心、工程中心、重点实验室等创新平台和顶尖创新团队、领军人才。尤其是珠海有10所高校，大部分高校背后还有一个更加强大的母体高校，利用好母体高校的优质教育资源，加强与母体高校对应学科之间的交流和合作，珠海高校完全可以成为珠三角及周边地区原创性科技成果的重要源头和技术成果转化的生力军。

现在，珠海需要加强的是科技与资本的结合，这既要发挥市场配置资源的决定性作用，又要更好地发挥政府的规划引导、政策扶持的功能。在科技资源的配置中，珠海以重点实验室、重点科研机构、重大科研平台为支撑，以科技成果产业化为重点，建立“政产学资”一体化互动科技创新体制。有限的科技资金应向中小民营科技型企业倾斜，推动形成一批靠技术创新而不是靠政策保护发展壮大的“单打冠军”。珠海应充分发挥财政资金的杠杆作用，营造国际化、市场化的资本市场环境，引导更多的社会资本参与创新，“用别人的钱圆自己的梦”。

在珠高等学校是珠海创新体系的重要组成部分，珠海建设创新型城市，要充分挖掘在珠高校的潜力。高等学校不应是独立于社会的象牙塔。珠海高等学校应该立足于本地经济社会发展需要，积极回应本地经济社会发展需求，主动服务于推进珠海产业结构转型升级和高新技术产业发展，有效配置教育资源，适度向“三高一特”学科门类重点倾斜，进一步做强自身优势学科，提高解决社会经济发展所面临的关键和重大问题的能力。

实施创新驱动发展战略的核心因素是人才。珠海虽然高校多、人才多，但真正高端的、特殊的人才还不多。珠海要充分利用宜居城市的先天优势，到北京、上海去“抢”人才。要以优化人才发展环境为重点，健全完善人才政策体系，创新人才评价、使用、激励机制，全面加强招才引智工作。尤其注重在引进高级研发团队、顶尖创业人才上下功夫，推动项目跟着人才流向珠海。

拼技术、拼人才、拼教育，珠海完全可以成为一个创新、有活力的城市，而不是低端产业聚集的养老地。

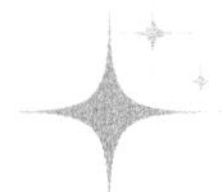

22 毕业生，哪里去

6 月是个特殊的月份，一是高考月，二是大学毕业季，高考和毕业牵涉许多家庭，牵涉一大批年轻人。珠海拥有大学城，所以，高考和毕业都和珠海关系密切。

今年的高考已经结束。这时再来谈高考就比较理性和平静。首先，高考的确是人生中一次重要的考试，在很大程度上，高考会影响一个年轻人的一生。考上一个心仪的高校，人生上一个平台，学知识，见世面，学做人，当然是一件大好事。珠海已是高考强市，每年的高考成绩在全省都排在前面，每年从珠海走向海内外名校的考生不少。比如在全美大学排名长期与哈佛大学并列第一的常春藤学校——普林斯顿大学，当下就有 4 个珠海籍的学生就读，并且都是从珠海中学毕业的。这样的奇观，放眼全省乃至全国都是少见的。高质量的基础教育，一方面安定了珠海市民的心，另一方面也大大加强了珠海对外面人才的吸引力。相信今年高考珠海的成绩同样会令人欣喜。

不过，我们也应该实事求是地说，高考也仅仅是一次考试而已，决定不了一切，考得好固然可喜，但也不值得过分自豪。现在读大学和以往大大不同，以前考上了大学，农民转身就成了国家干部，端上了“铁饭碗”，确实可谓“一考定乾坤”。现在考上了又怎么样？再花钱读 4 年书罢了，4 年后，能不能找到工作还很难说；即便找到了工作，能不能养活自己也很难说。如果上的是那些质量低劣的学校，简直就是“坑人”。在这个意义上，未考上大学，未必就完全是一件坏事，社会从来就是最好的大学。条条道路通罗马，只要永怀上进之心，年轻人何愁没有出路？所以，在目前，我们都应以一颗平常心看高考，无论结果怎样，都应淡然处之。

真正更应该关心的是毕业。读大学终归要毕业。那么珠海的这些数量庞大的毕业生去哪里了呢？一方面，是珠海生源的在国内外读书的毕业生，他们在哪里就业？有多少人会回珠海？回珠海的人能找到合适的岗位吗？从有关情况来看，情况好像并不乐观，尤其是一些名校毕业生选择回珠海的比例并不高。另一方面，是在珠高校的毕业生，他们的就业情况又怎样？最近，有本报记者对今年珠海高校毕业生的情况做了调查，调查发现，今年毕业生的就业情况似乎比往届更为乐观，毕业生大多已经有了工作意向。据北京师范大学珠海分校2010级广告学专业的班主任周燕老师介绍，广告学专业的毕业生就业形势一向比较好，该专业的同学比较偏爱大型的跨国广告公司、文化公司及媒体等单位，就业区域多集中于广州和深圳。

在珠高校毕业生多流向珠海之外的现象并不是今年独有，原因很多。本来，当下高校毕业生政策是自主择业，双向选择，毕业生去哪里工作完全是其个人的事，不好多加评说。但对于一个城市来讲，人才是第一位的资源。珠海考出了那么多大学生，又有那么多大学生在珠海毕业，这些人都是人才。让这些人才流出珠海，对珠海而言，总是遗憾和损失。我们费尽心力培养学生参加高考，进入大学；我们费尽心力，引进大学，合作办学，为了什么？总不能光图个名声。除了为国家、为社会做贡献，想办法让这些人才为珠海所用，也属自然，这并不是一种奢侈的愿望。

珠海向来重视人才，亦出台了很多吸引人才来珠海落户的办法，我们希望还有更实际的措施，使更多的毕业生愿意也能够在珠海生根、发芽，发光、发热。

23 地下通道，路在何方

你过街是情愿走天桥，还是走地下通道？想必大多数珠海人想都不用想，自然是走天桥。为什么？因为地下通道可能存在不安全，并有脏、乱、臭等问题。但假如走地下通道还能顺便逛一逛商场呢？可能很多人

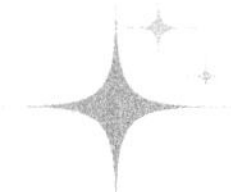

就要费脑筋想一想了。在地下通道开商场，会不会影响行人通行？会不会更脏、更乱？真的能提高安全性？

最近，柠溪地下通道就在做这样的尝试，通道内增加了照明灯，布设了监控摄像，一间间商铺也已经建好，目前正在招标，商户确定后将陆续进驻开张营业。管理方说，届时会有安保。

的确，珠海人行地下通道的管理是一个“老大难”问题，一直被市民批评，过往因缺乏管理，地下通道的使用率极低。前几年建设的过街隧道太过狭窄，未考虑到商用面积；后来新增的隧道，虽考虑了商用面积，但由于关系未理顺，依然混乱。地下通道长期存在乱摆卖现象，流动商贩们将水果、蔬菜、烧烤、日杂百货等堆放在地下通道两侧摆卖，占用通道，同时，随处丢弃瓜果皮、烂菜叶等垃圾。有记者看到 6 米宽的通道内两边共摆放了 20 个左右的简易铁架摊位，有卖服装、鞋子的，还有经营商品小百货的。由于被摊档挤占，供市民行走的空间只剩下 1/3，拥挤嘈杂不堪，造成行人来往不便，存在着极大的安全隐患。为建地下通道，政府花费不菲，却处于这种状态，难怪很多市民呼吁政府放弃建地下通道，改建天桥。

不过，也不是所有的地下通道都是乱糟糟的，比如一段时间内，珠海宾馆到免税店的地下通道，因为有企业经营，整个通道被利用为商场，管理得非常好。因此，对地下通道的管理或许可以转换思路，适度进行商业化运作。这样一方面可以以商业经营所得收益用作通道管养经费，改善地下通道的设施，加强维护，增强通道的通达性，让更多的市民放心地使用通道；另一方面可以为失业人员提供新的就业岗位，引导流动摊贩进入地道经营，美化市容市貌。如果能够取得这样多赢的效果，或许困扰珠海多年的人行天桥与地下通道之争也就不再是个问题。

只是这样的多赢效果并不容易实现，吉大的九洲大道一过街隧道商铺，曾经的经营者和承包者就有很多纠纷。现在柠溪地下通道开商场，情况就一定会皆大欢喜吗？未必。据记者了解，有流动商贩抱怨通道内的商铺租金太贵，在里面经营赚不到钱，还不如做“走鬼”；管理方却说，经营者应调整商品结构，提升档次，这样就能赚更多的钱。地下通道的商铺可能人流量确实大，但又怎么提升商品档次？难道要这些小店铺卖名牌包？

所以，搞好地下通道商场的关键是适度进行商业化运作。“适度”的意思就是说，政府委托管理方不能以赚钱为首要目的和最终目的，不能因赚钱心切而忘记地下通道的主功能是让市民安全、便捷地过街，开商场永远都只是其附属功能。这样的话，凡妨碍市民通行的事要禁止，有利于市民通行的事要多做，并承担相应的责任，而商铺租金及管理费等就要兼顾多方的利益，以收支平衡或略有盈利为原则。要知道，地下通道是政府的公共资产，是服务公共利益的，绝不是给哪个机构来发财的。

24 实实在在地帮小微企业一把

最近，珠海有两条消息颇受人关注：一是《珠海市人民政府关于促进民营经济健康快速发展的若干措施》（以下简称《若干措施》）及配套文件正式印发实施。《若干措施》包含首次提出民间投资“负面清单”管理、首次提出给予重点民企人才认定指标、首次提出对民企一律按最低限收费、设立“两大基金”撬动民间资本、着手出台全省首部民营经济发展条例等内容，力求通过创新政策驱动珠海民营经济提质增效。二是珠海小微企业联合会举行成立大会。会上，珠海农商银行、招商银行、光大银行、华润银行、平安银行及广发银行等金融机构授信70亿元支持全市小微企业发展壮大。

发展民营经济是珠海经济建设的一件大事。改革开放的事实已证明，民营经济发展良好的地区，会带来劳力、技术、管理、资本活力的竞相进发，进而带动社会效应和经济效应的综合提升。哪里的民营经济活跃，哪里的经济就发达，哪里的人民群众就富裕。就珠海来说，2013年全市民营经济增加值占地区生产总值比重达到32.23%，初步实现国有、外资、民营经济三足鼎立格局，并涌现出一批像汉胜、金山、远光等代表行业领先水平的著名民企，更有小微企业15万家，全市民营经济从业人数占全市从业人数比重为66.5%，全市民营企业累计获得名牌名标总数占全市名牌总数的76%。

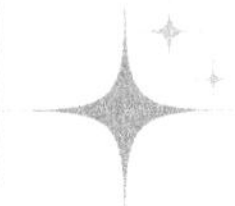

但毋庸讳言，珠海的民营经济一直是珠海经济的一个短板，珠海民营经济占地区生产总值份额远低于全省44%的水平，大大落后于珠三角其他城市。珠海民营经济大都集中在第三产业和传统的加工制造业，处于产业链的低端，企业大多存在规模不够大、融资渠道不够多、创新能力不够强、管理水平不够高、用地难、人才缺乏等问题。部分企业甚至生存困难。当前，民间投资普遍遇到两个“门”：一个是“玻璃门”，看着可以进去，真的想进去的时候，头上会撞个大包；另一个是“弹簧门”，刚刚把脚挤进去，稍稍不小心就被弹出来。要真正打破“玻璃门”“弹簧门”，就要做到凡是国家法律、法规和政策没有明令禁止的行业都要对民间资本开放，凡是对国有、集体和外资企业开放的投资领域，都允许民间资本进入，政府部门要减少行政审批程序，让企业可以自主选择经营项目。从这个意义上，上述两条消息对珠海的民营企业尤其对小微企业显然都是利好。

以前，国家也出台过相关的促进民营经济发展的政策，如著名的新旧“三十六条”，珠海也相应地出台过地方性的细则。这次在政策制定过程中，以更大力度，多次广泛而深入地听取企业意见，力求“有干货”、接地气、起实效，更具有针对性和可操作性，特别是各金融机构对小微企业授信便是实实在在的帮扶举动。

要真正实现民营经济大发展，我们的政府部门和民企既要进一步树立信心，也要多些耐心。我们要看到，扶持民营企业并不是一朝一夕的事儿，不是出台一两个文件就万事大吉了。小微企业如同一颗颗种子，生根、破土、成长、壮大是一个长期的过程。在这期间，政府切忌急功近利，要有战略眼光，要有远见卓识，提供平台，提供环境，提供机遇，关键时刻帮一把。各级干部要带着感情，走进企业特别是小微企业，了解他们的难处和疑虑，倾听他们的意见和建议，实实在在地帮助他们解决实际困难。尤其要着力破解民营企业面临的“融资难”“投资难”“创新难”“用地难”“招工难”等问题。同时，民营企业也要树立远大目标，顺应时代潮流，通过转型升级，切实提高企业核心竞争力和可持续发展能力；打铁还须自身硬，要加快建立和完善现代企业制度，坚持守法诚信经营，认真履行社会责任，切实当好“企业公民”。

我们相信，瞄准国际前沿，立足珠海实际，打造自主品牌，主动参与国内外市场竞争，占领行业制高点，坚持走高端化、规模化、品牌化、国际化、资本化的发展道路，珠海民营企业一定能在市场的惊涛骇浪中屹立不倒，高歌猛进。

㉕ 编制权力清单中的“加”与“减”

8 月 1 日，珠海市政府常务会议审议并原则通过了市发改局、市民政局、市人社局、市住建局、市城管执法局 5 个试点部门的权力清单。其中，最引人注目的是，会议提出要用政府权力的“减法”，换取市场和社会活力的“加法”。

“减法”“加法”，最简单的算术，人人都很明白，但这里所说的将“减法”转换成“加法”，却透露出当前中国经济发展的一大秘诀，标志着全面深化改革的一大指向，完成这个换算，经济社会发展将获得新的动力，政府治理的现代化水平将有新的提高。不过，完成这个换算并不容易。

先说“减法”，其第一层含义就是简政放权，减少政府审批事项，优化重组行政审批流程，防止有些被撤销的审批项目又改头换面以其他名称、其他形式出现。相关部门也要勇于冲破利益固化的藩篱，打破既得利益格局的制约，把不该由政府部门审批的事项坚决减下来。

“减法”的第二层含义是指政府部门“法无授权不可为”，给出政府部门权力的边界，在没有法律授权的情况下，政府部门就不能有所为。有效的政府需要少管事，但是，“少管”不等于“不管”。政府作为社会管理者，管理行为必须有法律授权，政府部门该做什么也应该通过立法的方式予以确定，否则是违法。

再说“加法”，其实就是指市场投资主体“法无禁止即可为”，在法律没有禁止的情况下，都可以介入，都可以投资。

“法无禁止即可为”，是在呼唤市场主体以更多的主动精神投入市场竞争中。出于这一目标，上海自贸区、珠海横琴新区都确立了负面清单

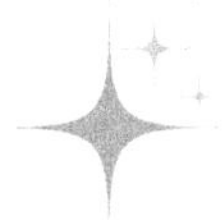

的管理模式，即除了负面清单不准涉及的项目，均交由市场主体自由选择。目前，在全国范围内，建立公平、开放、透明的市场规则，制定负面清单，实行“非禁即入”，各类市场主体可依法平等进入清单之外的领域，是全面深化改革、激发市场活力的一个重要举措。

最后，我们要说，上述“减法”和“加法”并不是各自孤立的，“减法”可以转换成“加法”。党的十八届三中全会提出，要让市场在资源配置中发挥决定性作用和更好地发挥政府作用，通过简政放权，就是要真正发挥市场在资源配置中的决定性作用，激发市场主体的创造活力，增强经济发展的内生动力。同时，让政府有更多的精力来完善和创新宏观调控，尤其是加强事中事后的监管。

最直接的例子就是去年珠海推行的商事登记改革。所谓商事登记改革，与过去行政审批制度模式有本质的不同，实行三大“宽进”制度为企业“松绑”，即市场主体的工商登记注册与经营项目的许可审批相分离制度、住所与经营场所相分离制度、有限公司实行注册资本认缴制度。显然，这是“减法”，结果调动了群众投资创业的热情，仅仅半年，珠海新登记设立商事主体同比增长近五成，新增注册资本同比增长近一倍。这又变成了“加法”，这表明简政放权是激发市场活力、调动社会创造力的利器。它再次告诉我们，改革是发展的强大动力，是推动发展成本最低、效能最大的方式。

当前，珠海的发展已经到了关键时期，改革开始触及深层次的利益调整和实质性的敏感问题，我们必须坚决破除一切妨碍科学发展和社会和谐的思想观念和体制机制障碍，以改革赢得红利，以改革激发活力，以改革新优势增创发展新优势。市场经济是法治经济，我们要努力做到让市场主体“法无禁止即可为”，让政府部门“法无授权不可为”，调动千千万万人的积极性，释放蕴藏在人民群众之中的活力和创造力。相对于“法无授权不可为”，市场主体的“法无禁止即可为”显得更为重要。这也就意味着，政府部门需要建立明确的权力清单，并且“照单行事”。有了这样的行政习性，市场主体与权力之间，就能形成双赢式的共生关系。

珠海市政府要求编制权力清单集中体现了上述“减法”和“加法”的转换关系，集中体现了“法无授权不可为”和“法无禁止即可为”的辩证统一。实施政府权力清单制度，相当于给行政权力打造一个制度的笼子，进一步明确政府和市场的边界，让政府的归政府、市场的归市场，各司其职、互相促进。在全社会确立这样的意识，我们的社会创新机制和市场活力就能自觉地释放出来，形成牵引各领域、各方面改革的强大力量。

26 横琴新区的“封”与“开”

6 月的最后一天，是横琴新区商事登记“四证联办”的第一天，首家申请企业珠海北方贸易有限公司仅用了一上午就拿到了注册新公司所需的全部证章——“四证”。在此之前两天，横琴新区“二线”通道正式封关运作，成为我国首个实施口岸“分线管理”通关模式的特殊监管区域。“封关”带来的直接结果是进一步扩大开放——营商环境更加与国际接轨，一“封”一“开”，凸显横琴正成为真正意义上的“特区中的特区”。

所谓横琴新区“二线”通道封关运作、分线管理，是指横琴与澳门之间设定为“一线”，横琴与其他区之间设定为“二线”，并实行“一线放宽、二线管住、人货分离、分类管理”。封关运作后，横琴新区符合条件的企业和货物，可以享受一线保税和免税、二线入区退税、出区选择性征税、横琴企业之间货物交易免征增值税和消费税等一系列优惠政策。

而所谓横琴新区商事登记“四证联办”，即对企业办事人员申领工商营业执照、组织机构代码证、国地税税务登记证、公章刻制等证章实施联合办理。企业只要在网上提交材料通过“四证联办”部门预审核后，将所需的纸质材料统一提交到商事登记“四证联办”综合窗口，各联办部门审批出证后，即可由综合窗口向申请企业统一发放证章。

“二线”通道封关运作、商事登记“四证联办”标志着横琴正站在中国改革创新的最前沿。横琴开发 4 年多来，先行先试、大胆探索，开创了国内“十大率先”。例如，在全国率先开展司法改革，推行“法官员额

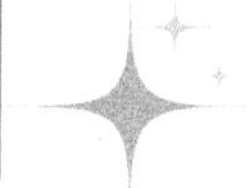

制”“全面取消案件审批制”并实行主任检察官制度；成立全国首批人才管理改革实验区，率先开展跨境金融业务等。2012 年，中国首个商事登记改革制度在横琴新区实施，公司注册无须提交验资证明。然而，这尚未解决商事登记“最后一公里”的问题，一家企业从申请办理到领取各项证照往往要一到两周的时间，要在工商、公安、质监、税务、统计等部门窗口来回奔波，资料要反复递交。“四证联办”后，现场花半天时间就可办好，这一办理速度在全国也算很快的。至于横琴新区“二线”通道封关运作、分线管理模式则与上海自贸区实施的“一线逐步彻底放开、二线安全高效管住、区内货物自由流动”模式大体相同，是一项“准自贸区”的政策设施，是广东申报自贸区的前奏，将为广东下一步申报粤港澳自由贸易区起到关键性的促进作用。

“二线”通道封关运作、商事登记“四证联办”的背后共同体现的是横琴新区致力于打造国际化、法治化的营商环境。上述珠海北方贸易有限公司负责人就非常高兴地说，他们企业在香港、澳门都有分公司，都办过同类的事情，目前，横琴办证的效率同样很高，很便捷。确实，4 年多来，横琴在协调机制、项目、产业、政策、基础设施、营商环境六大方面与港澳进行全面对接，横琴充分借鉴港澳咨询委员会制度，成立由 21 名海内外知名人士组成的横琴新区发展咨询委员会。决委会、管委会、咨委会“三位一体”管理模式正式启动。横琴专门设立澳门事务局负责与澳门合作事务，在审批上设立绿色通道，优先服务港澳企业。借鉴港澳企业登记制度，实现“三不一豁免”的“宽进”企业注册登记体系，出台《横琴新区诚信岛建设促进办法》，打造与港澳趋同的诚信环境。横琴的开发建设为粤港澳进一步密切合作提供了重要的新经验与新模式。

横琴新区担负着为广东乃至全国推进全面深化改革、打造经济升级、深化粤港澳紧密合作做出新贡献的重要使命。现在，横琴的这一“封”一“开”，辩证又生动地阐释了横琴以开放促改革，以改革开放促科学发展的路径内涵。作为中国“改革开放的新地标”的横琴新区，正在以越来越清晰的姿态显现其全面深化改革示范、扩大开放合作示范、科学发展示范的特殊意义。

27 招商引资的“大”与“小”

“政府招商阳光雨露别光洒在大企业身上，也分给我们中小企业一点儿。”6 月30 日，市政协委员、珠海大象磨料磨具有限公司总经理邹争艳手握提案，走进了市投资促进局，督办年中重点提案。督办中，邹争艳了解到，我市将设为企业招商项目跑腿的部门。这样一来，政府招商的阳光雨露不仅洒在了大企业身上，中小企业也有份了。

说起招商，许多人自然而然地想到了大型企业。确实，大型企业作为国民经济的重要支柱，综合实力突出，研发能力强，资金、技术、人才、信息、品牌等优势明显，产业控制力、影响力、带动力和根植性强。招来大型企业，对增加一个地区的经济总量，改善当地的产业结构，都是有明显好处的，理所当然是各地招商引资的“金凤凰”。

近些年来，加强与大型企业的合作，是珠海强力推进新一轮大发展的重大战略举措，一批有规模实力、有自主品牌、有很高知名度、有较强竞争力的大型企业在珠海落地生根。珠海要提高产业国际竞争力，要在更高层次参与国际合作和竞争，在转变经济发展方式、调整经济结构和自主创新中走在全国前列，就必须加快发展“三高一特”产业，尽快建立起适应经济全球化、知识技术化、产业高级化背景下的国际国内竞争的产业结构。争取更多的大型央企、外企落户珠海，将是我们在项目建设方面至关重要的突破口。我们要加大招商选资的力度，特别是在引进高端科技成果、高级研发团队、顶尖创业人才上下功夫，推动项目跟着人才流向珠海。

不过，招商时眼睛也不能光瞄着“大”，而轻视了“小”。“大”固然好，但大家都知道“大”的好，所以不见得都能得到“大”。何况，“大”不能离开“小”，“小”也有“小”的好，“小”还可能变“大”。

“小”就是小微企业。小微企业是小型企业、微型企业、家庭作坊式

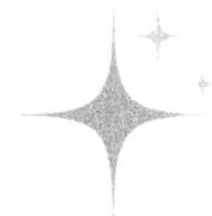

企业、个体工商户的统称。在珠海，小微企业现有15万家。

与大企业相比，小微企业在信息、技术、人才、融资等方面还处于劣势。小微企业普遍存在规模较小、布局分散、原始资本不足、社会融资困难的问题。当前，小微企业经营压力大，产业结构调整和升级给中小企业带来新挑战，长期处于国际产业链低端、技术装备水平低的小微企业，再依靠廉价劳动力、廉价资源、廉价环境成本取得竞争优势的时代已经过去。产权不明晰，产品技术含量低，附加值低，缺乏核心竞争力，从某种程度上看，小微企业的困局就是中国经济转型的困局。也正是因为如此，在许多人心目中，招商是想不到小微企业的。

然而在中国，小微企业是给力经济发展的“轻骑兵”，其工业总产值、销售收入、实现利税大约分别占中国经济总量的60%、57%和40%，提供了75%的城镇就业机会。小微企业是提供新增就业岗位的主要渠道，是企业家创业成长的主要平台，是科技创新的重要力量；在稳定增长、繁荣市场和满足人民群众需求方面，发挥着重要作用。促进小微企业健康发展，事关一个地区经济社会发展全局。

无数例子可以说明，今天的小微企业或许就是明天的企业明星。远的如阿里巴巴、腾讯就是从小企业成长起来的；近的如珠海本土的格力、华发、金山、汉胜等已是珠海经济的骨干，是珠海闪亮的工业名片，当初又何尝不是小微企业。中油中泰燃气投资集团公司党委书记王乐天对此有很好的说明：“我们做天然气，如今集团超过3900名员工，全国40个分公司，去年作为总部企业为珠海纳税约2亿元。”“可谁能想到，公司2007年迁入珠海时，总部只有10个员工。”

所以，政府招商既要“抓大”也要“培小”，对小微企业，要保持足够的耐心、细心和信心。最重要的是，无论“大”“小”，政府都要给予同样的政策环境，公平公正，让小微企业自由生长，总会有“小树”长成参天大树的。

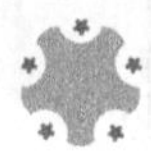

28 廉政建设的“硬”与“软”

腐败没有“特区”，反腐没有“禁区”，怎样保持高压态势，以零容忍态度惩治腐败？这既要靠坚强的意志、坚定的信心、果断的措施，这是“硬”；也要靠严密合理的制度，并结合科学技术的方法，这是“软”。“硬”“软”结合，相辅相成，从而有效推动反腐倡廉工作向纵深发展。

“硬”就是“以猛药去疴、重典治乱的决心，以刮骨疗毒、壮士断腕的勇气，坚决把党风廉政建设和反腐败斗争进行到底”。对腐败现象，我党始终态度坚决。从坚决执行“八项规定”，反“四风”，“老虎”“苍蝇”一起打，到“把权力关进制度的笼子”加强监督力度，我们以坚决的态度和显著的成效，让全党全国全社会感到了变化、看到了希望，树立了党的权威，赢得了群众的信任，做到了言必信、行必果。

不过，我们也要看到，滋生腐败的土壤依然存在，反腐败形势依然严峻复杂。反腐败斗争具有长期性、复杂性、艰巨性，决定了我们必须警钟长鸣、常抓不懈，也就是说，要“硬”上更硬。

“软”就是科学的方法，尤其是运用软件信息技术等科学手段，不断完善反腐败体制机制，堵塞一切可能出现的腐败漏洞。

当前，腐败现象在一些部门和领域呈易发多发态势，特别是在工程建设、土地管理等环节蔓延趋势明显。随着经济社会的不断发展，其形式逐渐向智能化、隐蔽化方向发展，如有的地方建设工程招投标中出现合法程序下的围标、串标现象，用传统反腐方式已难以应对，科技反腐势在必行。

可喜的是，中共珠海市纪委在科技反腐方面勇于先行先试，不仅“硬拳”出击，严厉查处腐败案件，在“软件”建设上也取得重大突破。为了更加有效地防治政府投资工程领域的腐败，将权力关进制度的笼子里，2012 年以来，中共珠海市纪委联合中山大学、广州中软集团开发了

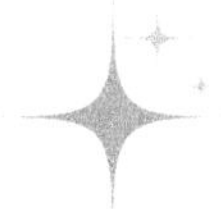

珠海市政府投资工程廉情预警评估系统。系统自运行以来，明显提高了监督效率和中标节约率，有效控制了工程造价，围标、串标行为得到了有效遏制。日前，省、市两级专家鉴定委员会认为，珠海市政府投资工程廉情预警评估系统为国内首创，达到了国内领先水平，一致同意通过科技成果鉴定。

利用科技手段防治腐败，反映了科技时代的新特征，体现了科学发展的新要求。珠海市政府投资工程廉情预警评估系统的成功告诉我们：第一，运用现代科技手段预防腐败，是防止权力滥用的“防火墙”。现代科技手段具有公开性、严密性、程序性、实时交互性，与预防腐败的制度相结合，能够发挥规范权力、制约权力的强大功能。第二，运用现代科技手段预防腐败，是实施行政监察的“电子眼”。盯住改革开放和市场经济中容易发生腐败问题的重点领域、要害部位、关键环节，进行全程有效的跟踪和监督，可以最大限度地保证网上行政行为、政务活动和公共资源交易等权力运作过程的公正、规范。第三，运用现代科技手段预防腐败，是构建惩防体系的“助推器”，可以实现相关单位在推进惩防体系建设中信息的互联、互通和共享，促进职能作用的有效发挥，形成工作整体合力。如珠海市的廉情预警评估系统与项目立项、招标投标、造价审核、设计变更等环节的电子平台的信息系统无缝对接，实时自动采集政府投资工程相关信息，显示廉情评估结果，及时发现苗头性和倾向性问题，将预防措施落实在事前和事中。软件系统从数据采集、短信发出到《预警告知书》和《廉情评估报告》生成，全程实现自动化，极大地提高了防控廉政风险的效能和针对性。

珠海廉情预警评估系统打破了部门之间的信息隔离，构建了大数据平台，使腐败风险从隐蔽转变为可视，腐败风险预警评估从定性转变为定量，及时预警，这是“软”，同时又是“硬”。在党风廉政建设和反腐败工作以及其他工作中，“硬”和“软”就是这样互相结合、互相转化的。

29 要学会宽容失败

谁都知道创业是社会发展的强劲动力，却总是有人不愿或不敢走创业这条路，因为创业有风险。创业成功了，皆大欢喜，名利俱全。但创业失败了呢？经济受损，还受人鄙视。“成王败寇”“赢者通吃”，几千年来流布的这种肤浅、功利的成败观是阻碍中国人创业的一道巨石。

但珠海市金湾区试图打破这种创业氛围。2011 年 6 月，金湾区出台《创业专项资金管理办法》，明确区、镇两级分别设立创业专项资金，专门用于银行商业贷款贴息、创业补贴、创业奖励、项目推介等。其中，最值得一提的是，为了免去创业者的后顾之忧，金湾区规定：对创业成功者，最高给予 5 万元奖励；对创业失败者，则给予每个月 300 元的补贴。并且，创业者招录的人员还可享受社保补贴和岗位补贴。

成功有奖励自不待言，只是创业失败有补贴，很新鲜，对很多创业者来说，这无疑是大好事，对全社会而言，能宽容失败，尊重失败者，更是一个大进步。

为什么良好的创业环境应该给失败者更多的尊重？钱安达博士是英特尔公司副总裁兼英特尔未来实验室的主任，他说过，硅谷就有这样的风气：创业失败后，风投反而可能会给投资，因为他们失败后，才会有宝贵的经验，在第二次创业中可以避免重蹈覆辙。

成功与失败，强者和弱者，从来就不是永恒的，随时都可能发生转变。司马迁游历名山大川，博览经典秘籍，忍辱负重，才有《史记》的诞生。李时珍跋山涉水，尝遍百草才有了《本草纲目》。珠海人耳熟能详的“巨人”史玉柱，经历了从成功到失败再到成功，更是极为难得的创业案例。所以，当你为成功者、为强者喝彩的时候，不妨也为那些尚未取得成功者、暂时困难者、失意者甚至失败者送去一份尊重和鼓励。

确实，在现代社会，有创业就有竞争，有竞争就有成败，毕竟，第

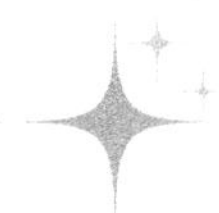

一个撞线、登顶的成功者永远是少数，更多的是那些正在跋涉、攀登的人。把全部光环聚焦在成功者身上，固然能激励大家力争上游，但其弊端也是显而易见的。和谐社会，离不开对每一个人的尊重。尊重和鼓励失败者，就是尊重和鼓励大多数，就是尊重和鼓励我们自己。

创业失败，有时是另样的人生体验——毕竟创业过，毕竟还在创业。学会尊重失败，给失败者以体面和关怀，体现的是一个成熟社会的风范，是社会健康发展的必然需要。

30 城市呼唤真正的名医

眼下，珠海正在大张旗鼓地评选本市名医，候选人的头像和资料已在本报刊登，这些人无疑是本市各医院的业务尖子，让市民来投票参与评选，显然是想扩大珠海名医的社会认可度，使名医名副其实。

医生是每一个市民都很难不与其打交道的一类人，人们怕见医生，又离不开医生，尤其是在遇到重大疾病或疑难杂症时更渴盼名医，所以是否名医在一定程度上可以决定一个人的生死，影响一个城市的医疗水平，衡量一个地区百姓的幸福程度。君不见，许多人都喜欢往北京跑，原因之一不就是北京名医多吗？所以，在珠海，评选我们身边的名医，对激发珠海医生的自豪感和荣誉感，对树立良好的珠海医院形象，对促进珠海医疗环境的改善，对鼓舞更多的医生比学赶超，对加强患者对珠海医疗水平的信赖，甚至对优化珠海的投资环境和城市吸引力，确是大有裨益的。

但问题在于，什么样的医生才算得上是名医呢？毫无疑问，名医的前提是技术精湛，确实能治病、能治好病，有实实在在的治好众多病人的案例，起码在专业方面在全市是数一数二的，最好在全省乃至全国也有一定的地位。不过，这里说的“地位”是指实实在在的地位，而不是光拿学历、职称说事，更不能拿官位说事，说白了，学历、职称固然是

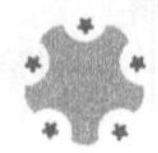

衡量一个医生医术的重要指标，但名医不是指学历高、职称高、职务高，而是指治愈率高。进一步讲，名医也不能光认业务技术而忽视医德。纵观古今中外名医，无一不是德艺双馨之医家，他们用自己的言行举止诠释着医乃仁术，用自己的心血汗水捍卫着医道尊严。

“无恒德者，不可以作医。”医者，济世为怀，病家延请，有求必应，治病救人，认真负责，这是我国历代名医的优良传统。医生对任何病人都要无微不至地关心、体贴和爱护，视他们如亲人。华佗不求高官厚禄，以民为重，以民为先，以医效民。葛洪关注贫困、低薪阶层人民的就医困难，针对他们的具体情况，从他们的经济利益出发，不辞劳苦，编著成《肘后备急方》，里面的方药物美价廉，文字朴实易懂，不失为一本家庭用药手册。孙思邈在《大医精诚》一文中说：“凡大医治病，必当安神定志，无欲无求，先发大慈恻隐之心，誓愿普救含灵之苦，若有疾厄来求救者，不得问其贵贱贫富，长幼妍媸，怨亲善友，华夷愚智，普同一等，皆如至亲之想。”明代医生罗链著医书授给他的儿子，但有一天，他儿子喝醉了酒为人治病，罗链发怒说：“奈何以性命为戏?”就把他的医书烧掉了，没有再传给他的儿子。什么是名医？这就是名医风范。

反观现在其他城市的一些“名医”，利欲熏心，趋炎附势，把病人看作谋求钱财的对象，把行医作为追求暴利的手段，乱开大处方，动辄大检查，狮子大开口，勒索大红包，治病无术，赚钱有方，这样的“名医”虽是少数，却败坏了名医的名声。这样的医生，就算技术上有一套，可配得上“名医”的称号吗？何况，这样的德行，医术又能高到哪里去呢？

话再回到珠海，应该说，珠海的医疗水准日益提高，珠海的广大医生是兢兢业业地工作的，绝大多数都能在医疗卫生保健实践中对待患者一视同仁，医术和医德都颇值得称赞，也逐渐呈现人才辈出的可喜局面，一些医生在群众中享有相当高的声誉。所以，我们诚挚地希望，通过这次评选，选出真正德才兼备的名医，使得珠海人不必患上大病就急着上广州。

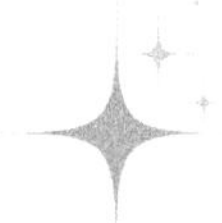

31 他们为什么要去援藏

昨日，珠海特区报报道了两个珠海香洲援藏人的故事，故事很平实，也很动人，但这个报道留下了一个悬念：他们为什么要援藏？而去了之后，为什么又对西藏那么义无反顾地身心相许？

或许有人说，那是因为西藏的神圣和神秘，对许多人而言，有一种难以抗拒的吸引力。确实，西藏有独特的文化和宗教传统，藏族人民对宗教的虔诚随处可见，僧人、寺庙、神山、圣湖、山坡上摇曳的经幡、大路上朝圣的信徒，加之长年不化的冰川雪堆、触手可及的蓝天白云、永远奔腾咆哮的雅鲁藏布、烟雾缭绕的峡谷悬崖和茫茫无际的戈壁荒原，构成了西藏极具诱惑的自然人文景观。所以，确有人誉西藏是最后的一片净土，也确有人是为了净化自己的心灵而去的。

但对援藏的人而言，却要面临相当大的牺牲和代价。首先是高原缺氧对身体的损害，失眠是常见的现象。再者是远离家人，不能照顾家庭，如本报报道中提到的程刚就是一例，父亲在珠海病危，儿子却远隔千山。其实，还有一人，报道中未提到，也是从珠海来林芝支教的蔡琴心，她的儿子才刚刚三岁，由于思念儿子，这位年轻的美女教师禁不住曾深夜号啕大哭。这样的背景下，纯为来欣赏风景或升华灵魂，不是太奢侈了吗？何况西藏也有世俗的一面，林芝所在的八一镇，机构健全，市井繁华，同样是红尘滚滚。

所以，援藏当有更多样的原因：政治上的觉悟，出于对同胞的爱心者有之；服从组织上的安排者有之；想外出闯荡，增长见识者有之；甚至仅仅由于失恋或夫妻不和而外出疗伤者有之。最后，或如有些人所想，在西藏锻炼几年，对个人的前途有好处。

这些不正常吗？正常。我们要承认所有的人是现实的存在，正如马克思所说，“人是一切社会关系的总和”。援藏的人一样有考虑，一样有顾虑，一样有雄心，一样有无奈。我们之所以尊敬他们，也不仅仅是源于他们怎么想，也不是光听他们怎么说，更主要是看他们怎么做。不可否认的是，他们都在做，认真地做，努力地做，以各自的方式千方百计地在做，总要为西藏留下点什么，总要为西藏的老百姓奉献点什么，总要对得起这片土地，总要对得起自己在西藏的岁月。

付出的背后是责任，所有援藏的人都有着一个清晰的角色意识：他不是一个人在奋斗。他只是一个代表。他有靠山。他的靠山是派出单位和派出地的群众。他们援藏，不仅不能辜负自己，还不能辜负更多的人。

当然，也不是只有付出。对于援藏者而言，最大的收获是什么呢？或是一段生活在别处的人生体验，或是看到现实经自己努力而改变的成就感，或者是实现自己的人生目标。当然，这些都弥足珍贵。不过，有一位援藏干部却说："以前，我在城市的写字楼里整天患得患失，现在置身西藏辽阔的天地间，心胸豁然开朗，只要能做一点实事，个人的些微功利又何必计较？"

援藏能有这样的领悟，也很好！

32 建立共通的养犬文化及其他

一不经意，养犬成为珠海人生活中的一件大事，大到要专门立法来规范。

养犬很普遍吗？很普遍，走进任何一个小区，傍晚时牵着狗散步的人总是络绎不绝。

珠海人都愿意养犬吗？却不见得。关于养犬引发的邻里纠纷时有发生。今年早些时候，市有关部门曾就城市养犬的管理问题征求市民意见，没想到的是，众说纷纭，多有歧见，甚至争执不下。

养犬，表面上是人与犬的关系，实际上反映的是人与人的关系。而在对待养犬问题上之所以屡现困局，就在于大家很难找到共识。赞成养

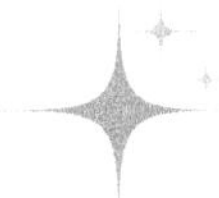

犬的人中，有人是出于朴素的感情，如孤单的人需要通过养犬排遣寂寞，爱心满满的人可以通过养犬寄托情怀；有人则是出于商业利益的考虑，如有些人以养肉狗、养藏獒赢利，有些人以开狗肉餐馆或开宠物店为生，这些甚至已经成为一个产业。当然，也有一些人喜欢炫富，养一条名贵狗显示自己有闲又有钱；还有人纯粹就是赶时髦，看别人养犬，自己也想养一条玩玩，突出的例子便是，一些人以前穷的时候，或过了大半辈子从未见有养犬的爱好，怎么突然成了爱犬一族？

尽管动机各异，但这些养犬的理由也很容易理解，站得住脚，哪怕一些理由看上去有些庸俗、有些功利、有些怪异，可一个正常的社会怎么能、怎么可能禁止怪异、功利或庸俗呢？何况，在另一些养犬的人看来，养犬更牵涉人生观、价值观、世界观。他们强烈地主张，犬是人类最忠诚的朋友，养犬是对忠诚的守候，这是一种积极的人生观；犬也是一条活泼的生命，尊重动物、尊重生命是最基本的价值观；在茫茫的宇宙中，放眼漫长的时间长河，人类与动物是平等的，都是宇宙生物链的一环，所以，人类要放弃愚蠢的人类中心主义，人与犬和谐共处，这才是正确的世界观。

上述高论，肯定会让反对养犬的人昏眩。一些人反对或不太赞成养犬的理由又是什么呢？比较简单，即养犬容易造成对人的生活的妨碍，如烈犬伤人、吠声扰人、狗屎污染环境，以及养犬占用人的生活资源，极易形成人不如狗的情形。在有人依然生活在贫困之中的当下，把犬当宝贝来养，不是太奢侈了吗？在向来崇尚以人为本的中国，这样的理由同样是非常坚强有力的。

既立场迥异，又都言之有理，如此的现状显示一个清晰的征象，即我们当下社会的多元性和混杂性。养犬虽然蔚然成风，我们的社会却并没有来得及培养出养犬的文化，实践走到了理论的前面，这也是我们时代的一大特征。没有共同的文化基础，相应的立法自然就艰难，因为法律只有建立于普遍的文化自觉之上，才容易被人接受，才易于执行，成为人的思维习惯和行为准则。

港澳的社会发展比内地先走了一步，具体到养犬问题上也是如此。我们大可借鉴其在城市养犬管理上的得失，结合珠海的市情，制定一个切实可行、各方均可接受的法规。简言之，既充分尊重市民养犬的权利，更充分保障人有不受养犬侵扰、享受正常生活的权利，对养犬行为温情关照、严格管理。

如此，皆大欢喜乎？

33 以“革自己命”的勇气提效能

众所周知，办理住房公积金是一件很烦琐的事儿。但最近，据记者报道，珠海市住房公积金管理中心推出“全天候”网上服务，今后，提取住房公积金只要手持一张“联名卡”，无须提交资料，无须到窗口审批，无须跑银行排队，经审批后网上即可办结。

网上办事是近年来社会发展的一个潮流，且不说早已普遍的网上银行，现在许多年轻人一般都不去银行窗口排队了，网购如洪水铺天盖地般袭来。你还去实体书店买书吗？可能更多的只是去体验气氛吧。互联网摧毁了许多传统行业，又催生了许多新兴产业，互联网正在迅速地、深刻地改变着我们的生活方式、工作模式、思维惯式。总之，互联网正在改变世界，使原先许多很难办到的事成为可能。

网上办事的好处是简便。首先是时间上的自由，不用赶着去哪个窗口排队，自己有空就可上网办。因为不用和人面对面打交道，因而也就不用看人的脸色；因为一切办事条件、程序都已经在电脑上设计好，也就用不着求人，求人效果也不大。在公平、公开、公正方面，网上办事显然比传统的窗口办事要好得多。也正是因为这样，运用互联网等科技手段来改革包括审批在内的政府管理事项，亦成为当前许多政府部门的新举措。

上述住房公积金办理改革就是一例。与之类似的还有早先的市出入境证件的网上办理，受到市民的普遍欢迎。前些时日，出入境自助通关的推出也让过往令人望而止步的出入境办证大厅所排长龙不再延长。这些都说明，政府部门若真的要转作风、提效能，与其不停地表态、说空话，不如老老实实地钻研科技，运用科技来提高效率。历史早已证明，

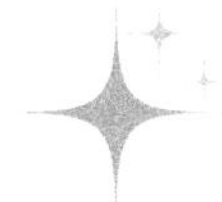

科技是提高效率的最大法宝。态度固然重要，但态度不能代替效率。

不过，态度依然是第一位的，因为开展网上办事等政府办事改革，面临的往往并不是能不能的问题，而是愿不愿意的问题。对于政府部门而言，如果一切管理事务都拿到网上去办了，群众办事都上网，不用再找官员了，一些官员定会感到很失落，很没有存在感。所以，虽然中央、省委省政府、市委市政府一再要求推行行政审批制度改革，建设统一的网上办事大厅，尽可能把政府管理事务放到网上，以此打造高效、法治化的政务环境，但有些部门就是拖着，原因可能就是这些政府官员依然喜欢自己亲自掌握资源和权力，喜欢拥有相当大的自由处置空间。有这个空间，怎一个“爽”字了得！

然而，少数官员“爽”的结果是群众不爽。所以，政府部门要以“革自己命”的勇气坚决地实行转作风、提效能，通过贯彻群众路线转变作风，运用科技手段提高效能，以作风转变促推提高效能，以提高效能落实转变作风。而对于那些总是抱怨人手不够却又不愿运用科技手段挖掘潜力的部门，或许是时候给他们好好上上课了。

34 我们也需要一个叫得响的书展

8 月 15 日是一年一度的南国书香节暨羊城书展开幕的日子，在接下来的一段时间内，许多珠海的读书人又将兴致勃勃地赶往广州。对于珠海老年、中年、青少年读书人来说，南国书香节是地地道道的文化盛宴，是以阅读为主题，以培养阅读风尚、营造书香氛围为主线，包括图书展销、名家讲座、文化展示等一系列丰富多彩的活动的嘉年华。读书人不仅可以在浓郁的文化氛围中受感染、受熏陶，买到自己心仪的、便宜的图书，见到自己喜欢的作者，还可以在其中尽情享受、尽情欢乐。

也有一些珠海的读书人不愿去广州，但他们也有一个好去处——中山。今年，中山书展正式作为 2014 年南国书香节暨羊城书展中山分会，

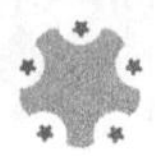

和2014年南国书香节暨羊城书展同步举行。虽然比不上羊城书展的规模，但前5届中山书展，参展人数每届都有30万人左右，成为南粤大地继羊城书展后第二大地方书展。至今，中山书展已升级为市委市政府主办的文化盛事，是中山的文化名片。今年的中山书展内容也比前几届更为多样，包括中山美食文化嘉年华、图书展、2014年中山动漫文化节、“魔幻缤纷”气球展、“隽永风华”古籍善本展等，是一场多重享受的饕餮大餐。

更有一些珠海的读书人行动得更早——直接去香港。今年7月，香港贸易发展局主办的第25届香港书展吸引逾101万人次进场，突破了往届纪录。书展期间，拎着大型行李箱的民众到处可见。据香港贸易发展局统计，今年有来自31个国家和地区的570个参展商参与书展，是历年之冠，而人均购书额则为987港元，较去年的调查结果激增25%。香港书展的盛况说明书展的前途一片光明，并没有出现有些人认为的互联网兴起后读书人会逐渐减少的情况。

或许有人会问，珠海的读书人或去广州，或去中山，或去香港参加书展，为什么不就地参加珠海的书展呢？是珠海没有相应的活动吗？当然不是。2014年南国书香节暨羊城书展有珠海分会场，只是这个珠海分会场和广州、中山没法比。

那么，珠海为什么不举办一个大型的书展呢？是珠海历来文风不盛吗？当然不是。所有在珠海生活过一段时间的人都知道，珠海文化底蕴深厚，历史上文化名人辈出。是当今珠海读书人不多吗？当然不是。现在，珠海光大学就有10多所，在校大学生早超10万人，在全省范围内仅次于广州。珠海人爱读书、爱藏书、爱写书，如中共珠海市香洲区委宣传部举办的“书香家庭”评选活动已走过6届，届届反响热烈，响应者众。其中，藏书在1000册以上的家庭在香洲区十分平常，珠海可说是名副其实飘着“书香”。节假日，走进珠海的大小书店，也是人头攒动。前不久，华发商都新开了一家书店，品位不错，惹得不少人喝彩。只是，珠海的书展没有起色。

珠海正在打造文化强市啊！珠海正在大力发展文化创意产业啊！珠海正致力于提倡“让读书成为一种生活方式”啊！所以，不论从哪个意义上说，珠海显然需要一个高大上的书展，使其成为珠海全民阅读活动的广阔平台，成为珠海一个重要文化品牌、一项重点文化惠民工程。我

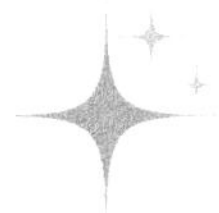

们相信，珠海完全有这个能力。

我们也需要一个叫得响的书展。

35 也谈“逆城市化”建设新农村

“逆城市化”的提法，对当前新农村工作很有借鉴意义。

什么是逆城市化？逆城市化是相对于城市化而言的。城市化是一定区域的政治功能、经济功能、文化功能、社会功能以及居住和消费功能向城市聚集。当城市的发展到了一定程度，同时也就带来了聚集空间趋近极限和难以持续的种种“城市病”，就得调整和优化城市的功能结构和空间结构。由此，中心城市的各种功能，比如居住和休闲娱乐等功能就会纷纷向有条件的中小城镇及乡村分解。这些功能分解就是逆城市化。进入21世纪，在城市化的同时，我国的一些中心城市。“逆城市化”的趋势也开始愈加明显，越来越多的城里人开始向往着去郊区生活、居住。

逆城市化是城市化发展到一定阶段派生出来的新潮流，是城市化发展到一定阶段之后，城市功能自我优化、减轻空间压力的内在要求和必然冲动。城市化发展水平越高，逆城市化趋势越强。逆城市化对城市化而言是吐故纳新，利用逆城市化可以使小城镇和乡村成为中心城市自我优化、减轻空间压力的广阔平台，促使城市的空间结构更加合理，产业优势更加突出，聚集效应和带动效应更加强大。

逆城市化对村镇来说，则是巨大的发展能量。逆城市化潮流涌向哪里，哪里的乡镇发展速度就快。促进村镇发展，普遍使用的力量有两类：一类是依靠农村自身的实力，依靠农村经济的自然增长；一类是依靠政府的支持，即“城市支持农村，工业反哺农业”。发展村镇还有一股力量，那就是逆城市化的力量。因此，应使农村的规划、建设、发展注重与城市对接，同时，提高农村吸引消费的能力和消费力，吸引城市的人流、物流和产业流，为农村第二、第三产业的蓬勃发展奠定坚实而深厚的基础。

这样，利用逆城市化的力量，既可解决“城市病”，又可促使城乡同发展、共繁荣，形成城市与乡村彼此之间产业呼应、优势互补、良性循环的空间布局。可见，借助逆城市化的力量发展村镇，是促使村镇实现跨越式发展的捷径和最佳选择。

不过，真正意义上的逆城市化有两个重要前提：一个是现代化的基础设施开始向农村延伸，交通、电信等的发达是逆城市化得以畅流的基本物质条件；另一个是城市市民福利制度开始覆盖农村地区。

那么，农村又如何创造吸引和驻留逆城市化的条件呢？只能是强化特有的天然优势、历史优势，创造新优势。

所以，逆城市化的概念的确值得我们在新农村建设工作中加以重视。

新农村工作的核心正在于不以牺牲农业和粮食、生态和环境为代价，着眼农民，涵盖农村，实现城乡基础设施一体化和公共服务均等化，促进经济社会发展，实现生产发展、生活宽裕、乡风文明、村容整洁、管理民主。

为达至这样的目标，建设新农村除必须完善基础设施，道路、水电、通信、电信等配套设施外，还必须保持生态环境良好、生活环境优美，提倡科学、文明、法治的生活观。尤其在改善农村人居环境的同时，要尽量保留其原有风格，突出农村特色，建设体现岭南风格、农民认可的新农村。农村若是失去其特色，只会变成一个个微型城市，很难吸引到适合的投资与寻求差异化的城市游客，逆城市化也就不可逆了。

36 实现小微企业与金融机构的双赢发展

小微企业如何突破融资难、融资贵的发展瓶颈？昨日下午，在本报联合市相关部门、银行机构等单位共同举办的2014珠海小微企业金融创新座谈会上，政府相关部门、银行业机构负责人、企业代表直接对话，

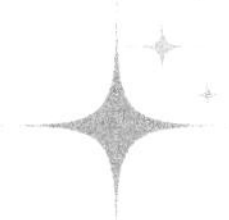

深入解析小微企业实际经营中融资难的困境和各级政府出台的相关政策、举措，探讨适合我市小微企业发展的创新融资产品，交流、分享有关各方在支持小微企业发展方面取得的成效和经验。会议高效、务实，充分体现了党报媒体的社会责任和担当。

小微企业是社会经济生活中十分重要又常遭忽视的一群。说其重要，是因为改革开放的事实已证明，小微企业（民营经济）发展良好的地区，会带来劳力、技术、管理、资本活力的竞相迸发，促进就业问题的解决，提高人民群众的富裕程度。说其常遭忽视，是因为长期以来，国家商业银行从自身的经营风险出发，较少为其提供信誉贷款，小微企业普遍面临融资难、融资贵等“拦路虎”，导致其始终面临着经营状况不佳、竞争力不足和资金链条不畅等问题。

就珠海来说，珠海有小微企业 15 万家，2013 年全市民营经济增加值占地区生产总值比重达到 32. 23%，初步实现国有、外资、民营经济三足鼎立格局，全市民营经济从业人数占全市从业人数比重为 66. 5%。但毋庸讳言，珠海的小微企业（民营经济）一直是珠海经济的一个短板，珠海民营经济占地区生产总值份额远低于全省 44% 的水平，大大落后于珠三角其他城市，并且大都集中在第三产业和传统的加工制造业，处于产业链的低端，企业大多存在规模不够大、融资渠道不够多、创新能力不够强、管理水平不够高、用地难、人才缺乏等问题。部分企业甚至生存困难。

所以，如何破解小微企业融资困局，并以此为依托谋求新的增长点，对各金融机构既是挑战，又是机遇。本次座谈会主题为“发展普惠金融、壮大小微企业”，意即鼓励银行业机构不断探索模式创新，努力破解小微企业融资难题，更好地服务于实体经济发展。

诚然，扶持小微企业（民营企业）并不是一朝一夕的事，也不是开一两次座谈会就万事大吉了。小微企业如同一颗颗种子，生根、破土、成长、壮大是一个长期的过程。在这期间，金融单位切忌急功近利，要有战略的眼光，要有远见的卓识，提供平台，提供环境，提供机遇，关键时刻帮一把。我们希望，金融机构带着感情，走进企业特别是小微企业，了解他们的难处和疑虑，倾听他们的意见和建议，实实在在地帮助他们解决实际困难。同时，在帮助小微企业（民营企业）的过程中，推动自身的发展壮大，从而实现小微企业（民营企业）和金融机构的双赢。

37 从“盆景”到“风景”到“盛景”

11 月29 日，我市举行庆祝“12·5 国际志愿者日”暨第十届中国航展志愿服务总结大会。会上，珠海市青年志愿者协会等 31 个先进集体、李晋贤等910 名优秀航展志愿者受到表彰，他们承诺将继续发扬志愿服务精神，服务社会、服务大众。

志愿服务是近年来珠海“创文”工作的一大突出亮点。如果说，几年前志愿服务在珠海刚刚兴起，只是珠海“创文”工作中星星点点的“盆景”，那么，经过几年的培育，志愿工作早已成为珠海文明的一道“风景”，现在，志愿服务更成为文明珠海的道德“盛景”了。

在创建道德城市的过程中，“盆景”是十分珍贵的资源。如刘清伟，就是珠海道德建设的一个标杆、一面旗帜，作为淇澳担杆岛自然保护区的护林员，他被誉为新时期“最美海岛卫士”。23 年来，面对生命危险、家庭不幸，刘清伟一直坚守海岛，谱写了一曲爱岗敬业的时代凯歌。刘清伟的事迹是伟大的。

更可喜的是，珠海不止一个刘清伟，大大小小的“刘清伟”还有很多，他们或许没有像刘清伟那么长时间地坚持，没有像刘清伟经历那么多的苦痛，没有像刘清伟做出那么突出的奉献，但也都付出自己的努力，做好人，做好事，默默构筑我们这个城市的道德基础，传递人与人之间的温暖。这些“身边好人”的大部分事迹都是以小见大的文明细节。独立来看，这些细节就如一个个微型的道德“盆景”，连起来看，就是一个城市一道靓丽的道德“风景”。

现在，学习“身边好人”，争当“身边好人”，成为许多市民的内心愿望和实际行动。从个体到群体，人人学先进、个个争先进，好人好事、善心善举大量涌现，每个人都积极成为践行城市文明的“盆景”，如此蔚为大观，可谓“盛景”。

道德“盛景”的体现之一：今年航展期间，我市共招募各类志愿者

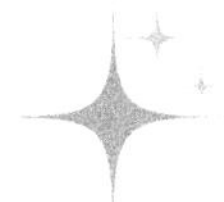

近3000人，志愿者参与人数创历届之最。其中，仅展区志愿者就有700余人，他们大多身着红马甲，在航展展馆内提供咨询、翻译、引导、信息收集和统计服务，很受参展人士的夸奖。

道德“盛景”的体现之二：为了让更多的市民深入了解我市“创文”工作，争取动员和吸引更多的市民共同参与到全市的“创文”工作中来，全市各级党政机关工作人员纷纷带头参加志愿服务工作。经验一再证明，在中国，领导干部带头是我们各项事业成功的前提。

道德“盛景”的体现之三：过去一年间，全市各类志愿服务组织广泛开展了关爱空巢老人、农民工、残疾人、困难群众等志愿服务活动，一批批优秀的志愿服务集体和个人用实际行动诠释了“奉献、友爱、互助、进步”的志愿服务精神。目前，全市共有志愿服务人员超过20万人。

从“盆景”到“风景”到“盛景”，显现出珠海“创文”从学习先进到群众自我实践的跃变，更体现出珠海城市文明延伸和渗透的力量。一个城市的文明根植于城市的历史、体现于城市的现实、昭示着城市的未来，它是一座城市软实力的体现，也是一个城市独具特质的精神品格。珠海也一样。珠海的城市文明创造了城市的繁华，怀揣着城市的梦想，肩负着城市腾飞的责任。

古人常说，“一花独放不是春，万紫千红春满园”。眼下，在珠海“创文”活动的关键时刻，用这句话形容“德行珠海”，更具有现实意义。我们可以展望，如果所有的市民都积极地投身“德行珠海”之中，那还有什么样的文明奇迹不能创造出来？我们一定能向世界展示珠海文明建设姹紫嫣红的满园春色。

38 回国创业当在珠海

12月5日，第二届留学生节暨2014海外学人回国创业周正式开幕。在精彩纷纭的一周活动中，鼓励留学生到珠海创业是其中的主旋律。

毫无疑问，举办留学生节既是对珠海留学历史的良好传承，也是对

中华传统文化的弘扬，更是对当代海归青年创业潮流的良好引导。本届留学生节的定位为“打造留学人才创业归谷、高端项目聚集热土、中外文化交流平台”，正是希望通过这次活动扩大留学生节的品牌影响力，把海归人才聚集到珠海。

建设创新型城市是珠海发展的必由之路。建设创新型城市意味着珠海不走拼资源、拼土地、拼汗水的发展路子，而是拼技术、拼人才、拼教育。现在珠海集聚了相当一批技术中心、工程中心、重点实验室等创新平台和顶尖创新团队、领军人才。但真正高端的、特殊的人才还不多，所以，珠海要充分利用宜居城市的先天优势去“抢”人才，要以优化人才发展环境为重点，健全完善人才政策体系，创新人才评价、使用、激励机制，全面加强招才引智工作。尤其注重在引进高级研发团队、顶尖创业人才上下功夫，推动项目跟着人才流向珠海。

留学生是一个有特殊优势的人才群体。广大留学生心中都有一个中国梦，期盼祖国富强，期盼以自己的学识报效祖国，希望把自己的事业融入中国发展的大潮，与祖国一起成功。留学生涯使他们经风雨，见世面，掌握了先进的科技和文化，但同时，留学生也需要一个大展拳脚、最适合其发展的舞台。

珠海和留学有着不解之缘。历史上，珠海是中国留学文化的发源地。当前，珠海正以更大的热情打造留学生的理想地。为吸引留学生，珠海还出台了一系列有针对性的优惠政策。再加上珠海面临的重大的历史性机遇，全面打开了珠海的发展空间，若选择珠海，珠海定会给留学生一个无限美妙的前景。高效的办事程序，便捷的区位交通，廉洁的社会风气，鼓励创新、包容失败的城市文化，使得创业精神受到尊重，创业者将可以专心致志地做事。正如本届留学生节主讲嘉宾雷军所说，这是梦想和创新的时代，拥有明显后发优势和良好政策环境的珠海就是年轻人实现创业梦想的理想之地。

人因梦想而伟大，珠海因梦想而卓越。愿广大留学生与珠海一起去追逐梦想。让我们与青年、与未来同行。

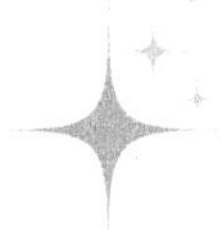

39 坚定走以人民为中心的文艺道路
——祝贺首届珠海市民文化节圆满成功

贯穿全年，历时 8 个多月的首届珠海市民文化节圆满落下帷幕。这是珠海文化强市建设中一项扎扎实实的文化惠民工程，全市百万市民群众共同享受到了 2000 多场各类文艺活动；这是一次彻底贯穿“市民文化市民创造”观念的文艺盛宴，吸引来自社会各界 20 多万市民在市、区、镇、村各类场所尽展风姿风采。这次文化节的空前成功充分说明了这样一个道理：只要我们的文艺活动坚持以人民为中心的导向，就一定能得到群众的欢迎和支持，就一定拥有广阔的市场和鲜活的生命力，就一定能以喜闻乐见的形式弘扬时代精神，讲好珠海故事。

“文艺是时代前进的号角，最能代表一个时代的风貌，最能引领一个时代的风气。”习近平总书记在文艺工作座谈会上的重要讲话，深刻指出了时代生活和文艺活动的密切联系。为人民服务是文艺工作者的天职。当前，随着人民物质生活水平不断提高，人民群众对精神生活的需求也十分强烈，群众自发、自觉的文艺活动异常活跃，对包括文艺作品在内的文化产品的质量、品位、风格等的要求也更高，我们的文艺工作要把满足人民精神文化需求作为出发点和落脚点。本次文化节的举办正值我市紧锣密鼓地开展创建全国文明城市的时期，它有力地促进了我市基本公共文化服务标准化、均等化，进一步发掘和整合基层文化资源，让广大市民共享公共文化建设的新成果，分享了“创文”带来的实惠。

人民群众是文艺创作的主体和主力军，这次文化节的可贵之处就在于真正实现了零门槛：不论职业、年龄，也不管是不是珠海居民，只要热爱文艺的人都可以报名参加各项比赛。广大市民特别是基层群众热烈响应、激情参与，很多队伍都是基层群众或一线职工自发组织起来的。文化节给市民群众展示其文艺风采提供了全新的平台和载体，涵盖合唱、舞蹈、朗诵、器乐等文艺各个门类的十大市级赛事都紧跟时代发展、把

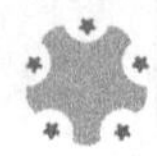

握人民需求，以充沛的激情、生动的笔触、优美的旋律、感人的形象，让文艺从群众中来，又回到群众中去，反映火热的生活，又指引生活的方向，使我市市民精神文化生活翻开了新的一页。

在有些人看来，来自市民的文化活动、艺术作品往往难登大雅之堂。这次文化节植根民间，却涌现出一大批艺术水准高的好作品。这些作品通俗却不低俗，充满希望而不仅仅表现欲望，追求精神快乐而不单纯追求感官娱乐。这些优秀的作品告诉我们，“文艺不能在市场经济大潮中迷失方向”，“文艺不能当市场的奴隶，不要沾满了铜臭气”。艺术只有把握时代进步脉搏，把人民作为文艺表现的主体，深深融入人民的生活，关注普通人的顺境和逆境、梦想和期望、爱和恨、存在和死亡，才能让更多人在文艺作品中找到启迪，从精神生活中获得教益。只有坚持社会效益第一，社会效益和经济效益统一，着力在思想上提炼、艺术上锤炼、制作上精炼，打造能够启迪思想、温润心灵、陶冶人生的精品力作，才能获得艺术的认可、市场的欢迎。文艺从业人员只有紧接地气，与人民群众打成一片，从这个取之不尽、用之不竭的艺术宝库汲取营养，才能实现文艺工作艺术价值和时代价值的统一。

文化工作不是普通工作，而是铸造灵魂、培育精神的思想工程。艺术的最高境界就是让人动心，让人们的灵魂经受洗礼，让人们发现自然的美、生活的美、心灵的美，引导人们增强道德判断力和道德荣誉感，向往和追求讲道德、尊道德、守道德的生活。文艺创作要有担当，繁荣文艺事业，创造优秀作品，关键在于培养造就一大批德艺双馨的文艺工作者。这次文化节的另一个可喜的收获是看到珠海一大批德才俱佳的文艺工作者正脱颖而出。作为一个社会主义的文艺工作者，必须把社会主义核心价值观生动活泼地体现在文艺创作之中，引导人民树立和坚持正确的世界观、人生观、价值观，在思想性、艺术性、观赏性的有机统一中体现文艺作品的生命力，为人民提供最好的精神食粮。

“文章合为时而著，歌诗合为事而作。”波澜壮阔的改革开放，是包括文艺创作在内的文化活动最广阔也最深厚的时代舞台。当今珠海，正处在发展黄金期、改革攻坚期、转型关键期的历史节点，正处于为中国生态文明建设大胆探索、为科学发展勇敢示范的伟大时代。这里面有取之不尽、用之不竭的丰富素材，有最能体现珠海人创造智慧和文化特色的精神元素。忠实记录、深刻反映、艺术再现这个恢宏时代珠海的巨大变迁及其时代意义，以更多优秀作品弘扬珠海精神、凝聚社会力量，这

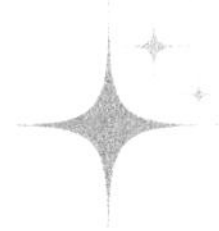

既是珠海文化工作者肩负的重担，又是珠海文化工作者的幸运。珠海的广大文化工作者使命光荣，大有可为。

40 金湾改革告诉了我们什么

近日，珠海特区报连续三天在显著位置报道了来自金湾区的长篇报道，这三篇报道有一个共同的主题，就是改革创新看金湾。金湾对肩负的使命负责，以存在的问题为导向，从自身实际出发力行改革，以改革创新推动发展的路径选择引起了社会的普遍关注。金湾的成功实践告诉我们：在建设“生态文明新特区、科学发展示范市”的伟大历史进程中，改革创新才是“关键一招”，对金湾是如此，对其他区镇、其他部门同样如此。

金湾区作为珠海发展装备制造业、西部城区开发建设的主战场之一，产业转型升级，产城融合、新城建设、城乡统筹、幸福村居建设等方面的任务十分繁重。近年来，金湾区抢抓机遇、高端谋划、调整理念、敢闯敢干，科学谋划的视野更加开阔，重点发展的产业更加凸显，干事创业的氛围更加浓厚，在高端产业发展、航空新城建设、改革创新、民生改善等方面取得了新突破。

但形势的发展不容金湾人有丝毫的停顿，甚至来不及稍微庆祝一下。当前，西部城区开发建设迎来前所未有的机遇期，省委、省政府把发展珠江西岸先进装备制造产业带上升至全省战略，广佛江珠城际轨道明年动工建设，西部城区开发建设被纳入省政府重大战略平台，西部城区开发由此进入由点到面、由局部到整体全面开发建设的新阶段。对身为西部城区开发建设主力军的金湾来说，按照市委、市政府的要求，要积极与建设21世纪海上丝绸之路、打造珠江西岸先进装备制造产业带对接，把握新机遇，适应新常态，加快规划建设，加快把金湾区打造成珠海发展高端产业的重要聚集区、展示国际化城市形象的重要窗口、西部生态新城的核心片区。这样的压力不可谓不大。

怎么办？只有改革，向改革要前进动力，向改革要发展活力，向改革要民生红利。全市首家实体金融超市，首推区级“党代表接访室”制度，首设镇级社会服务中心，首创镇级劳动争议人民调解机构，首建纪检监察巡察机制，首开区级公共法律服务中心，全省首个实现便民智能自助终端机全覆盖，首建乡村金融吧……一系列创新举措力度之大，势如破竹；解决问题，追求实效；由点及面，上下结合，显示出金湾改革“开弓没有回头箭”的决断和信心。有人把2014年称为“金湾的改革之年”。

金湾改革的可贵之处之一是实。谈改革，不能高高举起，却轻轻放下，说说而已；改革也不是“屠龙术”，没有任何可操作的目标；改革更不是耍太极，绕着困难走。金湾改革的原则是要接地气，不一味追求高、大、全，而是有什么问题就解决什么问题。这就如同真正的武林高手，不搞花架子，一剑封喉。金湾的金融业机构不多，业态单一，那就成立我市首个金融超市，最大程度地满足企业和居民的金融需求。改革之后，局面迅速得到改观。

金湾改革的可贵之处之二是准。改革自身不是目的，改革的目的是解放生产力，推动实现生产发展、生活改善、社会公平正义，检验改革成效的一个主要标准就是看群众在改革中是否得到了实惠。偏离了这个目标，改革就走偏了。金湾不是为改革而改革，不是去博一个改革的名声，而是要为群众做实事。如首设镇级社会服务中心、全省首个实现便民智能自助终端机全覆盖等，企业受益，群众受益，人们对改革拍手欢迎。

金湾改革的可贵之处之三是狠。这个狠，是对权力的“狠”，是坚决把权力关进制度笼子里的“狠”劲。人们都说改革难，其实最难就是政府部门的自我改革。金湾改革敢于拿政府部门的权力“开刀”，放权让利，首建纪检监察巡察机制，率先设立区财政投资审核中心、企业登记一站联办综合服务平台，这些改革举措都是切实转变政府职能，大力构建一个阳光、高效、廉洁的服务型政府。通过改革，不仅激发了市场活力，规范了社会行为，也保护了干部安全，实则创造了一个多赢的局面。

金湾改革的实、准、狠构成了金湾改革的威力，也为未来金湾的加快发展奠定了坚强的支撑。金湾拥有机场这一珠海对外交流的最大窗口、中国航展这一最著名城市名片和高校集聚等诸多优势，只要善于围绕自身优势做文章，把优势、长处转化为加快科学发展的定位、战略和举措，以只争朝夕、时不我待的紧迫感和责任感，坚持改革创新这关键一招，金湾定会谱写新的、更加辉煌的篇章。

2015 年

❶ 代表委员应为生民立命

日前，市八届人大五次会议和市政协八届四次会议正在举行，代表委员纷纷表示，在未来几天中将忠实履行代表职责，积极反映百姓心声，为珠海更好地发展建言献策。记者了解到，截至昨日下午，代表委员们已提交的建议内容涵盖法治建设、城市管理、教育发展、环境保护、旅游开发、道路交通等各个方面。

虽然在这些建言中，有多份建议反映基层心声，但我们仍希望代表委员们更深入地到基层去，到社区去，到农村去，了解群众的声音，特别是了解那些充满了诉求，却不知怎样表达或者没有能力表达的基层群众。因为在广大基层地区，普通民众的酸甜苦辣、悲欢离合，纷繁复杂的利益诉求，都在等待着代表委员们替他们发声，替他们主张。

普通民众的酸甜苦辣和悲欢离合才是更真实的生活，关注这些生活和诉求，更有助于推动社会进步。比如，与千家万户出行相关的广珠城轨何时能连接全国高速铁路网问题，在全市社区卫生服务中心建立“健康小屋”问题，违章处理流程多、耗时长问题，等等，都很好地反映了普罗大众的需求，很不错，但不够。因此，代表委员们应该更深入基层、发现基层、对话基层、传播基层，这应是代表委员们的责任和担当，即古人所谓的“为天地立心，为生民立命”。

“为生民立命”，当前最重要的就是注意打捞“沉没的声音”。诚如此前《人民日报》评论所说的，我们迎来了表达的“黄金时代”，但仍有许多声音未被倾听。一方面，有些声音被淹没在强大的声场之中，难以浮出水面；另一方面，也有些声音是“说也白说”，意愿虽表达，问题未解决。这些都可谓无效表达，有人称之为“沉没的声音”。这种“沉没的声音”在基层尤甚。而从另一方面来看，这些“沉没的声音”的存在，说明代表委员们的责任十分重大。

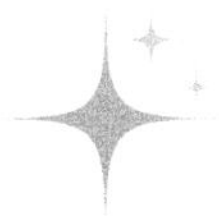

代表委员们了解民意和基层不应该只在网络上搜索，而应该真正俯下身去关注那些最应关注的“表达上的弱势群体，也是现实中的弱势群体”。他们表达和追求自己利益的能力都很薄弱。他们既缺乏影响公共舆论的资源，又鲜有参与政府决策的渠道，甚至无法得到与自身密切相关的信息。因此，尽管可能人数不少，但他们的声音很难在社会中被听到。“不可倾诉、不被倾听、不能解决，如果不主动‘打捞’，太多声音沉没，难免会淤塞社会心态，导致矛盾激化。”

代表委员们就是要“维护弱势人群的表达权，使他们的利益能够通过制度化、规范化渠道正常表达，这是共建共享的应有之义，是构建和谐社会的关键所在”。

2 数字城管让城管华丽“升级”

近日，斗门和金湾两个区的数字城管区级指挥中心相继上线试运行，珠海 3 个行政区的数字城管业务陆续铺开。横琴区、高新区的数字城管也将于今年 4 月开通。这也预示着，今年“五一”之后，作为城市精细化管治出路的数字城管，完成了珠海地域和业务全覆盖，已成为珠海唯一的全市性、综合性的信息化平台，将有效破解城市管治难题。

城市管理历来是令人头疼的问题，尤其是对面积大、人流多、发展速度快的城市，城市管理吃力不讨好的困境和矛盾更为突出。如此，数字城管应运而生，无疑为城市管理注入活力，推动城市管理转型升级。

所谓数字城管又叫“数字化城市管理”，就是将城市划分为若干个万米单元格，运用计算机和网络技术来处理、分析和管理整个城市的所有城管部件和城管事件信息，实现城市精细化治理，促进城市管理现代化的信息化措施。

珠海的数字城管建设，从一开始就显示出与众不同的发展态势，高起点、高标准、大格局，力争成为全国数字城管的标杆和示范。目前，

珠海数字城管主要由一个中心、三大主轴、五支队伍构成。“一个中心”是指指挥中心，“三大主轴”是指案件巡查、任务派遣和监督考核，“五支队伍”是指案件巡查、案件受理、案件派遣、监督检查、综合评价5种岗位。现阶段，指挥中心每天受理主城区案件400宗左右，预计“五一”前后，完成业务全覆盖后，每天受理案件量将提高到1500宗。它标志着珠海推动数字化城市管理取得阶段性成果，以数字城管为依托的城市“大管家”格局基本形成。

城市管理是一门科学，需要精心打理，打理好了还有很多可以扩展的空间。珠海数字城管建设正是对这一重要讲话精神的具体落实。过去的城市管理中存在管理被动、管理方式粗放、处置效率低下、监督评价缺乏等问题，已经越来越不适应城市快速发展的需要。数字城管通过一张网络和一个平台，将城市管理信息集纳于无形之中，不仅实现了城市管理的信息化、标准化、精细化、动态化，也可以对市民的意见、心声进行实时的收集与反馈，重点实现了“第一时间发现问题、第一时间处置问题、第一时间解决问题”的目标要求。

数字城管是珠海唯一的全市性、综合性的信息化平台，共由17个子系统构成。其业务已经覆盖到全市所有城市管理部门，并扩展到城建、交通、水务、电力、电信等所有城市管理涉事单位，建立起完善的信息资源库，全市15万棵行道树、3万多个雨水箅子、3700多张街头座椅等全部纳入城市信息化管理的范畴，每一个都有了其专属的“身份证”。如果道路上哪一个窨井盖坏了、大树倒了，不用群众打投诉电话，遍布全市的巡查员就会将信息及时传往数字城管指挥中心，数字城管通过平台将信息派遣到相关部门，有关部门会在第一时间发现并解决问题。实践证明，珠海的这一举措是具有前瞻性的，它充分展现了数字城管的强大力量和无穷魅力，不论是技术还是体系，都已经走在全国前列。

城市管理是一个永恒的、不断创新的课题，这项工作永远没有止境，没有最好，只有更好。数字城管平台的建设对珠海提高城市管理水平提出了更高的要求，也给我们提供了难得的机遇。我们相信，只要真正秉持以人为本的理念，不断强化精细化管理，努力建立起科学合理的长效机制，我们的城市一定会更加宜居，更加现代，更加具有实力、活力和竞争力。

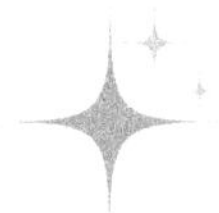

❸ 让创新驱动成为珠海发展新引擎

日前，珠海召开了创新驱动发展暨工业转型升级工作会议。珠海创新驱动发展的目标要求是建设创新型城市和创建珠三角国家自主创新示范区，用3年时间，让创新驱动成为珠海新常态下实现新发展的核心竞争力。

让创新驱动成为珠海城市发展的核心动力，是决定珠海命运的一项战略任务。珠海原先就不走拼资源、拼环境、拼汗水的发展路子，现在更要彻底抛弃靠要素成本优势所驱动、大量投入资源和消耗环境的经济发展方式。实施创新驱动发展战略，加快产业技术创新，用高新技术和先进适用技术改造提升传统产业，既可以降低消耗、减少污染，改变过度消耗资源、污染环境的发展模式，又可以提升产业竞争力。实施创新驱动发展战略，符合珠海建设“生态文明新特区、科学发展示范市”的城市定位，符合珠海建设“三高一特”现代产业体系、建设国际宜居城市的追求。珠海要适应新常态、引领新常态，实现经济社会持续健康发展，就必须在创新驱动上走在前头。

当前，新一轮科技革命和产业变革正在孕育兴起，全球科技创新呈现出新的发展态势和特征，新技术替代旧技术、智能型技术替代劳动密集型技术趋势明显，科技创新对经济社会发展的支撑和引领作用日益增强。国际上普遍认可的创新型国家，科技创新对经济发展的贡献率一般在70%以上，研发投入占地区生产总值的比重超过2%，技术对外依存度低于20%。我们必须增强紧迫感，紧紧抓住机遇，及时确立发展战略，全面增强自主创新能力，掌握新一轮区域竞争的战略主动。

我们实施创新驱动发展战略，就是要推动以科技创新为核心的全面创新，坚持需求导向和产业化方向，坚持企业在创新中的主体地位，发挥市场在资源配置中的决定性作用，增强科技进步对经济增长的贡献度，形成新的增长动力源泉，推动经济持续健康发展。

实施创新驱动发展战略，珠海有一定的基础和优势。的确，珠海有一大批创新型优秀企业，有10所高等学校，有一定数量的创新平台和基地，有已经出台和正在出台的一系列鼓励创新的政策措施。现在的关键是要坚持问题导向，从市情出发确定跟进和突破策略，按照主动跟进、精心选择、有所为有所不为的方针，明确我市推进创新驱动的主攻方向和突破口。

尤其是政府要主动作为，同时要分清政府与市场的边界，明确政府该做什么、市场该做什么。政府扶持要相对集中，把关键人才、公共平台、重点产业作为扶持重点，加大对事前的政策支持，把有限的资源帮扶到点子上。要充分立足珠海的产业基础，对基础好、成长性好、竞争力强的若干产业进行系统的政策设计，更好地实现产业集聚发展，从而成为全国乃至全球更有竞争优势的产业。

创新驱动实质上是人才驱动。要重点在用好、吸引、培养上下功夫。要用好科学家、科技人员、企业家，激发他们的创新激情。要学会招商引资、招人聚才并举，择天下英才而用之，广泛吸引各类创新人才特别是最缺的人才。高校、研发机构、中介机构、政府以及金融机构等应与企业一起构建分工协作、有机结合的创新链，最终形成涵盖人才、公共平台、重点扶持产业在内的“1 + X”政策体系，让机构、人才、装置、资金、项目都充分活跃起来，进而形成推进科技创新发展的强大合力。

4 社会科学普及同样很重要

——写在第十一届社会科学普及月开幕之际

10月15日，珠海市第十一届社会科学普及月拉开帷幕，有关专家做了题为《珠海如何迎接“大桥时代”》的首场学术报告会，赢得群众好评。据悉，为宣传中国梦，普及人文社会科学知识，贯彻落实《广东省社会科学普及条例》，在省社会科学界联合会的统一部署下，由中共珠海

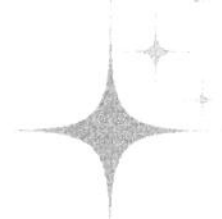

市委宣传部、珠海市社会科学界联合会将于10月15日至11月15日以“创新驱动先行，助推法治珠海建设”为主题联合开展一系列内容丰富的社会科学知识宣传普及活动。

提及“科学”一词，人们首先想到的是自然科学，比如数学、化学、物理学，以及前不久刚刚获得诺贝尔生理学或医学奖的女科学家屠呦呦等。殊不知，社会科学与自然科学同样重要，都是推动历史发展和社会进步的重要力量。大到一个国家，小到一座城市，莫不如此。

珠海市社会科学普及月活动自2005年创办以来，已经走过11个金秋，成为我市社会科学普及活动的重要品牌。市社科联在前进中不断探索创新，秉承“普及人文知识、传播人文思想、弘扬人文精神、倡导科学方法”的宗旨，坚持贴近实际、贴近生活、贴近群众的原则，一年一个主题，一步一个脚印，从“社会科学普及周”延伸为“社会科学普及月”，从城市延伸到农村；将社会科学普及与学术讲座、文艺表演等有机结合，充分发挥了科普宣传的排头兵作用，向广大市民提供科普服务，有效传播了人文社会科学知识。

但不可否认的是，相较于自然科技、实用技术而言，社会科学在现实中常受到轻视，政府投入少，研究经费少，奖金额度少，困扰着社会科学研究。殊不知，随着珠海城市建设的快速发展，随着人们对精神文化生活需求的日益增长，社会科学知识的重要性日益显现。

实践证明，举办科普月是普及人文社会科学知识的一种有益形式。这次社会科学普及月活动要运用各种方式，围绕市委、市政府中心工作和人民群众关注的重点、热点问题，认真回应和解答市民群众在工作上、生活上、思想上遭遇的各种现实困惑，增强了社会科学普及活动的实效性和影响力。通过这种活动，我们要探索建立和完善社会科学普及的长效机制，使科普工作经常化、制度化。要按照贴近实际、贴近群众、贴近生活的原则，不断加大社会科学普及工作的广度和深度。要通过举办学术讲座、广场咨询、研讨会、知识竞赛和社会科学知识进基层等形式，“引水灌塘，放水浇田”，建立社会科学专家与群众交流的渠道，满足人民群众对人文社会科学知识日益增长的需要，搭建社会科学专家了解实际、服务群众、奉献社会的平台。

社会科学普及是一项公益性事业，承担着弘扬主旋律、汇聚正能量、引领社会思潮、引导社会舆论、提升公众思想道德素质和社会科学素质的重要使命。各级各部门要高度重视人文社会科学知识的普及工作。各级领导尤其是主要领导，要从建设生态文明新特区、科学发展示范市的高度来认识社会科学普及工作的重要性和迫切性，要从思想上重视，行动上支持，为社会科学普及创造必要的条件，开创珠海社会科学普及工作新局面。

2016 年

❶ 是什么让斗门崛起

近几年，斗门越来越成为当下珠海的一个热词。每当节假日，珠海乃至珠三角的人，总会不约而同地涌向斗门，因为那里的乡村旅游太吸引人了。而去了斗门的人，又会异口同声地说，斗门变得几乎让人认不出来了，因为那里已不再只有美景、美食，高新技术产业，尤其是先进装备制造业异军突起，黄杨河两岸更是高楼林立、别具风情，随之而来的是斗门人脸上洋溢着的自豪与自信。斗门不再自外于珠海，不再自外于珠三角了，相反，迅速崛起的斗门成为美丽乡村与现代都市相映成趣、相互辉映的魅力之地，成为珠海、珠江西岸充满希望的一片热土。

置业去斗门，创业去斗门。于是，斗门成为传奇，人们好奇地打听，斗门怎么啦？是什么造就了斗门近年来的奇迹？斗门的发展又能给其他地区提供怎样的借鉴和启示？从本周一开始，本报推出三篇系列报道，即试图揭开斗门之谜。系列报道刊出之后，社会反响热烈，议论者众，而众论的焦点又在哪里呢？

其实，斗门近些年的发展，如果非要总结，就是斗门找准了一条适合斗门实际的发展方式，闯出了一个落后农业地区跨越发展的斗门特色。依斗门的地理环境、历史传统及周边环境和发展大势，斗门目前无法拒绝农业，但斗门聪明地选择发展现代特色农业；斗门更无法拒绝工业，但斗门充满远见地走新型工业化道路，重点发展先进装备制造业；斗门要激情拥抱城市化进程，但斗门巧妙地把都市气息和乡村特色，把现代旅游和历史人文相嫁接。所以，斗门的发展既鲜明地体现了珠海创建生态文明新特区、科学发展示范市的目标自觉，又具体展现了斗门建设产业高地、美丽斗门的丰富实践，是当前创新、协调、绿色、开放、共享五大发展理念的“斗门版”。

再进一步，如果非要探寻斗门近些年发展背后的秘诀，就是斗门义

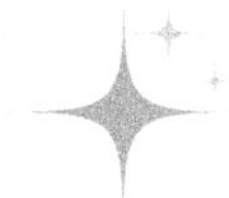

无反顾地选择了深化改革，是改革这关键一招推动斗门站到时代的潮头。

改革，说来容易做来难。一方面，当前容易改的已改得差不多了，剩下的都是“硬骨头”，在这样的基础上推进改革，非得有坚强的勇气和魄力不可，改革者要有一副好“牙口”。另一方面，现在的改革牵一发而动全身，单兵突进有可能功亏一篑甚至全盘皆输，在这样的背景下深化改革，必须运筹帷幄，统筹协调，这对改革者的能力和智慧提出了巨大的考验。但这几年，斗门区委、区政府知难而进，不等、不靠、不要，改革有声有色、扎扎实实、好戏连台，既有顶层设计，又充分发挥群众的首创精神；既打破既得利益群体的垄断，又让群众分享到改革的红利；既着力重点突破，又及时全面推进。

正因为顶层设计充分，斗门的改革才有条不紊，全局一盘棋；正因为充分发挥了群众的首创精神，斗门的改革才接地气，切实可行；正因为打破了既得利益群体的垄断，斗门的改革才能破局前行；正因为让群众分享到改革的红利，斗门的改革才调动起群众参与改革的积极性，增强了群众的获得感和幸福感；正因为重点突破，斗门才在建设新农村和发展先进装备制造业上花开两朵；正因为全面推进，斗门的改革才波澜壮阔，不可逆转。

斗门改革的故事告诉我们，不进一步深化改革，没有出路；有深化改革的愿望却没有一个好的改革设计，改革就会走偏路；而再好的改革方案若得不到强有力的执行，终归是镜中月、水中花。所以，深化改革确实是一项系统工程，对各级党委、政府都是一场大考。应该说，面对这场大考，斗门交出了一张出色的答卷。

斗门改革发展的故事还告诉我们，机遇总是垂青有准备的人，这个准备就是抱定深化改革的决心，决意用深化改革推动发展。但依然有些人在机遇面前无动于衷，冀望坐享其成。这些人，对照斗门的故事，不该惭愧，不该奋起吗？

现在，斗门迈上了新的台阶。大幕已然开启，剧情正在紧要处。斗门的精彩还在后头。

❷ 市民艺术中心，不仅狮山需要

1 月 16 日，狮山市民艺术中心正式投入使用。一间冠以街道名称的艺术中心的开张，却在香洲乃至珠海都成了一件新鲜事儿。短短几天，艺术中心不仅得到了普通市民的欢迎，也得到了很多文化人的称赞，连市长也兴致勃勃地前去参观考察，给予其肯定和鼓励。这就不得不让人思考：这家号称全市首个市民艺术中心，它的魅力究竟在哪里？又可以给我们的社区文化建设以怎样的启示呢？

显然，狮山市民艺术中心不是一般常见的棋牌室、阅览室或空有文化之名的文化站，虽然其只是街道艺术中心，中心总建筑面积却达至 3344 平方米，总投资预算 1300 万元，设有先锋驿站、文体室、舞蹈室、表演厅、棋苑、多媒体教室等公共服务功能室，中心还引进“阅·潮书吧”和 44 个文艺团体进驻。尤其是“阅·潮书吧”，以书为载体，组合咖啡、设计师创意产品、文化艺术沙龙等元素，别具一格。

狮山市民艺术中心的定位是“服务性、时尚性、群众性”，致力于满足市民更多的文化需求，力求完全融入居民的生活。所以，这样的艺术中心得到众多点赞不是偶然的。它的成功至少告诉我们：首先，政府在建设服务型政府的努力中，前提是要全面把握时代的呼唤和群众的愿望。现在，一些人一说起群众需求、群众利益，往往就想到群众的物质利益、物质需求，殊不知在温饱问题已经解决的今天，群众对文化的需求也越来越高，越来越迫切。从 2012 年开始，香洲区就按照市委、市政府的要求，率先探索社区体育公园建设新模式，受到市民的广泛赞誉。现在，香洲区又将街道艺术中心作为全区的重要工作来抓，表明香洲区委、区政府对民心、民意的敏锐把握和主动适应，为建设现代服务型政府，加快构建现代公共服务体系，探明了一个新路径。

其次，可持续的市民艺术中心要贴近生活，形成市民、社会组织和

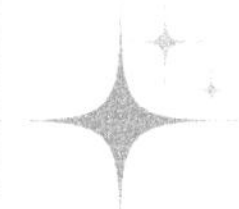

政府的合力，政府不要唱“独角戏”。以往，我们有些文化设施建设全都是政府包办，不去实地了解群众究竟需要什么，也不去调研文化设施究竟能够提供什么样的服务，全凭领导的爱好，甚至以领导的偏好代替群众的爱好，结果自然是劳民伤财。狮山市民艺术中心却不然，无论是建设和管理，都遵循“百姓点单，社会组织接单，政府买单”的“三单模式”，加大对市民精神文化生活建设的多元供给。“百姓点单”，市民艺术中心的功能设置、服务内容接地气，有人气，切实去除市民开展艺术活动中的不少烦恼，对市民产生了吸引力。“社会组织接单”，市民体验更专业的服务，文艺活动既自娱自乐又提高水准。“政府买单”，避免了艺术中心由于逐利可能引发的弊端，让更多的普通百姓共享发展成果，增强百姓的幸福感和获得感。

再次，受欢迎的市民艺术中心要找准自己的定位。群众已不再是传统意义上的“土包子”，反而是对各式各样的时尚充满热情，即便是来源于传统的民间艺术，也渴望现代的表现方式。正如珠海市市长江凌所指出的，街道艺术中心要紧密结合群众多样化的文化需求、各功能室的作用以及街道本土文化，开展群众喜闻乐见的娱乐活动，为市民提供更多、更高层次的文化艺术体验和服务。高雅的文化氛围让人如沐春风，能更好地起到寓教于乐的作用。

现在，打造“十分钟文体圈”，构建充满活力、富有特色的面向社区的基本公共文化服务体系，并在实践中探索公共文化设施社会化运营管理模式创新，真正实现文化惠民项目与人民群众的精神文化需求有效对接，是2016年市政府十件民生实事之一。据了解，今年香洲区还要投入1亿元，启动其他8个镇街的市民艺术中心建设。整个“十三五”期间，香洲区的目标是兴建30个市民艺术中心，让更多市民共享城市发展成果，共享文化艺术盛宴。

有狮山市民艺术中心的标杆示范，我们相信，这个目标完全可以实现。

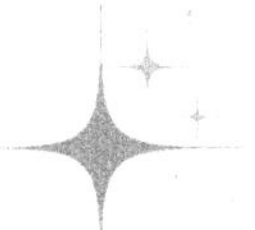

2017 年

未来在我们的奋斗中展开
——写在珠海报业传媒集团挂牌之时

未来向我们展开，我们永远奔跑在路上。

这是9月的珠海，天气依然炎热，折断的树枝上已冒出新芽，绿油油地现出生机，街上车水马龙。就在不久前，史上罕见的台风肆虐过这个滨海城市，一时间，城市花容失色，凌乱不堪。可转眼间，城市站起来了，又露出了笑容。

当台风来临的时候，我的同事们瞬间忙了起来，紧张，却并不太过慌张，或许是因为经历了太多的城市故事，许多风风雨雨都在我们的笔下、纸上走过来了，风暴总会过去的，未来依旧美好。不是吗？我们见证了这个城市太多的荣光，记录了这个城市太多的历史时刻，当然，也经历了这个城市的迷茫，甚至难堪。我们同这个城市永远在一起，30多年了，从不缺席。

这就是我们的使命，一个城市主流媒体的坚守，总是和城市的命运息息相关。

现在，我们又一次站在新的时间节点，就像30多年来，一次次预期中的登场，一次次预期中的蜕变，一次次预期中的惊艳一样，我们再一次以全新的姿态亮相。

这一次，我们不仅冠上了一个新的名字——报业集团，更重要的是，我们真的变了，从内到外的改变，创新纸媒，突破新媒体，实现深度融合，全方位、全时段覆盖每一个该到的地方，哪里有受众，哪里就可以看到我们，如同相依相随的朋友，又如同相亲相爱的恋人。

我们坚持采编主线，同时努力发展文化产业，如此守望相助又泾渭分明，如同诗人舒婷笔下的两株独立的木棉，“根紧握在地下，叶相触在云里”，“每一阵风过，我们都互相致意”。

改变，源于时代的召唤。这是一个众声喧哗的时代，时代需要理性、

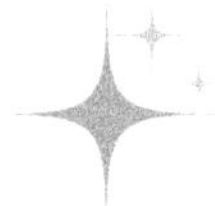

客观、清晰的声音；这是一个众生浮躁的时代，时代需要引领方向、激浊扬清、明辨是非的主旋律；这是一个众志成城的时代，时代需要凝神聚力、奋发有为、实现梦想的正能量。我们的改变，无非是顺应了时代的要求，承担起了自身的使命。无他，尽责而已。

犹记得，数年前，就有学者信誓旦旦地预言最后一张新闻纸的死亡时间。现在看来，这将成为历史上最幼稚的谎言。或许报纸真的会在哪一天消失，但新闻不死，媒体不死，并将如凤凰涅槃，获得永生。这是一个新的时代，这是一个属于我们新媒体人的时代，这个时代才刚刚开始。

我们的改变，源于对未来的渴望。我们渴望创造未来，我们从不认为未来是一个已经成型、固定不变、等着我们去拥抱的东西。未来有无限的可能，全靠我们自己去创造。

我们的城市，就是我们创造的舞台。抬眼望，生机勃勃的城市，新的传奇正在上演，更精彩的剧情还在后面。

我们永远奔跑在路上。

未来在我们的奋斗中展开。

2018 年

❶ 重燃激情，建设一个新珠海①

新时代开启新征程，新思想引领新实践，新使命正热切地呼唤一个新珠海。

一

时间，是一切光荣的见证者。38 年来，珠海作为中国第一批经济特区之一，以“杀开一条血路”的勇气，以“弄潮儿向潮头立”的气概，以“敢闯敢试，敢为人先”的精神，把一个边陲小镇发展成初具规模的现代化花园式海滨城市，成为国际社会观察中国改革开放的一个重要窗口。

时间，又是蚀人无形的诱惑者。38 年过去了，思想僵化、墨守成规，小成则满、小富即安，推拖等看、不敢担当，等等，这些本不该是特区人品格的思想作风，却实实在在地出现在当前不少珠海人的身上，以至于当新使命、新任务、新机遇扑面而来时，不少人却能力不足，不在状态。如同一个士兵就要上战场，却发现枪有些生锈了。

何去何从？珠海又一次走到决定命运的关口。

二

时间的轮盘，总在重要的节点留下深深的印记。

在改革开放 40 年之际，中国特色社会主义进入新时代，习近平总书

① 本文为孙锡炯和著者合作撰写。孙锡炯系珠海传媒集团董事长、党委书记。

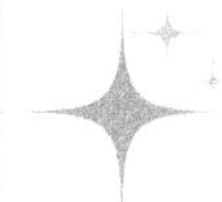

记要求广东“四个走在全国前列”，同时对经济特区提出新要求：经济特区要不忘初心、牢记使命，把握好战略定位，继续成为改革开放的重要窗口、试验平台、开拓者、实干家。

总书记的殷殷嘱托，是新时代对珠海的新要求，是新时代赋予珠海的新使命，也是珠海新起点上的动员令。

珠海作为最早成立的经济特区之一、珠江西岸核心城市、广东省副中心城市、粤港澳大湾区重要城市，在新时代担负着为全国全省改革开放探路、维护港澳长期繁荣稳定、服务珠江东西两岸区域协调发展的使命。

什么样的珠海才能担负起这份沉甸甸的使命担当？

时间，这个最严厉的考官，目光盯紧每一个珠海人。

为了答好这份新时代的新试卷，中共珠海市委响亮地发出“冲锋号”：重整行装再出发，开启新时代珠海的“二次创业”，努力建设一个新珠海。

三

建设新珠海是强烈的使命担当。当前，珠海迎来了港珠澳大桥即将通车，粤港澳大湾区、横琴自贸片区和珠三角国家自主创新示范区加快建设等重大历史机遇，迎来了发展的战略机遇期。国家和省对珠海寄予厚望，外界普遍看好珠海，全市人民对未来充满期待，能不能抢抓机遇，不辱使命，成为摆在珠海面前的重大考验。抓住了机遇，珠海的发展将上一台阶，就能对广东、对全国、对新一轮改革开放做出新的贡献。抓不住，珠海就将在新时代落伍，我们就会把失落和歉疚写在珠海的历史上。一代人有一代人的使命，一代人有一代人的担当，我们唯有把沉甸甸的新使命和新责任扛在肩上，把对习近平总书记的敬仰和拥戴转化为赤胆忠诚的思想自觉和行动自觉，用我们的新作为建设新珠海。

四

建设新珠海必须践行新思想。我们要以习近平新时代中国特色社会主义思想指导我们的一切工作，深入学习贯彻习近平总书记重要讲话精神，坚持把总书记重要讲话作为做好一切工作的宝贵精神财富、强大思想武器、科学行动指南，切实用以武装头脑、指导实践、推动工作。只有这样，我们建设新珠海的路才会越走越宽，才能逢山开路、遇水架桥，攻坚克难、阔步前行。

建设新珠海必须发展新经济。我们要清醒地认识到珠海存在的城市能级和量级不大、辐射带动能力不强、东西部城乡发展不协调、实体经济基础较弱、经济结构不优、新动能培育不快、企业创新能力有限等问题和不足，贯彻新发展理念，重新梳理经济领域的发展政策，包括横琴自贸区、自创区、大桥经济区、壮大实体经济等，充分调研，科学调整全市发展规划，不以一个简单的地级市看待自已，要求自已，而必须站在全省、全国的大局来审视自已的定位，为全省、全国的发展做出更大的贡献。要精准聚焦创新驱动、开放引领，深化更高标准的改革，推动更高水平的开放，实现更高质量的发展，让人民群众更多地分享改革发展的成果。

建设新珠海必须探索新路子。濒临南海、毗邻港澳是珠海最大的地缘优势，青山绿水、陆岛相拥是珠海最大的生态优势，城市能级量级不足、经济结构不优、增长动力不强、城市综合实力与经济特区地位不相称是珠海最突出的市情。我们要最大限度地发挥优势，补齐短板，立足自身实际求发展。历史形成的交通格局和现实基础，决定了珠海不可能，也没有必要再走广州、深圳的路子。长期保持良好的生态环境，珠海完全可以在建设生态文明上占尽先机；依托港澳、服务港澳，珠海将全力打造国际化、法治化、便利化营商环境，在发展自身的同时将更好地服务珠江西岸地区。走不同于广州、深圳的路子，打造不同于广州、深圳的新珠海，珠海有机遇、有条件，更有广阔空间。

建设新珠海必须锻造新精神。我们要清醒地认识到，目前我市党员干部的思想、作风、效率与珠海面临的新形势、新使命、新要求相比还有较大差距，必须猛药去疴，自我革命，在全市党员干部队伍中推动思想大解放、作风大转变、效率大提升，使党员干部心灵得到大震撼、思想得到大洗礼，重新点燃心中的激情，重新擦亮经济特区“金字招牌”，保持特区初创时期的那么一股劲、那么一股革命热情、那么一种拼命精神，弘扬“杀出一条血路来”的冲天干劲和敢闯敢试、敢为人先的胆识气魄，真正把建设新珠海的重担扛起来，朝着问题走、迎着困难上，逢山开路、遇水架桥，奋力推动新时代珠海“二次创业”。

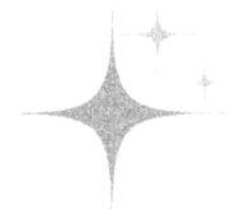

建设新珠海必须聚集新英才。习近平总书记指出，人才是第一资源。第一资源即是说，人才是撬动所有资源的首要资源，也是最为重要的决定性资源。古今中外，都给我们指明了这样一个事实：谁有一流的创新人才，谁就拥有创新的优势和主导权；谁能培养和吸引更多优秀人才，谁就能站立在时代潮头，在竞争中占先机。昔日七国争雄，秦因广纳人才而称霸；三国逐鹿，魏因唯才是举而兴旺。当今世界，对人才的竞争更趋激烈，国内各城市人才争夺战方兴未艾。城市小、人口少、人才缺乏成为长期制约珠海发展的一大因素。不久前，市委、市政府推出“珠海英才计划”，着力打造珠三角最优的人才政策和环境，就是破局之举、突围之举。

建设新珠海必须培育新市民。珠海是个典型的移民城市，市民来自五湖四海。文化的多样性和包容性是珠海的特色，也是珠海的魅力所在。我们要在社会主义核心价值观的引领下，培养珠海人的法治意识、理性意识、文明意识、创新意识，让珠海成为一个法治之城、文明之城、创新之城、学习之城，让珠海成为一个人与社会、人与自然和谐共生的样板城市，增强珠海市民对城市的归属感和自豪感。

五

新时代、新珠海，新使命、新征程，站在改革开放40周年这个重要的历史节点上，我们只有不忘初心、牢记使命，再燃改革激情，奋力建设一个新珠海，方能不辜负新时代对我们的新希望！

2 二次创业，我们在路上

刚刚闭幕的中共珠海市委八届五次全会，是在珠海发展关键节点召开的一次关键会议，是中共珠海市委站在新的历史起点上，回应中央和省委殷切期望的政治宣誓，是为新时代肩负新使命的珠海描绘的发展蓝图，更是面向全市干部群众吹响“二次创业”的集结号。

全会提出，站在改革开放40周年的重要节点上，我们要不忘初心、牢记使命，以“归零”“重启”的心态重整行装再出发，推动珠海经济特区“二次创业”，全力建设新珠海、新经济、新生活。

新珠海，是什么样的珠海？全会向我们展示出这样一幅壮丽图景：粤港澳大湾区经济新引擎和独具特色、令人向往的大湾区魅力之城，践行新发展理念的典范城市——这是我们“二次创业”的伟大目标，也是激励我们“二次创业”的强大动力。

在改革开放40周年之际，新时代的珠海迎来新的历史机遇，也面临着重要发展关口的重要抉择。

全会指出，今年是改革开放40周年，我们要时刻牢记习近平总书记的殷殷嘱托和省委的部署要求，认清珠海在全国全省工作大局中担当的使命责任，切实扛起先行先试、大胆探索，为全国全省改革开放贡献力量的新使命；为建设粤港澳大湾区贡献力量的新使命；服务全省工作大局，为全省区域协调发展和粤琼全面深化改革开放合作贡献力量的新使命；为人民谋幸福、率先全面建成小康社会的新使命。

四个“新使命”的阐述，标明了新珠海的新方位。

建设新珠海，就是要坚持以人民为中心的发展思想，建设推动人的全面发展和社会全面进步的先行地。珠海经济特区因改革而生、因改革而兴、因改革而强，改革是珠海永恒的使命。我们要进一步解放思想、改革创新，进一步真抓实干、奋力进取，着力破除束缚珠海经济社会发展的体制机制障碍，努力以新理念、新作风、新办法破解瓶颈制约，在应对挑战中拓展思路，在抢抓机遇中奋勇争先，在追赶中担当新使命，把珠海经济特区建设成为践行习近平新时代中国特色社会主义思想，向世界展示我国改革开放成就的重要窗口，成为国际社会观察我国改革开放的重要窗口。

建设新珠海，就是要坚持创新、协调、绿色、开放、共享的发展理念，建设创新发展新高地、协调发展示范区、生态文明新特区、全面开放国际门户。濒临南海、毗邻港澳是珠海最大的地缘优势，青山绿水、陆岛相拥是珠海最大的生态优势。厚植优势，立足自身实际求发展是珠海的必然选择。长期保持良好的生态环境，珠海完全可以在建设生态文

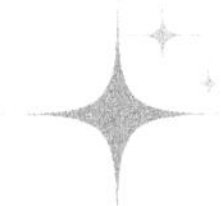

明上占尽先机；协同港澳、服务大湾区建设，珠海完全有机会在打造国际化、法治化、便利化营商环境上先行一步。我们要提高城市现代化精细化管理能力，让城市生活更加绿色、智慧、便捷、开放、包容，将珠海建设成为美丽中国的样板城市。

建设新珠海，就是要坚持面向全球、中国特色、高点定位、超前布局，探索建设经济强、创新活、生态美、品质高、文化兴，具有独特吸引力、创造力、竞争力的未来之城。珠海的经济总量、城市规模都不大，在全国全省发展大局中的地位和影响力较弱。现在，城市能级量级不足、经济结构不优、增长动力不强、城市综合实力与经济特区地位不相称成为当前珠海最突出的短板，这也是建设新珠海所必须解决的突出问题。在实践中，我们要在空间规划、城市发展、交通建设、土地利用、招商引资等方面一体谋划、一体推进，拓展城市新格局，加快打造珠江西岸核心引擎、大桥经济区和现代化国际化区域中心；要加快东西部区域协调发展，加大对西部地区的投入，拉开城市发展大框架，为人口扩张、产业发展提供“蓄水池”“能量池”，促进城市能级量级的提升。在注重能量提升的同时，我们更要追求城市品质的同步，让美好生活与城市发展同频共振，人与自然和谐共生，达成建设新珠海的题中之义。

伟大目标，需要伟大奋斗去实现。我们要清醒地认识到，目前我市党员干部的思想、作风、效率与珠海面临的新形势、新使命、新要求相比还有较大差距，必须猛药去疴，自我革命，在全市党员干部队伍中深入推动思想大解放、作风大转变、效率大提升，使党员干部心灵得到大震撼、思想得到大洗礼，坚决破除小成则满、贪图享受、消极懈怠、回避矛盾的思想观念，以新担当、新作为，为未来的珠海争得一席之地。

市委八届五次全会，是珠海对自身所处方位的再审视、再思考，更是珠海对改革开放的再谋划、再出发。面对建设新珠海的动员令，全市各级党组织和广大共产党员要不忘初心、牢记使命，继续用好改革开放“关键一招”，日夜兼程、接续奋斗，奋力推动“二次创业”，在“四个走在全国前列”新征程上迈出更加坚实豪迈的步伐，让习近平新时代中国特色社会主义思想在珠海落地生根、结出丰硕成果。

3 以发展实体经济的新担当，为珠海赢得应有的荣光

壮大实体经济是珠海建设新经济的根本，是把珠海打造成粤港澳大湾区经济新引擎的基础，也是珠海长期想解决而未得到有效解决的一大难题。

9 月10 日，省政府对外发布《广东省降低制造业企业成本支持实体经济发展的若干政策措施（修订版）》（简称“实体经济新十条”）。相较去年 8 月出台实施的“实体经济十条”，“实体经济新十条”增加了更多优惠扶持政策，进一步彰显了广东大力发展以先进制造业为主体的实体经济的坚定信念。

这对珠海而言，更像是一场及时雨。

今年是改革开放 40 周年，珠海经济特区成立 38 周年。38 年来，珠海发展的巨大成就毋庸置疑，但短板也很明显：经济规模小，城市能级、量级不足，在全国全省发展大局中，地位和影响力偏弱。尤其是实体经济发展不充分，当然，除了格力电器。只是格力电器这样的实业巨子，珠海只有一家，以至在经济实力上，在产业辐射和带动上，珠海和珠江西岸核心城市的定位并不匹配。

就是在这种状况下，偏偏还有人小成则满、小富即安，一些干部作风疲沓、漂浮，不担责、不敢干也不想干的现象比较普遍。一些人甚至认为，珠海干不了实体经济，干实体经济的条件不好，还是干房地产来钱快。发展实体经济，一些人用心不专，用情不一，用力不够。这种现象如果不扭转，珠海就没有办法去完成新时期的新使命。

要知道，珠海经济特区正站在新的历史起点上。习近平总书记寄语广东要实现“四个走在全国前列”，对广东、对珠海提出了新的更高要求。国家和省对珠海寄予厚望，赋予珠海建设广东省副中心、珠江西岸核心城市的重大使命。随着港珠澳大桥即将通车，粤港澳大湾区加快建

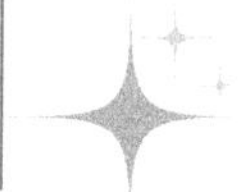

设，珠海迎来了难得的历史性机遇，必将为珠海实体经济发展提供更加广阔的舞台。

因时而变。市委八届五次全会明确提出了建设新经济的宏伟目标，提出要把珠海打造成为粤港澳大湾区经济新引擎和独具特色、令人向往的大湾区魅力之城，成为践行新发展理念的典范城市。

什么是建设新经济？其基础就是发展实体经济，是在新的宏观背景下推动珠海实体经济的发展。珠海作为粤港澳大湾区城市群的一员，同时，又处在“一带一路”倡议、中国（广东）自由贸易试验区和珠三角国家自主创新示范区等国家战略的交汇点上，经过长期的艰辛探索实践，珠海的发展环境和条件日趋优越，政策体系不断完善，自贸区、自创区、保税区等各类要素平台齐全，城市发展格局清晰，生态环境优良，发展实体经济潜力巨大。一方面，随着珠江两岸经济资源集聚配置的格局正发生整体性的改变；另一方面，交通区位的改善使得珠海相对宽裕的土地资源优势凸显，珠海发展实体经济不再是“剃头挑子一头热”，而是审时度势的明智之举。

在这样的大趋势下，我们必须把发展壮大实体经济摆在工作全局的重要位置，全市各级各部门要全面提振抓实体经济的精气神，把实体经济做优做强做大，推动经济发展质量变革、效率变革、动力变革。为此，要着力引进培育重大实体经济产业项目，支持实体经济企业增资扩产。必须推动传统产业优化升级，壮大优势主导产业集群，不断增强经济质量优势。

怎么建设新经济？重点就是发展面向未来的实体经济。把战略性新兴产业发展作为重中之重，加快发展新一代信息技术、高端装备制造、生物医药、数字经济、新材料、海洋经济等战略性新兴产业，在目前产业结构相对不够优化、支柱产业作用不够凸显、产业集聚度不高的不利条件下，尽快调整以战略性新兴产业为重点，构筑珠海产业新支柱，抢占国际科技和产业制高点。

同时，发展以跨境金融、商务会展、休闲旅游等为重点的高端服务业，建设国际创新成果转化地、区域特色金融中心和国际高端人才集聚区，更好地为实体经济服务。要加强创新主体培育，积极引进培育一批“瞪羚”企业和“独角兽”企业，强化人才、金融、知识产权等与创新和实体经济发展的协同效应。

发展实体经济是实在活，不是喊一两句口号就能干成的，要营造有利于实体经济发展的软硬环境，就要实实在在地干。要深入推进供给侧结构性改革，深化“放管服”改革，充分发挥市场配置资源的决定性作用和更好地发挥政府作用，大力降低实体经济成本，降低制度性交易成本，推动政策、资金、技术、人才等要素向实体经济汇聚。要强化服务企业意识，大力支持企业发展，着力构建亲清新型政商关系，全力营造稳定、公平、公正的营商环境。

作为对外向型经济依存度较高的城市，我们还要看到，珠海实体经济发展面临的国际国内形势复杂严峻：既有发达国家“再工业化战略”引致的高端制造业“回流”的压力，又面临欠发达国家劳动密集型低端制造业“分流”压力，企业运营成本攀升，资本“脱实向虚”，创新发展能力不足，民间投资放缓。但越是困难当前，就越要“思想大解放、作风大转变、效率大提升”，就越要我们无论是发展政策还是改革举措，都要着眼于让企业提振信心、放开手脚、大胆创新，减轻企业负担，增强企业活力，努力培育出更多创新能力强、品牌价值高、市场前景好的优秀企业。

在这个意义上，落实好“实体经济新十条”，无疑是一个重要抓手。“实体经济新十条”制订的一系列新措施，充分考虑了企业诉求，将让企业有更多的获得感。全市各区各部门要认识到位、行动到位，切实抓好抓实“实体经济新十条”落地工作，进一步加大政策支持力度，强化政府引导服务，在持续降低成本中发展壮大我市实体经济，筑牢珠海新经济的坚实基础，以发展实体经济的新担当、新作为为珠海赢得应有的尊严和荣光。

4 新时代　新珠海　新未来

今天是10月1日，珠海的阳光，温暖而祥和。

阳光洒在每一个人脸上。在街上、在公园、在每一个景区，珠海人

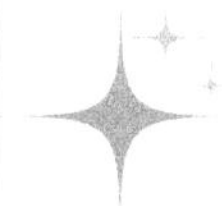

民和全国人民一样，沉浸在欢乐的气氛里，庆祝中华人民共和国成立69周年。

这是极不平凡的69年。近代以来，久经磨难的中华民族实现了从站起来、富起来到强起来的历史性飞跃。党的十八大以来，在以习近平同志为核心的党中央的坚强领导下，亿万人民撸起袖子加油干，为当代中国带来了深刻的变革，中国特色社会主义进入新时代。这是极其壮阔的新时代，亿万人民在习近平新时代中国特色社会主义思想指引下，为满足人民对美好生活的新期待，砥砺奋进，克难攻坚，进行伟大斗争，建设伟大工程，推进伟大事业，实现伟大梦想。今天的中国，比历史上任何时期都更接近中华民族伟大复兴的目标，我们伟大的祖国焕发出新的蓬勃生机。

奋进新时代，呼唤新珠海。2018年，习近平总书记要求广东“四个走在全国前列”，同时对经济特区提出新要求：经济特区要不忘初心、牢记使命，把握好新的战略定位，继续成为改革开放的重要窗口、试验平台、开拓者、实干家。

总书记的殷殷嘱托，是新时代对珠海的新要求，是新时代赋予珠海的新使命，也是珠海新起点上的动员令。

没有“敢叫日月换新天”的精神，就没有新中国69年的沧桑巨变；没有“杀出一条血路”的气魄，就没有改革开放40年的辉煌成就。作为最早成立的经济特区之一，38年来，珠海经济特区在建设中国特色社会主义伟大历史进程中谱写了壮丽篇章，经济特区的牌子金光闪闪。

新时代，需要珠海经济特区改革不停顿，开放不止步，扬帆再出发。在改革开放40周年新的历史起点上，珠海迎来新的考验：我们能不能切实担当起“四个继续成为”的重大使命，在广东奋力实现“四个走在全国前列”的新征程上勇当时代“尖兵”？

登高方能看远，胸怀全局方能把舵定航。面对新时代之问，珠海人不回避，不退缩。今年7月，市委八届五次全会做出了响亮回答：重铸特区精神，再燃改革激情，在新起点上奋力推动珠海经济特区“二次创业”。

珠海人知道，经济特区是珠海最闪亮的招牌。改革开放是经济特区最核心的内涵。经济特区意味着“逢山开路、遇水搭桥”，在无人走过的地方蹚出一条新路，在壁垒重重面前“杀出一条血路”。

推动珠海经济特区“二次创业”，就是进一步增强“四个意识”，坚定“四个自信”，坚决维护习近平总书记党中央的核心地位、全党的核心地位，坚决维护以习近平同志为核心的党中央权威和集中统一领导，坚持以习近平新时代中国特色社会主义思想统揽珠海工作全局，自觉把珠海的工作放在全国全省工作大局中谋划和推动，不折不扣落实好中央和省委各项决策部署，把珠海经济特区建设成为践行习近平新时代中国特色社会主义思想，向世界展示我国改革开放成就的重要窗口，成为国际社会观察我国改革开放的重要窗口，争当社会主义现代化建设排头兵。

推动珠海经济特区“二次创业”，就是要对照人民群众的新期待，坚持问题导向、实事求是，以共产党人直面问题的政治品格和实践勇气，对珠海的历史方位做出客观、精准的判断。既要看到珠海经济特区建设取得了令人瞩目的成就，也要刀刃向内，揭短亮丑，找准珠海发展既不充分也不平衡的问题和短板。猛药去疴，自我革命，把解决问题作为面对历史担当的责任点、全面深化改革的切入点、开创工作新局面的着力点、人民期待解决的关切点。

推动珠海经济特区“二次创业”，就是要传承广东改革开放开创者们“敢为天下先”的勇气担当和革命精神，传承特区创办时期凝聚而成的那么一股锐气，那么一股拼劲、闯劲、干劲，把一部分干部群众从思想僵化、墨守成规，小成则满、小富即安，推拖等看、不敢担当、不在状态中唤醒，大声地告诉他们：我们是特区人。必须不忘初心、牢记使命，以“归零”“重启”的心态重整行装再出发。

推动珠海经济特区“二次创业”，就是要立足当前、面向未来，立足珠海、面向世界。当前，珠海迎来了港珠澳大桥即将通车，粤港澳大湾区、横琴自贸片区和珠三角国家自主创新示范区加快建设等重大历史机遇，迎来了发展的战略机遇期。机遇稍纵即逝，机遇不会等待。我们要深化更高标准的改革，推动更高水平的开放，实现更高质量的发展，把珠海打造成为粤港澳大湾区经济新引擎和独具特色、令人向往的大湾区魅力之城，成为践行新发展理念的典范城市，成为走在建设社会主义现代化强国新征程最前列的代表性城市之一。

新珠海、新经济、新生活，是我们“二次创业”的目标，也是激励我们“二次创业”的强大动力。

建设新珠海，就是要坚持以人民为中心的发展思想，建设推动人的

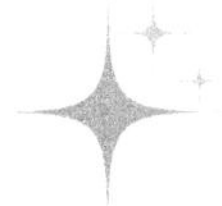

全面发展和社会全面进步的先行地；坚持创新、协调、绿色、开放、共享的发展理念，建设创新发展新高地、协调发展示范区、生态文明新特区、全面开放国际门户，成为践行新发展理念的典范城市；坚持面向全球、中国特色、高点定位、超前布局，探索建设经济强、创新活、生态美、品质高、文化兴，具有独特吸引力、创造力、竞争力的未来之城。

建设新经济，就是要坚持高端起步、未来导向，瞄准以智能家电、机器人、高端芯片、高端装备等为重点的先进制造业，以新一代信息技术、生物医药、数字经济、新能源、新材料等为重点的战略性新兴产业，以跨境金融、商务会展、休闲旅游等为重点的高端服务业，大力培育新产业、新业态、新模式，建设国际创新成果转化地、区域特色金融中心和国际高端人才集聚区，打造粤港澳大湾区经济新引擎。

建设新生活，就是要坚持人民城市为人民，把建设生态文明新特区和国际宜居、宜业、宜游城市的标准要求贯穿到城市发展的全过程和各方面，实现城市建设绿色智慧、交通系统快捷高效、公共服务优质便利、生态环境清洁美丽，全面形成绿色发展方式和生活方式，实现人与自然和谐共生，打造独具特色令人向往的大湾区魅力之城，建成美丽中国样板城市。

建设新珠海、新经济、新生活，必须汇聚天下英才共谋大业，必须不拘一格打破常规。为此，珠海向全球广发英雄帖，一场思想大解放、作风大转变、效率大提升的热潮澎湃在政府、民间和各行各业。防御“山竹”、蓝天保卫战、基建提速、项目落地……“五位一体”统筹推进，“四个全面”协调发力，珠海展现出一派喜人的新气象。

“二次创业”，珠海已经在路上。珠海人相信，更伟大的历程刚刚开始，更伟大的胜利还在前方。

这是10月1日的珠海，阳光温柔，信心写在每一个珠海人的脸上，也写在每一个中国人的心上。

祝福我们伟大的祖国，祝福我们亲爱的珠海。

祝福这片经历了苦难与辉煌的大地，重新站在时代潮头，为世界开拓一个新的未来。

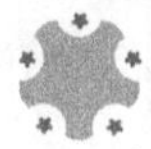

5 通向未来的桥

——写在港珠澳大桥正式开通之际

历史将铭记这一天，2018 年 10 月 23 日。

23 日上午，中共中央总书记、国家主席、中央军委主席习近平在珠海宣布：港珠澳大桥正式开通。

从 2009 年 12 月 15 日大桥正式动工，到 2018 年 10 月 23 日大桥正式开通，历时 9 年。历经一次次激动、兴奋、焦灼、期盼，今天，在伶仃洋温柔的海风吹拂中，港珠澳大桥像蜿蜒的巨龙横卧在海面上。

全长约 55 千米，集桥、岛、隧于一体，港珠澳大桥又像一首节奏明快的交响乐，在南中国的晴空下，奏响新时代的奋进曲。

建设港珠澳大桥是中央支持香港、澳门和珠三角区域更好发展的一项重大举措，是“一国两制”下粤港澳密切合作的重大成果。

港珠澳大桥的建成开通，是新时代中国力量、中国精神、中国智慧的生动诠释。

今天，驾车从大桥香港口岸出发，穿越伶仃洋，抵达珠海，全程只需 40 多分钟。原来隔海相望的香港和珠海、澳门，转身成为牵手相伴的近邻。

可以想见，这是多么具有历史意义的跨越，港、珠、澳三地，整个粤港澳大湾区都沉浸在欢乐的海洋里。

今天，我们要把最美的颂诗献给港珠澳大桥，献给大桥的建设者。

这是一群胸怀崇高使命的建设者，以逢山开路、遇水架桥的奋斗精神，勇于创新，敢于担当，追求极致，攻坚克难，挑战一个又一个世界级工程难题，用他们的汗水、智慧、勇气和拼搏精神，筑就了这座人类建设史上迄今为止里程最长、投资最多、施工难度最大的跨海公路桥梁。

这是改写人类桥梁建筑史的杰作，登顶桥梁界“珠穆朗玛峰”。大桥的设计使用年限达 120 年，为史上最长设计使用年限。混凝土技术标准亦

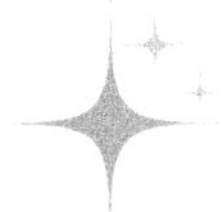

是全球最高。建设者们圆满完成了33节巨型沉管和最终接头安装的施工任务，实现了外海沉管隧道“滴水不漏”。今年9月16日，强台风“山竹”以16级阵风长时间袭击大桥，大桥笑傲江海，平静如常，索力、位移、震动等关键指标都在设计范围内，大桥经受住了大自然严酷的考验，被英国《卫报》称为“新世界七大奇迹之一”。

这是以中国建造实绩，标示中国综合国力、自主创新能力的超级工程，是继三峡工程、青藏铁路之后又一国家工程，是国之重器。大桥建设者们因之创新研发了31项工法、31套海洋装备、13项软件、454项专利。世界首创的兼容不同制式的识别收费系统，识别内地、香港、澳门三地车牌仅需0.3秒。大桥兼顾香港机场和海上航道的需要，创造性地采用桥、岛、隧集群组合模式，有效地保护了海洋环境。工程完工后，附近海域有身份标识的中华白海豚数量，由之前的1200头增加到1800头。大桥体现了中国人勇创世界一流的民族志气，被国内媒体誉为“大国丰碑”。

这是一座圆梦桥。在伶仃洋上建桥，不仅是建筑师，也是粤港澳三地许多普通人长期的梦想。大桥建设者筑桥报国，强大的祖国让筑梦者梦想成真。大桥建成开通，说明新时代让每一个中国人都有机会实现自己的梦想。

这是一座自信桥。在伶仃洋上建桥，国内外都曾有过各种怀疑的声音。大桥建成通车，进一步坚定了我们对中国特色社会主义的道路自信、理论自信、制度自信、文化自信。

这是一座同心桥。在伶仃洋上建桥，是粤港澳三地共同的愿望。大桥建设伊始，粤港澳三方即密切协商，分工合作，协调步伐，心往一处想，劲往一处使。大桥建成开通，不仅缩短了彼此间的往返时间，更拉近了彼此的心理距离。大桥高高矗立起了祖国内地和港澳地区的同心结。

这是一座复兴桥。在伶仃洋上建桥，粤港澳大湾区的建设更添动力。推进粤港澳大湾区建设是习近平总书记亲自谋划、亲自部署、亲自推动的重大国家战略，是推动实现中华民族伟大复兴的重要部署。大桥建成开通，有利于粤港澳三地人员交流和经贸往来，有利于促进粤港澳大湾区发展，有利于提升珠三角地区的综合竞争力，对支持香港、澳门融入国家发展大局，全面推进内地、香港、澳门互利合作具有重大意义。

香港是全球重要的国际经济、金融、商业、贸易和航运中心，大桥为其开辟了便捷的向西的跨海通道，源源不断的人流、车流、物流、资金流、信息流，往返大桥，连接珠海，连接粤西，连接大西南，将有力地促进香港经济的持续繁荣和稳定发展。

澳门以旅游和金融保险为支柱产业，大桥则极大地拓展了其腹地空间，必将有利于澳门建设世界旅游休闲中心，增强澳门作为联结葡语国家、东南亚国家和欧盟的桥梁和纽带作用，进一步加快澳门经济适度多元化的步伐。

珠海作为珠江西岸核心城市，大桥建成后将成为内地唯一与港澳陆路相连的城市，从根本上改变了珠海在全国交通路网布局中长期处于边缘的地位，成为珠江西岸的枢纽性城市，凸显珠海在广东乃至全国的独特地位。

社会主义是干出来的，新时代也是干出来的。敢闯敢干的珠海人必将借大桥开通之东风，在新的起点上，重整行装再出发，在“二次创业”的征程上阔步向前。

珠海可以充分发挥区位优势，深化更高标准的改革，推动更高水平的开放，实现更高质量的发展，为广东建设成为践行习近平新时代中国特色社会主义思想，向世界展示我国改革开放成就的重要窗口，成为国际社会观察我国改革开放的重要窗口，为广东奋力实现“四个走在全国前列”体现特区担当，贡献珠海力量。

珠海势必进一步走向“一带一路”，进一步拥抱世界，成为粤港澳大湾区经济新引擎和独具特色、令人向往的大湾区魅力之城。

因为这座桥，珠海将成为耀眼的明珠。珠海的未来，不可限量。

粤港澳大湾区的未来，不可限量。

中国的未来，不可限量。

2019 年

再出发，重写青春的篇章
——珠海建市40周年的献礼

只有加快发展才能解决发展中的问题，只有深化改革开放才是对改革开放最好的纪念，只有奋力建设粤港澳大湾区重要门户枢纽、珠江口西岸核心城市和沿海经济带高质量发展典范，才是对珠海精神最好的弘扬。

2019年3月5日，是珠海建市40周年纪念日。40年岁月如歌，40年初心不改。跃进新时代，迈上新征程。珠海，永远走在奋进者的最前列，永远在追逐梦想的拼搏中绽放最动人的风采。

40年前，最具想象力的预言家也想不到珠海会汇聚近200万人口，道路拥堵会成为常态，格力空调会享誉全球，成为中国制造的响亮名片；也想不到历经40年之后，珠海青山绿水依旧，正奋力推动“二次创业”加快发展。随着粤港澳大湾区的横空出世，珠海将成为大湾区的重要门户枢纽，携手澳门成为大湾区的重要一极。

这就是珠海，总给人惊奇，总让人惊艳，总能吸引全国乃至全球的目光。

一

时间，见证了一切光荣。40年来，珠海作为中国第一批经济特区，以“杀开一条血路”的勇气，以“弄潮儿向潮头立”的气概，以“敢闯敢试，敢为人先”的精神，“逢山开路、遇水架桥”，在无人走过的地方蹚出一条新路，在壁垒重重面前“杀出一条血路”，硬把一个边陲小镇发展成初具规模的现代化花园式海滨城市，人均地区生产总值达到发达国家水平，人居环境媲美欧美，创造了彪炳史册的历史伟绩。

珠海的成功得益于改革开放，改革开放是珠海最显著的标签。珠海

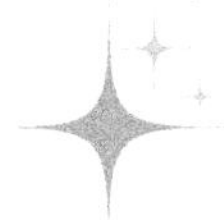

的探索和实践充分体现了改革开放的巨大威力，充分展现了中国特色社会主义的勃勃生机，闪耀着习近平新时代中国特色社会主义思想的真理光辉。

“珠海经济特区好”，一位历史伟人给珠海做出了最言简意赅的评价。

二

新时代、新形势、新使命、新要求。

不知不觉间，珠海已步入不惑之年。但人们惊讶地发现，40 岁的珠海，在经历“思想大解放、作风大转变、效率大提升”的洗礼之后，迅速告别人到四十常有的油腻和庸常，再次焕发青春。向更美好的未来进军，珠海人重整行装再出发。

“二次创业”，是当下珠海最流行的热词。

再出发，是因为有新的使命在呼唤。

2018 年春天，习近平总书记要求广东进一步解放思想，实现“四个走在全国前列”，向广东发出了迈向新征程的进军令。

习近平总书记要求经济特区“不忘初心、牢记使命，把握好新的战略定位，继续成为改革开放的重要窗口、改革开放的试验平台、改革开放的开拓者、改革开放的实干家”，进一步为经济特区指明了前进方向和历史担当。

2018 年 10 月，习近平总书记视察广东发表重要讲话，要求珠海加快发展，横琴要不忘初心，助力推动澳门经济适度多元发展。

使命光荣，责任重大。

珠海能不能切实担当起新使命，努力实现更高质量的发展，在广东奋力实现“四个走在全国前列”的新征程上勇当时代尖兵、做出珠海贡献？

历史再一次叩问珠海。

三

再出发，是因为珠海迎来了发展的战略机遇期。

珠海毗邻港澳，有独一无二的区位优势，但伶仃洋使香港、珠海隔海相望。现在，港珠澳大桥的建成通车使得珠海成为内地唯一陆地连通港澳的城市，珠海的城市地位得以大幅提升。

粤港澳大湾区的加快建设更是把珠海送上了发展的快车道，何况珠海还有横琴自贸片区这个“特区中的特区”如花怒放。

粤港澳大湾区被定位为富有活力和国际竞争力的一流湾区和世界级城市群，在总共2.7万字的《粤港澳大湾区发展规划纲要》（以下简称《规划纲要》）中，“珠海”被提及20次，“横琴”被提及22次，“澳门”被提及90次。《规划纲要》中有3个重要极点——港深、广佛、澳珠，珠海陡然成为3个极点当中的一个重要城市，充分彰显了“澳珠”一极在中央战略布局中的重要地位。

以前，珠海喊了多少年“跳出珠海看珠海”，现在，这句话总算有了“实锤”。

这样的历史机遇前所未有，珠海进入一个黄金窗口期。

面对这样的机遇，珠海敢不奋勇争先？

四

再出发，还因为珠海有许多“功课”要补上。

40年沧桑巨变，发展不平衡不充分也如影随形。不充分，城市能级量级不足，辐射带动能力不强，珠江口西岸核心城市仍未建成；不平衡，城市东西部差距明显，乡村振兴任重道远。

甚至一些干部精神懈怠，不在状态；小成则满，小富即安；推拖等看，不敢担当；能力不足，本领恐慌。

这都需要坚持问题导向、刀刃向内揭短亮丑，猛药去疴，自我革命，把解决问题作为面对历史担当的责任点、全面深化改革的切入点、开创工作新局面的着力点、人民期待解决的关切点。

一句话，只有加快发展才能解决发展中的问题，只有深化改革开放才是对改革开放最好的纪念，只有奋力建设粤港澳大湾区重要门户枢纽、珠江口西岸核心城市和沿海经济带高质量发展典范，才是对珠海精神最好的弘扬。

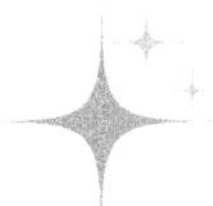

五

旗帜指引方向，梦想点亮未来，奋斗成就新珠海。

40 年后再出发，珠海已经在路上。

进一步树牢“四个意识”，坚定“四个自信”，坚决做到“两个维护”，坚持以习近平新时代中国特色社会主义思想统揽珠海工作全局，认真贯彻落实习近平总书记对广东重要讲话和重要指示批示精神，自觉把珠海的工作放在全国全省工作大局中谋划和推动，不折不扣落实好中央和省委各项决策部署，珠海经济特区正努力建设成为践行习近平新时代中国特色社会主义思想，向世界展示我国改革开放成就的重要窗口，成为国际社会观察我国改革开放的重要窗口，争当社会主义现代化建设排头兵。

在创新驱动战略的大旗下，“珠海英才计划”着力打造珠三角最优的人才政策和环境；一批大力发展实体经济、民营经济的政策相继出台，珠海要打造成创业者尽意施展才华的一方乐土。

兴业快线、金琴快线、香海大桥、金海大桥等一批交通项目建设进度加快，南北、东西、内外的交通瓶颈有望很快被打破。

“横琴十条”的拟定，横琴对接澳门，将实现人流、物流、资金流、信息流的便利流动。横琴、保税区、洪湾一体化发展的大幕已然拉开。这里将是珠海新的城市中心。

乘势而上是珠海的强项。珠海正携手港澳和其他城市，推动建设功能布局高端齐备、公共服务优质便利、交通往来快捷高效、生态环境优美宜居、城市文化开放创新的青春之城和活力之城，加快建设独具特色、令人向往的大湾区魅力之城。

奋斗者是幸福的。进行伟大斗争，建设伟大工程，推进伟大事业，实现伟大梦想，珠海砥砺前行，攻坚克难。

珠海的每一天，都有新的动力在奔涌，新的希望在生长。

珠海人相信，更伟大的历程刚刚开始，更灿烂的辉煌还在前方。

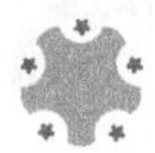

后记：我是怎么写新闻评论的

常常感到命运的荒谬。

经常遭遇这样的情景：新认识的朋友拿着我的名片，感叹地说，你天生就是要在报社工作，写文章的。你父亲真有先见之明啊！

我总是惶恐，忙不迭地解释：姓确实尊贵，可上溯到周文王的儿子蔡叔，因蔡国而得姓。但“报”实属辈分，我这一辈都是“报”，有人叫报官，有人叫报富，有人叫报贵，有人干脆叫报钱，只有我父亲迂腐，给我起了个报文的名字。现在想起来，真是悲催得很。

没想到，还真的到报社工作，后来还真的负责写评论员文章。让一个大学学数学、硕士读美学的人写社论，怎么写？当时的社领导撂下一句话：评论这块就交给你了，搞不好唯你是问。搞好了呢？没说。

只有硬着头皮上。当时的另一位社领导说，看《人民日报》的评论吧。我一看，《人民日报》的评论真不赖，好些评论的影响力巨大。

虽不能至，心向往之。然而自己写起来，才体会到，一个字：难。以前也写些散文，写些文论，甚至写些诗，那都是我手写我心，直抒己见，直抒性灵，那种写作，真个痛快。现在不行了，要……

幸好领导同情，除交代任务外，有时直接定题目、出思路，甚至帮忙改文字。只是，更没想到的是，社领导对评论愈发热心。社长说，要亲自抓社论。总编说，评论要位置靠前，一翻报纸，就能看到评论，真正体现旗帜的作用。仔细一思量，也是。现在媒体拼得这么厉害，独家新闻难有，只有搞独家评论了。评论不能光对上，也要对下，要来点儿人文关怀、民生取向。只是这么一来，赶鸭子上架的事就难免了。

这么一坚持，就是10年。

这10年，恰好是从珠海建市30周年到建市40周年。三十而立，四十而不惑，我用评论点评过这座城市发展的轨迹，有过呐喊，是谓高声；

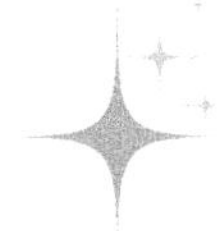

有过轻吟，是谓细语。不论是高声还是细语，我蓦然发现，10 年过去了，其间的有些评论并未过时，依然有直指现实的力量。

这不禁让我大为惶惑。

于是，这才动了出这本评论集的愿望。

想起了三国时的一个故事：曹丕对曹植说，文章是经国之大业，不朽之盛事。曹丕为什么这么说呢？我想了好久，最终想通了：曹丕是忽悠，想让曹植安心做文人，勿作他想，于是给曹植戴了这么个高帽子。曹植呢，也就安心做文人，还真的写出了不朽的文章。

我当然不及曹氏，却想以此纪念 10 年的评论岁月。

本书得以出版，感谢珠海市社会科学联合会，他们将此书列为 2020 年资助项目。

为了尊重历史及反映当时的现实和背景，本书以年份为序编排，均为当年在《珠海特区报》上刊出的文章，我仅做了少许文字上的修改。需要说明的是，本书文章中提及的不少问题或现象，有些现在已经解决或正在解决，这是读者需要注意的。另外，由于文章发表时，大多数署名为珠海特区报评论员，现按实际情况署上作者真实姓名，以示文责自负。